Hundert Namen

Cecelia Ahern

Hundert Namen

Roman

Aus dem Englischen von
Christine Strüh

Weltbild

Die Originalausgabe erschien 2012 unter dem Titel
One Hundred Names
im Verlag HarperCollins, London.

Besuchen Sie uns im Internet:
www.weltbild.de

Genehmigte Lizenzausgabe für Verlagsgruppe Weltbild GmbH,
Steinerne Furt, 86167 Augsburg

Übersetzung: Christine Strüh
Umschlaggestaltung: büro**süd**°, München
Umschlagmotiv: büro**süd**°, München
Gesamtherstellung: CPI – Clausen & Bosse, Leck
Printed in the EU
ISBN 978-3-86365-740-6

2016 2015 2014 2013
Die letzte Jahreszahl gibt die aktuelle Lizenzausgabe an.

Gewidmet meinem Onkel Robert (Hoppy) Ellis.
Wir lieben Dich, wir vermissen Dich und danken Dir
für all die Erinnerungen.

Kapitel 1

Man nannte sie den »Friedhof«, denn kein Geheimnis, keine persönliche oder sonst wie vertrauliche Information, die man ihr anvertraut hatte, kam jemals wieder zum Vorschein. Bei ihr war alles gut aufgehoben, darauf konnte man sich verlassen, und man wusste auch, dass man nicht beurteilt wurde – und wenn doch, dann nur im Stillen, so dass man es nie erfuhr. Nicht nur ihr Vorname – der Standhaftigkeit und innere Stärke bedeutete – passte perfekt zu ihr, auch ihr Spitzname traf genau ins Schwarze; sie war stabil, zuverlässig, unerschütterlich, aber gleichzeitig eigentümlich anregend. Das alles machte es umso schlimmer, sie an diesem Ort besuchen zu müssen. Und es war wirklich eine Qual, nicht nur eine psychische Herausforderung; Kitty spürte einen körperlichen Schmerz in der Brust, genauer gesagt im Herzen, der mit dem Gedanken anfing, dass sie sich dorthin auf den Weg machen musste, sich beträchtlich steigerte, als sie angekommen war, und noch heftiger wurde durch das unverblümte Wissen, dass dies alles kein Traum war, kein falscher Alarm, sondern das Leben in seiner ursprünglichsten Form. Denn es war das Leben selbst, das bedroht war, und ihm stand eine sichere Niederlage bevor – eine Niederlage gegen den Tod.

Kitty durchquerte die Privatklinik, aber sie nahm nicht den Aufzug, sondern die Treppe, bog absichtlich falsch ab und ließ bei jeder sich bietenden Gelegenheit höflich anderen Menschen den Vortritt – besonders dann, wenn es sich um Patienten handelte, die sich mit einer Gehhilfe im Schneckentempo an ihr vorbeimühten oder einen Infusionsständer im Schlepptau hatten.

Natürlich war ihr bewusst, dass sie neugierige Blicke auf sich zog, woran zum einen die Krise schuld war, in der sie zurzeit steckte, und zum anderen die Tatsache, dass sie schon wiederholte Male ziellos durch die Station gewandert war. Jedem, der sie ansprach, widmete sie sofort ihre ganze Aufmerksamkeit, und überhaupt tat sie alles, um ihre Ankunft in Constances Zimmer hinauszuzögern. Doch schließlich griffen all ihre Verzögerungsstrategien nicht mehr, denn sie landete in einer Sackgasse, einem halbkreisförmigen Korridor, von dem vier Türen abgingen. Drei davon standen offen, so dass man die Patienten und ihre Besucher sehen konnte, aber sie brachte es nicht übers Herz hinzuschauen. Aber das war sowieso nicht nötig, denn auch ohne die Zimmernummern erkennen zu können, wusste sie genau, in welchem Raum sich ihre Freundin und Mentorin befand. Sie war der geschlossenen Tür dankbar für den letzten Aufschub, den sie ihr gewährte.

Schließlich klopfte sie leise und unverbindlich. Sicher, sie wollte den Besuch machen, aber gleichzeitig hoffte sie, dass niemand das Klopfen hören würde. Denn dann könnte sie einfach wieder gehen, brauchte aber kein schlechtes Gewissen zu haben, denn sie hatte es ja versucht. Allerdings wusste der winzige Teil in ihr, der immer noch vernünftig dachte, dass es weder realistisch noch richtig war. Ihr klopfte das Herz bis zum Hals, während sie so vor der Tür stand und mit quietschenden Schuhsohlen von einem Fuß auf den anderen trat. Von dem Krankenhausgeruch war ihr schon ganz flau im Magen. Sie hasste Krankenhausgeruch. Eine Welle von Übelkeit überschwemmte sie, und sie atmete tief durch und betete um Fassung. Hoffentlich würden sich bald die angeblichen Vorzüge des Erwachsenseins einstellen, die einen Menschen dazu befähigten, solche Momente besser zu ertragen. Noch während sie damit beschäftigt war, auf ihre Füße zu starren und tief ein- und auszuatmen, ging die Tür auf, und sie war völlig unvorbereitet konfrontiert mit dem Anblick einer Krankenschwester und einer furchtbar krank aussehenden Constance. Kitty blinzelte einmal, blinzelte zweimal und wusste, dass sie sich spätestens beim dritten Mal unbedingt etwas einfallen lassen musste, weil es Constance garantiert nicht helfen würde, wenn Besucher spontan und ehrlich auf ihr Äußeres reagierten. Doch sosehr sie sich anstrengte, sie brachte kein Wort heraus. Nichts Lustiges, nichts Alltägliches, nichts Nichtiges fiel ihr ein, das sie ihrer Freundin, die sie seit zehn Jahren kannte, sagen konnte.

»Ich hab diese Frau noch nie im Leben gesehen«, sagte Constance mit ihrem französischen Akzent, den man ihr auch nach fast dreißig Jahren in Irland noch immer anhörte. Obwohl sie so krank aussah, war ihre Stimme so stark und fest, so sicher und unbeirrt wie eh und je. »Rufen Sie doch bitte rasch den Sicherheitsdienst, damit er die Dame aus dem Gebäude führt.«

Die Schwester lächelte, öffnete die Tür noch ein Stück weiter und ging dann wieder zu Constance.

»Ich kann ja später noch mal vorbeikommen«, brachte Kitty endlich heraus. Sie wandte sich ab und schaute sich angestrengt nach etwas Normalem, Alltäglichem um, mit dem sie sich ablenken und sich vormachen konnte, dass sie nicht im Krankenhaus mit diesem grässlichen Geruch war und dass sie nicht ihre todkranke Freundin besuchte.

»Ich bin fast fertig, nur noch rasch Fiebermessen«, erwiderte die Krankenschwester und platzierte ein Thermometer in Constances Ohr. Schnell schaute Kitty wieder weg.

»Komm, setz dich doch.« Constance deutete auf den Stuhl neben ihrem Bett.

Kitty konnte ihr nicht in die Augen sehen. Natürlich wusste sie, dass das unhöflich war, aber ihr Blick wanderte immer wieder weg, magnetisch angezogen von Dingen, die nicht krank waren und sie auch nicht an kranke Menschen erinnerten. Schließlich fing sie an, an den Geschenken herumzufummeln, die sie mitgebracht hatte. »Ich hab hier ein paar Blumen für dich«, verkündete sie und schaute sich nach einem geeigneten

Stellplatz um. Constance hasste Blumen. Wenn jemand ihr welche schenkte, um sie zu bestechen, sich bei ihr zu entschuldigen oder einfach nur ein bisschen Farbe an ihren Arbeitsplatz zu bringen, ließ sie sie normalerweise einfach sterben. Natürlich wusste Kitty das genau, aber der Blumenkauf war schlicht Teil ihrer Verzögerungstaktik gewesen – vor allem deshalb, weil die Warteschlange so verlockend gewesen war.

»O je«, sagte die Schwester. »Hat Ihnen denn keiner gesagt, dass keine Blumen im Zimmer erlaubt sind?«

»Oh. Na ja, kein Problem, ich bringe sie weg«, meinte Kitty und sprang erleichtert auf, um die unerwartete Fluchtmöglichkeit zu nutzen.

»Moment, ich nehme sie«, rief die Schwester. »Ich lasse den Strauß für Sie an der Rezeption aufbewahren, dann können Sie ihn nachher mit nach Hause nehmen. So schöne Blumen darf man doch nicht einfach verkommen lassen.«

»Zum Glück hab ich auch noch Cupcakes mitgebracht«, verkündete Kitty und zog eine Schachtel aus ihrer Handtasche.

Wieder wechselten die Schwester und Constance vielsagende Blicke.

»Das kann doch nicht sein – Cupcakes sind auch verboten?«

»Der Koch möchte, dass die Patienten ausschließlich Dinge aus seiner Küche zu sich nehmen.«

Resigniert überreichte Kitty der Krankenschwester die verbotene Ware.

»Die können Sie nachher auch mit nach Hause nehmen«, lachte die Frau und musterte das Thermometer. »Alles okay«, sagte sie lächelnd zu Constance. Bevor sie ging, wechselten die beiden allerdings erneut einen vielsagenden Blick, als hätten die Worte eigentlich etwas ganz anderes bedeutet – es war ja keineswegs alles okay. Der Krebs fraß Constance langsam, aber sicher auf. Inzwischen wuchsen zwar ihre Haare nach, aber nicht gleichmäßig, sondern in unregelmäßigen Büscheln auf dem Kopf verteilt; über dem Ausschnitt des weiten Krankenhauskittels traten spitz die Schlüsselbeine hervor, und an beiden Armen, die extrem dünn und von den Spritzen und Injektionen voller blauer Flecken waren, hingen Kabel und Schläuche.

»Da bin ich ja froh, dass ich ihr nichts von dem Kokain in meiner Tasche erzählt habe«, sagte Kitty, als sich die Tür schloss, und sie hörten die Schwester auf dem Korridor laut und herzlich lachen. »Ich weiß, dass du keine Blumen magst, Constance, aber ich hatte Panik. Eigentlich wollte ich goldenen Nagellack, Räucherkerzen und einen Spiegel mitbringen, weil ich das irgendwie lustig fand.«

»Warum hast du es nicht getan?« Constances Augen lächelten und funkelten so strahlend blau wie immer, und wenn Kitty es schaffte, sich auf diese Augen zu konzentrieren, die so voller Leben waren, konnte sie den Rest des ausgezehrten Körpers beinahe vergessen. Beinahe. Aber nicht ganz.

»Weil mir klargeworden ist, dass es nicht lustig ist«, antwortete sie.

»Ich hätte gelacht.«

»Dann bringe ich die Sachen beim nächsten Mal mit.«

»Aber dann kenne ich den Witz ja schon, dann ist er nicht mehr lustig. Hallo, Liebes.« Constance ergriff Kittys Hand und hielt sie fest. Kitty konnte nicht hinschauen, denn die Hände ihrer Freundin sahen wund und mager aus. »Es tut so gut, dich zu sehen«, sagte Constance leise.

»Entschuldige bitte, dass ich erst jetzt komme.«

»Ja, es hat eine ganze Weile gedauert.«

»Der Verkehr …«, begann Kitty, aber dann gab sie das Witzeln auf. Sie hätte schon vor über einem Monat kommen sollen.

Eine Weile war es ganz still im Zimmer, und auf einmal merkte Kitty, dass Constance auf eine Erklärung wartete, warum sie sie nicht besucht hatte.

»Ich hasse Krankenhäuser.«

»Ich weiß. Nosocomephobie«, sagte Constance.

»Was ist das denn?«

»Angst vor Krankenhäusern.«

»Ich wusste gar nicht, dass es ein Wort dafür gibt.«

»Es gibt für alles ein Wort. Ich kann seit zwei Wochen nicht mehr kacken, das nennt man Anismus.«

»Ich könnte einen Artikel darüber schreiben«, sagte Kitty, und ihre Gedanken schweiften ab.

»Auf gar keinen Fall! Meine rektale Trägheit geht niemanden etwas an außer dir, mir, Bob und der netten Dame, der ich erlaube, sich meinen Hintern anzusehen.«

»Nein, ich meinte die Krankenhausphobie. Das wäre eine gute Geschichte.«

»Erklär mir, warum.«

»Stell dir vor, ich finde jemanden, der richtig schlimm krank ist und sich wegen so einer Phobie nicht behandeln lassen kann.«

»Dann kriegt er eben zu Hause seine Medikamente. Kein Problem.«

»Aber was, wenn eine Frau mit Geburtswehen vor dem Krankenhaus auf und ab läuft, weil sie es nicht schafft, durch die Tür zu gehen?«

»Dann kriegt sie das Kind eben im Krankenwagen oder zu Hause oder auf der Straße.« Constance zuckte die Achseln. »Ich habe mal über eine Frau im Kosovo berichtet. Sie musste sich verstecken, die Geburt setzte ein, sie war völlig allein, und es war ihr erstes Kind. Erst zwei Wochen später hat man die beiden gefunden, gesund und munter. In Afrika kriegen Frauen ihre Kinder bei der Feldarbeit, und nach der Geburt machen sie sofort weiter. In manchen Indianerstämmen treiben die Frauen die Geburt voran, indem sie tanzen. In der westlichen Welt läuft das irgendwie verkehrt«, sagte sie und wedelte wegwerfend mit der Hand, obwohl sie selbst nie Kinder gehabt hatte. »Ich hab mal einen Artikel darüber geschrieben.«

»Dann vielleicht ein Arzt, der nicht zur Arbeit kann.« Kitty konnte einfach nicht von ihrer Idee lassen.

»Das ist doch lächerlich. Dem sollte man einfach die Lizenz entziehen.«

Kitty lachte. »Danke, dass du so ehrlich bist – wie üblich.« Dann verblasste ihr Lächeln, und sie konzentrierte sich auf Constances Hand, die ihre immer noch festhielt. »Oder wie wäre es mit einer egoistischen Frau, deren beste Freundin krank ist, die es aber nicht fertigbringt, sie zu besuchen?«

»Aber jetzt bist du hier, und ich freue mich, dich zu sehen.« Kitty schluckte schwer. »Du sagst ja gar nichts dazu.«

»Wozu?«

»Du weißt schon.«

»Ich war nicht sicher, ob du darüber reden möchtest.«

»Will ich eigentlich nicht.«

»Na dann.«

Eine Weile saßen sie schweigend nebeneinander.

»Ich werde überall niedergemacht, in den Zeitungen, im Radio, überall«, sagte Kitty und schnitt damit das Thema selbst an. »Ich hab schon länger keine Zeitung mehr gelesen.«

Kitty ignorierte den Stapel auf der Fensterbank. »Egal, wo ich hinkomme, überall werde ich angestarrt, die Leute zeigen mit dem Finger auf mich, flüstern und tuscheln, als wäre ich die Hure Babylon.«

»Das ist der Preis, den man bezahlt, wenn man im Scheinwerferlicht steht. Du bist jetzt ein Fernsehstar.«

»Ich bin kein Fernsehstar, ich bin ein Idiot, der sich im Fernsehen zum Affen gemacht hat. Das ist ein großer Unterschied.«

Constance zuckte wieder die Achseln, als wäre das alles nichts Besonderes.

»Du wolltest sowieso nicht, dass ich bei der Sendung mitmache. Warum sagst du nicht einfach ›Siehst du wohl‹, dann haben wir es hinter uns.«

»Solche Sätze benutze ich nicht. Die sind nicht produktiv.« Wieder das typische Achselzucken. Behutsam zog Kitty ihre Hand weg und fragte leise: »Hab ich meinen Job eigentlich noch?«

»Hast du nicht mit Pete darüber gesprochen?« Constance machte ein Gesicht, als wäre sie sauer auf ihren Chef vom Dienst.

»Doch, hab ich. Aber ich muss es von dir hören. Das ist viel wichtiger für mich.«

»An *Etceteras* Haltung dir gegenüber hat sich nichts geändert, man hat dich eingestellt, dabei bleibt es«, sagte Constance fest.

»Danke«, flüsterte Kitty.

»Ich habe deine Beteiligung an *Thirty Minutes* durchaus unterstützt, denn ich weiß, dass du eine gute Reporterin bist und das Zeug hast, eine großartige Reporterin zu werden. Wir alle machen Fehler, größere und kleinere, niemand ist perfekt. Solche Zeiten, wie du sie jetzt durchmachst, sind dafür da, dass man sie nutzt, um ein besserer Reporter und – was viel wichtiger ist – ein besserer Mensch zu werden. Als du vor zehn Jahren zum Vorstellungsgespräch bei mir aufgetaucht bist – weißt du noch, was für eine Geschichte du mir da verkaufen wolltest?«

Kitty lachte und zuckte innerlich ein bisschen zusammen. »Nein«, log sie.

»Natürlich weißt du das. Na ja, wenn du es nicht sagen willst, dann sag ich es eben. Ich hab dich gefragt, wenn du jetzt sofort etwas für mich schreiben müsstest, egal, über welches Thema, was für eine Geschichte würdest du dir aussuchen?«

»Wir müssen das echt nicht noch mal durchkauen. Ich war ja dabei.« Kitty war knallrot geworden.

»Du hast geantwortet«, fuhr Constance unbeirrt fort, ohne auf Kittys Bemerkung einzugehen, »dass du von einer Raupe gehört hättest, die es einfach nicht geschafft hat, ein Schmetterling zu werden …«

»Ja, ja, ich weiß.«

»Und dass du gerne darüber schreiben würdest, wie es sich anfühlt, wenn einem dieses schöne Erlebnis verwehrt bleibt. Dass du wissen möchtest, wie es sich für die Raupe anfühlt, zusehen zu müssen, wie sich andere Raupen in Schmetterlinge verwandeln, während sie die ganze Zeit weiß, dass sie selbst es nicht schafft. Unser Gespräch hat am Tag der Wahl des US-Präsidenten stattgefunden, und am gleichen Tag ist ein Kreuzfahrtschiff mit fünfhundert Passagieren an Bord gesunken. Ich habe an diesem Tag zwölf Vorstellungsgespräche geführt, und du warst die Einzige, die weder die Politik noch die Schiffskatastrophe erwähnt hat und auch nicht davon gefaselt hat, dass sie unbedingt mal einen Tag mit Nelson Mandela verbringen möchte. Was dich am meisten interessiert hat, war diese arme kleine Raupe.«

Jetzt konnte Kitty ein Grinsen doch nicht mehr unterdrücken. »Na ja, ich kam frisch vom College, ich glaube, ich hatte noch zu viel Gras im Blut.«

»Nein, daran lag es nicht«, flüsterte Constance und griff wieder nach Kittys Hand. »Du warst die Einzige, die mir in diesem Gespräch aufrichtig gestanden hat, dass sie keine Angst hat zu fliegen, sondern vielmehr befürchtet, es nicht zu können.«

Kitty schluckte schwer, den Tränen nahe. Aus ihr war ganz sicher noch kein Schmetterling geworden, und momentan war sie weiter davon entfernt denn je.

»Manche Leute behaupten, dass Angst keine gute Motivation zum Handeln ist, aber wenn man keine Angst hat, wo ist dann die Herausforderung? In Situationen, in denen ich meine Angst akzeptiert und mich der Herausforderung gestellt habe, war meine Arbeit immer am ertragreichsten. Und als dann dieses junge Mädchen vor mir saß, das fürchtete, nicht fliegen zu können, da habe ich gedacht: ›Aha, das ist die Richtige für uns.‹ Darum geht es doch bei *Etcetera*. Natürlich berichten wir über Politik, aber wir berichten auch über die Menschen, die dahinterstehen, wir interessieren uns für ihre emotionale Reise, nicht nur für ihre Prinzipien, wir wollen hören, wie sie zu ihren Überzeugungen gekommen sind, was sie erlebt und welche Gründe dazu geführt haben, dass sie an das glauben, wofür sie jetzt eintreten. Ja, manchmal schreiben wir auch über gesunde

Ernährung, aber nicht über irgendein Bio-Dies und Vollkorn-Jenes, sondern über das *Warum* und über das *Wer.* Bei uns geht es um Menschen, um Gefühle, um Emotionen. Vielleicht verkaufen wir weniger, aber wir haben mehr zu sagen – natürlich ist das nur meine persönliche Meinung. *Etcetera* wird deine Artikel weiterhin veröffentlichen, Kitty – jedenfalls solange du über das schreibst, was für dich wahr ist, und nicht über irgendein Thema, von dem jemand dir einredet, dass es eine super Geschichte ist. Niemand kann ernsthaft so tun, als wüsste er genau, was die Leute lesen oder hören oder sehen wollen. Sie wissen es meistens selbst nicht, und man erkennt es immer erst im Nachhinein. Aber darum geht es ja, wenn man etwas Originelles, etwas Eigenes erschafft. Es geht darum, etwas Neues zu entdecken, und nicht darum, das Alte wiederzukäuen, um den Markt zu befriedigen.« Sie zog die Augenbrauen in die Höhe.

»Es war meine Geschichte«, sagte Kitty leise. »Ich kann niemand anderem die Verantwortung dafür in die Schuhe schieben.«

»An einer Story sind immer mehrere Leute beteiligt, nicht nur der Autor, und das weißt du auch. Wenn du mit der Idee zu mir gekommen wärst und ich mich – rein hypothetisch – bereit erklärt hätte, das Thema zu bringen, hätte ich den Beitrag rechtzeitig wieder rausgenommen. Es gab genügend Hinweise, und von deinen Vorgesetzten hätte jemand in der Lage sein müssen, sie zu deuten. Aber wenn du Wert darauf legst, die ganze Schuld auf dich zu nehmen, dann frag dich doch mal, warum es dir so wichtig war, die Geschichte zu erzählen.« Sie machte eine Pause, und Kitty war nicht sicher, ob sie antworten sollte. Aber dann hatte Constance wieder Energie gesammelt und fuhr fort: »Ich habe mal einen Mann interviewt, der sich im Lauf des Gesprächs über die Fragen, die ich ihm stellte, immer mehr zu amüsieren schien. Schließlich wollte ich wissen, was er denn so komisch fand, und er hat mir erklärt, seiner Erfahrung nach würden die Fragen des Interviewers meistens mehr über ihn aussagen als die Antworten über den Interviewten. Er war überzeugt, dass er bei unserem Gespräch weit mehr über mich erfahren hatte als ich über ihn. Ich fand das sehr interessant, und ich glaube, er hatte recht – zumindest in diesem Fall. Ich denke oft, dass ein Artikel mindestens so viel über den Menschen offenbart, der ihn geschrieben hat, wie über das Thema selbst. Auf der Journalistenschule lernt man, dass man die eigene Person beim Schreiben möglichst heraushalten soll, weil man angeblich nur dann unvoreingenommen berichten kann, aber häufig müssen wir uns erst einmal in das Thema hineinversetzen, um es überhaupt zu verstehen, um eine Beziehung dazu zu kriegen und dem Leser zu helfen, sich damit zu identifizieren. Sonst fehlt dem Artikel das Herz, und die Geschichte könnte genauso gut von einem Roboter erzählt werden. Aber das bedeutet nicht, dass man allem die eigene *Meinung* einimpft. Ich mag es nicht, wenn ein Journalist mir in einem Artikel erklärt, was er über das Thema denkt. Wen kümmert es denn, was ein einzelner Mensch denkt? Aber eine Nation, eine Klasse, das eine oder das andere Geschlecht – das interessiert mich viel mehr. Ich meine damit, dass man sich allen Aspekten einer Geschichte mit Verständnis nähert und den Lesern zeigt, dass hinter den Worten immer auch ein Gefühl steht.«

Kitty wollte lieber nicht darüber nachdenken müssen, was es über sie selbst aussagte, dass sie über die fragliche Geschichte berichtet hatte. Am liebsten wollte sie die ganze Katastrophe einfach vergessen, wollte nie wieder darüber sprechen müssen – was leider unmöglich war, da der Sender verklagt worden war und Kitty am nächsten Tag wegen übler Nachrede vor Gericht erscheinen musste. Ihr Kopf dröhnte, sie hatte es satt, darüber zu grübeln, hatte es satt zu analysieren, wie es eigentlich dazu gekommen war. Aber plötzlich spürte sie das Bedürfnis, Buße zu tun und sich für alles zu entschuldigen, was sie jemals falsch gemacht hatte, nur um sich nicht mehr ganz so wertlos zu fühlen.

»Ich muss dir was beichten.«

»Gern, ich liebe Beichten.«

»Weißt du, als du mir damals den Job gegeben hast, war ich total aufgeregt, und der erste Artikel, den ich für dich schreiben wollte, war tatsächlich der über die Raupe.«

»Wirklich?«

»Natürlich konnte ich die Raupe nicht interviewen, aber sie sollte die Grundlage bilden für einen Artikel über Menschen, die es einfach nicht schaffen loszufliegen, darüber, was es bedeutet, wenn man ständig zurückgehalten wird, die Flügel beschnitten bekommt.« Sie schaute ihre Freundin an, die krank und abgemagert in ihrem Bett lag und mit großen Augen zu ihr aufblickte. Einen Moment kämpfte sie mit den Tränen. Sie war sicher, dass Constance ganz genau verstand, was sie meinte. »Ich habe angefangen, über das Thema zu recherchieren … es tut mir leid«, stieß sie hervor, schlug die Hand vor den Mund und versuchte, sich wieder in den Griff zu bekommen, aber es gelang ihr nicht. Die Tränen liefen ihr über die Wangen. »Ich hab mich geirrt. Mit der Raupe, von der ich dir erzählt habe. Aus der Oleanderraupe wird doch ein Schmetterling, ein Nachtfalter genaugenommen, der Oleanderschwärmer.« Kitty kam sich hochgradig albern vor, weil sie ausgerechnet jetzt weinen musste, aber sie konnte nichts dagegen tun. Es war nicht die missliche Lage der Raupe, die sie so traurig machte, sondern die Tatsache, dass sie so schlecht recherchiert hatte, damals wie heute, und dass sie deshalb jetzt solchen Ärger hatte. »Der Sender hat mich suspendiert.«

»Die haben dir einen Gefallen getan. Warte, bis Gras über die Sache gewachsen ist, dann kannst du wieder loslegen.«

»Ich weiß nicht, ob ich das noch will. Ich habe Angst, dass ich wieder einen Fehler mache.«

»Das wird nicht passieren, Kitty. Weißt du, wenn man eine Geschichte erzählen will, wenn man sich – wie ich es gerne ausdrücke – auf die Suche nach der Wahrheit macht, dann muss man nicht auf Teufel komm raus eine Lüge aufdecken oder ein weltbewegendes Thema beackern – es geht einfach nur darum, zum Herzen dessen vorzudringen, was real ist.«

Kitty nickte und schniefte leise. »Es tut mir leid – ich wollte wirklich nicht, dass sich alles nur um mich dreht, wenn ich dich besuche. Es tut mir wirklich leid.« Sie sackte auf ihrem Stuhl zusammen und legte den Kopf auf Constances Bett, peinlich berührt, weil Constance sie so sah, weil sie sich so erbärmlich aufführte, wo ihre Freundin doch krank war und viel wichtigere Sorgen hatte.

»Schon gut, schon gut«, sagte Constance beschwichtigend und strich Kitty sanft über die Haare. »Das ist ein noch besseres Ende, als ich mir ursprünglich gewünscht habe. Dann darf unsere arme Raupe also doch fliegen.«

Als Kitty den Kopf hob, wirkte Constance auf einmal sehr erschöpft.

»Bist du okay? Soll ich einer Schwester Bescheid sagen?«

»Nein, nein. Ich werde nur manchmal von jetzt auf gleich total müde«, erwiderte sie. Ihre Augenlider flatterten. »Ich mache schnell ein Nickerchen, dann bin ich wieder fit. Ich möchte nicht, dass du gehst, wir müssen noch über so viel reden. Zum Beispiel über Glen.« Sie lächelte schwach.

Kitty gab sich alle Mühe, das Lächeln zu erwidern. »Ja. Aber schlaf erst mal eine Runde«, flüsterte sie. »Ich bleibe einfach hier sitzen.«

Constance hatte sich von ihr noch nie etwas vormachen lassen und konnte Lügen in Sekundenschnelle an ihrem Gesichtsausdruck erkennen. »Ich mochte ihn sowieso nicht so besonders.«

Dann schlossen sich ihre Augen.

Kitty setzte sich auf die Fensterbank, schaute auf die Leute hinunter, die unten vorbeigingen, und überlegte sich eine Route für den Heimweg, auf der sie möglichst wenig gesehen wurde.

Dann aber riss sie ein französischer Wortschwall aus ihren Gedanken, und sie blickte überrascht zu Constance hinüber. In den zehn Jahren ihrer Bekanntschaft hatte Kitty ihre Freundin nur beim Fluchen Französisch sprechen hören.

»Was hast du gesagt?«

Einen Moment machte Constance einen verwirrten Eindruck. Dann räusperte sie sich und nahm sich zusammen. »Du siehst aus, als wärst du ganz weit weg, Kitty«, sagte sie leise.

»Ich hab nachgedacht.«

»Ich werde sofort die Behörden verständigen.«

»Ich habe nämlich eine Frage, die ich dir schon immer stellen wollte.« Kitty setzte sich wieder auf den Stuhl neben Constances Bett.

»Ach ja? Warum Bob und ich keine Kinder haben?« Constance setzte sich im Bett auf, griff nach ihrem Wasserglas und trank einen winzigen Schluck durch den Strohhalm.

»Nein, du Klugscheißerin«, entgegnete Kitty. »Du hast jede Pflanze umgebracht, die du jemals besessen hast, und ich mag mir gar nicht vorstellen, wie es einem Kind bei dir ergangen wäre. Nein, ich wollte dich fragen, ob es eine Geschichte gibt, die du gern geschrieben hättest, aber aus irgendeinem Grund nie geschrieben hast.«

Sofort hellte Constances Gesicht sich auf. »Oh, das ist eine wirklich gute Frage. Vielleicht sogar eine Geschichte in sich selbst.« Sie sah Kitty mit hochgezogenen Augenbrauen an. »Du könntest Journalisten, die sich zu Ruhe gesetzt haben, interviewen und sie fragen, was für eine Geschichte sie immer schreiben wollten, aber nie geschrieben haben. Was meinst du? Über die Idee sollte ich gelegentlich mal mit Pete sprechen. Wir könnten Kontakt mit ehemaligen Autoren aufnehmen und sie bitten, speziell für unsere Zeitschrift die Geschichte zu schreiben, die sie schon immer schreiben wollten. Leute wie Oisín O'Ceallaigh und Olivia Wallace. Wir geben ihnen die einmalige Chance dazu. Könnte doch gut eine Sonderausgabe werden.«

»Hörst du denn nie auf?«, lachte Kitty.

In diesem Augenblick klopfte es leise an der Tür, und Bob, Constances Mann, kam herein. Er sah müde aus, aber als er sich Constance zuwandte, wurde sein Gesicht sanft und liebevoll.

»Hallo, mein Schatz – oh, hallo, Kitty. Schön, dass du dich auch mal blicken lässt.«

»Der Verkehr«, erklärte Kitty ungeschickt.

»Das Gefühl kenne ich«, grinste Bob, kam zu ihr und küsste sie auf den Kopf. »Der Verkehr hält mich auch oft auf. Aber besser spät als nie, was?« Er sah Constance an, deren Gesicht konzentriert und fast angespannt wirkte. »Versuchst du zu kacken, meine Liebe?«

Kitty lachte.

»Nein, Kitty hat mich gerade gefragt, was für eine Geschichte ich schon immer schreiben wollte, aber nie geschrieben habe.«

»Ah. Du sollst sie nicht zum Nachdenken verführen, Kitty, das haben die Ärzte strengstens verboten«, witzelte er. »Aber es ist eine gute Frage. Lass mich raten. Ist es vielleicht die Geschichte über die Ölkatastrophe, als du das Exklusiv-Interview mit dem Pinguin gemacht hast, der alles beobachtet hat?«

»Ich hab nie ein Exklusiv-Interview mit einem Pinguin gemacht«, lachte Constance, zuckte aber plötzlich zusammen, und ihr Gesicht verzerrte sich, als hätte sie Schmerzen.

Sofort wurde Kitty nervös, aber Bob, der daran gewöhnt war, fuhr unbeirrt fort: »Oh, dann war es wohl der Wal. Der Wal, der alles beobachtet hat. Und jedem, der sich in seine Nähe getraut hat, davon erzählen wollte.«

»Es war der Kapitän des Schiffs, den ich interviewen sollte«, konterte Constance, aber es klang liebevoll.

»Und warum hat es nicht geklappt?«, fragte Kitty, fasziniert, wie die beiden miteinander umgingen.

»Mein Flug hatte Verspätung«, erklärte Constance und zupfte an ihrer Decke herum.

»Sie konnte ihren Pass nicht finden«, verriet Bob. »Du weißt ja, wie es bei uns in der Wohnung aussieht, Kitty – da könnten sich ohne weiteres die Qumran-Rollen verstecken, wir würden nichts davon merken. Seither haben die Pässe übrigens eine neue Heimat gefunden, im Toaster – damit wir ihren Aufenthaltsort nie wieder vergessen. Jedenfalls hat Constance ihren Flug und damit auch ihr großes Exklusivinterview verpasst, und der Kapitän hat stattdessen mit jemandem gesprochen, dessen Name nicht genannt werden darf.« Er beugte sich zu Kitty und flüsterte ihr »Dan Cummings« ins Ohr.

»Oh, jetzt hast du's getan, jetzt hast du mich umgebracht!«, rief Constance und griff sich dramatisch an die Brust, als hätte ihr letztes Stündlein geschlagen.

Kitty schlug sich die Hände vors Gesicht. Irgendwie konnte sie über diesen Scherz nicht lachen.

»Endlich sind wir sie los«, neckte Bob seine Frau zärtlich. »Aber wie lautet denn nun die richtige Antwort, Liebste? Was für eine Geschichte ist es? Ich bin sehr gespannt.«

»Weißt du es wirklich nicht?«, fragte Kitty ihn.

Bob schüttelte den Kopf, zuckte die Achseln, und dann schauten sie beide Constance beim Nachdenken zu.

»Ah«, rief sie plötzlich, und ihre Augen begannen zu leuchten. »Ich hab's. Es ist eigentlich eine ziemlich neue Idee, sie ist mir erst letztes Jahr eingefallen. Eine Art Experiment, aber seit ich hier bin, geht es mir nicht mehr aus dem Kopf.«

Kitty rückte näher.

Aber Constance genoss es, ihren Mann und ihre Freundin auf die Folter zu spannen.

»Möglicherweise eine meiner großartigsten Ideen überhaupt.«

Kitty stöhnte ungeduldig.

»Ich sag euch was: Die Unterlagen sind bei uns zu Hause. In meinem Büro. Bob kann dich reinlassen, Kitty, oder Teresa, falls sie nicht zu beschäftigt ist mit der Jeremy-Kyle-Talkshow. Abgelegt unter *N.* Der Arbeitstitel lautet *Namen.* Bring den Ordner her, dann erzähl ich euch Näheres darüber.«

»Nein!«, lachte Kitty. »Du weißt doch, wie ungeduldig ich bin, bitte lass mich nicht warten.«

»Wenn ich es dir jetzt gleich sage, besuchst du mich vielleicht nie wieder.«

»Aber ich verspreche dir, dass ich dich trotzdem besuche.« Constance lächelte. »Nein, der Deal ist, du bringst den Ordner her, und ich erzähle euch die Geschichte.«

»Na gut, abgemacht.«

Und sie schüttelten sich die Hände.

Kapitel 2

Als Kitty erschöpft durch stille Seitenstraßen nach Hause radelte, kam sie sich vor wie eine Ratte, die den Rinnstein entlanghuschte. Nach dem Besuch bei ihrer Freundin war sie anfangs in Hochstimmung gewesen, aber dann hatte die Realität dessen, was vor ihnen lag, sie wieder eingeholt, und sie fühlte sich genauso hoffnungslos wie vorher.

Thirty Minutes, die Fernsehsendung, für die sie im vorigen Jahr zu arbeiten begonnen hatte, war ihre große Chance gewesen, die sie nun kaum gründlicher hätte vermasseln können. Das Programm verzeichnete Zuschauerzahlen von einer halben Million, was für ein Land mit fünf Millionen Einwohnern beeindruckend war, aber es reichte nicht, Kitty zur nächsten Katie Couric zu machen. Nach ihrer katastrophalen Reportage hatte der Sender sie jetzt suspendiert, und ihr stand ein Gerichtsprozess wegen übler Nachrede mit entsprechenden Schadenersatzforderungen bevor. Der Beitrag war vor vier Monaten, im Januar, ausgestrahlt worden, aber erst durch den Prozess, der morgen eröffnet werden sollte, war die Geschichte in die Schlagzeilen geraten. Inzwischen kannten weit mehr als eine halbe Million Menschen Kittys Gesicht, ihren Namen und wussten von dem katastrophalen Fehler, den sie gemacht hatte.

Natürlich war auch Kitty klar, dass ihr Fall nicht allzu lange im Gedächtnis der Öffentlichkeit haftenbleiben würde, aber ihr Ruf in der Branche war durch den Vorfall unwiderruflich beschädigt. Sie wusste, welches Glück sie hatte, dass *Etcetera* – das Magazin, das von Constance gegründet und herausgegeben wurde – sie weiterbeschäftigte und dass sie dieses Glück einzig und allein der Tatsache zu verdanken hatte, dass Constance sie vorbehaltlos unterstützte. Zurzeit passierte ihr das nicht oft, und obwohl Bob stellvertretender Herausgeber des Magazins und zweifellos ein guter Freund war, konnte Kitty nicht sicher sein, ob sie ihren Job auch ohne Constances Einfluss weiter behalten würde. Ihr graute bei dem Gedanken, dass ihre Freundin womöglich bald nicht mehr Teil ihres Lebens sein würde – weder in privater noch in beruflicher Hinsicht. Seit Kitty in den Beruf eingestiegen war, hatte Constance sie geführt, ihr mit Rat und Tat zur Seite gestanden, ihr aber gleichzeitig die Freiheit gelassen, ihre eigene Stimme zu finden und ihre eigenen Entscheidungen zu treffen. Kitty hatte ihre Erfolge immer auf ihr eigenes Konto verbuchen können, aber das bedeutete natürlich auch, dass sie auch selbst für ihre Fehler geradestehen musste. Und Letzteres bekam sie im Moment besonders deutlich zu spüren.

Als ihr Handy in ihrer Tasche zu vibrieren begann, ignorierte sie es zunächst, wie sie es schon die ganze Woche über getan hatte. Seit allgemein bekannt war, dass ihr Fall vor Gericht ging, wurde sie von einigen Leuten, die sie eigentlich für Freunde gehalten hatte, regelrecht drangsaliert, einen Kommentar abzugeben. Mit sehr unterschiedlichen Taktiken: Manche platzten einfach mit ihrem Anliegen heraus, andere versuchten es auf die Mitleidstour. »Du weißt ja, wie es ist, Kitty, du kennst ja den Stress, unter dem wir alle stehen. Mein Chef hat rausgekriegt, dass wir befreundet sind, deshalb erwartet er jetzt von mir, dass ich etwas über dich in Erfahrung bringe.« Wieder andere luden sie aus heiterem Himmel zum Essen oder auf einen Drink ein, einer sogar völlig willkürlich zum Hochzeitstag seiner Eltern und ein weiterer zum fünfundachtzigsten Geburtstag seines Großvaters. Kitty war auf keines dieser Angebote eingegangen, aber sie hatte eine ganze Menge über angebliche Freunde gelernt und strich einen nach dem anderen von ihrer Weihnachtskartenliste. Nur ihr Freund Steve, mit dem sie auf dem College Journalismus studiert hatte, fehlte bisher noch. Steve träumte von einer Karriere als Sportreporter, aber bisher waren Tratsch-Artikel über das Privatleben von Fußballstars das Sportlichste, worüber er berichten durfte. Er war es gewesen, der ihr vorgeschlagen hatte, sich für den Job bei *Etcetera* zu bewerben. Ganz zufällig hatte er ein Exemplar des Magazins im Wartezimmer bei einem Arzt in die Hand genommen, während er auf Kitty wartete, die sich die Pille danach verschreiben ließ. In der Nacht zuvor hatten sie ihren ersten und einzigen Versuch unternommen, miteinander ins Bett zu gehen, ein Versuch, der sie zu der Einsicht gebracht hatte, dass sie vom Schicksal dazu bestimmt waren, für immer einfach nur Freunde zu bleiben. Als Kitty jetzt an ihn dachte und das hartnäckige Handyklingeln hörte, hatte sie plötzlich eine Eingebung, stieg vom Rad und angelte das Telefon aus der Tasche. Es war tatsächlich Steve, aber sie spielte trotzdem mit der Idee, den Anruf einfach wegzudrücken. Sie *misstraute* ihm. Die Folgen ihrer Reportage für *Thirty Minutes* hatten ihren Instinkt so durcheinandergebracht, dass sie nicht mehr wusste, wem sie vertrauen konnte und wem nicht. Aber schließlich nahm sie das Gespräch doch an.

»Kein Kommentar«, fauchte sie, statt sich zu melden.

»Wie bitte?«

»Kein Kommentar, hab ich gesagt. Du kannst deinem Chef ausrichten, dass du nicht mit mir gesprochen hast, weil wir uns verkracht haben, was ja durchaus passieren kann, ich bin nämlich echt entsetzt, dass du tatsächlich den Nerv hast, mich anzurufen und unsere Freundschaft auf diese Art zu missbrauchen.«

»Rauchst du seit neuestem Crack?«

»Was? Nein. Warte, ist das schon Teil deiner Geschichte? Denn wenn demnächst behauptet wird, ich bin drogenabhängig, dann ist mir das …«

»Jetzt halt mal die Luft an, Kitty. Ich werde meinem Boss sagen, dass du, Kitty Logan, von der er sowieso noch nie was gehört hat, keinen Kommentar zu Victoria Beckhams neuer Kollektion abgeben möchtest. Das ist so ungefähr das Einzige, worüber ich heute mit irgendjemandem sprechen darf. Nicht über das bevorstehende Match Carlow gegen Monaghan, das entscheidend ist, weil der Sieger ins Finale kommt und Carlow seit neunzehnhundertsechsunddreißig und Monaghan seit neunzehnhundertdreißig nicht mehr in einem All-Ireland-Endspiel waren, aber das interessiert keinen. Jedenfalls nicht in meinem Büro. Nein. Wir interessieren uns nur dafür, ob Victorias neue Kollektion ein Kracher wird oder ein Lacher, ob sie flott ist oder Schrott oder was es sonst noch so an sich reimenden Gegenteilpaaren gibt. Dazu soll ich mir nämlich momentan etwas einfallen lassen, aber es klappt leider nicht.« Seine Tirade endete, und Kitty konnte nicht anders, sie musste lachen – das erste echte Lachen in dieser Woche.

»Tja, ich bin froh, dass wenigstens einer von uns das lustig findet.«

»Ich dachte, du darfst jetzt über Fußball schreiben.«

»Victoria ist mit David Beckham verheiratet, deshalb gehört der Artikel zum Fußballressort, sagt mein Chef. Abgesehen davon, dass ich bei diesem albernen Bericht, den ich schreiben muss, deine Hilfe gebrauchen könnte, rufe ich an, um mich zu vergewissern, dass du nicht etwa in deiner Wohnung vermoderst.«

»Na ja, du hattest recht mit deinem Verdacht. Ich war dabei, in meiner Wohnung zu vermodern, aber dann musste ich raus, um Constance zu besuchen. Jetzt ziehe ich mich gleich wieder zurück und modere weiter.«

»Gut, dann bis gleich. Ich stehe nämlich vor deiner Tür. Ach, und Kitty …« Sein Ton wurde ernst. »Du solltest Putzmittel und eine gute Scheuerbürste mitbringen.«

Kittys Magen grummelte.

Journalisten-Drecksau – dieser Schriftzug, quer über ihre Wohnungstür gesprayt, leuchtete Kitty entgegen, als sie, ihr Fahrrad unter dem Arm, die Treppe heraufgekeucht kam. Ihr Studio-Apartment lag in Fairview, einem Vorort von Dublin, zentral genug, dass man mit dem Rad oder gelegentlich sogar zu Fuß in die Stadt gelangen konnte, und der Umstand, dass die Wohnung sich über einer chemischen Reinigung befand, machte sie einigermaßen erschwinglich.

»Vielleicht solltest du lieber umziehen«, sagte Steve, als sie nebeneinander anfingen zu schrubben.

»Kommt nicht in die Tüte, ich kann mir gar nichts anderes leisten. Es sei denn, du kennst freie Wohnungen über einer Reinigung.«

»Ist das jetzt eine Bedingung für dich?«

»Wenn ich irgendein Fenster aufmache, egal, ob bei Tag oder Nacht, werde ich mit einer widerlichen chemischen Reinigungssubstanz eingenebelt, Tetrachlorethen, auch unter dem Namen Perchlorethylen, Perchlor, PCE oder PER bekannt. Schon mal davon gehört?«

Steve schüttelte den Kopf und sprühte Putzmittel auf die Tür.

»Mit dem Zeug werden Kleidungsstücke gereinigt, aber auch Metallteile abgeschmiert. Die Weltgesundheitsorganisation stuft es als potentiell krebserregend ein. Tests haben ergeben, dass das Zeug, wenn man ihm kurzfristig, das heißt höchstens acht Stunden, in einer Konzentration von mehr als 0,7 Gramm pro Kubikmeter Luft ausgesetzt ist, das zentrale Nervensystem angreift, was Symptome wie Schwindel, Müdigkeit, Kopfschmerzen, Benommenheit und Gleichgewichtsverlust zur Folge hat. Das Rot geht besonders schwer ab, oder?«

»Kümmere du dich um das Grün, ich übernehme das Rot.«

Sie tauschten die Plätze.

»Ist man für vier Stunden 0,35 Gramm ausgesetzt, kommt es zu Beeinträchtigungen des Sehvermögens, da der Sehnerv angegriffen wird.« Kitty tunkte ihren Schwamm in einen Eimer Wasser und schrubbte weiter. »Langzeitkontakt, zum Beispiel bei Leuten, die in einer chemischen Reinigung arbeiten, führt nachweislich zu biochemischen Veränderungen in Blut und Urin. Und da Perchlor auch durch Böden, Decken und Wände dringt, hat man eine Studie an vierzehn gesunden Erwachsenen durchgeführt, die in der Nähe chemischer Reinigungen wohnten, mit dem Ergebnis, dass ihre Verhaltenstests schlechter ausfielen als der Mittelwert von Personen, die der Substanz nicht ausgesetzt waren.«

»Aha, deshalb bist du so sonderbar. Und deinem Wortschwall entnehme ich, dass du mal einen Bericht über PER gemacht hast.«

»Nein, nicht ganz. Ich habe recherchiert und dann meinem Vermieter erzählt, dass ich vorhabe, einen Artikel darüber zu schreiben und auch die Nachbarn zu informieren und seine Angestellten über die Auswirkungen des Zeugs aufzuklären. Da hat er meine Miete spontan um hundert Euro gesenkt.«

Schockiert starrte Steve sie an. »Er hätte sich auch einfach einen anderen Mieter suchen können.«

»Ich hab ihm gesagt, ich würde jeden, der sich überlegt, in diese Wohnung zu ziehen, genauestens informieren, was hier läuft. Da hat er Panik gekriegt.«

Steve schüttelte fassungslos den Kopf. »Du bist …«

»Schlau?«, schlug sie vor.

»Nein, eine Journalisten-Drecksau«, sagte er. »Vielleicht sollten wir das Geschmiere lieber nicht wegputzen, schließlich ist es die Wahrheit.« Noch immer starrte er sie an, als würde er sie nicht mehr wiedererkennen.

»Hey, ich bin nicht diejenige, die alles mit PER verpestet!«

»Du solltest umziehen.«

»Kann ich mir nicht leisten.«

»Kitty, du kannst doch nicht einfach hingehen und Leute bedrohen. Deinen Job dafür benutzen, andere zu erpressen. Das ist reine Schikane!«

»Oooh.« Sie verdrehte die Augen, ließ den Schwamm frustriert in den Wassereimer fallen, öffnete die Wohnungstür, ging in die Küche, setzte sich an den Tisch, biss in einen Cupcake, den sie aus der Klinik zurückgebracht hatte, und wartete, dass Steve ihr folgte.

Er kam herein und schloss die Tür hinter sich, setzte sich aber nicht zu ihr.

»Hast du irgendwas auf dem Herzen, Steve?«

»Ich bin vorbeigekommen, um mich zu vergewissern, dass du dich wegen dem Prozess morgen einigermaßen okay fühlst, aber je mehr du redest, desto weniger Mitleid kriege ich mit dir.«

Auf einmal fühlte sich der Cupcake in ihrem Mund an wie ein Stein. Sie schluckte hastig. Und dann kam es endlich.

»Du hast einen angesehenen, glücklich verheirateten Sportlehrer und Familienvater beschuldigt, zwei Schülerinnen sexuell missbraucht und ein Kind gezeugt zu haben – im Fernsehen angeschwärzt. Vor den Augen des ganzen Landes. Und das zu Unrecht.«

Sie sah ihn an. Ihre Augen brannten, das Herz tat ihr weh, weil er so mit ihr redete, und obwohl sie ja wusste, dass sie einen riesengroßen Fehler gemacht hatte, fand sie trotzdem, dass sie das nicht verdient hatte.

»Ich weiß das alles – ich weiß, was ich getan habe«, sagte sie mit mehr Überzeugung, als sie fühlte.

»Und es tut dir leid?«

»Natürlich tut mir das höllisch leid!«, explodierte sie. »Meine Karriere ist beim Teufel, niemand wird mich je wieder einstellen. Wenn der Mann den Prozess gewinnt, was recht wahrscheinlich ist, muss der Sender eine Riesensumme abdrücken, dazu kommen noch die ganzen Anwaltskosten, und natürlich ist auch der Ruf des Senders beschädigt. Kurz gesagt: Ich bin erledigt.« Völlig entnervt beobachtete Kitty, wie ihr sonst so ruhiger Freund um Fassung rang.

»Siehst du, genau das meine ich, Kitty.«

»Was?«

»Du hörst dich so … so schnodderig an, wenn du über das alles sprichst.«

»Schnodderig? Ich hab Panik, Steve!«

»Du bist deinetwegen panisch, wegen ›Katherine Logan, Fernsehjournalistin‹«, sagte er und malte mit den Fingern Anführungszeichen in die Luft.

»Nein, nicht nur deswegen.« Sie musste schlucken. »Ich mache mir auch echt Sorgen wegen meines Jobs bei *Etcetera*. Es steht eine Menge auf dem Spiel für mich, Steve.«

Er lachte, aber es klang nicht fröhlich. »Genau. Da schon wieder. Die ganze Zeit höre ich von dir nur, dass *dein* Name, *dein* Ruf, *deine* Arbeit ruiniert ist. Es geht immer um dich. Wenn du mir dann auch noch erzählst, dass du versuchst, deinen Vermieter zu schikanieren, indem du ihm drohst, einen Artikel zu schreiben, dann macht mir das echt Sorgen. *Du* machst mir Sorgen.«

Er hörte auf, hin und her zu wandern, blieb stehen und fixierte sie. »Schon das ganze letzte Jahr.«

»Das ganze letzte *Jahr?* Oh, okay, ich glaube, da hat sich jemand gehörig an was festgebissen«, entgegnete sie, einigermaßen geschockt. »Ich habe einen Fehler bei meiner Arbeit gemacht, aber das mit der Wohnung – das ist doch vollkommen harmlos! Warte mal, dabei fällt mir ein, dass du mal so getan hast, als hättest du in deinem Burger beim letzten Bissen ein Schamhaar gefunden, nur um noch einen umsonst zu kriegen. Was dir auch gelungen ist. Der arme Manager, du hast ihn vor den anderen Kunden so blamiert, er hatte gar keine andere Wahl.«

»Da war ich achtzehn«, erwiderte Steve leise. »Und du bist zweiunddreißig.«

»Dreiunddreißig. Meinen letzten Geburtstag hast du verpasst«, fügte sie vorwurfsvoll und ziemlich kindisch hinzu. »So bin ich eben, ich finde in allem eine Geschichte.«

»Geschichten, mit denen du Leute für deine Zwecke benutzen kannst.«

»Steve!«

»Früher hast du richtig gute Artikel geschrieben, Kitty. Positive Geschichten. Du hast sie um ihrer selbst willen erzählt, einfach weil es gute Geschichten waren. Nicht um Leute bloßzustellen oder ihnen etwas anzuhängen.«

»Tut mir leid, aber ich wusste nicht, dass dein Artikel über Victoria Beckhams neue Kollektion die Welt verändern wird«, konterte sie gehässig.

»Ich sage nur, ich hab deine Sachen gern gelesen. Jetzt bist du bloß noch …«

»Jetzt bin ich bloß noch was?« Sie hatte Tränen in den Augen.

»Ach, egal.«

»Nein, sag mir ruhig, was ich bin, denn ich hab es ja auch bloß die ganze letzte Woche auf jedem Nachrichtensender gehört, ich hab es im Internet gelesen und auch als Graffiti auf meiner Wohnungstür, und jetzt möchte ich wirklich gerne wissen, was mein bester Freund von mir denkt. Dieses Sahnehäubchen hat mir echt noch gefehlt«, brüllte Kitty.

Steve seufzte und schaute weg.

Ein langes Schweigen trat ein.

»Wie soll ich das denn wieder in Ordnung bringen, Steve?«, fragte sie schließlich. »Was kann ich tun, damit du und der Rest der Welt mich nicht mehr hassen?«

»Hast du mit dem Mann gesprochen?«

»Mit Colin Murphy? Wie denn? Morgen beginnt der Prozess! Wenn ich in seine Nähe komme, kriege ich nur noch mehr Ärger. Als feststand, dass er nicht der Vater des Babys ist, haben wir uns in *Thirty Minutes* sofort bei ihm entschuldigt, gleich am Anfang der Sendung. Das hatte absolute Priorität.«

»Glaubst du, dadurch fühlt er sich besser?«

Sie zuckte die Achseln.

»Kitty, wenn du mir das angetan hättest, was du ihm angetan hast, dann würde ich noch viel schlimmere Sachen machen, als die mit deiner Tür gemacht haben. Ich würde dich umbringen wollen«, sagte er. Es klang hart.

Kitty riss die Augen auf. »Steve, mach mir doch nicht solche Angst.«

»Das ist es, was du nicht kapierst, Kitty. Es geht hier nicht um deine Karriere. Oder deinen guten Namen. Es geht überhaupt nicht um dich. Es geht um *ihn,* um diesen Mann.«

»Ich weiß nicht, was ich tun soll«, meinte sie gequält. »Vielleicht kann ich erklären, was passiert ist … Die beiden Frauen waren so glaubhaft, Steve. Ihre Aussagen haben perfekt übereingestimmt, die Daten, die Zeit, es war einfach alles so … so real. Glaub mir, ich habe es mehrmals nachgeprüft. Ich habe mich nicht blind in was verrannt. Sechs Monate hab ich recherchiert. Sechs Monate. Der Produzent stand genauso hinter mir wie der Redakteur, ich hab das nicht im Alleingang gemacht. Und es ging auch nicht nur um diesen Mann. Hast du den Beitrag überhaupt gesehen? Das Thema waren Pädophile und Sexualstraftäter, die an irischen Schulen und in anderen Jobs in direktem Kontakt mit Kindern arbeiten und die schon einmal wegen Missbrauchs der ihnen anvertrauten Minderjährigen aktenkundig geworden sind.«

»Aber Colin Murphy gehört nicht dazu. Colin Murphy ist vollkommen unschuldig!«

»Okay«, räumte Kitty frustriert ein. »Aber von ihm abgesehen war alles, worüber wir berichtet haben, absolut korrekt. Und darüber spricht nie jemand!«

»Weil es dein Job ist, korrekt zu sein. Dazu braucht man dir nicht zu gratulieren.«

»Jeder andere Journalist hätte es genauso gemacht, aber den Brief von den beiden Frauen hab ich bekommen.«

»Aus gutem Grund. Diese Frauen haben dich drangekriegt und dich benutzt, um ihrem Lehrer eins auszuwischen. Die beiden wussten, dass du für den Sender häufig über irgendwelchen Schwachsinn berichtet hast und dich deshalb sofort auf die vermeintliche Chance stürzen würdest, deine Sternstunde zu erleben.«

»Es ging mir nicht um meine Sternstunde.«

»Ach wirklich? Ich weiß nur, dass ich dich noch nie so aufgeregt erlebt habe wie an dem Tag, als du den Job beim Fernsehen gekriegt hast. Und da hast du eine Reportage über Tee gemacht, Kitty. Wenn Constance dich bitten würde, einen Artikel über *Tee* zu schreiben, würdest du ihr sagen, sie soll dir den Buckel runterrutschen. Nein, das Fernsehen hat dich total gereizt.«

So gern Kitty das auch abgestritten hätte, sie konnte es nicht. Denn Steve hatte recht. Bei *Thirty Minutes* gab es immer eine große Enthüllungsstory, an der alle mitarbeiten wollten. Der Rest der Sendung wurde mit kleineren, lokalen, nicht ganz so weltbewegenden Geschichten ausgepolstert. Bei ihrer ersten Reportage hatte Kitty den Auftrag herauszufinden, warum Verbraucher die von ihnen bevorzugte Teesorte kauften. Nach Ausflügen in zahlreiche Teefabriken, weitläufigen Kameraschwenks über Teeregale im Supermarkt und der Teilnahme an vormittäglichen Tee-Events war sie zu dem Schluss gelangt, dass die meisten Leute einfach die Marke kauften, die auch ihre Eltern schon getrunken hatten. Eine Traditionsfrage also. Kittys Beitrag war vier Minuten und fünfzig Sekunden lang, und sie wiegte sich in der Illusion, ein topaktuelles, wegweisendes Stück Fernsehjournalismus abgeliefert zu haben. Als vier Monate später der an sie adressierte Brief von den beiden Frauen eintraf, die Colin Murphy beschuldigten, hatte sie die Wahrheit ihrer Behauptungen keine Sekunde in Frage gestellt, sondern von Anfang an eng mit ihnen zusammengearbeitet und ihnen geholfen, Beweismaterial gegen den jungen Lehrer zusammenzutragen. Sie war vollkommen aufgegangen in dem Drama, in der Aufregung, in der Atmosphäre der Fernsehstudios, sie hatte ihre große Chance gewittert, nach den netten, harmlosen Reportagen den richtig großen Wurf zu landen, und so hatte sie bei der vermeintlichen Suche nach der Wahrheit eine Lüge in die Welt gesetzt, eine gefährliche Lüge, und damit das Leben eines Mannes zerstört.

Steve sah sich in der Wohnung um.

»Was ist?«, fragte Kitty erschöpft.

»Wo ist eigentlich Glen?«

»Bei der Arbeit.«

»Nimmt er die Kaffeemaschine immer mit zur Arbeit?«

Kitty drehte sich um und sah verwirrt auf die Theke, aber in diesem Moment klingelte ihr Handy.

»Meine Mum. Scheiße.«

»Hast du in letzter Zeit mit deinen Eltern gesprochen?«

Kitty schluckte und schüttelte den Kopf.

»Geh dran«, sagte er, winkte ihr zum Abschied zu, wartete aber sicherheitshalber, bis sie den Anruf angenommen hatte.

»Hallo?«, meldete sie sich laut und übertrieben fröhlich, und Steve verschwand.

»Katherine, bist du es?«

»Ja.«

»Oh, Katherine«, stieß ihre Mutter hervor und brach in Tränen aus. »Katherine, du hast ja keine Ahnung …«, stieß sie mühsam hervor.

»Was ist denn los, Mum?« Erschrocken setzte Kitty sich auf. »Ist was mit Dad? Sind alle okay?«

»Oh, Katherine«, schluchzte sie. »Ich halte das nicht mehr aus. Wir *schämen* uns so. Wie konntest du das nur tun? Wie konntest du dem armen Mann so etwas antun?«

Kitty lehnte sich zurück und machte sich auf das weitere Bombardement gefasst. Im gleichen Moment merkte sie, dass auch Glens Plasmafernseher verschwunden war, und bei genauerer Betrachtung stellte sie fest, dass auch seine Klamotten im Schrank fehlten.

Kapitel 3

Eine Woche später – eine Woche, die sich angefühlt hatte wie die längste Woche in Kittys Leben – schrak sie mitten in der Nacht aus einem Albtraum auf. Schweißgebadet und mit klopfendem Herzen lag sie zwischen den zerwühlten Laken und regte sich nicht, denn sie hatte Angst, sich umzuschauen. Doch als der Traum langsam verblasste, wurde sie mutiger, setzte sich auf, und weil sie kaum atmen konnte, öffnete sie das Fenster, um einmal tief durchzuatmen. Sofort füllten die Dämpfe, die zu jeder Tages- und Nachtzeit aus der Lüftung der Reinigung drangen, ihre Lungen, sie hustete und schloss das Fenster schnell wieder. Um wenigstens ein bisschen abzukühlen, ging sie zum Kühlschrank, machte ihn auf und stellte sich eine Weile nackt vor die offene Tür. Sie war nicht bereit für den morgigen Tag. Überhaupt nicht.

»Colin Murphys Ruf wurde unwiderruflich geschädigt, sein Leben veränderte sich grundlegend, als er aufgrund der am 10. Januar gesendeten *Thirty-Minutes*-Folge sein Haus verlassen und aus seinem Viertel ausziehen musste. Katherine Logan konfrontierte Mr Murphy darin vor seiner Arbeitsstelle mit dem Vorwurf, zwei Mädchen im Teenageralter sexuell missbraucht und ein Kind gezeugt zu haben, und obwohl er dies wiederholt abstritt und außerdem anbot, sich einem Vaterschaftstest zu unterziehen, wurde die Sendung ausgestrahlt. Das fahrlässige und unprofessionelle Verhalten von Katherine Logan, Donal Smith und Paul Montgomery hatte für Mr Murphys Leben weitreichende und verheerende Folgen.«

Kitty saß neben Paul, dem Produzenten, und Donal, dem Redakteur von *Thirty Minutes,* im Gerichtssaal und lauschte den langatmigen Ausführungen des Anwalts, der die Bedingungen des Vierhunderttausend-Euro-Vergleichs und des verschärften Schadenersatzes erläuterte. Es dauerte genau siebzehn Minuten, um das Schriftstück zu verlesen, und mit jedem Wort, jedem Vorwurf hasste Kitty sich ein bisschen mehr. Ganz in ihrer Nähe saßen Colin Murphy und seine Familie: Seine Frau, seine Eltern, seine Geschwister und alle diejenigen, die ihn unterstützt hatten, starrten Kitty an, und ihre Blicke brannten sich in ihren Rücken. Sie fühlte den Hass, die Wut dieser Menschen, aber mehr als alles andere fühlte sie Colin Murphys Schmerz. Er hob kaum den Kopf und hielt die Augen gesenkt, das Kinn fest an die Brust gedrückt. Und er sah aus, als hätte er ungefähr ein Jahr nicht mehr geschlafen.

Nach dem Urteilsspruch verließen das Team von *Thirty Minutes* und seine Anwälte so schnell wie möglich das Gericht, drängten sich an Fotografen und Kameras vorbei – einige von ihrem eigenen Sender –, und Kitty kam sich vor wie einer der Kriminellen, die sie regelmäßig in den Nachrichten sah, wenn sie geduckt das Gerichtsgebäude verließen. Ihre Begleiter gingen so schnell, dass sie kaum Schritt halten konnte, aber sie wollte auch nicht rennen. Vielleicht war es albern, dass sie jetzt auf gar keinen Fall ins Stolpern geraten wollte, wo sie schon so viele Fehler gemacht hatte und schuld an der ganzen Situation war, aber sie hatte das Gefühl, dass der Rest ihrer geistigen Gesundheit davon abhing, diesen Augenblick einigermaßen mit Anstand zu überstehen. Zuerst hielt sie den Kopf gesenkt, aber dann fiel ihr ein, dass sie dadurch womöglich schuldig wirkte, und sie hob ihn wieder. *Kopf hoch, Strafe einstecken und dann schnell weg von hier,* wiederholte sie in Gedanken, während sie sich bemühte, ihre Tränen zurückzuhalten. Vom Blitzlichtgewitter wurde ihr schwindlig, und sie war gezwungen, wieder nach unten zu schauen. Der Spießrutenlauf schien kein Ende zu nehmen, und auf einmal fühlte sich auch das Gehen unnatürlich an, eine mechanische Bewegung, die enorme Anstrengung erforderte. Verzweifelt konzentrierte sie sich darauf, einen Fuß vor den anderen zu setzen, den linken Arm zu schwingen, wenn sie das rechte Bein nach vorn setzte, und andersherum, bemühte sich, nicht zu lächeln, aber auch nicht allzu mitgenommen und auf keinen Fall schuldig auszusehen. Ihr war klar, dass diese Aufnahmen sie ihr Leben lang verfolgen würden, sie wusste, dass das Filmmaterial den Rest des Tages immer wieder abgespielt und dann für alle Ewigkeit in den Archiven gelagert werden würde, damit Reporter wie sie darin herumstöbern konnten – das wusste sie, weil es ihr Alltagsgeschäft war. Jetzt kam es darauf an, nicht kalt zu wirken, aber auch nicht so, dass man sie sofort für schuldig hielt. Von einem Bericht bekamen die Zuschauer oft nicht jedes Wort mit, aber die Bilder schon. Sie wollte unschuldig wirken, aber man sollte auch sehen, dass es ihr leidtat. Das war es. So versuchte sie, ihren Stolz und ihre Würde zu bewahren, obwohl sie sich innerlich wie ein Nichts fühlte und ihr von dem Geschrei die Ohren dröhnten. Mr Murphys Gefolgsleute waren inzwischen aus dem Gerichtssaal und auf die Straße gelaufen, um sich von den Presseleuten interviewen zu lassen und das *Thirty-Minutes*-Team zu beschimpfen, und die Journalisten mussten sich anstrengen, mit ihren Fragen die wüsten Tiraden zu übertönen. Auf dem Inns Quay fuhren die Schaulustigen langsamer, um zu sehen, wer hier von den Medien belagert, ausgequetscht, erdrückt und demoralisiert wurde, als wollten sie ihrem schlechten Ruf alle Ehre machen. Während Kitty weiterging, dachte sie unwillkürlich daran, dass sie Colin Murphy derselben Folter ausgesetzt hatte. *Kopf hoch, nicht lächeln, nicht weinen, nicht stolpern, einfach nur einen Fuß vor den anderen setzen.*

Als sie endlich die Kanzlei ihres Anwalts erreichten und den Reportern entronnen waren, ließ Kitty ihre Tasche auf den Boden fallen, lehnte die Stirn an die kalte Wand und holte tief Luft.

»Himmel«, stöhnte sie und spürte, wie eine Hitzewelle durch ihren Körper flutete.

»Alles klar bei dir?«, fragte Donal leise.

»Nein«, flüsterte sie. »Es tut mir so leid. Es tut mir so schrecklich leid.«

Als er ihr daraufhin beschwichtigend auf den Rücken klopfte, war sie richtig dankbar für seine Freundlichkeit, wo sie doch für den ganzen Schlamassel verantwortlich war und er jedes Recht gehabt hätte, sauer auf sie zu sein.

»Das ist doch vollkommen lächerlich«, schimpfte Paul, der sich im Nebenzimmer mit dem Anwalt unterhielt und vor dessen Schreibtisch auf und ab tigerte. »Vierhunderttausend Euro, *plus* Anwaltskosten. Das ist überhaupt nicht das, was Sie uns in Aussicht gestellt haben.«

»Ich habe immer gesagt, *wahrscheinlich* –«

»Wagen Sie es nicht, jetzt einen billigen Rückzieher zu machen«, brüllte Paul. »Das ist absurd. Wie konnten die uns das antun? Wir haben uns doch entschuldigt, öffentlich, gleich zu Beginn unserer Sendung am achten Februar. Vierhundertfünfzigtausend Menschen haben gesehen, wie wir Abbitte getan und unseren Irrtum eingeräumt haben. Millionen haben es im Internet gesehen, und nach dem Prozess werden es garantiert noch viel mehr. Wissen Sie, was – ich glaube, dass man uns von Anfang an verschaukelt hat, das war doch eine abgekartete Sache. Diese beiden Frauen, ich wette, die stecken mit Colin Murphy unter einer Decke und kriegen ihren Teil von dem Geld ab. Würde mich nicht überraschen. Inzwischen würde mich sowieso gar nichts mehr überraschen. Vierhunderttausend, verdammt! Wie soll ich das unserem Intendanten verklickern?«

Kitty nahm die Stirn von der kühlen Wand des Korridors und ging auf die offene Bürotür zu. »Wir haben es verdient, Paul.«

Totenstille kehrte ein, und sie konnte hören, wie Donal hinter ihr tief einatmete. Dann drehte Paul sich um und starrte sie an, als wäre sie ein Nichts – was immer noch ein bisschen mehr war als das, wie sie selbst sich fühlte.

»Wir haben Colin Murphys Leben zerstört. Wir haben jedes Wort verdient, das da drin gesprochen wurde. Wir hätten so einen Riesenfehler niemals machen dürfen, und jetzt müssen wir die Verantwortung übernehmen für das, was wir getan haben.«

»Was *wir* getan haben? Nein. *Du* hast das getan! Du hast sein Leben ruiniert, ich war nur der Idiot, der davon ausgegangen ist, dass du deinen Job ordentlich machst und tatsächlich auch Recherche betreibst. Ich hab immer gewusst, dass wir dir diese Geschichte nie hätten überlassen dürfen. Lass dir eines gesagt sein, Kitty – der Sender wird dich nie mehr beschäftigen. Du hast offensichtlich keine Ahnung, wie man eine Reportage macht«, brüllte er.

Kitty nickte und wandte sich zum Gehen. »Tschüss, Donal«, sagte sie leise.

Er nickte ihr zu, und sie verließ das Gebäude durch den Hinterausgang.

Aus zwei Gründen hatte Kitty Angst, in ihre Wohnung zurückzukehren. Sie war nicht sicher, ob die Entscheidung des Gerichts die Attacken auf ihre Wohnung eher anfeuern würde oder ob sie jetzt, wo Colin hundertprozentig rehabilitiert und sogar finanziell entschädigt worden war, aufhören würden. Der andere Grund war, dass sie sich vor dem Alleinsein fürchtete. Sie wusste nicht, was sie tun sollte, sie konnte nicht mehr über die Sache nachdenken und sich deswegen fertigmachen, aber sie hatte auch das Gefühl, dass sie nicht damit aufhören durfte. Sie hatte die Strafe verdient, sie musste diese Schande irgendwie durchstehen. Langsam ging sie zu ihrem Fahrrad, das sie in einer Seitenstraße beim Gerichtsgebäude abgestellt hatte, und fuhr zu Constances Wohnung. Paul hatte ihr vorgeworfen, sie wüsste nicht, wie man eine ordentliche Reportage machte, aber sie kannte jemanden, der es wusste, und vielleicht war es Zeit, dass Kitty wieder anfing zu lernen.

Constances und Bobs Wohnung lag im Souterrain eines dreistöckigen edwardianischen Hauses in Ballsbridge, in dem ansonsten die Redaktionsräume der Zeitschrift untergebracht waren. Aus ihrer Wohnung war im Lauf der Jahre eine Art erweitertes Büro geworden, das die beiden sich teilten und in dem sie seit fünfundzwanzig Jahren zusammenlebten. Die Küche, die nie benutzt wurde, weil Constance und Bob meistens essen gingen, war mehr oder weniger unter einem bunt zusammengewürfelten Wust von Souvenirs versunken, die sie von ihren ausgedehnten Reisen rund um die Welt mitgebracht hatten. Wunderschöne Ebenholzschnitzereien neben glücklich grinsenden Buddhas, venezianische Glasfiguren nackter Frauen, afrikanische und venezianische Masken, die auf den Köpfen alter Teddybären saßen, und an den Wänden eine wilde Mischung aus chinesischen Radierungen, Landschaftsgemälden und Bobs liebsten satirischen Comics. Die ganze Wohnung fühlte sich nach Bob und Constance an – sie hatte Persönlichkeit, sie war witzig, sie war quicklebendig. Teresa, die Haushälterin, arbeitete seit fünfundzwanzig Jahren für die beiden, war inzwischen über siebzig und widmete sich fast nur noch leichten Arbeiten wie Staubwischen. Die meiste Zeit saß sie vor der Jeremy-Kyle-Show, aber Constance, die sowieso keinen großen Wert auf ein ordentliches Heim legte, brachte es nicht übers Herz, Teresa zu entlassen. Natürlich war Teresa auch mit Kitty gut bekannt, hieß sie direkt herzlich in der Wohnung willkommen und kehrte dann mit ihrer Tasse Tee wieder auf ihren Sessel zurück, um zuzuschauen, wie ein Mann und eine Frau sich anbrüllten, weil ein Lügendetektortest für beide nicht das erwünschte Ergebnis erbracht hatte. Kitty war froh, dass Teresa sich nie die Nachrichten anschaute, deshalb auch nichts vom Drama der vergangenen Woche und dem heutigen Gerichtsurteil mitbekommen hatte, so dass sie keine lästigen Fragen zu befürchten brauchte, sondern sich unbehelligt in Constances und Bobs Büro zurückziehen konnte.

Die beiden Schreibtische standen sich gegenüber, gleichermaßen überhäuft mit für das ungeübte Auge vollkommen chaotischen Zettelbergen, bei denen es sich jedoch wahrscheinlich nicht um Abfall, sondern um lebenswichtige Unterlagen handelte. Über Constances Schreibtisch hingen französische Fotos aus den dreißiger Jahren – nackte Frauen in allerlei provokanten Posen –, die sie dort aufgehängt hatte, damit Bob sich an ihnen erfreuen konnte, und er hatte sich auf seiner Seite mit afrikanischen Gemälden nackter Männer revanchiert. Auch auf dem Boden gab es ein lebhaftes Durcheinander: Wildgemusterte Perserteppiche überlappten sich, so dass es schwer war, nicht ständig über Beulen und Dellen zu stolpern. Zur Fortsetzung der Kunstmischung aus den anderen Teilen der Wohnung gesellte sich hier eine Sammlung von Porzellankatzen, die in unterschiedlichen Posen überall im Raum verteilt lauerten. Kitty wusste, dass Constance Katzen hasste, sowohl reale als auch solche aus Porzellan, aber diese hatten ihrer Mutter gehört, und als sie starb, hatte Constance darauf bestanden, den Tierchen ein neues Zuhause zu geben. Der Raum war so wirr, dass Kitty sich immer fragte, wie in aller Welt man sich hier konzentrieren konnte, aber ihre beiden Freunde hatten offensichtlich kein Problem damit und arbeiteten sogar sehr erfolgreich. Constance war in Paris aufgewachsen und nach Dublin gezogen, um ihren reichen Vater zu ärgern, und hatte am Trinity College englische Literatur studiert. Schon während des Studiums arbeitete sie in der Redaktion der College-Zeitung, und ihr erster richtiger Job war bei der *Irish Times,* wo sie Artikel fürs Feuilleton schrieb und Bob – der eigentlich Robert McDonald hieß – kennenlernte. Bob war zehn Jahre älter als sie und Wirtschaftskorrespondent bei der Zeitung. Als Constance genug davon hatte, dass man ihr sagte, was sie tun sollte – was bei ihr nie sehr lange dauerte –, beschloss sie, ihren Vater noch mehr zu ärgern, indem sie ihren respektablen Job bei Irlands größter Tageszeitung kündigte und eine eigene Publikation ins Leben rief. Bob beteiligte sich an dem Projekt, und nachdem die beiden mit mehreren Druckwerken Erfahrung gesammelt hatten, gründeten sie vor zwölf Jahren das Magazin *Etcetera,* ihr bislang erfolgreichstes Unternehmen. Es war nicht die meistgekaufte Zeitschrift Irlands, da sie keine Tipps zur Bekämpfung von Zellulitis oder für den perfekten Bikinikörper gab, aber sie genoss in der Branche großes Ansehen. Für *Etcetera* zu schreiben war eine Ehre und ein großer Schritt auf der Erfolgsleiter. Constance hatte den Ruf einer nüchternen Herausgeberin, die kein Blatt vor den Mund nahm und ein untrügliches Auge sowohl für eine Story als auch für hoffnungsvolle Talente hatte. Viele erfolgreiche Autoren des Landes hatten bei *Etcetera* angefangen.

Kitty ging zum Aktenschrank und war sehr beeindruckt von dem übersichtlichen Ablagesystem, das Constance entwickelt hatte. Es stand in krassem Gegensatz zum Rest der Wohnung: Nicht nur für die Artikel, die in *Etcetera* oder einem der anderen von Constance herausgegebenen Magazine erschienen waren, sondern auch für sämtliche Beiträge, die Constance für andere Publikationen verfasst hatte, sowie für ihre Projektideen gab es eine eigene, alphabetisch einsortierte Karteikarte. Kitty konnte ihre angeborene Neugier nicht zurückhalten und las möglichst viele davon, bevor sie zum Buchstaben N gelangte. Und da war er – ein einfacher brauner Umschlag, eingeordnet unter *Namen.* Er war zugeklebt, und obwohl Kitty wusste, dass sie eigentlich mit Constance etwas anderes abgemacht hatte, konnte sie ihre Ungeduld nicht in Schach halten und setzte sich an Constances Schreibtisch, um ihn zu öffnen. Als Teresa an der Tür erschien, zuckte sie zusammen wie ein ungezogenes Schulmädchen, das beim Rauchen ertappt wird, ließ den Umschlag auf den Schreibtisch fallen und musste dann über sich selbst lachen.

»Hast du sie besucht?«, fragte Teresa.

»Ja, letzte Woche. Diese Woche hab ich es nicht geschafft,

weil ich einen wichtigen Termin hatte«, antwortete Kitty mit sehr schlechtem Gewissen, dass ihr Gerichtsprozess sie daran gehindert hatte, Constance zu sehen. Sie wusste, dass sie sich mehr hätte bemühen müssen, aber die Schinderei in den Four Courts hatte sie jeden Tag so fertiggemacht, dass sie nicht nur erschöpft, voller Selbstmitleid und überhaupt mit sich selbst beschäftigt gewesen war, sondern sich auch ziemlich defensiv und kiebig gefühlt hatte. Und diese negative Energie an Constances Bett mitzubringen war ihr irgendwie unfair vorgekommen.

»Ich vermute, dass sie ziemlich hoffnungslos aussieht.« Kitty wusste nicht, was sie darauf antworten sollte.

»Mein Frank ist an Krebs gestorben. Lungenkrebs. Hat vierzig Zigaretten am Tag geraucht, aber trotzdem – was er durchmachen musste, so was hat keiner verdient. Er war im gleichen Alter wie Constance. Vierundfünfzig.« Sie seufzte. »Kaum zu glauben, dass ich inzwischen fast so viele Jahre ohne ihn gelebt habe wie mit ihm.« Wieder schüttelte sie den Kopf. »Möchtest du eine Tasse Tee? Er schmeckt ein bisschen metallisch, ich hab nämlich jede Menge Münzen in der Teekanne gefunden. Anscheinend haben die beiden die Kanne als Sparschwein benutzt! Bob hat gesagt, ich soll das Geld zur Bank bringen. Sechsundsiebzig Euro und fünfundzwanzig Cent waren in der Teekanne.«

Kitty lachte über ihre exzentrischen Freunde, lehnte das Angebot eines metallischen Tees jedoch ab. So aufgeregt sie auch war, endlich den Umschlag mit Constances Idee in Händen zu halten, besiegte sie nun doch den Drang, ihn zu öffnen, und rief Bob an, um ein Treffen zu vereinbaren. Drei ihrer Versuche landeten auf seiner Mailbox, und schließlich hatte sie es satt zu warten und machte sich mit dem Rad auf den Weg zur Klinik. Unterwegs spürte sie, wie ihr Handy vibrierte. Sie antwortete über das Headset.

»Hi, Bob, ich bin unterwegs zu euch, hoffentlich ist das okay. Ich habe den Umschlag mit der Idee dabei, über die Constance uns etwas erzählen will. Ich kann einfach nicht mehr warten.«

»Momentan ist kein guter Zeitpunkt«, erwiderte Bob. Er klang gestresst, das hörte Kitty trotz des Verkehrslärms. »Sie ist … äh, ihr Zustand hat sich sehr verschlechtert.«

Kitty hörte so plötzlich auf, in die Pedale zu treten, dass der Radler hinter ihr fast aufgefahren wäre und fürchterlich zu schimpfen anfing. Hastig stieg sie ab und hievte ihr Rad von der Fahrradspur auf den Gehweg.

»Was ist passiert?«

»Ich wollte dir nichts davon sagen, du hattest sowieso eine schlimme Woche. Außerdem habe ich gehofft, dass es ihr bald bessergehen würde, aber sie … sie hat ziemlich abgebaut seit deinem letzten Besuch. Sie hat immer wieder das Bewusstsein verloren und mich die letzten beiden Tage oft nicht erkannt, sie war verwirrt, hat halluziniert und meistens Französisch gesprochen. Heute ist sie – nun ja, Kitty, sie liegt im Koma.« Seine Stimme versagte.

»Soll ich kommen?«, fragte Kitty. Sie spürte die Panik in sich, aber ihr Angebot kam von Herzen, sie wollte wirklich dort sein, der Geruch war ihr egal, sie wollte bei Bob sein – und bei Constance.

»Nein, nein, du bist beschäftigt, ich schaff das schon.«

»Ich hab nichts Wichtiges zu tun, Bob, genaugenommen gar nichts. Und ich möchte gern kommen. Bitte lass mich, ja?«

Kitty legte auf und radelte los, als ginge es um Leben und Tod, was ja in gewisser Weise stimmte.

»Hi, Steve, ich bin's. Ich hab gerade an dich gedacht, und na ja, ich wollte noch ein paar Sachen sagen zu unserem Gespräch neulich. Also, los geht's. *Top oder hopp.* Dann hab ich noch *Toll oder oll. Dezent oder dement.* Vielleicht ein bisschen geschmacklos, aber immerhin. Und zum Schluss mein Liebling *Schick oder Schock.* Ich hoffe, es gefällt deinem Boss und meine Vorschläge kommen nicht zu spät. Okay, na ja, offensichtlich bist du nicht da, oder du bist doch da und hörst meine Ansage und denkst, ich bin betrunken oder … ach, ich weiß nicht, was du denkst. Ich leg jetzt auf. Oh, und noch was. Constance ist gestorben. Heute Abend. Und äh … o Mann, es tut mir leid, dass ich auf deinen AB flenne, aber … ich bin ein bisschen durch den Wind und weiß nicht, was ich tun soll. Okay. Danke fürs Zuhören. Tschüss.«

Kapitel 4

Obwohl Kitty in den letzten Monaten nicht viel Zeit mit Constance verbracht hatte, hatte sie immer gewusst, dass sie da war. Wenn jemand starb, war das anders. Auf einmal fühlte man seine Abwesenheit, ganz deutlich, jede Sekunde des Tages. Manchmal ging Kitty eine Frage durch den Kopf, und sie griff instinktiv zum Telefon, um Constance anzurufen. Oder ihr fiel eine lustige Geschichte ein, die sie ihr sofort erzählen wollte, oder – was noch frustrierender war – sie erinnerte sich plötzlich an ein unfertiges Gespräch, das sie zu Ende führen wollte, oder an ein ungelöstes Problem, das sie aus irgendeinem Grund nicht fertig besprochen hatten. Weil Constance nicht da war, wünschte sich Kitty umso mehr, bei ihr zu sein, und sie quälte sich mit Vorwürfen, dass sie so selten im Krankenhaus gewesen war und nicht regelmäßiger angerufen hatte, nicht nur, als Constance krank gewesen war, sondern ihr ganzes Leben. Es hatte Anlässe gegeben, zu denen sie Constance hätte einladen können, Abende, an denen sie hätten ausgehen können. Sie hatten so viel Zeit verschwendet. Letztlich wusste sie aber, dass sie es beide wieder genauso machen würden, wenn sie ihre Freundschaft noch einmal von vorn durchleben könnten. Constance hatte Kitty nicht öfter gebraucht und auch nicht öfter das Bedürfnis gehabt, mit ihr zusammen zu sein, als umgekehrt.

Da Kitty keine Arbeit hatte, in die sie sich vertiefen konnte, keinen Freund, der sie ablenkte und ihr die Schönheiten des Lebens vor Augen führte, und auch keine verständnisvolle, einfühlsame Familie in der Nähe, fühlte sie sich einsamer als jemals zuvor. Eigentlich gab es nur einen einzigen Ort, an dem sie sein wollte, nämlich in der Redaktion von *Etcetera*. Dort fühlte sie sich Constance nahe, denn Constance war das Herz der Zeitschrift gewesen, nicht nur ihre Gründerin, *Etcetera* verkörperte ihre Weltanschauung und würde immer von ihr inspiriert bleiben. Kitty brauchte nur ein Exemplar des Magazins in die Hand zu nehmen, und schon hatte sie das Gefühl, dass ihre Freundin noch immer sehr lebendig war. Vermutlich war es so ähnlich, wie wenn man dem Kind einer verstorbenen Person begegnete: In ihm lebten ihr Äußeres, ihre Eigenheiten und ihre kleinen Marotten weiter.

Doch als Kitty ins Redaktionsbüro über Bobs und Constances Wohnung in Ballsbridge trat, überfiel sie genau das schmerzliche Verlustgefühl, vor dem sie geflohen war. Es traf sie wie ein eisiger Windstoß, wie ein Schlag ins Gesicht, der ihr den Atem nahm, und ihre Augen füllten sich mit Tränen.

»Oh, ich weiß«, sagte Rebecca, die Art-Direktorin, als sie Kitty wie erstarrt an der Tür stehen sah. »Du bist nicht die Einzige, die so reagiert hat.« Dann nahm sie Kitty in den Arm, half ihr, die Jacke auszuziehen und weiterzugehen. »Komm rein, wir sind alle in Petes Büro beim Brainstorming.«

Petes Büro. Dass es jetzt so genannt wurde, machte Kitty wütend, und obwohl es überhaupt nichts mit Pete zu tun hatte, hasste sie ihn für einen Moment, als wäre er es gewesen, der sich mit Gott verbündet hatte, um ihr die Freundin wegzunehmen. Als Chef vom Dienst hatte er schon während Constances Krankheit ihre Aufgaben übernommen, und Cheryl Dunne, eine ehrgeizige junge Frau, die nicht viel älter war als Kitty, hatte den Posten seiner Stellvertreterin eingenommen, denn Bob hatte sich die letzten sechs Monate ausschließlich um Constance gekümmert. Durch Petes und Cheryls Ausstrahlung bekam das Büro sofort eine völlig andere Atmosphäre, die beiden hatten ihre eigene Routine und ihren eigenen Rhythmus, aber während es den Anschein hatte, dass alle anderen lernten, sich den neuen Bedingungen anzupassen, hatte Kitty innerlich auf Abwehr geschaltet.

Inzwischen waren neun Monate vergangen, seit Constance das Steuer von *Etcetera* abgegeben hatte, vor sechs Monaten war sie das letzte Mal in der Redaktion gewesen, und es war ganz deutlich, dass die Artikel, die Kitty in dieser Zeit verfasst hatte, absolut nicht ihre besten waren. Natürlich lagen sie nicht unter dem Durchschnitt, sonst hätte Pete sie nicht veröffentlicht, und Constance, die bis zum Schluss ein wachsames Auge auf alles gehabt hatte, hätte Kitty sofort ins Krankenhaus zitiert, um ihr ordentlich die Meinung zu sagen. So etwas konnte sie gut. Ihr war es wichtig, dass ihr Magazin das beste auf den Regalen war, und sie fand es unerträglich, wenn jemand sein Potential nicht voll ausschöpfte.

Weil sie das wusste, hatte Kitty sich nach Constances Beerdigung in ihre Wohnung zurückgezogen – nicht um ihre Wunden zu lecken, sondern um Salz hineinzustreuen, indem sie sich noch einmal in ihre Arbeiten vertiefte und herauszufinden versuchte, was sie falsch gemacht hatte, was sie in Zukunft anders angehen musste, wo genau ihre Schwächen und Stärken lagen. So kam sie zu der Erkenntnis, dass ihren Artikeln in den letzten Monaten einfach das gewisse Etwas gefehlt hatte. So ungern sie es zugab, sie hatten etwas Mechanisches an sich, ein »Malen nach Zahlen«- Gefühl. Sicher, sie waren informativ, sie waren emotional, sie hatten Stil und auch ein bisschen Flair, sie wurden den Standards des Magazins auf allen Ebenen gerecht, beleuchteten das Thema aus unterschiedlichen Perspektiven – das Allerwichtigste bei einem Monatsmagazin –, aber sie hinterließen bei Kitty einen schalen Geschmack im Mund. Ihr war klar, dass sie nach der katastrophalen Erfahrung bei *Thirty Minutes* mit nichts, was sie geschrieben hatte oder noch schreiben würde, je wieder so zufrieden sein würde, wie es einmal der Fall gewesen war. Sie wusste, dass sie gezielt Fehler an sich suchte und sehr wenig Lobenswertes fand, sie hinterfragte alles, was sie sagte und tat. Andererseits war sie überzeugt, dass es nicht nur an ihren Selbstzweifeln lag, sondern dass ihre Wahrnehmung stimmte und sich die Qualität ihrer Artikel wirklich verschlechtert hatte.

Wie Constance ihre Mitarbeiter beim Brainstorming motiviert hatte, war nicht jedermanns Sache, aber für Kitty war ihre Art perfekt gewesen. Natürlich respektierten auch Leute wie Pete und Cheryl Constances Methoden, aber Kitty war sicher, dass sie es nach einem Meeting kaum abwarten konnten, in ihrem eigenen Büro zu ihren eigenen Taktiken zurückzukehren: andere Zeitschriften durchzublättern, Zeitungen und Internetseiten zu überfliegen, sich auf den Nachrichtenkanälen Inspirationen für Neues, Aktuelles, Angesagtes zu beschaffen. Im Gegensatz dazu ging es bei Constances Methode darum, die Antworten im Innern zu suchen, und das lag genau auf Kittys Wellenlänge. Constance hatte die Mitglieder ihres Teams stets aufgefordert, Anregungen in sich selbst zu finden, in dem, was sie im jeweiligen Moment bewegte und herausforderte. Nicht in den aktuellen Themen der großen weiten Welt, sondern in den aktuellen Themen im eigenen Herzen und Hirn. Für Menschen wie Pete und Cheryl war das Hokuspokus, nichts als Kauderwelsch. Doch Constance glaubte fest daran, dass aus solchen Themen die stärkeren Geschichten wurden. Ihrer Meinung nach musste ein guter Journalist nach seinen eigenen Maßstäben schreiben und nicht ständig auf die Bedürfnisse des Marktes schielen, und sie war überzeugt, dass nur so ein echter Kontakt zu den Lesern hergestellt werden konnte. Sie wollte, dass ihre Autoren nicht nur informativ und stilistisch einwandfrei arbeiteten, sondern ermunterte jeden, den Künstler in sich zum Vorschein zu bringen. Die Entscheidung, über welche Themen geschrieben wurde, fiel entweder so, dass Constance einem Mitarbeiter direkt den Auftrag erteilte – meist, weil sie entweder wusste, dass er besonders dafür geeignet war oder dass das Thema eine Herausforderung für ihn darstellte –, oder indem sie jemanden eine eigene Idee verwirklichen ließ. Sie war eine entschiedene Verfechterin des Grundsatzes, sich die Ideen ihrer Leute anzuhören.

Und genau das war es. Endlich hatte Kitty es auf den Punkt gebracht. In den letzten sechs Monaten war keiner ihrer Artikel für *Etcetera* aus einer eigenen Idee entstanden. Alles beruhte auf Vorschlägen und Anordnungen von Pete oder Cheryl oder von einem anderen Kollegen, der dann aber zu viel zu tun hatte, um selbst zu schreiben. Bisher war Kitty das gar nicht aufgefallen, denn bei *Thirty Minutes* war es genauso gelaufen – jede Reportage, die sie für die Sendung gemacht hatte, war eine Auftragsarbeit gewesen. In gewisser Hinsicht hatte sie die Erzählweise von *Thirty Minutes* auf ihre Artikel und ihre Art zu schreiben abfärben lassen. Die Geschichten als solche hatten ihr nichts bedeutet, hatten sie innerlich nicht bewegt, sie nicht dazu angeregt, das Thema auf einer tieferen Ebene zu erforschen, weil es dafür gar nicht genug Zeit gab. Wenn die Bedingungen zum Filmen gerade richtig waren, musste man sofort loslegen, wenn sie sich änderten, musste man abbrechen, man verlor ein paar Minuten, weil ein anderer Beitrag rascher vorangetrieben werden musste, Interviews wurden kurzfristig ab- oder zugesagt, und die freie Zeit wurde aus dem Stegreif mit etwas anderem gefüllt – manchmal hatte Kitty das Gefühl, dass sie sich selbst auf- und zudrehte wie einen Wasserhahn. Für Kreativität blieb wenig Raum, das meiste wurde mechanisch erledigt, und sie war zwar ständig auf Trab, aber nie wirklich bei sich. Sechs Monate lang hatte Kitty keinen originellen, eigenen Gedanken gehabt, und in der Woche, die sie brauchte, um das herauszufinden, hatte es sie so erschüttert, dass ihr überhaupt nichts mehr einfiel, auch wenn sie es versuchte. Jetzt ergab das letzte Gespräch, das sie mit Constance im Krankenhaus geführt hatte, auf einmal einen Sinn. Vielleicht hatte Constance gar nicht von ihrer Reportage in *Thirty Minutes* gesprochen, als sie ihr eingeschärft hatte, lieber Geschichten zu schreiben, die sie selbst interessierten, und nicht solche, von denen ihr jemand eingeredet hatte, sie wären interessant. Vielleicht hatte sie auch ihre Artikel für *Etcetera* damit gemeint. Auf einmal war sich Kitty sogar ganz sicher.

Langsam wanderte Kitty zum Konferenzraum neben Constances Büro. Nach allem, was sie in letzter Zeit erlebt hatte, fühlte sie sich sehr verletzlich und ohne den Rückhalt von Bob und Constance auch schrecklich allein. Obwohl es schon viele monatliche Brainstorming-Sitzungen ohne Constance gegeben hatte, war es immer möglich gewesen, dass sie eine Entscheidung ablehnte, und so war das heutige Meeting, bei dem Pete die Leitung hatte und Bob noch nicht wieder anwesend war, der Beginn einer neuen Ära. Zaghaft öffnete Kitty die Tür, und alle Kollegen in dem gutgefüllten Raum blickten auf.

»Hi.«

»Kitty!«, rief Pete überrascht, wenn auch offensichtlich nicht sehr erfreut. »Wir haben dich diese Woche noch gar nicht erwartet. Bob meinte, er hätte dir freigegeben.« In Kittys Ohren klang es, als hätte er sie auch lieber nicht gesehen, aber vielleicht wurde sie ja allmählich auch ein bisschen paranoid.

»Ja, das hat er«, erklärte Kitty. Da alle Stühle besetzt waren, stellte sie sich ganz nach hinten. »Aber ich wusste nicht, wo ich sonst hingehen soll.« Ein paar Kollegen sahen sie traurig und mitfühlend an.

»Okay. Hm. Also, wir haben gerade über die Ausgabe von nächstem Monat gesprochen, die ein Tribut an Constance werden soll.«

»Das ist eine schöne Idee«, antwortete Kitty mit Tränen in den Augen.

»Also«, sagte Pete noch einmal und klatschte so laut in die Hände, dass Kitty zusammenzuckte. »Ideen! Ich schlage acht bis zehn Seiten Überblick über Constances Lebensreise vor, Artikel, die sie im Lauf ihrer Karriere für *Etcetera* und andere Publikationen geschrieben hat. Ein Rückblick auf ihre großartigsten Dossiers, auf die Autoren, die sie entdeckt hat. Gut wäre zum Beispiel ein Interview mit Tom Sullivan, wie sie ihm geholfen hat, seine Stimme zu finden und weiterzuentwickeln. Dara, ich möchte, dass du das Interview mit Tom machst, ich hab bei der

Beerdigung mit ihm gesprochen, und er hat schon zugesagt, Niamh, nimm du dir die anderen Autoren vor, die von Constance entdeckt worden sind, wie es für sie gelaufen ist, was sie geschrieben haben und so weiter.«

Dara und Niamh nickten und machten sich eifrig Notizen.

Pete verteilte die anderen Artikel in der Runde, aber Kitty wurde das Gefühl nicht los, dass irgendetwas nicht stimmte. Constance würde diese Ausgabe hassen, nicht nur, weil sich alles um ihre Person drehte, sondern weil altes Material aufgewärmt wurde. Kitty sah zu den anderen, aber alle waren hochkonzentriert und kritzelten Petes Anweisungen auf ihre Notizblöcke. Und genauso fühlte es sich an: Pete gab Anweisungen, nicht einfühlsam oder inspirierend, nicht so, als wollte er die anderen am Tisch auf eigene, weiterführende Ideen bringen. Keine Fragen zu persönlichen Erlebnissen oder nach Erinnerungen an eine Frau, die sie doch alle zutiefst respektierten, sondern lediglich Informationen zu dem, was Pete für gut befunden hatte. Natürlich sah Kitty ein, dass es schwierig für ihn war, das alles zu organisieren, und sie selbst hatte ja auch keine eigenen Ideen anzubieten, ihr Kopf war leer. Also hielt sie den Mund.

»Okay, das wäre geregelt, dann können wir jetzt den Rest der Ausgabe besprechen. Paul, wie kommst du mit dem Bericht über China in Südafrika vorwärts?«

Sie begannen über andere Themen zu sprechen, und der Tribut an Constance war blitzschnell abgehakt. Allmählich wurde Kitty ärgerlich.

»Äh, Pete?«

Er sah sie an.

»Ich weiß nicht, Pete, aber das alles kommt mir ein bisschen … ein bisschen abgegriffen vor.« Ihr war klar, dass sie sich mit so einer Bemerkung nicht beliebt machte, und einige ihrer Kollegen gaben auch prompt missbilligende Geräusche von sich und rutschten auf ihren Stühlen herum. »Ich meine den Tribut an Constance. Sie mochte es überhaupt nicht, wenn alte Artikel noch einmal veröffentlicht wurden.«

»Wir veröffentlichen ja auch nicht einfach alte Artikel, Kitty. Wenn du richtig zugehört hättest, dann hättest du das mitgekriegt. Aber wir müssen zurückblicken, darum geht es ja bei einem Tribut.«

»Ja, das weiß ich schon«, erwiderte Kitty und gab sich, als sie fortfuhr, alle Mühe, niemanden zu beleidigen. »Aber Constance hat immer gesagt, es ist, als würde man gebrauchtes Klopapier noch mal benutzen, erinnert ihr euch nicht?« Kitty lachte, aber keiner von den anderen stimmte ein. »Sie würde nicht einfach nur zurückblicken wollen, sie würde sich etwas Neues wünschen, etwas, was in die Zukunft weist, etwas Festliches.«

»Zum Beispiel?«, fragte Pete, und Kitty erstarrte.

»Ich weiß nicht.«

Jemand seufzte tief.

»Kitty, auf diesen zwölf Doppelseiten soll Constance gefeiert werden, und den Rest der Zeitschrift haben wir für neue Themen zur Verfügung«, sagte Pete. Zwar versuchte er, ruhig zu bleiben, aber er hörte sich an wie ein belehrender Vater, dem gleich der Geduldsfaden reißt. »Wenn du keine bessere Idee anzubieten hast, möchte ich jetzt gerne weitermachen.«

Alle starrten Kitty an, und sie zermarterte sich den Kopf. Aber sie konnte an nichts anderes denken als daran, dass ihr nichts einfiel. Seit sechs Monaten schon hatte sie keine Idee gehabt, und das würde sich in so einem Moment bestimmt nicht ändern. Schließlich begannen die ersten Kollegen, peinlich berührt wieder wegzuschauen, aber Pete behielt sie im Visier, als wollte er etwas beweisen – wenn ihr nichts Besseres einfiel, war auch ihr Einwand Makulatur. Warum machte er nicht einfach weiter? Kittys Gesicht brannte, sie schlug die Augen nieder, um niemanden anschauen zu müssen. Eigentlich hatte sie gedacht, viel tiefer könnte sie nicht sinken.

»Ich weiß nicht«, sagte sie schließlich leise.

Daraufhin machte Pete endlich weiter, aber Kitty konnte sich auf kein Wort mehr konzentrieren. Sie hatte das Gefühl, Constance im Stich gelassen zu haben, von sich selbst ganz zu schweigen, und obwohl sie sich inzwischen daran gewöhnt hatte, tat es ihr immer noch weh. Was hätte Constance gewollt? Wenn sie in diesem Raum wäre, was für eine Geschichte würde sie sich wünschen? Und dann wusste Kitty es auf einmal.

»Ich hab's«, platzte sie unvermittelt heraus und unterbrach das Feedback zu Sarahs Geschichte, in der sie die derzeit trotz der Rezession steigenden Verkaufszahlen von Nagellack mit dem Absatz von Lippenstiften im Zweiten Weltkrieg verglich.

»Kitty, jetzt ist erst einmal Sarah an der Reihe«, wies Pete sie zurecht, und ein paar Kollegen warfen ihr verärgerte Blicke zu.

Sie zog verlegen den Kopf ein und wartete, bis Sarah fertig war. Dann war Trevor dran, und erst nachdem Pete sich noch zwei weitere Themenvorschläge angehört hatte, wandte er sich wieder Kitty zu.

»Das letzte Mal, als ich mit Constance geredet habe, hatte sie eine Idee, die sie dir vorstellen wollte, Pete. Ich weiß nicht, ob sie es getan hat«, begann sie.

»Wann war das?«

»Vor gut einer Woche.« Da hatte Constance noch gelebt.

»Nein, sie hat nichts davon erwähnt, ich hab das letzte Mal vor einem Monat mit ihr gesprochen.«

»Okay. Tja, bei der Idee ging es darum, Autoren im Ruhestand zu fragen, ob es eine Geschichte gibt, die sie schon immer gerne schreiben wollten, wenn sie die Gelegenheit dazu gehabt hätten.«

Pete blickte in die Runde. Einige Kollegen zeigten Interesse an dem Thema.

»Autoren wie Oisín O'Ceallaigh oder Olivia Wallace zum Beispiel«, fuhr Kitty fort.

»Oisín ist achtzig Jahre alt und lebt auf den Aran Islands. Er hat seit zehn Jahren nichts mehr geschrieben und seit zwanzig Jahren kein englisches Wort.«

»Das waren aber die Leute, die sie erwähnt hat.«

»Bist du sicher?«

»Ja«, antwortete sie, und ihre Wangen brannten, weil sie dauernd das Gefühl hatte, sich verteidigen zu müssen.

»Und sollen wir diese Leute interviewen? Oder sollen sie die Geschichten, die sie nie geschrieben haben, für uns schreiben?«

»Zuerst hat Constance gesagt, ich soll Interviews machen …«

»Sie hat gesagt, *du* sollst Interviews machen?«, unterbrach Pete sie sofort.

»Ja«, bestätigte sie, unsicher, wo sein Problem lag. »Aber dann hat sie gemeint, man könnte die Autoren doch einfach bitten, die Geschichte zu schreiben, die sie schon immer schreiben wollten.«

»Die Geschichten also praktisch in Auftrag geben.«

»Ja, ich denke schon.«

»Bei Autoren dieses Ranges eine ganz schön kostspielige Angelegenheit.«

»Na ja, es soll doch ein Tribut an Constance sein, möglicherweise sind da manche von ihnen bereit, auch ohne Honorar zu arbeiten. Wenn es eine Geschichte ist, die sie schon immer schreiben wollten, ist das vielleicht Anreiz genug. Die Erfüllung eines langgehegten Wunschs sozusagen.«

Pete wirkte nach wie vor skeptisch. »Wie ist es denn überhaupt zu diesem Gespräch gekommen?«

Alle schauten von Pete zu Kitty.

»Warum?«, fragte sie zurück.

»Ich versuche zu begreifen, wie so ein Thema ein Tribut an Constance sein könnte.«

»Es war eine ihrer letzten Ideen für ein Feature.«

»War es wirklich ihre Idee? Oder eher deine?«

Alle rutschten unbehaglich auf ihren Stühlen herum.

»Willst du damit andeuten, dass ich diese Hommage ausnutze, um eine meiner eigenen Ideen unterzubringen?« Kitty hätte gern überlegen geklungen, aber die Frage kam verletzt und kleinlaut heraus, sie wirkte wie ein Schwächling und außerdem so, als hätte Pete mit seinem Vorwurf genau ins Schwarze getroffen.

»Ich glaube, es ist das Beste, wenn jetzt erst einmal alle an ihren Schreibtisch zurückgehen und wir das Meeting für heute beenden«, sagte Cheryl in die verlegene Stille hinein. »Dann können Kitty und Pete sich unter vier Augen weiterunterhalten.«

Im Handumdrehen waren die anderen verschwunden, froh, der peinlichen Situation entrinnen zu können. Pete blieb am Kopfende des Tischs stehen, beide Hände aufgestützt. Zu Kittys Ärger machte auch Cheryl keine Anstalten zu gehen.

»Kitty, ich will mich hier nicht aufspielen, ich möchte nur, dass wir den Tribut so gestalten, dass er authentisch Constance ist. Ich weiß, du kanntest sie besser als wir anderen, aber das Gespräch, von dem du erzählt hast, hat keiner von uns mitbekommen. Deshalb möchte ich ganz sichergehen, dass diese Idee wirklich das ist, was Constance wollte.«

Kitty schluckte, und auf einmal kamen wieder die Selbstzweifel. Was vorher eine kristallklare Erinnerung gewesen war, verschwamm zusehends. »Ich kann dir nicht hundertprozentig sagen, was sie *wirklich* tun wollte, Pete.«

»Komm schon, Kitty«, meinte er mit einem frustrierten Lachen. »Entscheide dich, ja?«

»Ich weiß nur, dass ich sie gefragt habe, was für eine Geschichte sie schon immer schreiben wollte, aber nie geschrieben hat. Die Frage gefiel ihr, und sie meinte, das wäre doch eine gute Idee für einen Artikel, ich könnte doch ein paar Autoren interviewen, was für eine Geschichte sie schon immer schreiben wollten, oder noch besser, sie bitten, diese Geschichte jetzt zu schreiben. Und sie hat gesagt, sie würde mit dir darüber reden.«

»Das hat sie aber nicht.«

Schweigen.

»Es ist eine gute Idee, Pete«, sagte Cheryl leise, und für einen Moment war Kitty froh, dass sie geblieben war.

Nachdenklich klopfte Pete mit seinem Stift auf den Tisch. »Hat sie dir davon erzählt?«, wandte er sich an Cheryl.

»Nein.«

Kitty schluckte. Er wollte ihr einfach nicht glauben.

»Sie hat mir gesagt, ich soll einen Ordner aus ihrem Büro holen und zu ihr ins Krankenhaus bringen, dann würde sie mir alles Nähere erklären, aber als ich damit ankam, war es zu spät«, versuchte sie es noch einmal. Sofort füllten sich ihre Augen wieder mit Tränen, und sie blickte zu Boden. Aber das erhoffte Mitgefühl wurde ihr nicht gewährt.

»Hast du den Umschlag aufgemacht?«, fragte Pete.

»Nein.«

Auch das glaubte er ihr nicht.

»Ich hab ihn nicht aufgemacht«, beteuerte Kitty nachdrücklich, und langsam wurde sie wieder wütend.

»Wo ist der Umschlag jetzt?«

»Bei Bob.«

Pete schwieg.

»Was denkst du?«, fragte Cheryl.

»Ich denke, dass es ein tolles Feature und eine tolle Hommage wäre, wenn wir zusammen mit den Geschichten der anderen Autoren auch die Geschichte hätten, die Constance schon immer schreiben wollte. Wenn Bob uns die Geschichte gibt, könntest du darüber berichten«, antwortete Pete, an Cheryl gewandt.

Kitty traute ihren Ohren nicht. Warum gab er Cheryl den Auftrag?

»Vielleicht möchte Bob selbst darüber schreiben«, gab sie zu bedenken.

»Natürlich hat er erste Präferenz.«

»Ich hab den Umschlag hier«, erscholl plötzlich Bobs Stimme aus dem Nebenraum.

»Bob«, rief Pete und richtete sich auf. »Ich wusste gar nicht, dass du hier bist.«

Bob sah müde aus. »Ich wollte nicht raufkommen, aber dann habe ich gemerkt, dass ich nicht weiß, wo ich sonst hingehen soll«, wiederholte er das, was auch Kitty vorhin gesagt hatte, und nun wusste sie, dass er von Anfang an da gewesen war und alles mitbekommen hatte. »Ich musste etwas aus Constances Büro holen, ihr Adressbuch – der Himmel weiß, wo sie das versteckt hat –, und da habe ich gehört, was ihr über ihre Geschichte gesagt habt.« Bob lächelte. »Pete, ich glaube, das Projekt ist eine wundervolle Idee.«

»Möchtest du darüber schreiben?«, fragte Pete.

»Nein. Nein, ich hab nicht genug Abstand.«

»Was ist es denn für eine Geschichte?«, fragte Pete.

»Ich habe keine Ahnung«, antwortete Bob achselzuckend. »Der Umschlag ist versiegelt und bisher nicht geöffnet worden.«

Kitty musste sich zusammennehmen, um nicht aufzuspringen und die Faust triumphierend in die Luft zu recken.

»Okay.« Zufrieden sah Pete Cheryl an und wollte ihr offensichtlich die Aufgabe übergeben, aber Bob ahnte es und kam ihm zuvor.

»Ich möchte, dass Kitty den Artikel schreibt.«

Überrascht starrten Pete und Cheryl ihn an.

»Ich glaube, sie ist dafür am besten geeignet«, erklärte er freundlich wie immer, und Cheryl gab sich alle Mühe, nicht enttäuscht auszusehen.

»Obwohl du gar nicht weißt, worum es geht?«, versuchte Pete seine Nummer eins zu verteidigen.

»Ja, trotzdem«, beharrte Bob und gab Kitty den Umschlag.

Gespannt sahen alle zu, wie sie ihn behutsam öffnete und hineinspähte. Ein einzelnes Blatt Papier lag darin. Sie zog es heraus und sah vor sich eine Liste mit hundert Namen.

Kapitel 5

1. Sarah McGowan
2. Ambrose Nolan
3. Eva Wu
4. Jedrek Vysotski
5. Bartle Faulkner
6. Bridget Murphy
7. Mary-Rose Godfrey
8. Bernadette Toomy
9. Raymond Cosgrave
10. Olive Byrne
11. Marion Brennan
12. Julio Quintero
13. Maureen Rabbit
14. Patrick Quinn
15. Gloria Flannery
16. Susan Flood
17. Kieran Kidd
18. Anthony Kershaw
19. Janice O'Meara
20. Angela O'Neill
21. Eugene Cullen
22. Evelyn Meagher
23. Barry Meegan
24. Aiden Traynor
25. Seamus Tully
26. Diana Zukov
27. Bin Yang
28. Gabriela Zat
29. Barbara Tomlin
30. Benjamin Toland
31. Anthony Spencer
32. Aidan Somerville
33. Patrick Leahy
34. Cyril Lee
35. Dudley Foster
36. Josephine Fowler
37. Colette Burrows
38. Ann Kimmage
39. Dermot Murphy
40. Sharon Vickers
41. George Wallace
42. Michael O'Faigan
43. Lisa Dwyer
44. Danny Flannery
45. Karen Flood
46. Máire O'Muireagáin
47. Barry O'Shea
48. Frank O'Rourke
49. Claire Shanley
50. Kevin Sharkey
51. Carmel Reilly
52. Russell Todd
53. Heather Spencer
54. Ingrid Smith
55. Ken Sheeran
56. Margaret McCarthy
57. Janet Martin
58. John O'Shea
59. Catherine Sheppard
60. Magdalena Ludwiczak
61. Declan Keogh
62. Siobhán Kennedy
63. Dudley Foster
64. Denis MacCauley
65. Nigel Meaney
66. Thomas Masterson
67. Archie Hamilton
68. Damien Rafferty
69. Ian Sheridan
70. Gordon Phelan
71. Marie Perrem
72. Emma Pierce
73. Eileen Foley
74. Liam Greene
75. Aiofe Graham
76. Sinéad Hennessey
77. Andrew Perkins
78. Patricia Shelley
79. Peter O'Carroll

80. Sean Maguire
81. Michael Sheils
82. Alan Waldron
83. Carmel Wagner
84. Jonathan Treacy
85. Lee Reehill
86. Pauric Naughton
87. Ben Gleeson
88. Darlene Gochoco
89. Desmond Hand
90. Jim Duffy
91. Maurice Lucas
92. Denise McBride
93. Jos Merrigan
94. Frank Jones
95. Gwen Megarry
96. Vida Tonacao
97. Alan Shanahan
98. Orla Foley
99. Simon Fitzgerald
100. Katrina Mooney

Es gab zu dieser Liste weder ein Exposé noch Stichworte und auch keine Erklärung, wer diese Leute waren oder worum es in dem Artikel gehen sollte. Sooft Kitty auch in den Umschlag schaute – da war nichts mehr.

»Was steht denn da?«, fragte Pete, der das Schweigen nicht mehr aushielt.

»Es ist eine Liste mit Namen«, antwortete Kitty verwirrt.

Die Namen waren ordentlich getippt und von eins bis hundert durchnummeriert.

»Bekannte Namen?«, fragte Pete und reckte sich so weit über den Tisch, dass er praktisch darauf lag.

Kitty schüttelte den Kopf und kam sich schon wieder vor wie ein Versager. »Vielleicht kennt ihr sie ja«, antwortete sie und schob das Papier über den Tisch. Wie Löwen auf ein Stück Frischfleisch stürzten die anderen sich darauf. Kitty beobachtete ihre Gesichter und hoffte, dass sie etwas erkannten, aber als die drei endlich die Köpfe hoben, sahen sie genauso verwirrt aus wie Kitty. Einerseits erleichtert, andererseits noch konfuser ließ Kitty sich auf ihren Stuhl zurücksinken. Hätte sie wissen sollen, was diese Namen bedeuteten? Hatte Constance womöglich einmal mit ihr darüber gesprochen? Gab es eine versteckte Botschaft?

»Was ist sonst noch in dem Umschlag?«, wollte Pete wissen.

»Nichts.«

»Lass mich sehen.«

Schon wieder glaubte er ihr nicht, und absurderweise fing

Kitty sofort an, ebenfalls an sich zu zweifeln – obwohl sie doch schon zweimal nachgeschaut hatte. Natürlich stellte auch Pete fest, dass keine weiteren Informationen in dem Umschlag enthalten waren, und warf ihn auf den Tisch zurück. Kitty nahm ihn hastig an sich, als müsste sie ihn beschützen.

»Hat sie sich vielleicht irgendwo Notizen gemacht?«, erkundigte sich Pete bei Bob. »Auf Papier oder im Computer? Vielleicht hat sie ja irgendwas im Büro hinterlegt.«

»Wenn, dann bestimmt unten«, antwortete Bob und ließ den Blick erneut über die Namen schweifen. »Meine liebe Constance, was in aller Welt hast du damit nur im Schilde geführt?«

Kitty musste lachen. Constance hätte diese Situation geliebt – wie sie sich alle um die Liste drängten und sich ratlos am Kopf kratzten. Und die Tatsache, dass sie dafür verantwortlich war, hätte Constance nur noch mehr amüsiert.

»Das ist wirklich nicht lustig, Kitty«, meinte Pete tadelnd. »Das Feature ist vollkommen sinnlos, wenn wir keine Geschichte von Constance dazu haben.«

»Da bin ich anderer Meinung«, widersprach Kitty, selbst überrascht. »Es ist der letzte Beitrag, den Constance für die Zeitschrift vorgeschlagen hat.«

»Mir wäre es trotzdem lieber, wenn wir auch Constances Geschichte verwenden könnten«, beharrte Pete. »Ich möchte, dass sie den Kern des Ganzen bildet. Wenn wir Constances Geschichte nicht haben, weiß ich nicht, ob die Idee wirklich etwas bringt.«

»Aber Constances Geschichte ist bloß eine Liste mit Namen«, sagte Kitty und verlor wieder ihr Selbstvertrauen. Sie wollte nicht, dass der Tribut ausschließlich von ihr und ihrer Fähigkeit abhing, zu entschlüsseln, was diese Liste bedeutete. Die Zeit war knapp, und zu allem Überfluss machte Kitty gerade eine der schlimmsten Krisen ihres Lebens durch. Sie fühlte sich ausgelaugt, und ihr Glaube an sich selbst befand sich auf einem absoluten Tiefpunkt. »Wir haben keinerlei Hinweis darauf, worauf Constance damit hinauswollte oder was es für sie bedeutet hat.«

»Na ja, dann macht eben doch Cheryl den Artikel«, warf Pete ein und überrumpelte damit alle. »Sie wird es schon herausfinden.« Er klappte seinen Aktenordner zu und richtete sich auf.

»Bei allem Respekt – ich glaube wirklich, dass Kitty es machen sollte«, widersprach Bob.

»Aber sie hat doch gerade selbst gesagt, dass sie Zweifel hat, ob sie es schafft.«

»Sie braucht nur ein bisschen Ermutigung, Pete«, meinte Bob, nun schon ein bisschen bestimmter. »Es ist ja auch eine ziemlich einschüchternde Aufgabe.«

»Na gut«, lenkte Pete unvermittelt ein. »Wir haben zwei Wochen, bis wir in Druck gehen. Du hältst mich auf dem Laufenden, Kitty, ich hätte gern jeden Tag ein Feedback von dir.«

»Jeden Tag?«, fragte sie verwundert.

»Japp«, antwortete er nur, packte seine Sachen und machte sich auf den Weg in Constances Büro, das jetzt seines war.

In diesem Moment wusste Kitty, dass ihre TV-Suspendierung, die Schmierereien an ihrer Wohnungstür, das Scheitern ihrer Beziehung und der verlorene Prozess erst der Anfang waren und dass die wirklich gravierenden Auswirkungen ihres Fehlers noch vor ihr lagen.

Widerstrebend setzte Kitty sich an Constances Schreibtisch in ihrer Souterrainwohnung, die Hände in die Luft gestreckt, als zielte jemand mit einem Revolver auf sie, voller Angst, eine Ordnung zu zerstören, die jetzt, wo Constance tot war, nie wiederhergestellt werden konnte. Letzte Woche war es ein tröstliches Gefühl gewesen, hier zu sein, aber jetzt kam sie sich vor wie ein Eindringling. Bob hatte ihr die Alleinherrschaft über das private Büro überlassen, sie konnte alles lesen, was hier herumlag, kein Winkel war verbotenes Terrain. Die frühere Kitty, die

Kitty aus der Zeit, als Constance noch lebte, die Kitty, gegen die kein Gerichtsurteil wegen verantwortungsloser Berichterstattung ergangen war, hätte sich sofort auf diese Chance gestürzt und ihrer Neugier freien Lauf gelassen, hätte alles erforscht, was ihr in die Finger kam, ganz gleich, ob es etwas mit ihrem Thema zu tun hatte oder nicht. Aber jetzt war alles anders geworden.

Den ganzen Nachmittag durchsuchte sie den Aktenschrank nach weiteren Unterlagen zu der Liste mit den hundert Namen – was enorm zeitaufwendig und letztlich sinnlos war, da sie ja nicht mal eine Ahnung hatte, was die Namen bedeuteten. Auch als sie sie bei Google eingab, ergab sich nichts Interessantes, alles führte nur in Sackgassen. Als sie am Ende des zweiten Tages, nach einem äußerst peinlichen Meeting mit Pete, bei dem sie nichts auch nur ansatzweise Erfolgreiches zu berichten hatte, zu ihrer Wohnung zurückkam, erwartete sie dort wieder einmal ein sehr unfreundlicher Empfang, nämlich mit roter Farbe bespritzte Toilettenpapierstreifen, die so an ihrer Tür arrangiert waren, als sollte der Tatort eines Verbrechens nachgeäfft werden.

Obwohl sie völlig hoffnungslos ins Bett ging, nachdem sie auch noch die Toilette verstopft hatte, weil sie das ganze Klopapier auf einmal hinunterzuspülen versucht hatte, fühlte sie sich beim Aufwachen am nächsten Morgen erstaunlich frisch und zuversichtlich. Ein neuer Tag bedeutete immer einen Neuanfang. Sie würde es schaffen. Jetzt bekam sie ihre Chance, ihren Fehler auszubügeln und Constance stolz zu machen. Bevor sie einschlief, war ihr letzter Gedanke gewesen, dass die Namen auf der Liste ja irgendwelchen x-beliebigen Leuten gehören könnten – und wo fand man solche Leute? Sie machte sich nicht mal die Mühe, sich anzuziehen, sondern setzte sich in der Unterhose an den Tisch und nahm sich das Telefonbuch vor. Sie hatte Constances Liste mehrmals fotokopiert und das Original in Constances Aktenschrank zurückgelegt, weil sie es nicht beschädigen wollte. Eine ihrer Kopien war bereits mit Einfällen,

Fragen und sonstigen Kritzeleien bedeckt, also nahm sie ein frisches Exemplar, einen neuen Notizblock, das Telefonbuch und eine Tasse Kaffee – Instant, denn Glen hatte nicht nur die Kaffeemaschine, sondern auch die Bohnen mitgenommen –, holte tief Luft und machte sich bereit. In diesem Moment rappelte ein Schlüssel in der Tür, sie wurde aufgerissen, und herein kam Glen. Instinktiv flogen Kittys Hände auf ihre nackte Brust, aber weil sie sich immer noch schutzlos fühlte, schlug sie die Beine übereinander, klappte das Telefonbuch auf und hielt es vor sich.

»Sorry«, sagte Glen, der mit dem Schlüssel in der Hand wie angewurzelt in der Tür stand und sie anstarrte. »Ich dachte, du wärst bei der Arbeit.«

»Musst du mich unbedingt so anstarren?«

»Sorry«, sagte er noch einmal, blinzelte, schaute weg und wandte Kitty dann den Rücken zu. »Soll ich gehen?«

»Dafür ist es jetzt zu spät, oder nicht?«, fauchte sie und marschierte zu ihrem Kleiderschrank.

»Ah, da geht es schon los«, sagte er, und auf einmal hatte seine Stimme jede Spur von Höflichkeit verloren. Die Wohnungstür fiel ins Schloss, und er folgte Kitty ins Schlafzimmer.

»Ich bin noch nicht angezogen.«

»Weißt du was, Kitty – ich hab das alles schon gesehen, und es könnte mir nicht gleichgültiger sein.« Er würdigte sie keines Blickes und fing an, in ihren Schubladen herumzuwühlen.

»Was suchst du denn?«

»Geht dich nichts an.«

»Doch, das ist meine Wohnung, also geht es mich sehr wohl etwas an.«

»Und ich habe die Hälfte der Monatsmiete bezahlt, also ist es genaugenommen auch meine Wohnung.«

»Wenn du mir sagst, was du suchst, kann ich dir vielleicht helfen«, sagte sie, während er weiterwühlte. »Es wäre mir nämlich sehr recht, wenn du die Finger von meiner Unterwäsche lassen würdest.«

Endlich zog er eine Armbanduhr aus ihrer Unterwäscheschublade und legte sie sich ums Handgelenk.

»Wie lange ist die schon da drin?«

»Schon immer.«

»Oh.«

Was hatte sie sonst noch alles nicht über ihn gewusst? Wahrscheinlich ging ihnen beiden dieser Gedanke durch den Kopf – wie viel hatten sie nicht voneinander gewusst? Einen Moment schwiegen sie beide, dann schaute Glen sich wieder im Zimmer um, diesmal etwas freundlicher, und begann Schuhe, CDs und andere Kleinigkeiten, die er hiergelassen hatte, in eine schwarze Mülltüte zu stopfen. Kitty wollte ihm nicht dabei zuschauen und setzte sich lieber wieder an den Küchentisch.

»Danke übrigens, dass du mir gesagt hast, dass du mich verlässt«, meinte sie ironisch, als er an ihr vorbeikam und anfing, Sachen aus der Küche einzusammeln. Sogar die Topflappen nahm er mit. Die Topflappen! »Das war sehr gentlemanlike von dir.«

»Du wusstest doch genau, dass ich gehe.«

»Wie zur Hölle hätte ich das wissen sollen?«

»Wie oft haben wir uns gestritten, Kitty? Wie oft habe ich dir ganz genau beschrieben, wie ich mich fühle? Und warst du jemals bereit, mit mir darüber zu diskutieren?«

»Nein, nie natürlich.«

»Genau!«

»Aber ich wollte nicht, dass so etwas dabei herauskommt.«

Überrascht sah er sie an. »Ich dachte, du warst nicht glücklich. Jedenfalls hast du das immer gesagt.«

»Ich hatte Probleme, deshalb war ich nicht glücklich. Ich habe nicht gedacht, dass … na ja, jetzt spielt das ja wohl keine Rolle mehr, oder?« Zu ihrer Überraschung spürte Kitty plötzlich Hoffnung im Herzen, Hoffnung, dass Glen einlenken und sagen würde, dass das selbstverständlich eine Rolle spielte und dass sie zusammen alles wieder in Ordnung bringen konnten … aber er schwieg. Sehr lange.

»Warum bist du eigentlich nicht bei der Arbeit?«, fragte er schließlich.

»Ich hab beschlossen, von zu Hause zu arbeiten.«

»Hat die Zeitschrift dich gefeuert?« Offensichtlich glaubte auch er ihr nicht, genau wie Pete.

»Nein«, fauchte sie. Sie hatte es satt, dass ständig jemand an ihr zweifelte. Sie zweifelte doch selbst schon genug an sich. »Man hat mich nicht gefeuert. Vielleicht überrascht es dich, aber es gibt immer noch Leute, die an mich glauben.« Obwohl das zumindest auf Pete nicht zutraf.

Glen seufzte und ging dann, die Mülltüte über der Schulter, zur Tür. Kitty widmete sich wieder dem Telefonbuch, und ihre Augen hüpften nervös von einem Namen zum anderen. Solange Glen da war, konnte sie sich nicht richtig konzentrieren.

»Tut mir sehr leid wegen Constance.«

Von Gefühlen überflutet, brachte sie kein Wort heraus.

»Ich war bei der Beerdigung, falls du es nicht schon irgendwoher erfahren hast.«

»Sally hat es mir erzählt.« Sie wischte sich grob die Augen, denn sie ärgerte sich, dass sie vor Glen anfing zu weinen.

»Alles klar bei dir?«

Kitty versteckte ihr Gesicht in den Händen. Es war schrecklich, dass er so dastand, während sie weinte. Früher hätte er sie sofort getröstet. Sie weinte darüber, sie weinte um Constance, und sie weinte wegen allem, was sonst passiert war. »Bitte geh«, schluchzte sie.

Dann hörte sie, wie die Tür sich leise schloss.

Als ihre Tränen versiegt waren, begann Kitty noch einmal von vorn. Sie nahm sich den ersten Namen auf der Liste vor – Sarah McGowan – und schlug die Seite im Telefonbuch auf. Es gab Hunderte McGowans. Achtzig Mr und Mrs McGowans, zwanzig S. McGowans und acht Sarah McGowans, die sie alle anrufen musste, falls sie mit den achtundzwanzig spezifischen S. McGowans kein Glück hatte.

Sie begann mit den Sarahs. Beim ersten Mal ging sofort jemand ans Telefon.

»Hallo, kann ich bitte mit Sarah McGowan sprechen?«

»Am Apparat.«

»Mein Name ist Katherine Logan, ich arbeite für das Magazin *Etcetera*.«

Sie machte eine Pause und wartete, ob der Name irgendeine Reaktion hervorrief.

»Ich möchte an keiner Umfrage teilnehmen, danke.«

»Nein, nein, ich mache keine Umfrage. Ich rufe im Auftrag unserer Herausgeberin Constance Dubois an. Es könnte sein, dass sie vor einer Weile Kontakt mit Ihnen aufgenommen hat.«

Aber nichts dergleichen. Auch nicht bei weiteren sieben Sarah McGowans. Zweimal meldete sich niemand, bei zweien hinterließ sie eine Nachricht auf dem Anrufbeantworter. Dann machte sie sich an die anderen McGowans im Telefonbuch und hoffte, dass ihre Sarah als Mrs McGowan geführt wurde. Bei zehn ihrer Versuche wurde nicht abgehoben, und sie machte sich eine Notiz, es später noch einmal zu probieren, bei den ersten acht »Mr und Mrs«-Einträgen gab es keine Sarah, beim neunten gab es zwar eine, aber sie war erst drei Monate alt und konnte natürlich nicht Thema von Constances Story sein. Schließlich waren noch zwanzig McGowans übrig, und sie hatte noch keinen einzigen der neunundneunzig anderen Namen auf der Liste in Angriff genommen, bei denen es ja bestimmt auch jeweils um die hundert Einträge gab. Vielleicht sollte sie lieber mit den seltenen Namen beginnen? Um die zehntausend Anrufe warteten auf sie, und obwohl sie guter Dinge war, das zu schaffen, und obwohl sie gern recherchierte, gab es zwei gewichtige Problemfaktoren, die gegen sie arbeiteten: Zeit und Geld. So viele Anrufe konnte sie sich schlicht nicht leisten.

Um die Mittagszeit beschloss sie, nicht mehr zu Hause zu

arbeiten, sondern ins Redaktionsbüro zurückzukehren. Dort herrschte emsige Betriebsamkeit, denn allen saß die Deadline für die Hommage an Constance im Nacken, und nebenbei mussten ja auch noch andere Themen recherchiert und andere Artikel geschrieben werden. Gerade als Kitty hereinkam, verließ Rebecca, die Art-Direktorin, ziemlich entnervt Petes Büro. »Der hat vielleicht eine Laune heute! Viel Glück.«

An Kittys angestammtem Schreibtisch saß eine Frau, die sie nicht kannte, was allerdings nicht weiter ungewöhnlich war, da in der Redaktion viele Freie arbeiteten, die mal im Büro waren und mal nicht. Doch heute schien es keinen freien Platz zu geben, und als Kitty sich umsah, ob wenigstens ein Telefon verfügbar war, ging Petes Tür auf, und er rief Kitty zu sich.

»Was machst du hier?«, fragte er sofort.

»Ich hab einen Schreibtisch gesucht, weil ich eine Unmenge Anrufe machen muss – meinst du, ich könnte heute eins der Telefone benutzen? Und wer ist die Frau an meinem Schreibtisch?«

»Hast du irgendeine Spur?«

»Ich habe beschlossen, die Leute von der Liste direkt zu kontaktieren, um herauszufinden, ob Constance mit ihnen gesprochen hat. Wer ist die Frau an meinem Schreibtisch?«

»Wie kannst du sie denn kontaktieren?«

»Ich suche mir die Nummern aus dem Telefonbuch raus«, antwortete Kitty und gab sich große Mühe, sich nicht anmerken zu lassen, dass sie sehr wohl wusste, wie albern das war.

»Das ist alles?«

»Ja.«

»Und wie viele Namen stehen noch mal auf der Liste?«

»Hundert. Wer ist die Frau an meinem Schreibtisch?«

»Hundert? Himmel, Kitty, das wird ewig dauern.«

»Ich hab mich schon durch die meisten Einträge mit dem ersten Namen durchgearbeitet.«

»Und? Irgendwelche Erfolge?«

»Nein, noch nicht.«

Er starrte sie ärgerlich an.

»Sie heißt McGowan, das ist in Irland fast wie Smith. Ich hab schon fast hundert Anrufe hinter mir. Pete, was erwartest du von mir? Es geht nicht anders. Zuerst hab ich sie alle gegoogelt. Archie Hamilton ist beispielsweise entweder ein Clown, den man für Kinderpartys anheuern kann, oder er arbeitet als Börsenmakler bei Davy's, oder er ist vor zehn Jahren gestorben, oder er ist vor fünf Jahren wegen Körperverletzung ins Gefängnis gekommen. Wie soll ich deiner Meinung nach erraten, welcher der Richtige ist?«

Pete seufzte. »Hör zu, hier kannst du nicht arbeiten.«

»Warum nicht?« Sie schaute aus dem Fenster und dann demonstrativ wieder zu ihrem Schreibtisch.

»Das ist Laura Mulligan. Ich habe sie gebeten, für die Ausgabe von diesem Monat an deiner Stelle einen Artikel zu schreiben. Die Cox Brothers haben angerufen und auch noch ein paar andere große Anzeigenkunden. Sie werden total unter Druck gesetzt und spielen mit dem Gedanken, diesen Monat ihre Werbung rauszunehmen.«

»Warum?«

Schweigen.

»Oh. Der Grund bin ich.«

»Das geht schon seit ein paar Monaten so, aber jetzt, nach dem Gerichtsurteil, sind sie endgültig der Ansicht, dass sie das Magazin nicht mehr unterstützen können, wenn wir dich nicht wenigstens auf irgendeine Weise maßregeln.«

»Aber der Sender hat mich doch schon suspendiert. Und die Sache hat nichts mit *Etcetera* zu tun.«

»Irgendjemand macht Ärger.«

»Bestimmt Colin Murphys Leute«, sagte Kitty. »Sie tun, was sie können, um mich fertigzumachen.«

»Wir wissen nicht, ob sie es sind«, sagte Pete, allerdings nicht sehr überzeugt. Er fuhr sich mit der Hand durch die Haare. Kitty musste unwillkürlich an eine Shampoo-Werbung denken, weil sie so glänzend und perfekt waren und sofort wieder an den richtigen Platz zurückfielen. Überhaupt merkte sie plötzlich, dass Pete ziemlich gut aussah.

»Dann suspendierst du mich also.«

»Nein … ich bitte dich nur, die nächsten zwei Wochen nicht im Büro zu arbeiten, solange ich versuche, die Kunden zu beruhigen.«

»Aber was ist mit Constances Geschichte?«

Er rieb sich müde die Augen und antwortete nicht.

»Deshalb wolltest du nicht, dass ich sie schreibe, richtig? Deshalb hast du Cheryl gefragt.«

»Mir sind die Hände gebunden, Kitty. Das sind unsere wichtigsten Anzeigenkunden. Wir können es uns nicht leisten, sie zu verlieren, das wäre Selbstmord.«

»Weiß Bob davon?«

»Nein, und du erzählst es ihm bitte auch nicht. Er hat schon genug um die Ohren, deshalb sind Cheryl und ich ja hier.«

»Ich möchte aber an der Geschichte arbeiten«, sagte Kitty. Constances Liste war alles, was sie hatte, und auf einmal war es lebenswichtig für sie, diesen Artikel zu schreiben.

»Wenn die ihre Drohung wahr machen, können wir nichts unter deinem Namen veröffentlichen«, entgegnete Pete und wirkte auf einmal richtig erschöpft. »Ich sehe da keine Möglichkeit.«

Plötzlich entdeckte Kitty eine neue Seite an ihm, eine menschliche Seite, die sie richtig sympathisch fand. Nicht sein übliches Bulldoggen-Auftreten. »Ich hab gedacht, ich schreibe künftig unter dem Namen Kitty Logan, nicht mehr Katherine. So nennt mich sowieso niemand außer meiner Mutter.« Sie schluckte. Katherine Logan klang so gewichtig, es war ihr peinlich, den Namen laut auszusprechen, und bei den Leuten von der Liste war sie richtig verlegen geworden und auch ein bisschen paranoid. Wie würden sie reagieren, was dachten sie wohl im Stillen? Sie schämte sich ihres eigenen Namens. Und Kitty war vielleicht ein Neuanfang.

Pete sah sie ziemlich mitleidig an.

»Oder ich hab noch eine bessere Idee«, rief sie, kämpfte gegen sein Mitleid an und strahlte. »Wir setzen Constances Namen darunter. Schließlich ist es doch ihre letzte Geschichte.«

»Das geht nicht, Kitty, nicht, wenn du den Artikel schreibst.« Er wirkte überrascht, aber auf eine gute Art. Als wäre er beeindruckt, dass sie darauf verzichtete, ihren eigenen Namen unter ihrer eigenen harten Arbeit zu sehen. Er wurde weich. »Wir finden bestimmt eine Möglichkeit. Arbeite erst mal einfach weiter. Geht das nicht von zu Hause?«

»Ich … ich kann es mir nicht leisten, so viele Anrufe zu machen.«

Wieder seufzte er und beugte sich, die Hände flach aufgestützt, über seinen Schreibtisch. Er hatte einen auffallend muskulösen Rücken. Seltsamerweise und zu ihrer eigenen Überraschung hatte Kitty plötzlich das Gefühl, dass sie anfing, ihn richtig toll zu finden. Am liebsten hätte sie die Hand ausgestreckt und ihm die verspannten Schultern massiert.

»Okay«, meinte er sanft. »Telefonier zu Hause und schick die Rechnung an die Redaktion.«

»Danke.«

»Aber Kitty, du musst eine andere Möglichkeit finden, du kannst dich nicht durchs ganze Telefonbuch arbeiten.«

»Ja, ich weiß.«

Als Kitty nach unten ging, bemerkte sie, dass am Vogelhaus im Vorgarten ein Schild mit der Aufschrift JUNK MAIL hing und dass es von Werbezetteln überquoll. Sie musste an Glen denken, der seine Uhr in ihrer Wäscheschublade versteckt hatte, und auch Bob und Constance deponierten Dinge an absurden Stellen. Bestimmt befand sich der Schlüssel zu Constances Geschichte irgendwo in der Wohnung. Sie klopfte.

Teresa öffnete die Tür. »Er hat sich gerade hingelegt, Liebes.«

»Ich würde gern kurz etwas an Constances Schreibtisch nachschauen, und ich brauche deine Hilfe. Ich muss nämlich das Telefonbuch finden.«

»Viel Glück!«, lachte Teresa. »Du weißt, dass ich das Telefon vor ein paar Tagen im Wäschekorb gefunden habe. Bob meinte, es klingelt zu laut.«

Sie sahen sich in der Wohnung um.

»Geld in der Teekanne, Pässe im Toaster, Werbung im Vogelhäuschen – wo in aller Welt würde Constance wohl das Telefonbuch verstauen?«, überlegte Kitty laut.

»Wahrscheinlich auf dem Klo – vielleicht hat sie sich den Hintern damit abgewischt«, meinte Teresa und schlurfte zurück in die Küche, wo Kitty die Waschmaschine rattern hörte. Sie freute sich, dass Teresa sich aufgerappelt hatte und nicht mehr nur Staub wischte, sondern sich um Bob kümmerte.

Sich selbst überlassen, begann sie sich nach dem Telefonbuch umzusehen, suchte zunächst an den offensichtlichen Stellen in der Wohnung und strengte dann ihr Hirn an, um auf etwas möglichst Bizarres zu kommen. In Bobs und Constances Büro ließ sie sich auf ein kuscheliges Schaffell nieder, das neben einem Perserteppich den Boden schmückte und etwas fehl am Platz wirkte, und untersuchte den niedrigen Couchtisch, auf dem das Telefon stand. Ohne zu wissen, warum, folgte sie dem Impuls, unter den Tisch zu spähen, und siehe da: Statt auf vier normalen Beinen ruhte die hölzerne Tischplatte auf Telefonbüchern und Gelben Seiten, jeweils fünf Ausgaben aus den letzten zehn Jahren. Kitty lachte so laut auf, dass Teresa an der Tür erschien, um nachzuschauen, was sie Lustiges entdeckt hatte. Als sie sah, wie Kitty die Tischplatte von den Büchern abhob, verdrehte sie die Augen und wanderte den Flur hinunter zurück in die Küche. Gespannt blätterte Kitty das neueste Telefonbuch durch, fand aber keinen Hinweis darin. Dann nahm sie sich das vom letzten Jahr vor, schlug direkt die Seite mit McGowan auf – sonst konnte sie sich in diesem Moment vor lauter Aufregung an keinen Namen erinnern – und machte vor Freude fast einen Luftsprung. Der Name war mit rosa Marker angestrichen. Schnell holte sie die Liste aus ihrer Mappe, schaute beim zweiten Namen – Ambrose Nolan – nach, und zu ihrer großen Freude war auch dieser Name gekennzeichnet. So ging sie einen Namen nach dem anderen durch und jubelte jedes Mal laut, wenn sie feststellte, dass auch er im Telefonbuch markiert war. Endlich hatte sie Glück! Triumphierend reckte sie die Faust in die Höhe und stieß dabei aus Versehen gegen eine Lampe, die gefährlich ins Wanken geriet, und ein kleines rotes Adressbuch fiel auf den Boden – das Adressbuch, das Bob gesucht hatte. Kitty lachte, umarmte das Telefonbuch und hob das Gesicht zum Himmel.

»Danke«, flüsterte sie.

Kapitel 6

Jetzt hatte Kitty also alle Namen samt Adressen und Telefonnummern. Alle lebten in Irland, so dass sie ihre Suche wenigstens auf ein Land beschränken konnte. Auf einmal war sie so dicht an Constances Geschichte dran, dass sie praktisch schon die Farbe des frisch gedruckten Artikels in der Zeitschrift riechen konnte. Allerdings stellte sie zu ihrer Überraschung fest, dass sie gar nicht darauf brannte, sofort mit allen Kontakt aufzunehmen – und das, obwohl ihr gerade mal eineinhalb Wochen bis zum Abgabetermin blieben! Aber wenn sie ins Telefonbuch schaute, wurde ihr Blick immer wieder magisch zu einem bestimmten Namen gezogen, der nicht einmal auf Constances Liste stand.

Schließlich nahm sie den 123er Bus zur O'Connell Street und dann die 140 nach Finglas. Eine Stunde später erreichte sie ihr Ziel, aber obwohl sie sich die ganze Fahrt über den Kopf zerbrochen hatte, hatte sie immer noch keine Ahnung, was sie überhaupt sagen wollte. Sie stand auf der anderen Seite der Grünfläche vor Colin Murphys Haus, Kinder sausten auf Fahrrädern um sie herum und überfuhren sie fast, als wäre sie gar nicht da. Auf einmal wünschte sie sich das auch. Auf den Straßen wimmelte es von Müttern mit Kindern, alle hatten irgendetwas zu erledigen, keiner nahm Notiz von der Anwesenheit einer Fremden. Noch nicht. Bestimmt war es nur eine Frage der Zeit, bis eins der Kinder seine Mutter auf die unbekannte Frau aufmerksam machte, die da auf dem Rasen herumlungerte, einem etwa hundert Meter langen Grasstreifen, der diagonal von einem Weg durchkreuzt wurde und von einer schmalen, kniehohen

Mauer umgeben war. Kitty war hier völlig ungeschützt und verletzlich, nur durch die Entfernung und ihre eigene Angst von Colins Haus getrennt. Sie beobachtete die Nachbarn, studierte ihre Gesichter und überlegte, wer von ihnen wohl im Gerichtssaal gewesen war, wer sie beschimpft, wer sich mit Sprayfarbe und Toilettenpapier an ihrer Tür zu schaffen gemacht hatte, während sie schlief oder bei der Arbeit war. Hatten diese Menschen sie die ganze Zeit so beobachtet, wie Kitty jetzt sie beobachtete? Eine Mütze tief in die Stirn gezogen, so starrte sie auf Colin Murphys Haus und konnte sich nicht entscheiden, ob sie hingehen und was sie ihm gegebenenfalls sagen sollte.

Es tut mir leid. Es tut mir leid, dass ich Ihr Leben zerstört habe. Es tut mir leid, dass Sie von der Schule beurlaubt worden sind, es tut mir leid, dass Ihre Nachbarn plötzlich nichts mehr mit Ihnen zu tun haben wollten. Es tut mir leid, dass Sie, aus Gründen, die bestimmt auch irgendwie mit dieser ganzen Sache zusammenhängen, Ihr Haus verkaufen müssen. Es tut mir leid, dass Ihre Ehe gelitten hat. Es tut mir leid, dass ich Ihren Job in Gefahr gebracht habe. Es tut mir leid, dass ich Schande über Ihre Familie gebracht und persönliche Beziehungen zerstört habe. Ich weiß, Sie denken bestimmt, dass ich das alles sowieso nicht verstehe, Sie denken, ich bin ein herzloses Biest und gar nicht fähig, so etwas zu verstehen, aber das stimmt nicht. Glauben Sie mir, ich kann es verstehen. Ich kann es verstehen, weil ich das Gleiche durchmache.

All das wollte Kitty sagen, aber sie wusste, dass in ihrer Entschuldigung viel zu viel Selbstmitleid mitschwang, wo sie doch selbstlos sein musste. Aber das schaffte sie einfach nicht, weil sie das Gefühl hatte, selbst ebenfalls zu leiden. Natürlich, es war ihre Schuld, aber sie litten doch beide, Kitty und Colin, und diejenigen, die ihn liebten und zu beschützen versuchten, sorgten dafür, dass ihr Leiden nicht aufhörte.

Nachdenklich betrachtete sie das Haus, in dessen Vorgarten ein »Zu verkaufen«-Schild stand. Keine Spur von Colins Kindern, keine Fahrräder im Garten, keine Spielsachen auf den Fensterbrettern, nur Colins Auto stand in der Auffahrt. Kitty erinnerte sich, wie er nach der Schule einmal vor ihr in dieses Auto geflohen war, weil sie ihn mit ihrer Kamera bedrängt hatte, sie erinnerte sich an sein bestürztes, verwirrtes Gesicht. Damals hatte sie ihn für einen Kriminellen gehalten, sie war sogar ganz sicher gewesen, aber wenn sie jetzt an die Dinge dachte, die sie ihm an den Kopf geworfen hatte, schämte sie sich von Herzen. Ob das Auto in der Auffahrt bedeutete, dass er noch nicht wieder zur Arbeit ging? Seine Schule hatte ihn doch bestimmt zurückgenommen, jetzt, wo er vollständig rehabilitiert war. Oder war das Stigma zu heftig?

Es tut mir wirklich leid.

Colin Murphy war achtunddreißig. Gleich nach dem College, mit gerade mal vierundzwanzig, hatte er in der Finglas Community Secondary School für Zwölf- bis Achtzehnjährige angefangen. Bei den Schülern war er sehr beliebt – was ihm später zum Nachteil ausgelegt wurde –, wurde am Schuljahresende regelmäßig zum Schülerball eingeladen, und manche Schüler nahmen den einfühlsamen, verständnisvollen jungen Mann gar nicht richtig als Lehrer wahr, weil er wenig Hausaufgaben aufgab und als Strafe gelegentlich Liegestütze verhängte oder die neueste Nummer eins der Charts singen ließ. Ihm vertrauten die Schüler ihre Probleme an, und er wurde mehrmals zum Vertrauenslehrer gewählt, was für einen Sportlehrer eher ungewöhnlich war. Die Annäherungsversuche der sechzehnjährigen Tanya O'Brien wies er entschieden zurück, musste jedoch zehn Jahre später unter den Konsequenzen leiden. Aus welchen Gründen auch immer beschloss Tanya zu diesem Zeitpunkt nämlich, ihm ihre Enttäuschung heimzuzahlen, und überredete ihre alte Schulfreundin Olivia O'Neill, ihre Komplizin zu werden. Inzwischen stand zweifelsfrei fest, dass Olivia damals wirklich geglaubt hatte, Tanya sei von Colin missbraucht worden und ihr zehnjähriger Junge sei tatsächlich Colins Sohn.

Tanya hatte Olivia nicht nur davon überzeugt, dass es zwei weitere »Opfer« mit identischen Erlebnissen gab, die ihre Behauptungen untermauerten, sondern auch, dass sich mit dem erlittenen Trauma Geld machen ließ. Zeitungen würden Artikel über sie veröffentlichen, vielleicht würde es sogar Auftritte im Fernsehen geben, und als Beweis zeigte Tanya ihrer Freundin Berichte über frühere Missbrauchsfälle, in denen es sich für die Betroffenen finanziell ausgezahlt hatte, an die Öffentlichkeit zu gehen. Auf diese Weise hatte also eine böswillige junge Frau eine gelangweilte und labile Komplizin gefunden und mit ihr eine überambitionierte Journalistin aufs Korn genommen. Kitty war jung, sie hatte eine vielversprechende Zukunft vor sich, und die beiden hatten gewusst, dass sie sich in ihrem Übereifer auf ihre Geschichte stürzen würde. Und genauso war es gekommen. Kitty hatte den Köder im Handumdrehen geschluckt, sie hatte den Redakteur und den Produzenten ihrer Sendung überzeugt, dass es sich lohne, der Sache nachzugehen, und sich selbst eingeredet, dass es dem Wohl der Allgemeinheit diene, über die Sache zu berichten und den Täter an den Pranger zu stellen.

Auf einmal ging die Haustür auf, und Colin Murphy kam heraus. Mit gesenktem Kopf, wie Kitty ihn zuletzt im Gerichtsgebäude gesehen hatte, das Kinn an die Brust gedrückt. Ihr Herz hämmerte wild, und ihr wurde klar, dass sie es nicht konnte. Die Mütze noch immer tief in die Stirn gezogen, wandte sie sich ab und entfernte sich rasch, wieder mit dem Gefühl, ein Eindringling in Colins Leben zu sein.

Auf keine von Kittys Mailbox-Nachrichten kam eine Reaktion. Diejenigen, die sie angerufen hatte, hatten nicht zurückgerufen oder waren nicht zu Hause, sie konnte nicht sicher sein, ob ihre Nachrichten weitergegeben wurden, und außerdem gab es beim Telefonieren keine Höflichkeitsschwelle – man konnte einfach auflegen. Obendrein ließen sich immer mehr Leute die

Nummern anzeigen, und wenn sie unbekannt waren, riefen sie sowieso nicht zurück. So beschloss Kitty, dass es besser war, nicht alle hundert Namen per Telefon zu kontaktieren, sondern gleich den persönlichen Kontakt zu suchen.

Am ersten Tag ihres Besuchsprojekts machte sie sich auf den Weg zu Sarah McGowans Adresse in Lucan, einer Erdgeschosswohnung in einem Siebziger-Jahre-Backsteingebäude, das aussah, als gehörte es zu einer Wohnanlage für Senioren. Neben dem Haupteingang ging die Verandatür auf, und eine Frau um die zwanzig in Schwesternuniform kam heraus.

»Sind Sie Sarah McGowan?«

Die junge Frau musterte Kitty von oben bis unten, überlegte und kam offensichtlich zu dem Schluss, dass ihr Gegenüber vertrauenswürdig war. »Die ist vor sechs Monaten ausgezogen.«

Kitty konnte ihre Enttäuschung nicht verbergen.

»Sie hat hier keinen Job gefunden«, erklärte die Schwester achselzuckend. »Ich verstehe ja, dass man deswegen auszieht, aber sie hatte eigentlich eine Kündigungsfrist von drei Monaten. Und sie ist einfach Knall auf Fall verschwunden.«

»Wohin denn?«, fragte Kitty hoffnungsvoll.

»Nach Australien.«

»Australien!«

»Victoria, glaube ich. Wenigstens für den Anfang. Sie hatte Freunde dort, die auf einer Melonenfarm arbeiteten. Die haben ihr einen Job beim Wassermelonenpflücken besorgt.« Die Frau verdrehte die Augen.

»Ich weiß nicht, aber das klingt, als könnte es Spaß machen«, meint Kitty und dachte, dass es in ihrer Situation bestimmt genau das Richtige wäre, am anderen Ende der Welt Melonen zu pflücken.

»Für eine ausgebildete Finanzbuchhalterin?«, fragte die Schwester.

Kitty konnte den Einwand verstehen. »Haben Sie vielleicht ihre neue Telefonnummer?«, fragte sie.

Die Frau schüttelte den Kopf. »Wir waren nicht wirklich befreundet. Sie hat beim Postamt eine Nachsendeadresse hinterlassen, und ich hab ihren Mist bei eBay verkauft. Sozusagen ihre Wiedergutmachung an mich.«

»Kennen Sie vielleicht Freunde oder Familie von ihr?«

Die junge Frau sah Kitty mit einem Blick an, der Bände sprach.

»Trotzdem danke für Ihre Hilfe.« Kitty wandte sich zum Gehen, denn ihr war klar, dass es hier nichts mehr für sie zu holen gab.

»Hey, sind Sie nicht diese Frau?«

Kitty blieb stehen. »Kommt darauf an, was für eine Frau Sie meinen.«

»Die aus dem Fernsehen. Die aus *Thirty Minutes.*«

»Ja, die bin ich.« Kitty hielt inne und lächelte.

»Sie haben eine Nachricht auf meinem Telefon hinterlassen.« Das erforderte keine Antwort.

»Ich hab Ihre Sendung nie gesehen. Ich kenne Sie nur von dem Prozess.«

Kittys Lächeln verblasste.

Die Frau schien nachzudenken. »Sie ist eigentlich eine ganz Nette, wissen Sie. Sarah, meine ich. Trotz allem, was ich grade über sie gesagt habe. Bitte tun Sie ihr nichts allzu Schlimmes an.«

»Nein, auf keinen Fall.« Kitty schluckte und verließ den stillen Apartmentkomplex. Vielleicht würde sie in Zukunft wirklich lieber den Namen Kitty statt Katherine benutzen.

Im Bus zu ihrem nächsten Ziel versuchte Kitty, die letzten Worte des Gesprächs zu verdrängen, indem sie sich Notizen machte.

Theorie für die Geschichte: Leute, die auswandern mussten. Wirtschaftskrise?

Hoffentlich nicht – Kitty hatte es so statt, in den Medien ständig mit diesem Thema überschwemmt zu werden, und sie wusste, dass es Constance außer in extremen Ausnahmesituationen genauso gegangen war wie ihr.

Sie starrte aus dem Busfenster. Eigentlich hatte sie gehofft, die Liste in der Reihenfolge abzuarbeiten, in der Constance die Namen aufgeschrieben hatte, aber da sie unangemeldet von Tür zu Tür ging und ihr kein Auto zur Verfügung stand, hatte sie beschlossen, mit den Dubliner Adressen zu beginnen. Die sechste auf Constances Liste, für Kitty aber die zweite, war eine Frau namens Bridget Murphy.

Die Adresse befand sich in einem Reihenhaus in Beaumont, und die Nummer zweiundvierzig hob sich durch nichts von den anderen Kieselrauputzhäuschen ab, auch nicht von denen auf der anderen Straßenseite oder sonst wo in dem Labyrinth der Siedlung. In dem Versuch, etwas Farbe in die eintönige Umgebung zu bringen, hatten manche ihr Haus bunt gestrichen, allerdings hatten sie sich ganz offensichtlich nicht abgesprochen, und so war stellenweise ein etwas unharmonischer Eindruck entstanden – Zitronengelb neben Orange, Giftgrün neben Mintgrün, leuchtendes Pink neben schlammbraunem Naturputz. Die Hausnummer 42 klebte als Smiley-Sticker auf den Mülltonnen vor dem Eingangstor, in der Auffahrt lagen Spielsachen und Fahrräder herum, aber es gab keine Autos, weder vor dem Tor noch dahinter. Inzwischen war es halb sechs, die Menschen kehrten von der Arbeit zurück, der Tag neigte sich dem Abend zu. Eine alte Frau saß auf einem Küchenstuhl vor der benachbarten Haustür und genoss die letzten Sonnenstrahlen. Sie trug einen knielangen Rock, ihre ungleichmäßig bandagierten Beine steckten in dicken Strumpfhosen und die Füße in karierten Filzpantoffeln. Sie musterte Kitty aufmerksam und nickte ihr zu, als ihre Blicke sich trafen.

Kitty klingelte an Bridget Murphys Tür und trat dann von der Schwelle zurück.

»Die essen gerade«, verkündete die alte Frau.

Als Kitty sie interessiert anschaute, fuhr sie fort: »Chicken Curry. Das gibt es jeden Donnerstag. Ich kann das bei mir im Haus riechen.« Sie rümpfte die Nase.

Kitty lachte. »Sie sind also kein Fan von Chicken Curry.«

»Jedenfalls ganz bestimmt nicht von dem, das die da drin fabriziert«, bekräftigte sie und schaute von dem Haus weg, als würde schon sein Anblick sie ärgern. »Die hören die Klingel garantiert nicht, die sind ein furchtbar lauter Haufen.«

Von Kittys Standort aus klang es, als würde eine ganze Armee kreischender Kinder das Besteck auf den Boden schmeißen und die Gläser klirren lassen. Eigentlich wollte sie nicht unhöflich sein und noch einmal klingeln, vor allem, weil sie mitten in eine Familienmahlzeit platzte und dabei auch noch von der alten Frau beobachtet wurde.

»Ich würde noch mal klingeln, wenn ich Sie wäre«, schlug diese unbeirrt vor.

Erfreut über ihre Unterstützung, drückte Kitty noch einmal auf die Klingel.

»Zu wem wollen Sie überhaupt? Zu ihm oder zu ihr? Er ist nämlich nicht da, kommt meistens erst so gegen sieben nach Hause. Banker«, fügte sie hinzu und rümpfte wieder die Nase.

»Ich wollte Bridget besuchen.«

Die alte Frau runzelte die Stirn. »Bridget Murphy?«

Obwohl sie inzwischen fast die ganze Liste auswendig konnte, schaute Kitty zur Sicherheit noch einmal in ihrem Notizbuch nach. In letzter Zeit hatte sie sich angewöhnt, alles zwanzigmal zu checken, und war danach immer noch nicht hundertprozentig sicher.

»Bridget wohnt nicht mehr hier«, sagte die alte Frau, gerade als die Haustür sich öffnete, und die Mutter der Kinderarmee der verwirrten Kitty mit knallrotem Gesicht entgegenstarrte.

»Oh. Hallo«, sagte Kitty verlegen.

»Kann ich Ihnen helfen?«

»Ich hoffe es. Ich suche Bridget Murphy, aber ich habe gerade gehört, dass sie hier vielleicht gar nicht mehr wohnt.«

»Tut sie auch nicht«, bestätigte die alte Frau. »Hab ich Ihnen doch gesagt. Ich hab es ihr schon gesagt«, fügte sie, an die Frau gewandt, hinzu.

»Stimmt«, bestätigte diese, würdigte ihre Nachbarin aber keines Blickes.

»Sehen Sie?«

»Wissen Sie zufällig, wie ich Bridget kontaktieren kann?«

»Ich kenne Bridget überhaupt nicht. Wir haben das Haus letztes Jahr gekauft. Aber vielleicht kann Agnes Ihnen ja helfen.«

Kitty entschuldigte sich für die Störung, die Tür schloss sich wieder, und man hörte, wie die Frau drinnen ihre Kinder anbrüllte, sie sollten Ruhe geben. Dann wandte Kitty sich an Agnes, die alte Dame, die vermutlich genau Bescheid wusste über das Kommen und Gehen der meisten Leute in der Straße. Der Traum jedes Journalisten. Kurz überlegte sie, über die kniehohe Mauer zu steigen, die sie trennte, aber da sie befürchtete, Agnes könnte das unhöflich finden, ging sie den Weg hinunter, zum Tor hinaus, durch Agnes' Tor wieder hinein und ihren Gartenweg hinauf.

Agnes sah sie seltsam an. »Da hätten Sie auch über die Mauer steigen können.«

»Wissen Sie, wo Bridget jetzt wohnt?«

»Wir waren vierzig Jahre lang Nachbarinnen, sie ist eine großartige Frau. Aber ihre Kinder haben sich als eine nichtsnutzige Bande von Egoisten entpuppt. Wenn man sie reden hört, könnte man meinen, sie sind Mitglieder des Königshauses. Obwohl sie völlig anders erzogen sind, das kann ich Ihnen versichern. Sie ist gestürzt, weiter nichts«, sagte sie ärgerlich. »Gestolpert. Das passiert uns doch allen gelegentlich, oder nicht? Aber nein, für die arme Birdie hieß es sofort: Ab ins Pflegeheim! Nur damit die Egoisten-Bande ihr Haus verkaufen und von dem Geld noch mal Skiurlaub machen kann.« So grummelte sie noch eine

Weile aufgebracht vor sich hin, und Kitty hörte, wie sich ihr Gebiss schmatzend in ihrem Mund bewegte.

»Wissen Sie, in welchem Pflegeheim sie ist?«

»St. Margaret's in Oldtown«, antwortete Agnes, und es klang, als wäre sie auf das ganze Dorf von Oldtown sauer.

»Haben Sie Ihre Freundin mal besucht?«

»Ich? Nein. Ich schaff es nicht mehr weiter als bis zum Laden an der Ecke, und dann muss ich mir genau überlegen, wie ich wieder zurückkomme«, lachte sie, ein keuchendes Lachen, das sich in ein Husten verwandelte.

»Glauben Sie, dass ich sie besuchen darf?«

Agnes sah sie an. »Ich kenne Ihr Gesicht«, sagte sie plötzlich.

»Ja«, meinte Kitty alles andere als stolz.

»Sie haben diese Sendung über den Tee gemacht.«

»Ja, stimmt.« Kittys Stimmung hob sich wieder etwas.

»Ich trinke Barry's«, verkündete Agnes. »Wie meine Mutter. Und ihre Mutter.«

Kitty nickte ernst. »Ich glaube, das ist eine gute Wahl.«

Agnes kniff die Augen zusammen, sie hatte offensichtlich eine Entscheidung getroffen. »Sagen Sie ihr einfach, Agnes findet Sie in Ordnung. Und dass ich nach ihr gefragt habe. Wir kennen uns schon sehr lange, Bridget und ich.« Nachdenklich schweifte ihr Blick wieder in die Ferne. »Und Sie können ihr auch sagen, dass ich immer noch hier bin.«

Als Kitty sich umdrehte, um zu gehen, öffnete sich die Tür nebenan noch einmal, und vier Kinder kamen herausgeschossen, dicht gefolgt von ihrer Befehle brüllenden Mutter. Agnes rief Kitty nach: »Und sagen Sie ihr auch, dass die ihren Rosenstrauch umgelegt haben. Einfach abgeschlachtet.«

Die Nachbarin warf Agnes einen hasserfüllten Blick zu, Kitty lächelte und winkte zum Abschied. Unterwegs zu ihrem nächsten Ziel, schaute sie sich noch einmal die Namen der beiden Frauen an, die sie heute besucht hatte. Sarah McGowan und Bridget Murphy.

Theorie für die Geschichte: Leute, die gegen ihren Willen umziehen müssen?

Mit diesem Thema konnte sie sich sehr gut identifizieren. Und nicht nur sie, sondern auch Colin Murphy.

Kapitel 7

Weil es kaum Busse nach Oldtown gab, hatte Kitty keine andere Wahl, als ein Taxi zu nehmen, und da sie an einen Taxifahrer geriet, der, wie er mehrmals betonte, aus dem entgegengesetzten Teil des County stammte, mussten sie auf den Landstraßen, die immer enger zu werden schienen, dreimal anhalten, um nach dem Weg zu fragen. Mitten in einer sehr ländlichen Gegend gelangten sie schließlich zum St. Margaret's Nursing Home, einem Bungalow aus den Siebzigern, der nach allen Seiten ausgebaut worden war, um den Erfordernissen seiner neuen Funktion als Altenheim nachzukommen. Der Wintergarten rechts bekam am meisten Sonne ab und diente als Speisesaal, links zog sich ein Anbau weit nach hinten und beherbergte Sofas und Sessel. Der Garten war gepflegt und sehr schön gestaltet, überall gab es Bänke und bunte Blumenampeln. Kitty nahm sich vor, Agnes, falls sie sie jemals wiedersah, zu erzählen, dass Bridget hier gut untergebracht war. Inzwischen war es sieben Uhr abends, nur noch eine halbe Stunde Besuchszeit, und nachdem Kitty mit ihrer Suche bisher nicht allzu großes Glück gehabt hatte, hoffte sie sehr, dass Bridget bereit war, sie zu empfangen.

An der Rezeption fragte sie gleich nach Bridget Murphy und wartete, während eine Schwester mit einem strengen Gesicht und einem ebenso strengen Knoten das Gästebuch überprüfte. Kitty war die Situation unangenehm, und sie zerbrach sich den Kopf, wie sie erklären sollte, dass Bridget sie nicht erwartete, und wie sie die Situation vielleicht ein bisschen zu ihren Gunsten manipulieren konnte. Rechts von ihr war der Gemeinschaftsraum, in dem geplaudert und Schach gespielt wurde. Im

Zentrum stand eine Frau mittleren Alters mit Dreadlocks, die drei alte Männer – einer hatte eine Gehhilfe, ein anderer trug in beiden Ohren ein Hörgerät – mehr oder weniger dazu zwang, »Simon sagt« zu spielen.

»Nein, Wally«, rief sie und kreischte vor Lachen, »das war kein ›Simon sagt‹!«

Der alte Mann mit dem Hörgerät sah sie verwirrt an.

»Jetzt müssen Sie sich hinsetzen, Sie sind raus. Ausgeschieden!«, rief sie noch lauter. Dann ließ sie die beiden übrigen Männer mit den Händen über dem Kopf stehen und ging zur Tür. »Molly«, rief sie und musterte Kitty dabei von oben bis unten. »Molly, wo ist Birdie?«

»Sie hat sich hingelegt«, antwortete eine junge Krankenschwester mit blauen Haaren und blaulackierten Fingernägeln in gelangweiltem Ton und ohne von ihrer Karteikarte aufzublicken.

»Soll ich zu ihr aufs Zimmer gehen?«, fragte die Frau mit den Dreadlocks. »Ich hab nämlich die Engelkarten mitgebracht, von denen ich ihr erzählt habe.«

Molly schaute Kitty an und zog eine Augenbraue hoch, als wollte sie sagen: ›Kein Wunder, dass Birdie sich hingelegt hat.‹

Die Dreadlock-Frau sah ein bisschen beleidigt aus, wie ein kleines Mädchen, dessen Freundin nicht mit ihm spielen will.

Molly seufzte. »Ich schau mal nach ihr, ob sie Lust hat, in den Gemeinschaftsraum zu kommen.«

Während die dreadlockige Frau auf die Rückkehr der Schwester wartete, sagte sie laut zu einem alten Mann neben ihr: »Seth, möchten Sie ein Gedicht hören, das ich letzte Woche geschrieben habe?« Ohne eine Antwort abzuwarten, setzte sie sich zu ihm und begann zu rezitieren wie eine Sechsjährige in einem Schönsprech-Kurs. Mit etwas müdem Gesicht hörte Seth ihr zu.

Kitty beobachtete unterdessen, wie Molly den Korridor hinunterging, vor einer Toilette haltmachte, sich an die Tür lehnte und ihre Nägel inspizierte. Kitty lächelte. Nach zehn Sekunden kam Molly zurück und rief der Frau mit den Dreadlocks zu: »Sie macht ein Nickerchen!«

»Seth braucht neue Batterien«, sagte die Schwester, die sich um Kitty kümmerte, zu Molly, als sie an die Rezeption zurückkam.

Molly sah zu der Dreadlock-Frau, die immer noch ihr Gedicht rezitierte: »Vielleicht sollten wir ihn ein paar Minuten ohne Batterien lassen.« Kitty gefiel Mollys Art ausgesprochen gut.

»Entschuldigung, wie war noch mal Ihr Name?«, fragte die rundliche Schwester mit dem strengen Gesicht schließlich und blickte vom Gästebuch auf.

»Kath – …« Kitty stockte, denn sie merkte, dass sie ihren üblichen professionellen Namen nicht über die Lippen brachte. »Kitty Logan«, antwortete sie dann.

»Und Sie haben einen Besuchstermin bei Bridget vereinbart?«

»Nein, eigentlich nicht, ich dachte nur, ich schau mal vorbei«, antwortete Kitty, so freundlich sie konnte. Wie irgendjemand hier einfach vorbeischauen konnte, ließ sie wohlweislich offen – man hätte nicht mal eine Rakete darauf programmieren können, dieses Haus anzuvisieren.

»Wir erlauben nur Besuche nach Vereinbarung«, antwortete die Schwester streng, ohne ein Lächeln, und Kitty war sofort klar, dass die Sache nicht einfach werden würde.

»Aber wo ich doch jetzt schon mal hier bin und den langen Weg gemacht habe – könnten Sie ihr da nicht wenigstens sagen, dass ich da bin, und sie fragen, ob sie mich sehen möchte? Sie können ihr ausrichten, Agnes hat gesagt, dass ich in Ordnung bin«, fügte sie lächelnd hinzu.

»Das widerspricht leider unseren Richtlinien. Sie müssen noch mal wiederkommen, wenn Brenda das möchte …«

»Bridget. Ich möchte zu Bridget Murphy«, unterbrach Kitty etwas ungehalten. Bisher hatte sie noch mit keinem Menschen von der Liste Kontakt aufnehmen können, die Zeit wurde knapp, ihre Geduld war am Ende, und sie hatte nicht vor, das

Gebäude zu verlassen, ohne Bridget gesehen oder wenigstens jemanden geohrfeigt zu haben, egal wen, aber am liebsten die Schreckschraube vor ihr.

»Also wirklich.« Die Schwester stemmte die Hände in die rundlichen Hüften und machte ein Gesicht, als hätte sie vor, Kitty übers Knie zu legen.

»Bernadette«, schaltete sich die blauhaarige Pflegerin ein. »Ich kümmere mich darum – warum gehen Sie nicht zu Seth, der mag Sie sowieso viel lieber als mich.«

Bernadette sah ihre Kollegin an, verärgert, weil sie in ihrer Strafpredigt unterbrochen worden war, räumte dann aber mit einem letzten Zähnefletschen das Feld und ging zu Seth.

»Folgen Sie mir«, sagte Molly und machte sich auf den Weg zum hinteren Anbau.

Großartig, dachte Kitty, hier hatte man also nicht mal genug Mumm, um sie zur Vordertür rauszuschmeißen. Als sie in den üppigen, gepflegten Garten hinaustraten, brach Molly endlich das Schweigen. »Machen Sie sich nichts draus, sie war in ihrem letzten Leben Feldwebel, und in diesem auch noch ein frustrierter«, sagte sie. »Birdie hasst die Besuchszeit. Diese Hippie-Tussi da drin geht allen auf die Nerven, aber sie hat es besonders auf Birdie abgesehen. Wenn ich könnte, würde ich sie erwürgen. Sie weiß nichts Besseres mit ihrer Zeit anzufangen – entweder umarmt sie Bäume, oder sie geht alten Menschen auf die Nerven, und wenn sie die Bäume so oft nervt, wie sie die alten Menschen umarmt, können die sie bestimmt auch nicht besonders gut leiden. Da drüben«, sagte sie und führte Kitty unter einem Torbogen hindurch zu einer Bank. »Verstehen Sie mich nicht falsch, es ist wunderbar, dass Besuch kommt«, beteuerte sie. »Manchmal werden die alten Leutchen hier ein bisschen einsam, aber einigermaßen vernünftige Besucher wären schon mal ein ganz guter Anfang.«

Von fern hörten sie, wie das Klavier angeschlagen wurde, und kurz darauf die Stimme der Dreadlock-Frau, die anfing *This Little Light of Mine* zu singen.

»Bekommt Bridget abends keinen Besuch?«

»Ihre Familie hat immer nur an den Wochenenden Zeit für sie. Wir sind nicht so leicht zu erreichen, wie Sie wahrscheinlich schon festgestellt haben. Aber keine Sorge, ein Abendbesuch stört Birdie bestimmt nicht im mindesten, ich glaube sogar, es gefällt ihr. Machen Sie es sich gemütlich, ich bringe sie zu Ihnen.«

Damit wanderte sie in Richtung der kleinen Bungalows davon, die ganz in der Nähe standen. Kitty sah sich um und wartete, machte Notizbuch und Aufnahmegerät bereit und war gespannt, was für eine Geschichte sie erwartete.

Schließlich erschien Bridget. Sie war eine zierliche Frau, die sich langsam bewegte, aber eher im Stil einer Ballettlehrerin als einer alten Frau. Ihre grauen Haare waren ordentlich zurückgesteckt, kein Härchen verrutscht, auf den rosa geschminkten Lippen lag ein sanftes Lächeln, und sie musterte Kitty aufmerksam, als überlegte sie, ob sie ihre Besucherin kennen müsste. Sie war gepflegt und elegant gekleidet, als würde sie sehr auf sich achten, auch wenn sie nicht vorhatte, sich mit jemandem zu treffen.

Kitty stand auf, um sie zu begrüßen.

»Ich bin gleich mit dem Tee zurück. Für Sie auch einen, Kitty?«

Kitty nickte und wandte sich Bridget zu. »Ich freue mich sehr, Sie kennenzulernen, Bridget«, sagte sie und stellte überrascht fest, dass es tatsächlich so war. Endlich hatte sie Kontakt zu jemandem von Constances Liste aufgenommen, sie fühlte sich aufs Neue mit ihrer Freundin verbunden und war bereit, sich auf die Reise zu begeben, die Constance eigentlich für sich geplant hatte, nun aber nicht mehr selbst zu Ende führen konnte.

Auch Bridget schien sich über den Besuch zu freuen. »Nennen Sie mich doch Birdie, bitte. Wir kennen uns also noch nicht.« Es war eher eine Feststellung als eine Frage.

»Nein, noch nicht.«

»Zwar prahle ich gern mit meinem guten Gedächtnis, aber es gibt Momente, da lässt es mich im Stich«, lächelte Bridget, und Kitty erkannte den leicht singenden Akzent der Gegend von Cork in ihrer Stimme.

»Aber diesmal nicht. Wir sind uns wirklich noch nie begegnet. Aber wir haben eine gemeinsame Bekannte, die Sie getroffen haben oder mit der Sie zumindest Kontakt hatten, und deswegen bin ich hier. Ihr Name ist Constance Dubois.« Vor Aufregung war Kitty auf der Bank ganz nach vorn gerutscht und wartete darauf, dass Birdies Augen bei der Erwähnung von Constances Namen aufleuchteten. Doch nichts dergleichen geschah, und wieder senkte sich eine Wolke über Kittys Enthusiasmus. Um dem Gedächtnis der alten Frau auf die Sprünge zu helfen, zog sie ein Exemplar von *Etcetera* aus der Tasche. »Ich arbeite für diese Zeitschrift hier. Constance Dubois war die Herausgeberin, und sie hatte eine Idee für eine Geschichte, an der Sie auch beteiligt sind.«

»Ojemine.« Birdie schob ihre Brille hoch und blickte von der Zeitschrift auf. »Ich fürchte, da haben Sie die Falsche erwischt. Tut mir leid, dass Sie den ganzen weiten Weg umsonst gemacht haben, aber ich habe nie etwas gehört von Ihrer Freundin …«

»Constance.«

»Ja, Constance. Ich fürchte, sie hat sich nie mit mir in Verbindung gesetzt.« Noch einmal schaute sie auf die Zeitschrift, als versuchte sie, sich an etwas zu erinnern. »Und diese Zeitschrift habe ich auch noch nie gesehen. Tut mir wirklich leid.«

»Constance Dubois hat sich nie bei Ihnen gemeldet?«

»Leider nein.«

»Sie haben keinen Brief von ihr bekommen, keine E-Mail oder sonst eine Nachricht?« Kitty war so verzweifelt und frustriert, dass sie kurz davor war, Birdie zu fragen, ob in ihrer Familie vielleicht Fälle von Alzheimer bekannt waren.

»Nein, nichts dergleichen, tut mir leid. Daran würde ich mich bestimmt erinnern. Ich bin seit sechs Monaten hier, vielleicht ist sie ja von dem Drachen an der Rezeption abgewimmelt worden. Aber ich habe definitiv nie etwas von ihr gehört.« Wieder sah sie auf das Exemplar von *Etcetera.* »Wenn die Herausgeberin einer Zeitschrift mit mir Kontakt aufgenommen hätte – so etwas Aufregendes hätte ich mir ganz sicher gemerkt.«

In diesem Augenblick kam Molly mit dem Tee, und als sie Birdie ihre Tasse reichte, zwinkerte sie ihr verschwörerisch zu. Aus dem Becher stieg ein Duft auf, der ganz und gar nicht an Tee erinnerte.

»Sie ist meine einzige Komplizin hier, der Rest der Belegschaft ist streng bis dorthinaus«, lächelte Birdie, während sie ihren Brandy schlürfte.

Etwas enttäuscht stellte Kitty fest, dass ihr Tee einfach nur Tee war, denn auch sie hätte etwas Stärkeres gut vertragen können. »Es müsste länger als sechs Monate her sein, dass Constance Sie kontaktiert hätte, wahrscheinlich über ein Jahr, und da haben Sie noch in Beaumont gewohnt.« Als Birdie überrascht reagierte, weil Kitty ihren früheren Wohnort kannte, erklärte sie schnell: »Ich war heute Nachmittag bei Ihrem Haus. Agnes hat mir erzählt, dass Sie jetzt hier leben.«

»Ah, das ist also die Verbindung zu Agnes.« Birdie lächelte. »Agnes Dowling. Die neugierigste alte Schachtel, die man sich vorstellen kann, aber eine unglaublich treue Seele. Wie geht es ihr denn?«

»Sie vermisst Sie sehr, Birdie. Mit den neuen Nachbarn kommt sie nicht so gut zurecht.«

Die alte Frau lachte leise. »Ja, Agnes und ich waren ein gutes Team. Vierzig Jahre waren wir Nachbarinnen, und wir haben uns gegenseitig viel geholfen.«

»Agnes würde Sie gern besuchen, aber sie ist momentan nicht so mobil.«

»Ach ja«, antwortete Birdie leise.

Auf einmal fiel Kitty auf, dass das Leben im Heim die Bewohner zwang, ihrem Leben außerhalb dieser Mauern Lebewohl zu sagen. Sie konnten Besuch empfangen und Tagesausflüge unternehmen, vielleicht auch mal ein Wochenende anderswo verbringen oder sogar Urlaub machen, aber das Leben, das sie gekannt hatten, die Menschen ihrer Umgebung – das alles gehörte nicht mehr unmittelbar zu ihnen. Sie dachte an Sarah McGowan, die qualifizierte Buchhalterin, die jetzt am anderen Ende der Welt Wassermelonen erntete.

Theorie für die Geschichte – Abschied vom bisherigen Leben, Neubeginn. Ausgestoßene?

Nervös sah Birdie auf Kittys Notiz. Das war Kitty gewohnt, denn die Leute hatten oft Angst, mit Journalisten zu sprechen, weil sie fürchteten, etwas Falsches zu sagen.

»Meine Herausgeberin und Freundin Constance ist vor kurzem gestorben«, begann Kitty zu erklären. »Sie wollte einen Artikel schreiben, den sie nun mir übertragen hat. Leider hat sie nicht mehr die Gelegenheit gehabt, sie mir genauer zu erläutern. Ihr Name stand auf der Liste der Menschen, über die sie schreiben wollte.«

»Mein Name?«, wiederholte Bridget erstaunt. »Aber warum sollte sich Ihre Chefin denn für mich interessieren?«

»Sagen Sie es mir«, erwiderte Kitty. »Ist in Ihrem Leben irgendetwas passiert, was für Constance von Interesse gewesen sein könnte? Hätte sie etwas Bestimmtes wissen können? Etwas, worüber Sie öffentlich gesprochen haben oder was Constance von jemand anderem erfahren haben kann? Vielleicht haben sich Ihre Wege irgendwann gekreuzt? Constance war vierundfünfzig, französischer Akzent, zäh wie Leder.« Kitty lächelte.

»Meine Güte, ich wüsste ja nicht mal, wo ich anfangen sollte«, meinte Birdie. »Soweit ich weiß, habe ich in meinem Leben nie etwas wirklich Besonderes gemacht, ich habe niemandem das Leben gerettet, ich habe keine Auszeichnung gewonnen …« Sie zögerte. »Ich kann mir nicht vorstellen, warum sich jemand für mich interessieren sollte.«

»Wären Sie denn bereit, mich etwas über Sie schreiben zu

lassen?«, fragte Kitty. »Darf ich Ihnen ein paar Fragen stellen? Womöglich finden wir dann heraus, was Constance so besonders fand.«

Birdies Wangen röteten sich. »Du liebe Zeit, eigentlich wollte ich mit Walter Schach spielen. Ich hab ja nicht damit gerechnet, dass auf einmal eine Zeitschrift einen Bericht über mich machen will.« Sie lachte wie ein junges Mädchen. »Ich helfe Ihnen liebend gern bei Ihrer Geschichte, aber ich weiß wirklich nicht, was Ihnen das bringen könnte.«

»Wunderbar«, sagte Kitty, aber aus irgendeinem Grund war sie nicht so glücklich, wie sie hätte sein sollen. Endlich hatte sie jemanden von der Liste gefunden, aber auch diese Person hatte keine Ahnung von der Geschichte. Die Sache wurde immer merkwürdiger.

Birdie spürte ihr Zögern. »Wie viele Namen stehen auf der Liste?«

»Insgesamt hundert.«

»Ach du liebe Zeit«, flüsterte die alte Frau. »Und keiner von denen weiß, worum es in dieser Geschichte gehen soll?«

»Sie sind die Erste, die ich gefunden habe.«

»Hoffentlich haben Sie bei den anderen mehr Glück.«

Das hoffe ich auch, dachte Kitty, sprach es aber nicht aus.

Mit reichlich Aufmunterung von Kitty begann Birdie – wie sie auch jetzt genannt werden wollte –, über ihr Leben zu sprechen, angefangen mit ihrer Kindheit, bis hin zur Jetztzeit. Kitty hielt ihre Fragen zunächst recht allgemein und notierte sich, an welchen Stellen sie bei ihrem nächsten Besuch gern noch etwas tiefer schürfen wollte. Zuerst war Birdie ziemlich schüchtern, wie die meisten Leute, wenn sie über sich selbst sprachen, ließ Informationen aus, erzählte mehr von anderen als von sich selbst, aber am Ende hatte sie sich warmgelaufen, und ihre Erinnerungen legten bei jeder neuen Frage einen Gang zu.

Birdie war vierundachtzig und in einem kleinen Ort im County Cork im Südwesten Irlands aufgewachsen. Ihr Vater war Lehrer gewesen und hatte zu Hause ein ebenso strenges Regiment geführt wie in der Schule; ihre Mutter war jung gestorben, als Birdie noch ein Kind war. Sie hatte drei Schwestern und einen Bruder und war mit achtzehn nach Dublin gezogen, wo sie bei einer Familie gewohnt und sich um deren Kinder gekümmert hatte. Im gleichen Jahr war sie ihrem Ehemann Niall begegnet, die beiden hatten geheiratet und sieben Kinder bekommen – sechs Jungen und ein Mädchen, die heute zwischen fünfundsechzig und sechsundvierzig Jahre alt waren. Ihr letztes Kind, ihre Tochter, hatte Birdie mit achtunddreißig zur Welt gebracht. Allerdings schien das weniger mit Familienplanung zu tun gehabt zu haben als damit, dass ihr Mann auf der Couch schlafen musste. Die sieben Kinder waren zuerst in Cabra aufgewachsen und danach in dem Haus in Beaumont, das Kitty am Nachmittag besucht hatte. Agnes, ihre Nachbarin, schien in dieser Zeit fast mehr an der Kindererziehung beteiligt gewesen zu sein als Birdies Mann, der seine Arbeit als Verwaltungsbeamter sehr ernst genommen hatte und selten zu Hause gewesen war.

Obwohl Birdie ein interessantes und vielfältiges Leben geführt hatte, sprang Kitty auf Anhieb nichts Außergewöhnliches ins Auge. Auch die alte Frau schien sich regelrecht zu schämen, weil sie nichts Aufregenderes erlebt hatte, und entschuldigte sich immer wieder. Kitty beruhigte sie und beteuerte, dass sie das Interview nicht im Geringsten langweilig fand und dass Birdie eine inspirierende Frau war, ein Vorbild, mit dem viele Frauen sich identifizieren konnten.

Auf dem Heimweg sah Kitty ihre Notizen durch und bekam ein schlechtes Gewissen, weil sie das Gefühl hatte, dass Birdies wunderbares erfülltes Familienleben nicht genug war.

Noch lange nachdem Kitty gegangen war, saß Birdie auf der Bank im Garten, wo jetzt Wegeleuchten und Laternen brannten, und dachte über den Mangel an Aufregung in ihrem Leben nach. Sie hatte das Gefühl, dass ihre schlichten Antworten die junge Frau, die über eine Stunde mit ihr verbracht hatte, trotz ihrer gegenteiligen Beteuerungen keineswegs beflügelt hatten. Birdie glaubte keine Sekunde, dass ihr Leben für irgendjemanden interessant sein könnte, es war ja für sie selbst nicht immer spannend gewesen, aber es war ihr Leben, sie hatte es gemocht, und es war ihr nie über den Kopf gewachsen.

Den ganzen Abend blieb sie im Bann ihrer Erinnerungen, und Walter setzte sie gleich nach der Eröffnung ihrer Schachpartie matt.

Nächste Woche wurde Birdie fünfundachtzig – natürlich wusste sie Geschichten zu erzählen, natürlich hatte sie Geheimnisse, das war ja bei jedem Menschen in diesem Alter so. Aber es fiel ihr schwer zu entscheiden, welche Kitty hören und welche sie selbst gern erzählen wollte.

Auf dem Heimweg im Taxi ignorierte Kitty gezielt Petes Anrufe. Sie wollte ihm nicht gestehen müssen, dass sie mit der Geschichte immer noch nicht weitergekommen war, sie hatte keine Lust auf seinen herablassenden Ton, seine Kritik, seine Ermahnungen und Zweifel. Also stellte sie ihr Handy auf lautlos und verpasste demzufolge auch einen anderen Anruf. Als sie die Mailbox abhörte, redete eine Frauenstimme so laut, dass der Taxifahrer sich irritiert nach ihr umdrehte und sie die Lautstärke drosseln musste.

»Hi, Kitty! Hier spricht Gaby O'Connor, Eva Wus Publicity-Agentin. Wir haben heute Ihren Anruf erhalten, schade, dass wir Sie verpasst haben, aber wir hatten furchtbar viel zu tun. Eva würde Ihnen sehr gern ein Interview geben. Wir sind eigentlich in Galway, aber morgen kommen wir nach Dublin, weil Eva bei *Arnotts* in der Henry Street ein Interview gibt. Wenn Sie Lust haben hinzukommen, könnten wir uns dort treffen.«

Eva Wu. Name Nummer drei auf der Liste, ihr zweiter Kontakt, und diese Person besaß sogar eine PR-Agentin, sie gab ein Fernsehinterview – wer um Himmels willen war sie, und wie hatte Kitty nichts von ihr mitbekommen können?

Als sie nach diesem anstrengenden Tag mit etwas optimistischeren Gefühlen nach Hause kam, stellte sie fest, dass jemand ihre Wohnungstür von oben bis unten mit Hundekacke beschmiert hatte.

Kapitel 8

»Tut mir leid, dass ich dich so spät noch hier antanzen lasse«, sagte Kitty zu Steve, als er aus dem Auto stieg. Beim Warten hatte sie sich ordentlich die Augen gewischt und hoffte jetzt, man würde ihr nicht mehr ansehen, dass sie geweint hatte. »Ich wollte eigentlich gar nicht, dass du kommst, ich wusste nur nicht, wen ich sonst anrufen soll. Mein Vermieter hat gedroht, wenn ich das Problem nicht umgehend geregelt kriege, schmeißt er mich nächsten Monat raus, und die Polizei wollte ich auch nicht alarmieren. Entschuldige«, wiederholte sie.

»Kitty, hör auf, dich zu entschuldigen, okay?«, erwiderte er sanft und legte den Arm um ihre Schulter – so viel Körperkontakt, wie sein öffentlichen Zuneigungsbeweisen abgeneigtes Wesen es eben zuließ. Heraus kam eine Art Fußballerumarmung, aber Kitty war dankbar, dass er sie überhaupt berührte. »Was haben sie denn diesmal angerichtet?«

Sie brauchte nicht zu antworten, denn der Gestank, der ihnen im Treppenhaus entgegenschlug, war unverkennbar.

»O Gott«, stöhnte er und zog hastig den Pullover über Mund und Nase.

Sie brauchten zwanzig Minuten, bis sie die Tür mit Hängen und Würgen gesäubert hatten, allerdings lag die Befürchtung nahe, dass der Gestank sich nicht so schnell verflüchtigen würde. Zum Dank für seine Bemühungen lud Kitty Steve zum Abendessen in das Bistro an der Ecke ein.

»Ich glaube, ich muss mir noch mal die Hände waschen«, sagte Steve naserümpfend. »Ich kann das Zeug immer noch an mir riechen. Ich weiß nicht, ob ich das je wieder wegkriege.«

»Du hast dir schon sechsmal die Hände gewaschen«, lachte Kitty und sah ihm nach, wie er in der Toilette verschwand.

»Wie sieht es denn aus bei dir? Ist Victoria Beckhams neue Kollektion nun *heiß* oder *Scheiß?*«, fragte sie, als er zurückkam.

»Ha, ha«, antwortete er, ohne auch nur zu lächeln. »Keine Ahnung, wo ich jetzt ja kein Sklave ihrer Mode mehr bin.«

Steve war kein Sklave *irgendeiner* Mode, sondern hatte seinen eigenen Stil, der nicht besonders schlecht, aber sehr konsequent war und sich seit der College-Zeit kaum verändert hatte. Die Stoffe waren etwas teurer geworden, und er wusch seine Sachen etwas öfter. Steve war inzwischen vierunddreißig, aber sein wilder schwarzer Lockenkopf hatte sich seit College-Zeiten wenig verändert und schien genauso widerspenstig wie er selbst zu sein. Ständig fielen ihm die Locken in die Augen, und dann warf er den Kopf mit einer ganz bestimmten typischen Geste nach hinten, weil er es schon längst aufgegeben hatte, sich die Haare mit der Hand aus dem Gesicht zu streichen. Er war chronisch unrasiert, die Stoppeln in Designer-Länge – Kitty hatte ihn noch nie frisch rasiert oder mit einem richtigen Bart gesehen. Er lebte praktisch in Lederjacken und Jeans, und man hätte ihn eher für einen Besucher düsterer Musik-Events halten können als für einen – wenn auch frustrierten – Sportreporter. Selbst wenn er ein Spiel besuchte, tauchte er nie im Trikot auf, denn er hatte nicht das Bedürfnis, seine Liebe zum Sport mit einem T-Shirt unter Beweis zu stellen. Er war die Verkörperung des ewigen Studenten, der nie Geld zu haben schien und sich die Wohnung mit schrägen Typen teilte und je nachdem, wie diese sich benahmen, früher oder später wieder auszog. Zurzeit wohnte er allerdings in einer hübschen Doppelhaushälfte, zusammen mit einem verheirateten Paar, das die Hypothekenzahlungen allein nicht schaffte. Die letzten sechs Monate hatte er nach der strikten Hausordnung des Ehepaars gelebt, sich mehr oder weniger notgedrungen ihrem Lebensstil angepasst, und es hatte fast den Anschein, als wäre er dadurch ein bisschen erwachsener geworden.

»Es ist nämlich so«, begann er und rutschte nervös auf seinem Stuhl herum. Kitty wusste sofort, dass er ihr etwas Interessantes mitzuteilen hatte. »Ich arbeite nicht mehr für die Zeitung.«

»Was?«

»Ich arbeite nicht mehr für die Zeitung«, wiederholte er genau im gleichen Ton.

»Ja, ich hab dich schon verstanden, aber … haben sie dich gefeuert?«

»Nein«, antwortete er etwas beleidigt. »Ich bin gegangen.«

»Warum?«

»Warum? Ich dachte, das wäre offensichtlich. Es gibt eine Menge Gründe, aber die Hauptsache ist, dass du recht hattest mit dem, was du neulich gesagt hast –«

»Nein, nein, nein«, unterbrach sie ihn, denn sie wollte nicht hören, was sie damals von sich gegeben hatte. »Ich hatte unrecht. Total unrecht. Denk nie wieder im Leben, dass irgendetwas, was ich sage, auch nur den geringsten Sinn hat.«

Er grinste. »Hat es ja auch meistens nicht.«

»Gut.«

»Aber mit einem hattest du recht. Ich hab die Welt wohl kaum aus den Angeln gehoben mit dem, was ich geschrieben habe, und selbst da hat mein Chef meine Beiträge noch so zusammengestrichen, dass man sie eigentlich gar nicht mehr als meine bezeichnen konnte. Und ich wollte mit meinen Artikeln auch nie die Welt aus den Angeln heben, Kitty. Ich mag Sport. Ich schau mir Sport gern an, ich rede gern über Sport, ich lese gern über Sport, und ich wollte einfach auch einer von denen sein, die über Sport schreiben. Um was anderes ging es mir nie.«

»Und für wen schreibst du jetzt?«

»Für niemanden.«

»Ich dachte, du bist gegangen, damit du über Sport schreiben kannst?«

»Ich bin gegangen, weil ich nicht über Sport schreiben konnte. Was hatte es da noch für einen Sinn zu bleiben? Alberne Artikel zu schreiben, die nicht wahr sind, über Leute, die ich überhaupt nicht kenne und die mich kein Stück interessieren – das ist nicht der Job, den ich mir wünsche. Das ist was für Kyle, der aus Meetings rausläuft, um keine Eilmeldung auf E!News zu verpassen. Oder für Charlotte, für die es das Glück auf Erden ist, sich in den VIP-Rooms aller Clubs der Welt an die Wand zu drücken, damit sie über Leute schreiben kann, von denen sie aus irgendwelchen Gründen besessen ist. Am Morgen nach … nach unserem Gespräch bin ich zur Arbeit gegangen, und mein erster Auftrag dort war, hundertfünfzig Wörter über einen Fußballspieler zu schreiben, der angeblich eine Affäre mit einem Glamour-Model hat.«

»Oooh, wer war das?«, fragte Kitty und beugte sich neugierig über den Tisch.

»Darum geht es nicht«, erwiderte Steve barsch. »Ich wollte nicht darüber schreiben. Das ist nichts für mich. Auch wenn es für mich keine weltbewegenden Themen sein müssen – Geschichten, die keinen anderen Sinn haben, als den menschlichen Geist abzutöten, stehen auch nicht auf meiner Prioritätenliste.«

»Ja, aber wer war der Fußballer?«

»Kitty.«

»Okay, gut. Wer war das Model?«

»Das ist nicht der Punkt!«

Enttäuscht lehnte Kitty sich zurück.

»Wie konnte ich dir Vorträge über deine Arbeit halten, wenn ich selbst solches Zeug schreibe? Ich hab mehr Selbstrespekt, als so einen Mist zu verfassen. Diese Art von ›Journalismus‹ … war dabei, meine Seele abzutöten.«

Kitty gab sich alle Mühe, bei seinen ständigen Seitenhieben nicht zusammenzuzucken. »Jaja, verstanden, das war ein selbstloser Akt, mit dem du Stellung beziehst gegen den ganzen Dreck, den die Leute aufgetischt kriegen. Sehr löblich von dir, ich respektiere das, aber jetzt mal zur Sache: Wer waren der Fußballer und die Schlampe?«

»Ich schmeiß dir gleich den Krabbencocktail an den Kopf.«

»Das wagst du nicht.«

Er nahm eine Krabbe von beträchtlicher Größe, legte sie auf seine Gabel, bog diese wie ein Katapult nach hinten und ließ los. Die Krabbe flog durch die Luft, landete auf Kittys Brust und hinterließ einen fetten Cocktailsaucenfleck auf dem Satin.

Sie schnappte nach Luft. »Du kleiner Scheißer!«

»Sprich nicht von meiner Größe.«

»Mein Top ist versaut.«

»Dann bring es doch in die Reinigung, ich kenne eine, die durchgehend geöffnet ist.«

»Jetzt stinke ich nach Fisch.«

»Das kommt bestimmt gut, zusammen mit der Hundescheiße.« Und schon waren sie wieder mitten in einem Schlagabtausch, ihre Spezialität aus alten College-Zeiten.

Kitty tauchte ihre Serviette in ihr Wasserglas und ignorierte Steve fünf Minuten lang, während sie an ihrem Top herumtupfte, was den Fleck verschlimmerte. »Und was willst du jetzt machen? Tolles Timing, in diesen Zeiten ein arbeitsloser Möchtegern- Sportjournalist zu sein.«

»Ha! Irrtum. Ich bin nicht arbeitslos. Ich arbeite in der Gartenkolonie.«

»Das glaub ich nicht.«

»Solltest du aber.«

»In der Gartenkolonie deines Vaters?«

»Ja.«

»Aber du hasst Schrebergärten und Garten-Center.«

»Ich *habe* sie gehasst.«

»Und du hasst deinen Dad.«

»Ich *habe* meinen Dad gehasst. Wieder besteht hier ein eindeutiger Unterschied. Außerdem bezahlt er mich, und zwar gar nicht schlecht. Er braucht Hilfe da draußen, wegen seinem Rücken, also bin ich jetzt der Mann der Stunde. Brauchst du eine Motorhacke? Dann bist du bei mir an der richtigen Adresse.

Suchst du Düngemittel? Einen Geräteschuppen? Einen Folientunnel? Ruf mich einfach an. Statt den ganzen Tag in der Bude zu hocken, kann ich mich jetzt an der frischen Luft bewegen.«

»Aber du hasst das Tageslicht. Es ist schädlich für deine Vampirhaut.«

»Kitty«, knurrte er warnend und machte die nächste Krabbe schussfertig.

»Okay, okay, ich bin ja nur etwas schockiert. Du hast große Veränderungen in Angriff genommen, und für einen Kerl, der, wenn ich mich recht entsinne, seine Unterwäsche einmal pro Woche gewechselt hat, ist das eine besonders reife Leistung.«

Das nächste Krabbengeschoss wurde abgefeuert, aber diesmal konnte Kitty ausweichen.

»Was hat dich denn auf einmal auf die Idee gebracht, dass du bei deinem Dad arbeiten könntest? Als du ihn das letzte Mal erwähnt hast, hast du noch gesagt, du hast die Nase voll und willst die Beziehung zu ihm endgültig abbrechen.«

»Das bahnt sich schon eine Weile an. Wir sind ganz langsam wieder in Kontakt gekommen.« Er lenkte sich ab, indem er sich noch Brot nahm, und wich Kittys Blick aus. Über persönliche Dinge zu sprechen war ihm immer unangenehm. Unter diesen Umständen gelang ihm der nächste gemurmelte Beitrag recht gut: »Dann hat Dad Katja kennengelernt, und überraschenderweise kommen die beiden gut miteinander aus und …«

So plauderte er noch eine Weile über die Veränderungen in seinem Leben, doch Kitty konnte nicht mehr richtig zuhören, weil sie bei dem Namen Katja hängengeblieben war.

»Warum starrst du mich so an?«

Jetzt erst merkte sie, dass er nicht mehr redete.

»Oh. Na ja. Ich dachte, ich hätte den Namen Katja gehört, und das hat mich verwirrt.«

»Ja, ich hab den Namen Katja erwähnt.«

»Katja«, wiederholte sie so laut, als wäre er taub.

»Ja«, bestätigte er und grinste amüsiert.

»Die Frau, mit der du vor ein paar Monaten zum Essen ausgegangen bist.«

»Ja, und mit der ich immer noch ausgehe«, bestätigte er, und seine Wangen färbten sich bei diesem Geständnis rosa.

In diesem Moment wurde ihr Hauptgang aufgetischt: zweimal Rinderfilet. Aber Kitty war auf einmal gar nicht mehr hungrig.

»Katja«, wiederholte sie. »Du hast nie erwähnt, dass du mit ihr ausgehst.«

»Tu ich aber.«

»So wie in einer Beziehung?«

Er verdrehte die Augen. »Du hast auch nie erwähnt, dass du dich von Glen getrennt hast.«

»Weil du es vor mir rausgefunden hast.«

»Wirklich?«

»Ja. Die Kaffeemaschine.«

Ihm ging ein Licht auf. »Er ist einfach verschwunden?«

»So ungefähr.«

»Er war sowieso ein Arsch.«

»Ich dachte, du hast ihn gemocht.«

Er schüttelte den Kopf, mit vollem Mund.

Sie seufzte. »Mochte ihn überhaupt irgendjemand?«

Steve schluckte. »Ja, du.«

»Ich hatte auf ein paar mehr gehofft.«

»Crusty mochte ihn.«

Sie lachten. Crusty war Steves vierzehnjähriger Hund, den er vor vier Jahren aus dem Tierheim geholt hatte. Niemand hatte seinen Namen gekannt, aber er hatte damals ausgesehen, als wäre sein Fell irgendwie verkrustet, und selbst nachdem er gewaschen war, hatte sich an seinem Aussehen nicht viel verändert. Es war der perfekte Name. Obwohl er immer mehr in die Jahre kam, hatte Crusty noch die Energie gehabt, seine sexuelle Beziehung zu Glens Bein aufrechtzuerhalten, was der schon immer widerlich gefunden und was ihn wahrscheinlich auch dazu gebracht hatte, im Stillen seine Sexualität in Frage zu stellen, so wie er alle möglichen anderen Aspekte seines Lebens endlos überanalysierte, zum Beispiel, mit was für einer Art Frau er nach dem Colin-Murphy-Fall zusammenlebte.

»Wie lange seid ihr denn schon zusammen? Zwei Monate ungefähr, oder?«

»Fünf.«

»Fünf? Himmel, Steve, da könnt ihr ja gleich heiraten. Ich sollte mir so bald wie möglich schon mal einen Hut kaufen.«

»Tu es nicht. Dann sieht man, dass du Spock-Ohren hast.« Kitty lachte. »Sie ist Rumänin, nicht wahr?«

»Kroatin.«

»Richtig. Malerin?«

»Fotografin.«

»Richtig.« Sie musterte ihn durchdringend.

»Was?« Er lachte ein bisschen verlegen, als wäre er zwölf und gerade mit seiner ersten Freundin erwischt worden.

»Nichts.«

»Ach komm.«

»Ich weiß nicht, Steve«, begann sie und schnitt ein Stück Fleisch ab. »Du hast dich verändert. Du schreibst nicht mehr über Victoria Beckham, und du hast plötzlich eine Freundin. Ich glaube …«

»Du glaubst was?«

»Ich weiß nicht. Vielleicht ziehe ich ja voreilige Schlüsse, aber ich *glaube,* es besteht die Möglichkeit, dass du doch nicht schwul bist.«

Eine Pommes flog ihr an den Kopf.

Den Rest des Essens hatte Kitty einen Kloß im Hals, sie konnte kaum schlucken und wusste nicht, warum. Aus irgendeinem Grund war es tröstlich für sie gewesen, dass Steve einen schrecklichen Job hatte, den er hasste, und dass er sich weigerte, solide zu werden. Dass er die Notwendigkeit von Veränderung in seinem Leben erkannt und entsprechend gehandelt hatte, beunruhigte sie. Sie wollte schlicht nicht die Einzige sein, die Probleme hatte.

»Wie geht es dir denn mit deiner neuen Geschichte?«, fragte er nach einer Weile in die unbehagliche Stille hinein.

»Oh«, seufzte sie und fühlte sich gleich wieder erschöpft. »Ich weiß auch nicht. Heute Abend habe ich mich mit einer sehr netten alten Dame getroffen, die mir von ihrem sehr netten Leben erzählt hat, und das klingt alles sehr nett, aber es ist nicht …« Sie verschränkte die Finger ineinander. »Nichts Handfestes, nichts wirklich Interessantes. Ich muss weiter in ihrem Keller nachforschen, ob sie nicht doch irgendwo ein paar Leichen versteckt hat. Irgendwas, was eben nicht so nett ist. Schließlich ist dieser Artikel meine Chance, mir selbst und einer ganzen Menge anderer Leute zu zeigen, was ich kann – wahrscheinlich meine letzte Chance. Aber was Constance an der Sache gesehen hat, ist mir bislang überhaupt nicht klar. Und das ist ein bisschen frustrierend.«

Steve schwieg. Als sie ihn ansah, merkte sie, dass er auf einmal total angespannt wirkte. Sein Unterkiefer mahlte, und er musterte sie, als wollte er ihr an die Gurgel gehen.

»Hast du schon mit Colin Murphy gesprochen?«

»Ich rufe ihn auf der Stelle an, wenn es dich daran hindert, all die grässlichen Dinge auszusprechen, die dir offensichtlich auf der Zunge liegen.«

»Dann geht es also wieder mal um dich«, blaffte er. »Selbst wenn du dich bei ihm entschuldigst, immer geht es um dich.«

»Ich hab einen Witz gemacht, Steve. Aber red ruhig weiter, ich sehe ja, dass du in der Stimmung bist, mich fertigzumachen.« Um ihm nicht die Gelegenheit dazu zu geben, fuhr sie rasch fort: »Nur damit du es weißt – was ihm passiert ist, tut mir wirklich leid.«

»Was ihm *passiert* ist? Ihm ist nicht einfach was passiert, Kitty, du hast das verursacht, du hast das *aktiv* herbeigeführt, es war kein zufälliges, unerklärliches Ereignis, das einfach *passiert* ist.«

»Das weiß ich! Okay, ich hab das falsch ausgedrückt. Ich kriege bei dir heute keine Schnitte, was? Natürlich weiß ich, dass es meine Schuld war, ich hab nämlich ein Gewissen. Und es wird mir jeden verdammten Tag leidtun, für den Rest meines Lebens.«

»Jetzt, wo es zu spät ist«, sagte er, und sie wusste erst nicht, was er meinte. *»Nachdem* du etwas getan hast, tut es dir leid, immer erst *danach*. Du denkst nie *vorher* darüber nach, wie jemand sich fühlt oder wie du dich an seiner Stelle fühlen würdest. Das ist es, was mich stört. Du hast nichts gelernt aus der Sache mit Colin Murphy – jetzt interviewst du eine nette alte Dame, und ihre nette Lebensgeschichte ist nicht gut genug für dich. Du willst immer noch mehr.«

Kitty war so geschockt von seinem Stimmungsumschwung, dass ihr plötzlich Tränen in den Augen brannten. Um zu verhindern, dass sie weinen musste, sah sie sich um und versuchte, sich auf ihre Umgebung zu konzentrieren. Eigentlich war Kitty nicht so nah am Wasser gebaut, aber in letzter Zeit war sie ziemlich emotional, und außerdem war sie bei Steve noch nie so in Ungnade gefallen. Seine Meinung war ihr sehr wichtig. Seit Januar hatte sie sich von ihrer Mutter alle erdenklichen Vorwürfe anhören müssen, aber nichts, wirklich nichts traf sie so tief wie ein einziger enttäuschter Blick von Steve.

Ohne ein weiteres Wort aßen sie fertig, Kitty bezahlte die Rechnung, und sie gingen schweigend zu Kittys Wohnung zurück.

»Ich schau mal nach, ob die Luft rein ist«, sagte Steve leise und rannte die Treppe hinauf.

Die Tür zum Treppenhaus war immer offen. Sooft Kitty auch schon mit dem Vermieter darüber verhandelt hatte, man konnte sie nicht abschließen, weil die Tür auch zu einer zweiten Innentür, dem Eingang der Reinigung, führte. Das bedeutete, dass Kittys Tür zu jeder Tages- und Nachtzeit problemlos zu erreichen war.

»Alles okay«, sagte Steve, als er zurückkam. »Aber es stinkt immer noch nach Hundekacke.«

»Danke, dass du gekommen bist. Ich weiß das wirklich zu schätzen. Vor allem jetzt, wo du eine Freundin hast«, fügte sie etwas kindisch hinzu und knuffte ihn mit dem Ellbogen in die Rippen.

»Sie möchte dich gern kennenlernen«, sagte er, offenbar wieder etwas besänftigt.

»Ja, gern, das wäre schön«, antwortete Kitty so übertrieben enthusiastisch, dass es Steve auffallen musste. »Tja, dann geh ich jetzt mal lieber rein, ehe jemand eine Wasserbombe mit Kotze auf mich schmeißt. Ich freue mich, dass du glücklich bist, Steve.« Sie strengte sich an, ihre Stimme ehrlich froh klingen zu lassen, aber sie hörte nur ihre eigene Stimme, die sagte: *Dein Glück macht mich eifersüchtig und traurig,, Steve. Ich bin ein verbitterter, völlig verkorkster Mensch.*

Dann hielt sie sich ihre Jacke vor Mund und Nase, rannte die Stufen hinauf und versuchte, sich einzureden, dass sie nur deshalb weinte, weil der Gestank so unerträglich war.

Kapitel 9

»Wir sind hier bei *Arnotts,* auf der neuen Etage für persönlichen Einkauf, und bei mir ist die Top-Super-Einkäuferin der Stars und Autorin des international bekannten Blogs ›Dedicated‹ – Eva Wu!«

Kitty und Gaby, Evas PR-Girl, standen neben der Fernsehkamera und beobachteten das Interview gemeinsam mit ungefähr einem Dutzend Kunden, die sich hier eingefunden hatten. Gleich am ersten Tag der Dreharbeiten hatte der Kameramann von *Thirty Minutes* Kitty erklärt, dass die Kamera ein »Idioten-Magnet« war. Sobald man sich mit einer Kamera in der Öffentlichkeit zeigte, löste das bei ansonsten völlig normalen Menschen eine Fülle von lächerlich selbstbezogenen Verhaltensweisen aus. Mehrere von Kittys Beiträgen waren beispielsweise von irgendwelchen Blödmännern ruiniert worden, die sich während der Aufnahme hinter sie gestellt und aufgeregt ihren Müttern zugewinkt hatten.

Jetzt war Kitty also in dem Kaufhaus an der Henry Street, um Eva Wu zu interviewen. Nach ihrer zweiten Auseinandersetzung mit Steve hatte sie nicht schlafen können und einen Großteil der letzten Nacht damit zugebracht, über Eva und ihren Blog zu recherchieren. Gaby hatte Kitty zu dem Treffen regelrecht gedrängt und heute im Lauf des Vormittags schon dreimal angerufen. Sie war überhaupt ein bisschen aufdringlich und redete furchtbar viel, eine typische PR-Quasselstrippe, die Dinge herbeizwang, selbst wenn sich die Natur und das Universum dagegen verschworen hatten. Kitty vermutete, dass Eva genau das Gegenteil war – jedenfalls redete sie nicht halb so laut, und Kitty musste die Ohren spitzen, um sie zu verstehen. Auch sonst machte sie einen eher zurückhaltenden Eindruck, ruhig, aber nicht schüchtern.

Eva wurde von einer der führenden TV-Moderatorinnen von *The Scoop* interviewt, deren Privatleben derzeit auf den Titelseiten der Regenbogenpresse für Schlagzeilen sorgte. *The Scoop* war eine Klatsch- und Showbiz-Sendung, die sich vor allem mit Schönheit und Mode beschäftigte.

»Nun, Eva«, säuselte die Moderatorin mit der erstarrten Stirn und der aufgeblasenen Oberlippe in ihr überdimensionales Mikrofon, auf dem das Logo von *The Scoop* prangte. »Dann erzählen Sie uns doch mal – wie war es denn so, Brad Pitt kennenzulernen?«

Eva lächelte höflich. »Tut mir leid, Laura, aber ich bin Brad Pitt noch nie persönlich begegnet.«

Laura sah auf ihre Notizen. »Cut!«, rief sie dann, und ihr aufgesetztes Lächeln verblasste wie auf Knopfdruck. Sie sah zur Kamerafrau hinüber. »Fangen wir noch mal an.« Bei drei war das Lächeln wieder angeknipst. »Nun, Eva, dann erzählen Sie uns doch mal – wie war es, George Clooney zu begegnen?«

Ziemlich nervös und ein bisschen ärgerlich sah Eva zu Gaby hinüber.

»Ich habe George Clooney nicht persönlich kennengelernt. Es war so, dass eine Firma, die mit ihm gearbeitet hat, mit mir Kontakt aufgenommen und mich gebeten hat, in ihrem Auftrag ein Geschenk für ihn zu kaufen.«

»Oooh, Mädels – George Clooney!« Laura entzog Eva das Mikrofon, um selbst aufgeregt hineinzukreischen, wobei sie sich direkt der Handkamera zuwandte. Fast wie in Reaktion auf ihren Schrei kippte die Kamera und schoss auf die beiden Frauen zu, und Eva warf sich aus Angst vor einer Kollision instinktiv auf dem hohen Hocker zurück, was nicht sonderlich cool aussah. Gaby schlug die Hände über dem Kopf zusammen.

»Und was haben Sie ihm gekauft? Exklusiv hier bei *The Scoop!*«

Wieder blickte Laura exaltiert in die Kamera, dann zurück zu Eva. »Verraten Sie es uns!«

»Es tut mir leid, Sie zu enttäuschen«, sagte Eva freundlich und völlig gelassen, »aber ich habe den Auftrag abgelehnt, und eigentlich kann man daran sehr gut mein Geschäftsethos veranschaulichen.« Jetzt lebte sie richtig auf, denn sie durfte endlich über ihr Baby sprechen. »Ich habe ›Dedicated‹ entwickelt, damit ich meine Zeit persönlich der Suche nach dem perfekten Geschenk für eine bestimmte Person widmen kann. Um das zu tun, möchte und muss ich Zeit mit dieser Person verbringen, damit ich wirklich ein Gespür dafür entwickeln kann, was ihr Herzenswunsch ist. Ich kann nicht für jemanden einkaufen, den ich nicht kenne – sonst ist es ja auch kein persönliches Einkaufen, richtig?«

Gaby schlug die Hände vors Gesicht und wand sich, was von Evas Platz aus nicht zu übersehen war.

Lauras Augen waren schon nach der Hälfte von Evas Erklärung glasig geworden, und Kitty hätte ihre gesamten Ersparnisse verwettet – nicht dass es sonderlich viel gewesen wäre –, dass das meiste oder sogar alles, was Eva gesagt hatte, auf dem Boden des Schneideraums landen würde. Hätte sie irgendeine dumme Bemerkung über Clooney gemacht – am besten seine Männlichkeit in Zweifel gezogen –, wären die Produzenten der Sendung hocherfreut gewesen. So ehrlich Eva auch wirkte, klangen ihre Erklärungen in Kittys kritischen und wohl auch ein wenig zynischen Ohren doch zweifelhaft, und sie fragte sich, ob Eva selbst wirklich daran glaubte. Dennoch fiel ihre Idee vom persönlichen Einkauf zweifellos aus dem üblichen Rahmen, und das war ja wohl das Ziel eines jeden Unternehmens. Allerdings fand Kitty ihr Vorgehen schon ziemlich umständlich – es ging doch nur darum, ein Geschenk zu kaufen!

Der Mann neben Eva quittierte deren letzte Bemerkung mit einem giftigen Blick.

»Neben Eva haben wir heute noch *Arnotts'* persönlichen Einkäufer Jack Wilson bei uns«, erklärte Laura auch schon. »Nun, Jack, nennen Sie uns doch ein paar von den Geschenken, die Sie dieses Jahr für Ihre Kunden kaufen werden.«

»Gerne«, begann Wilson und richtete den Blick direkt in die Kamera. »Wir haben da beispielsweise die iPad-Hülle von Tom Ford im Auge. Perfekt für den Mann in Ihrem Leben, genau das Richtige für einen Fan von Designer-Ware. Außerdem schützt die Hülle das iPad vor dem Sand der bevorstehenden Sommerferien. Der Einzelhandelspreis liegt bei eintausendfünfhundert Euro, für einen solchen Luxusgegenstand ein äußerst günstiges Angebot.«

Eva machte große Augen.

»Halt dich zurück«, murmelte Gaby warnend, und der Sound-Mann warf ihr einen irritierten Blick zu.

»Dann haben wir hier noch diesen Schirm von Coco Chanel. Perfekt für die Dame in Ihrem Leben, die nicht nass werden möchte.«

»Super für alle Mädels mit Frizz-Haaren«, rief Laura in die Kamera, und wieder bewegte sich diese ruckartig bis dicht vor ihr Gesicht, als wollte sie ihr einen Kopfstoß verpassen.

»Und dieses Geschenk geht bereits für eintausend Euro über den Ladentisch.«

Eva blieb der Mund offen stehen. Kitty reagierte genauso, aber im Gegensatz zu Eva saß sie nicht vor laufender Kamera. Sie merkte, wie Gaby neben ihr ausflippte.

»Für welche Promis werden Sie einkaufen?«, fragte Laura.

»Oh, die kommen alle zu uns«, antwortete Wilson und listete sämtliche Stars auf, die bekanntermaßen gern zu den Sommerkonzerten in die irische Hauptstadt jetteten. Kitty entging nicht, dass er vor jeden Namen das Wort »wahrscheinlich« setzte.

»Wow! Habt ihr das gehört, Leute? Madonna! Eva, die Sonnenbrillen, die wir an Promis wie Victoria Beckham oder Katie Holmes sehen – für wen würden Sie die kaufen?«

»Von meinen Kunden?«

»Na los, sagen Sie schon!«, drängte Gaby.

»Hm, meine Klientenliste ist streng vertraulich, deshalb möchte ich nicht …«

»Ja, aber für welche *Art* von Person würden Sie so etwas einkaufen?«

»Für wen ich eine Sonnenbrille kaufen würde?« Eva sah sich um, als hätte sie den Verdacht, dass jemand sie auf den Arm nehmen wollte.

»Eine Sonnenbrille wie von Victoria Beckham und Katie Holmes«, antwortete Laura mit zusammengebissenen Zähnen. Evas Mund öffnete und schloss sich, aber kein Wort kam heraus.

»Vielleicht darf ich kurz einflechten«, ging Jack dazwischen, »diese Sonnenbrillen wären perfekt für die Frauen in Ihrem Leben, die Victoria Beckham und Katie Holmes lieben und sich diesen Sommer nicht von der Sonne blenden lassen wollen.«

»Da habt ihr es also, Leute – Top-Tipps, wie ihr das perfekte Geschenk für die extra spezielle Person in eurem Leben kaufen und ihr helfen könnt, sich ganz wie ein Promi zu fühlen.«

Schnitt.

Eva sprang von ihrem Hocker.

»Also echt«, hörte Kitty Laura zu der Kamerafrau sagen, während sie einpackten. »Was haben wir als Nächstes? Vajazzling?«

»›Wie können wir Ihnen helfen, sich wie ein Promi zu fühlen?‹«, sagte Eva zu Gaby, als sie wieder draußen auf der Henry Street standen. Sie brüllte nicht, aber ihr Ärger war nicht zu übersehen. »Sonnenbrillen? Damit die Leute sich vorkommen, als wären sie berühmt? Herrgott nochmal, Gaby!«, sagte sie.

»Okay, das war wohl nicht der tollste Termin, der mir je gelungen ist.«

»Nicht der tollste? Gaby, es war der schlimmste. Von einer ganzen Serie. Wie soll ich erklären, was ich mache, wenn du mir ständig so eine Art von Publicity verschaffst? Da geht die ganze Botschaft verloren. Niemand hört mir zu. ›Dedicated‹ ist denen vollkommen egal, die kümmert nur die Liste meiner *Promi-Kun*den und natürlich *George Clooney.* Was sollte das denn überhaupt?« Noch immer klang Evas Stimme ruhig, aber man merkte ihr den Ärger trotzdem an. Da Kitty wusste, dass Eva nicht über ihre Anwesenheit informiert war, hielt sie sich im Hintergrund, und eigentlich gefiel ihr Evas ehrliche Meinung zu der Sendung.

»Das beeindruckt die Leute. So kriegt man Aufträge«, antwortete Gaby achselzuckend.

»Die Tatsache, dass ich *kein* Geschenk für George Clooney gekauft habe, beeindruckt die Leute?«

»Meistens kriegen die Leute bloß die Fragen mit.«

Eva schloss die Augen und atmete tief durch. »Ich möchte lieber überhaupt keine Interviews machen als solche.«

»Aber die helfen, dein Profil aufzubauen.«

»Du glaubst, dass das gerade meinem Profil geholfen hat?«

»Na ja, das gerade vielleicht nicht.«

Eva stöhnte. »Die ganze Arbeit.« Aber Kitty konnte sehen, dass sie sich allmählich beruhigte. »Wir brauchen Publicity, die es mir erlaubt, über das Geschenk des Schenkens zu sprechen, darüber, wie kostbar es ist und wie speziell es sein kann, vor allem in unserer Zeit, in der die Menschen wirklich zu kämpfen haben. Es geht nicht darum, wie teuer etwas ist, die meisten Menschen in diesem Land können sich sowieso keine üppigen Geschenke mehr leisten – es geht darum, darüber *nachzudenken,* was man jemandem schenken könnte, was dem Beschenkten eine Freude machen könnte, wenn es ihm gerade nicht so gutgeht, was ihm hilft, sich wieder geliebt und wichtig und einmalig zu fühlen, und sei es nur durch eine einfache Geste.«

»Ich weiß, ich weiß. Du musst es mir nicht erklären, mir ist das alles klar«, entgegnete Gaby und steckte sich einen Kaugummi in den Mund. Wenn sie gerade nicht redete, schien ihr Mund trotzdem ständig eine Beschäftigung zu brauchen.

»Wirklich?« Eva sah Gaby an.

»Ich bin schockiert und entsetzt, dass du mich das fragst«, erwiderte Gaby dramatisch, und Kitty hatte das Gefühl, dass sie es hauptsächlich ihretwegen sagte. »Wie lange arbeiten wir jetzt schon zusammen, Eva?«

»Zu lange?«, fragte Eva und lächelte.

»Jedenfalls, dein nächster Termin ist hier.«

»Wo?«

»Da.« Gaby drehte sich um und sah Kitty an, die schnell ein Stückchen zurückwich, damit Eva Gelegenheit hatte, den Schein zu wahren, aber es war schon zu spät, sie wurde rot, weil es ihr peinlich war, dass sie belauscht worden war, und dann ausgerechnet auch noch von einer Journalistin.

»Tut mir sehr leid, ich hab das nicht gewusst«, sagte sie und sah Gaby vielsagend an. »Ich hatte keine Ahnung, dass Sie hier sind.«

Die PR-Frau musste wieder den Kopf hinhalten.

»Ist schon okay«, sagte Kitty. »Es war gut, dass ich das alles gehört habe. Ich werde nicht so tun, als hätte ich nichts mitbekommen.«

»Es ist mir total peinlich. Ich bin ein großer Fan von *Etcetera*. Ein sehr großer Fan sogar. Ich lese die Zeitschrift jeden Monat und habe mich so gefreut, als Sie angerufen haben.«

»Danke«, strahlte Kitty. »Ich glaube, meine Chefin hat irgendwann letztes Jahr mit Ihnen Kontakt aufgenommen. Constance Dubois?«

»Constance Dubois, natürlich – aber nein, sie hat mich nicht kontaktiert. Sollte sie?« Wieder sah sie Gaby scharf an. »Hat sie?«

Gaby zuckte die Achseln. »Nicht dass ich wüsste. Ich sag dir doch immer Bescheid über so was.«

Kitty kannte die Beziehung der beiden nicht, aber sogar ihr war klar, dass diese Behauptung nicht stimmte. Ihr Herz wurde schwer, als sie hörte, dass auch Eva nicht von Constance kontaktiert worden war, obwohl ihr Name doch auf der Liste stand.

Worum ging es bloß bei dieser Liste? »Na ja, wären Sie denn bereit, mich einen Artikel über Sie schreiben zu lassen?«

»Ja, selbstverständlich. Ich meine, worum geht es denn bei der Geschichte? Über was für ein Thema wollen Sie schreiben?«

Kitty erstarrte. Das war eine hervorragende Frage. »In dem Artikel soll es um Sie und um, na ja, um noch neunundneunzig weitere Menschen gehen. Um das, was Sie alle verbindet.«

»Hundert Leute?« Gaby schien enttäuscht zu sein, dass es nicht ausschließlich um Eva gehen sollte. »Wer sind denn die anderen? Kennen wir vielleicht jemanden?«

»Nein, ich glaube nicht. Obwohl das eine gute Frage ist.« Auf einmal hatte Kitty eine Idee, wühlte in ihrer Tasche und zog die Liste hervor. »Schauen Sie doch einfach mal, ob Ihnen jemand bekannt vorkommt.« Eigentlich hatte Kitty damit nur Eva gemeint, aber Gaby drängelte sich sofort neben sie, und während Eva sich mit dem Lesen reichlich Zeit ließ, war Gaby in drei Sekunden fertig.

»Nein, da ist niemand Bekanntes drauf«, erklärte sie. »Kann ich eine Kopie von den Namen haben?«

»Warum?«

»Damit ich recherchieren kann, wer die Leute sind. Ich möchte diesem Interview nicht zustimmen, ohne zu wissen, mit wem meine Klientin in Verbindung kommt.«

Eigentlich ein durchaus einleuchtendes Anliegen, aber sowohl Eva als auch Kitty reagierten überrascht.

»Ja, ich hab auch meine Momente.« Gaby grinste Eva an, als wollte sie sagen: ›Siehst du wohl.‹

»Ich glaube nicht, dass das nötig ist«, erwiderte Eva leise. »Wir könnten doch einfach zusammen irgendwo einen Kaffee trinken, nur wir beide.« Gaby verzog das Gesicht. »Dann können wir über alles sprechen, aber an einer Stelle, wo es etwas entspannter zugeht als auf der Henry Street um die Mittagszeit.«

»Gute Idee«, sagte Kitty erleichtert.

»Das Einzige ist, dass ich in einer halben Stunde einen Termin mit einem Kunden im IFSC habe – wollen wir uns vielleicht danach treffen? Oder wir könnten uns auch unterwegs unterhalten.«

»Könnte ich auch zu dem Termin mitkommen und Ihnen bei der Arbeit zuschauen?«

Etwas unsicher sah Eva zu Gaby hinüber. Wenn sie es gebraucht hätte, dass Gaby für sie sprach, dann eindeutig jetzt, denn der Vorschlag war ihr irgendwie unbehaglich. Doch Gaby war mit den Gedanken anderswo, kaute Kaugummi und starrte Eva ausdruckslos an.

»Was?«

»Es wäre eine gute Gelegenheit für mich zu sehen, wie Sie arbeiten«, erklärte Kitty. »Wissen Sie – dass Sie anders sind als die üblichen persönlichen Einkäufer.«

Eva lächelte. »Sie sind echt gut. In Ordnung. Gehen wir.«

IFSC war die Abkürzung für das Irish Financial Services Centre am North Wall Quay und am Custom House Quay, direkt an der Liffey. In diesem Finanzzentrum waren vierzehntausend Menschen beschäftigt, es gab über vierhundertdreißig Finanzunternehmen, außerdem Hotels, Restaurants und Geschäfte. Evas Ziel war Molloy Kelly Solicitors am Harbourmaster Place, eine große Kanzlei, die sich vor allem mit Banken- und Wirtschaftsrecht befasste, und Eva hatte dort ein Meeting mit George Webb, einem der Firmenpartner. Eine rasche Google-Suche auf dem Handy hatte Kitty verraten, dass er zuständig war für alle Fragen hinsichtlich Bankengesetzen, Insolvenz, Bankrott und Unternehmenswiederaufbau, Versicherungsrecht, Rufschädigung, Trennung und Scheidung.

»Arbeiten Sie häufig für solche Menschen?«, fragte Kitty. »Ich meine, für gestresste Geschäftsleute, die keine Zeit haben, für ihre Lieben einzukaufen?«

Eva sah sie neugierig an. »Wie kommen Sie auf die Idee, dass das hier der Fall ist?«

»Ich habe den Mann gerade gegoogelt, und ich kenne solche Typen. Zuerst die Arbeit, dann die Familie. Sie sind so daran gewöhnt, andere Leute Dinge für sie erledigen zu lassen – Klamotten zur Reinigung bringen, einkaufen, Hausarbeit. Geschenke kaufen steht bestimmt auch nicht sehr weit oben auf deren Prioritätenlisten.«

»Na ja, wenn das hier der Fall ist, werde ich nicht für ihn arbeiten.«

»Warum nicht?«

»Weil ich mich lieber jemandem widme, der tatsächlich das perfekte Geschenk für einen geliebten Menschen sucht – im Gegensatz zu jemandem, dem es im Grunde egal ist. Ich suche mir meine Klienten ebenso sorgfältig aus, wie sie sich mich aussuchen«, erklärte Eva mit großen Augen, und man hörte ihr an, wie aufrichtig sie es meinte.

Kitty war fasziniert, sowohl von Evas Philosophie als auch davon, mit welcher Ernsthaftigkeit sie ihren Job anging.

»Ich investiere eine Menge Zeit in meine Klienten, Kitty«, fuhr Eva lächelnd fort. »Ich muss wissen, dass ihnen die Person, der sie etwas schenken wollen, am Herzen liegt, denn wie sollte sie mir sonst am Herzen liegen? Ich bin sicher, das ist so ähnlich, wie wenn Sie einen Artikel schreiben. Wenn die Geschichte Ihnen nicht am Herzen liegt, wie soll sich dann der Leser dafür interessieren?«

Kitty dachte nach. Was Eva da sagte, war die Wahrheit.

Nachdem sie etwa zehn Minuten in einer mit glänzendem Marmor ausgestatteten Rezeption gewartet hatten, klingelte der Aufzug, und ein Gentleman in einem eleganten Anzug mit pinkfarbener Krawatte und Einstecktuch kam auf sie zu. Kitty erriet sofort, dass es nicht George Webb war, denn der Mann erinnerte sie eher an eine jüngere Version des Comedians Julian Clarey, mit perfekt gezupften Augenbrauen und einem makellosen Teint, der offensichtlich seit Kindertagen gewissenhaft gepflegt wurde. Make-up konnte sie nicht entdecken, aber die schimmernden Wangenknochen machten sie richtig neidisch.

»Ich bin Nigel«, stellte sich der gepflegte junge Mann vor, ohne ihnen jedoch die Hand zu geben. »Ich soll Sie zum Büro bringen. Und wer sind Sie?«, erkundigte er sich, an Kitty gewandt.

»Kath–, äh, Kitty Logan«, stotterte sie, denn sie hatte sich noch nicht daran gewöhnt, ihren Spitznamen professionell zu verwenden.

»Und was bringt Sie heute zu uns, Kathähkitty?«, fragte er und imitierte spöttisch ihren Versprecher.

»Berufspraktikum«, log Kitty mit süßer Stimme und aus keinem anderen Grund, als um ihn zu ärgern.

»Für die ewige Studentin vermutlich«, konterte er. Offensichtlich glaubte er ihr kein Wort.

Eva lächelte und schüttelte belustigt den Kopf über den Schlagabtausch der beiden.

Nigel führte sie in den Warteraum. »Gedulden Sie sich bitte einen Moment, Mr Webb wird gleich da sein.«

Eva setzte sich, während Kitty im Raum umherwanderte und über alles nachdachte. So viel war sicher – sie waren sehr verschieden. Eva war eher eine Frau, die tat, was man ihr sagte, die Anweisungen befolgte und höflich war. Für Kitty war das ein Ding der Unmöglichkeit, sie hatte immer das Gefühl, dass man ihr etwas vorenthielt, etwas vor ihr versteckte, und sie wollte um jeden Preis herausfinden, was es war. Schon als Kind war sie ungemein neugierig gewesen, hatte versucht, Fassaden zu durchschauen und Geheimnisse aufzudecken, die Menschen nur deshalb hüteten, weil sie selbst glaubten, sie hätten eine Bedeutung, obwohl sie in Wirklichkeit niemanden interessierten. Wenn Kitty auf dem College mit ihren Freunden ausgegangen war, hatte sie sich häufig von den anderen abgesondert und am Ende des Abends neben der Person gesessen, die sie im Raum am interessantesten, schwierigsten und kompliziertesten fand, und den faszinierenden Geschichten gelauscht, die diese zu berichten hatte. Sie spürte außergewöhnliche Menschen und Meinungen auf, sie hörte sich ebenso gern das Alltägliche wie das Phantastische an, und sie glaubte nicht daran, dass das, was an der Oberfläche zu sehen war, notwendigerweise alles war, was es zu entdecken gab. Deshalb hatte sie schon immer den glühenden Wunsch gehabt, zu erforschen, was wirklich unter all den verschiedenen Schichten eines Menschen lag. Diese Faszination und vor allem diese Liebe zu den Menschen brachte sie auch in ihre Artikel für *Etcetera* ein, und vielleicht hatte sich diese Liebe nicht so leicht auf ihre Reportagen für *Thirty Minutes* übertragen lassen. Während sie dort arbeitete und Enthüllungsjournalismus betrieb, hatte sich ihre Liebe zu den Menschen in ein Gefühl des Misstrauens verwandelt, in das Bedürfnis, ihnen um jeden Preis zu entlocken, was sie vor ihr verheimlichten, statt davon auszugehen, dass sie sich vor einer Wahrheit schützten, die sie nicht aussprechen konnten, oder eine Geschichte für sich behielten, weil bisher niemand sie ermutigt hatte, sie zu erzählen. Ihr Talent für Gespräche und ihr Einfühlungsvermögen waren zu einem Geschick für Spielchen verkommen. Sie hatte versucht, Leuten Informationen aus der Nase zu ziehen, ohne dass sie es merkten, und diejenigen zum Sprechen zu bringen, die nichts sagen und auch nicht zitiert werden wollten. Auf einmal ging sie ihre Geschichten völlig anders an.

Diese plötzliche Selbsterkenntnis brachte sie zum Innehalten. Vielleicht hatte Steve ja recht gehabt. Steve, ihr langjähriger Freund, mit dem sie nur selten ein ernsthaftes Gespräch geführt hatte, wusste womöglich mehr über sie als sie selbst. Auf einmal bekam sie eine Gänsehaut und schaute sich irritiert um, was sie verursacht hatte.

Erst in diesem Moment merkte sie, dass Eva sie beobachtete, wie sie im Zimmer umherging und über die Gemälde an den Wänden, in Wirklichkeit jedoch über sich selbst sinnierte, und Kitty empfand ihren prüfenden Blick als extrem unangenehm. Zu beobachten war doch *ihr* Job – die Tarnkappe, die einen unsichtbar machte, wenn man andere beobachtete, half ihr, Dinge zu entdecken, Einsichten zu gewinnen –, und nun nahm Eva ihr diese Rolle einfach weg. Für sie als Beobachterin war es nervenzermürbend, unnatürlich und äußerst beunruhigend, selbst beobachtet zu werden. Kurz entschlossen gab sie das Umherwandern auf und ließ sich in einen der Ledersessel fallen.

Kurz darauf öffnete sich die Tür, und George Webb trat herein.

»Hallo«, begrüßte er Eva und Kitty mit einem strahlenden Lächeln, bei dem seine perfekten Zähne blitzten. »Ms Wu, nehme ich an«, wandte er sich an Eva, deren asiatische Wurzeln dank der langen, seidig-dichten, im Licht fast blauschwarzen Haare nicht schwer zu erraten waren. Ihr Teint war makellos, und auch fast ungeschminkt war sie umwerfend hübsch.

»Na ja, ich bin es jedenfalls nicht«, scherzte Kitty.

»Das ist Kathähkitty Logan«, stellte Nigel sie vor. »Sie ist Journalistin bei *Etcetera*.« Dabei sah er Kitty mit hochgezogenen Augenbrauen an, und sie hatte das Gefühl, dass er noch einmal deutlich machen wollte, dass er sich von ihr ganz bestimmt nicht unterbuttern ließ.

George Webb sah ein wenig verwirrt drein.

»Das ist eine Zeitschrift«, erklärte Nigel. »Allerdings keine, die Sie lesen würden.«

»Aber Sie schon, Nigel«, sagte Kitty und lächelte.

»Nein. Ich hab Sie nur gegoogelt.«

Kitty lachte. »Ich schreibe einen Beitrag über Ms Wu«, erklärte sie dann. »Aber machen Sie sich bitte keine Sorgen, es geht wirklich nur um sie, nicht um ihre Klienten, ich nenne keine Namen, ich möchte nur einfach einen Eindruck davon gewinnen, wie sie arbeitet.« Wenn es in Constances Artikel wirklich darum gehen sollte, wie Eva arbeitete, und nicht womöglich um etwas ganz anderes. Obwohl Kitty immer noch keine Ahnung hatte, versuchte sie, selbstbewusst und zuversichtlich zu klingen.

George Webb dachte nach. »Na gut«, sagte er schließlich.

»Klingt okay für mich. Sie sind eine populäre Frau«, fügte er hinzu, setzte sich Eva gegenüber und musterte sie aufmerksam.

George war ein bemerkenswerter Mann, extrem attraktiv, auf moderne Art männlich gepflegt – offensichtlich ließ er sich nicht nur die Augenbrauen zupfen und die Nasenhaare entfernen, sondem achtete überhaupt ohne falsche Scham auf seine äußere Erscheinung. Auch er trug einen eleganten Anzug, nichts Abgehobenes, aber modisch und hervorragend geschnitten. Eva sah ihn an, und man merkte, dass sie sehr von ihm angetan war, genau wie er von ihr – die gegenseitige Anziehung war offensichtlich. Von Kitty nahmen sie kaum Notiz, und das war ihr bei der Arbeit immer sehr recht. Was sie hier vor sich hatte, war vielversprechend.

»Ich habe von Nigel Ihre Daten bekommen«, erklärte George. »Er hat mir gesagt, dass Sie die Beste in Ihrer Branche sind.«

Nigel, der gerade für alle einen Kaffee kochte, warf den beiden einen verärgerten Blick zu.

Anscheinend war es ihm unangenehm, dass Kitty nun wusste, dass er das Ganze arrangiert hatte, wo er eben noch so unterhaltsam frech gewesen war.

»Ach, das ist aber sehr nett von Nigel«, sagte Eva freundlich und ehrlich gerührt.

»Ich glaube auch, dass Sie mal mit einer Nachbarin von mir gearbeitet haben, meiner Nachbarin hier bei der Arbeit, meine ich. Elizabeth Toomey?«, fuhr George fort.

»Ah, ja.« Evas Augen leuchteten. »Sie arbeitet gegenüber bei Pricewaterhouse-Coopers.«

»Haben Sie gehört, dass sie im Januar befördert worden ist?«

»Ja, das habe ich, und ich freue mich sehr für Elizabeth.«

»Ihrem Chef muss das Geschenk ja sehr gut gefallen haben, das Sie für ihn ausgesucht haben.«

Sofort machte Eva dicht, Kitty konnte die Verwandlung direkt sehen, wie eine Raupe, die sich in ihren Kokon zurückzog. Offensichtlich spürte auch George die Veränderung.

»Ich glaube, sie hat es verdient. Allem Anschein nach arbeitet sie sehr hart«, erwiderte Eva nur.

»Ich glaube, Ihr Geschenk hat jedenfalls geholfen«, lachte George.

Kitty war überrascht. Eigentlich war er klug genug, das Thema nicht weiter zu vertiefen, aber er konnte es nicht lassen, er wollte unbedingt wissen, was für ein Geschenk es gewesen war, und das merkte man ihm deutlich an.

Aber Eva lächelte nur.

»Was war es?«, fragte er schließlich ganz direkt und sah Kitty an. »Ich wette, Sie wollen es auch wissen.«

Kitty hielt abwehrend die Hände in die Höhe. »Ich bin hier nur Beobachterin.«

Ein Geschenk, das zu einer Beförderung führte? Natürlich wollte sie wissen, was es gewesen war und wo sie es kaufen konnte! Als Nigel im gleichen Moment ihre Kaffeetasse vor sie auf den Tisch stellte, meinte sie, ein leises Schnauben von ihm zu hören – aber womöglich bildete sie es sich auch nur ein.

Nigel schaltete sich wieder ins Gespräch ein. »Mr Webb hat Sie heute hierhergebeten, um sein bevorstehendes Familientreffen zu besprechen. Es wird eine große Sache, jede Menge Leute, die sich lange nicht mehr gesehen haben, also für alle sehr aufregend«, erklärte Nigel so trocken, dass Eva, Kitty und George ein Lachen nicht unterdrücken konnten. »Außerdem heiratet seine Schwester, sein Großvater wird achtzig, und sie haben beschlossen, das alles am gleichen Tag zu feiern. Kurz gesagt – Mr Webb braucht Ihre Hilfe.«

»Danke, Nigel«, sagte George, und Nigel verließ den Raum. George blickte auf die Uhr und machte ein besorgtes Gesicht.

Kitty ahnte, dass die Zeit für das Meeting abgelaufen war. Nigel hatte seine Pflicht getan, George hatte sich für ein kurzes Treffen mit Eva zur Verfügung gestellt, und jetzt war Schluss. Schnell trank sie ihren Kaffee aus.

George sah Eva an. »Was meinen Sie dazu?«

»Entschuldigung – was meine ich wozu?«

»Ob Sie den Auftrag annehmen.«

»Wo wohnt denn Ihre Familie?«

»In Cork«, antwortete George etwas verwirrt.

»Wann soll die Feier stattfinden?«

»Das ist es ja gerade. Ich war nicht sonderlich gut organisiert. Das Fest soll nächste Woche sein, am Freitag. Aber Nigel kann Ihnen alle notwendigen Details zur Verfügung stellen – oder ich.« Gespannt sah er sie an. Kitty hatte den Verdacht, dass er schon längst den Raum verlassen hätte, wenn Eva auch nur ein bisschen weniger hübsch gewesen wäre.

»Das ist wirklich sehr kurzfristig. Normalerweise nehme ich mir schon ein paar Wochen Zeit.«

»Wochen?« Georges Erstaunen entsprach genau Kittys Gefühlen. »Wie viele Geschenke sollen es denn werden?«

»Oh, warten Sie, Nigel hat die Einzelheiten irgendwo aufgeschrieben, aber… eins für meinen Großvater zum Geburtstag und eins für meine Schwester und ihren zukünftigen Ehemann.« Er konzentrierte sich auf eine unsichtbare Fluse an seinem Hosenbein, zupfte daran herum und schnippte sie schließlich auf den Boden, um sich der nächsten zu widmen. »Oh, und dann brauche ich noch eines für eine andere Person.«

Kitty war ehrlich enttäuscht. Seit er hereingekommen war, hatte George nur Augen für Eva gehabt – und das garantiert nicht nur aus geschäftlichen Gründen. Sie musste sich auf die Zunge beißen, um nichts dazu zu sagen. Es war so offensichtlich, wer diese andere Person war. Die ganze Zeit hatte George sich so charmant verhalten, und obwohl Eva ein Profi war und nicht viele Worte machte, hatte sie definitiv auf ihn reagiert. Der mühelose Kontakt zwischen ihnen machte die Situation umso unangenehmer.

»Für Ihre Freundin?«, fragte Eva nüchtern.

»Ja.« Er räusperte sich. »Zum Einjährigen«, murmelte er so leise, dass man ihn kaum hören konnte.

Wohl eher zum Letztjährigen, verbesserte Kitty im Stillen.

»Ein Jahrestag also«, konstatierte Eva und machte sich eine Notiz. »Lassen Sie mich kurz erläutern, wie ich arbeite, Mr Webb …«

»Bitte nennen Sie mich George.«

»George«, lächelte sie. Der Kontakt war wieder da, und Kitty wurde sofort wieder unsichtbar. »Ich verbringe gern Zeit mit den Menschen, für die ich Geschenke kaufe. Ich möchte sehen, wer sie wirklich sind, was sie wirklich wollen, und ich wähle Geschenke aus, die allein für sie bestimmt sind. Ich weiß nicht, ob Ihr Assistent Ihnen das erklärt hat.«

»Nein, hat er nicht.« George schien sich unbehaglich zu fühlen. »Könnte ich Ihnen nicht einfach ein Budget von, sagen wir mal – dreitausend Euro geben, und Sie suchen innerhalb dieses Budgets etwas aus? Arbeiten Sie auf Stundenbasis? Ich weiß nicht, wie das funktioniert, aber meinetwegen können Sie gern so viel Zeit mit meinen Verwandten verbringen, wie Sie möchten, kein Problem, ich zahle Ihnen dafür ein gutes Honorar.«

»Ich glaube, ich bin nicht die Person, die Sie brauchen«, erwiderte Eva unvermittelt, und Kitty sah sie verblüfft an. Dieser Mann versprach ihr gutes Geld für ihre Arbeit, und sie schlug das Angebot einfach aus? Kitty war so empört, dass sie ihr am liebsten ihr Notizbuch an den Kopf geworfen hätte. »Ich glaube, was Sie suchen, ist eher ein eingespielter persönlicher Einkäufer. Sie beschreiben die Person, er findet ein Geschenk. Ein hübsches Parfüm für Ihre Mutter, vielleicht passende Kofferanhänger und Ausweistaschen für Ihre Schwester und ihren Mann, so etwas in der Art?«

»Brillant! Das ist wirklich brillant!«, rief George und fing an zu strahlen. Dann schaute er wieder auf die Uhr, und das besorgte Stirnrunzeln kehrte zurück. Die Zeit war noch weiter fortgeschritten.

»Tut mir leid, George, aber dieser Job ist nichts für mich«, sagte Eva, lächelte und stand auf.

George blieb auf der Couch sitzen und blickte verdutzt zu ihr auf. Dann wurde ihm endlich klar, was los war, und er erhob sich ebenfalls. »Okay«, meinte er schließlich, ein bisschen irritiert, ein bisschen verärgert. »Danke, dass Sie gekommen sind. Ich sage Nigel, er soll Sie hinausführen, ich bin spät dran für ein Meeting.« Nach einem letzten, jetzt eindeutig faszinierten Blick zu Eva nickte er Kitty zu, verabschiedete sich und verließ den Raum.

Schweigend fuhren Kitty, Nigel und Eva mit dem Aufzug nach unten.

»Warum haben Sie George ausgerechnet Eva vorgeschlagen?«, fragte Kitty schließlich Nigel.

»Fragen Sie das für Ihren Artikel?«, fragte er zurück, und »Artikel« klang aus seinem Mund wie ein Schimpfwort.

»Wenn Sie wollen.«

»Tu ich nicht.«

»Na gut, dann antworten Sie mir eben inoffiziell.«

Er musterte sie mit einem sarkastischen Blick, dann sah er zu Eva und antwortete: »Ich arbeite seit sechs Jahren für George, und seit sechs Jahren muss ich alle seine Listen führen. Geburtstag, Weihnachten, Taufe, was auch immer, und ich finde, es ist an der Zeit, dass sein Großvater mal keine Taschentücher und Krawatten bekommt – obwohl sie natürlich immer von feinster Qualität waren«, fügte er als Kompliment an sich selbst hinzu.

»Ist seine Familie nett?«, fragte Eva, eine ziemlich ungewöhnliche Frage, fand Kitty.

»Nett? Nett ist gar kein Ausdruck …«, antwortete Nigel, was man wohl als Ja verstehen sollte. »So wunderbar ich auch bin«, fuhr er fort, sah Kitty mit klimpernden Wimpern an und wandte sich dann wieder ernst an Eva: »Seine Familie hat Besseres verdient.«

Eva nickte.

»Und ich«, setzte er, wieder in seinem üblichen, leicht ironischen Ton hinzu, »ich bin es müde, auf den Regalen nach Antifalten-Cremes zu forschen. Man hat doch Besseres zu tun.«

»Zum Beispiel Kaffee kochen«, sagte Kitty, als sie aus dem Aufzug traten.

»Eddie wird Sie vollends hinausgeleiten, Kathähkitty.« Er zeigte mit einem Kopfnicken zu dem stattlichen Sicherheitsmann in der Ecke.

Die Türen schlossen sich, Kitty lachte, und dann standen sie wieder vor dem IFSC.

»Tja.« Kitty sah Eva an, mit dem Gefühl, dass sie soeben etwas sehr Außergewöhnliches erlebt hatte. »Das war sehr interessant.«

»Wirklich?« Eva sah unsicher aus.

»Mr Webb fand Sie ja supersympathisch«, fuhr Kitty fort, und Eva errötete.

»Mr Webb sollte aber keine Frau supersympathisch finden«, meinte sie trocken. »Er hat sein Einjähriges zu feiern.«

»Haben Sie den Job deshalb abgelehnt?«

»Nein! Wenn Sie glauben, ich mache meine Arbeit, um Männer aufzugabeln, dann irren Sie sich gewaltig«, entgegnete Eva nachdrücklich. »Außerdem hätte ich dann ja gesagt.«

Sie lachten beide.

»Warum haben Sie denn abgelehnt?«

»Haben Sie Lust, einen Kaffee mit mir zu trinken?«

Kitty überlegte. Eva war sehr nett, und es machte bestimmt Spaß, sich mit ihr über ihren Job zu unterhalten, aber Kitty war nicht sicher, ob sie das weiterbringen würde – es sei denn, Constances Geschichte bezog sich auf Evas Privatleben. Bisher hatte Kittys journalistischer Scharfblick an Eva nichts Dramatisches oder offensichtlich Interessantes feststellen können, und wieder einmal konnte sie Constances Absicht nicht erraten. War es besser, mit den anderen achtundneunzig Leuten auf der Liste fortzufahren, vielleicht mit jemandem, der auf den ersten Blick spannender wirkte, oder ein paar Stunden mit Eva zu verbringen und sie nach ihrem Leben zu fragen? Eva war eine sehr angenehme Person, aber Kitty stand unter Stress, sie musste vorankommen.

»Ich möchte nicht noch mehr von Ihrer kostbaren Zeit in Anspruch nehmen«, antwortete Kitty schließlich mit einem freundlichen Lächeln und einem immens schlechten Gewissen, als sie Evas enttäuschtes Gesicht sah. »Aber bevor ich mich auf den Weg mache, hätte ich noch eine Frage.«

»Aber klar, gern.« Evas Miene hellte sich wieder etwas auf.

»Ich würde gern erfahren, ob Sie sich noch an das erste Geschenk erinnern, das Ihnen wirklich etwas bedeutet und das womöglich irgendetwas in Ihnen in Bewegung gebracht hat. Zum Beispiel den Wunsch, anderen Menschen ein perfektes Geschenk zu machen. Ein Geschenk, das vielleicht für Sie der Grund war, warum Sie sich diesen … diesen Beruf ausgesucht haben.«

Im ersten Moment sah Eva traurig aus, aber dann setzte sie ein Lächeln auf, und sofort war die Maske wieder da. »Ja«, antwortete sie munter. »Es war ein *My Little Pony* mit Stall. Von meiner Großmutter. Ich hab mich wahnsinnig darüber gefreut und jeden Tag damit gespielt.«

»Wirklich?«, fragte Kitty, überrascht und fast ein bisschen enttäuscht.

»Ja«, bekräftigte Eva, und die Maske verrutschte keinen Millimeter. »Warum?«

»Ich dachte nur, es wäre wahrscheinlich etwas … etwas mit mehr Bedeutung. Oder …« Sie sah Eva an, aber ihr Gesicht war leer.

»Nein. Dieses Pony habe ich abgöttisch geliebt«, beteuerte sie mit einem angespannten Lächeln.

Eva sah zu, wie Kitty Logan davonradelte, und verfluchte sich innerlich. Ihr war klar, dass sie gerade fallengelassen worden war wie eine heiße Kartoffel, denn das war ihr schon oft genug passiert. Gaby würde ihr nie verzeihen, dass sie sich diese Gelegenheit hatte entgehen lassen, endlich einmal so über ihre Arbeit zu sprechen, wie sie es sich wünschte. Aber sie konnte Kitty nicht geben, was sie wollte. Denn Kitty wollte mehr, sie wollte einen Blick in Evas Kopf erhaschen, schlimmer noch, in ihr Herz. Genau das war es, was Eva mit anderen Leuten machte, aber es war ihr äußerst unbehaglich, wenn jemand bei ihr diese Stelle berühren wollte, diese Stelle, die sie selbst kaum jemals anzutasten wagte.

Ihr Handy klingelte, sie seufzte und nahm das Gespräch an. »Hi, Mum.«

»Eva, kannst du mich holen?« Ihre Mutter klang weinerlich und schwach, und Evas Herz wurde schwer.

»Was ist passiert?«, fragte sie mit angstvoller Ahnung in der Stimme.

»Nur mein Handgelenk. Ich dachte, es ist bloß verstaucht, aber dann hat es die ganze Nacht so weh getan, dass ich nicht schlafen konnte, und da hab ich es doch lieber untersuchen lassen. Anscheinend ist es gebrochen.«

»Wo bist du denn jetzt?«

»In der Klinik.«

»Und wo ist Dad?«

Schweigen. Dann leise: »Ich weiß es nicht, ich hab ihn heute nicht gesehen. Bessie hat mich ins Krankenhaus gebracht, aber dann musste sie zu Clare, die hat gerade ein Baby bekommen und braucht Hilfe mit den Jungs. Deshalb kann ich sie auch nicht fragen, ob sie mich abholt.«

Auf einmal spürte Eva Wut in sich aufsteigen. Heiße, hoffnungslose Wut, mit der sie hier auf den Quays von Dublin nichts anfangen konnte. Und diese Wut würde garantiert weiter in ihr kochen, den ganzen Rückweg im Zug nach Galway, bis sie erschöpft und ausgelaugt am Bahnhof ankam.

»Ich bin in Dublin«, sagte sie. »Ich komme erst heute Abend wieder nach Hause.«

»Das macht nichts, ich kann warten.«

»Warum nimmst du dir nicht ein Taxi?«

»Nein. Nein danke, ich warte lieber auf dich.«

Natürlich hatte Eva genau gewusst, dass ihre Mutter das sagen würde, sie wollte nie, dass jemand sie so sah. Sie würde im Haus bleiben, bis alles wieder einigermaßen verheilt war, wie immer.

»Aber bis dahin sind es noch mehrere Stunden, Mum.«

»Ich warte auf dich«, wiederholte ihre Mutter mit einer Bestimmtheit, dass Eva sich unwillkürlich fragte, wo diese Bestimmtheit blieb, wenn sie gebraucht wurde. »Ich hoffe nur, dass der Gips bis zum Geburtstag deines Vaters wieder weg ist. Er will nämlich eine Party machen.«

»Wann?« Wieder erschrak Eva.

»Nächsten Freitag.«

»Nächsten Freitag? Aber …« Sie zögerte. »Da kann ich nicht. Er hätte mir wenigstens Bescheid sagen können.«

»Oh, da wird er aber enttäuscht sein«, sagte ihre Mutter in einem Ton, der Eva den Magen umdrehte.

»Tja, es lässt sich leider nicht ändern. Arbeit kann ich nicht ablehnen, du weißt ja, wie das momentan ist.« Sie blickte zu dem Bürogebäude empor, das sie gerade mit Kitty verlassen hatte, und traf eine Entscheidung. »Außerdem bin ich da in Cork.«

Kapitel 10

Die Adresse von Archie Hamilton, dem siebenundsechzigsten Namen auf der Liste, sprang Kitty ins Auge, als sie nach dem Gespräch mit Eva heimfuhr. Es war Freitagabend, eine gute Zeit, jemanden zu besuchen, fand sie – die Leute hatten Feierabend, waren zu Hause, saßen beim Abendessen, und man erreichte sie, ohne sich zuvor anmelden zu müssen. Außer Gaby hatte niemand auf ihre Voicemails reagiert, sie musste am Ball bleiben, denn schon wieder ging ein Tag zu Ende, die Deadline drohte, und sie war dem Thema noch kein Stück näher gekommen. Der Gedanke versetzte sie in viel größere Panik, als ihr recht war.

Archie Hamilton wohnte in einem Wohnblock, der nur zehn Minuten von ihrer Wohnung entfernt lag. In dieser Gegend herrschte ein starker Gemeinschaftssinn, die unmittelbaren Nachbarn kannten sich gut. Wenn man von hier stammte, war man gut aufgehoben, wenn nicht … dann nicht. Obwohl Kitty nur zehn Minuten entfernt wohnte, gehörte sie nicht mehr dazu. Archie Hamilton musste drei Schlösser bedienen, um die Tür zu öffnen, während Kitty auf der Galerie im vierten Stock wartete. Ein Junge, der auf einem Basketball saß, beobachtete sie aufmerksam, während unten eine Gruppe Jugendlicher ihr am Geländer vor dem Haus angeschlossenes Fahrrad belagerte.

Schließlich war auch das letzte Schloss betätigt, aber die Tür ging trotzdem nicht ganz auf, denn die Kette war noch vorgelegt. Aus dem Spalt starrte Kitty ein Augenpaar an, rot gerändert, wässrig, als hätten sie jahrelang kein Tageslicht mehr gesehen. Unwillkürlich trat sie einen Schritt zurück.

»Archie Hamilton?«, fragte sie, und die Augen taxierten sie von oben bis unten. Dann wurde ihr die Tür vor der Nase zugeknallt.

Sie schaute sich um, unsicher, ob sie noch einmal klopfen oder lieber das Weite suchen sollte. Der Junge auf dem Basketball kicherte schadenfroh.

»Kennst du Archie?«, fragte ihn Kitty.

»Kennst du Archie?«, antwortete er in einer nahezu perfekten Imitation ihrer Stimme, selbst die Tonhöhe und der leicht ländliche Akzent stimmten. Vielleicht übertrieb er den Akzent sogar ein bisschen, aber wie auch immer, die Wirkung war beunruhigend, und genau das war mit Sicherheit beabsichtigt. Während sie noch überlegte, ob sie nicht doch lieber verschwinden sollte, hörte sie von drinnen eine Stimme, die Archies Namen rief. Erneut rappelten die Schlösser, diesmal allerdings wesentlich schneller, die Kette wurde entfernt, die Tür wurde vollständig aufgerissen, und ein anderer Mann glotzte sie an – nicht einschüchternd wie der von vorhin, sondern wütend und gestresst. Während er hastig in seine Jeansjacke schlüpfte, musterte er Kitty durchdringend und nicht gerade wohlwollend, dann stürmte er aus der Wohnung, und Kitty sprang schnell aus dem Weg. Der Mann knallte die Tür zu, schloss ab, steckte den Schlüssel in die Tasche und eilte zur Treppe.

»Entschuldigen Sie?«, rief Kitty ihm höflich nach.

»Entschuldigen Sie?«, hörte sie das Echo ihrer Stimme von dem Jungen auf dem Basketball.

Der Mann achtete nicht auf sie, sondern rannte weiter die Treppe hinunter.

Kitty folgte ihm und gab ihre Höflichkeit auf. »Sind Sie Archie?«

»Was, wenn's so wäre?«

»Na ja, wenn Sie es sind, dann würde ich gern mit Ihnen reden«, antwortete sie atemlos, während sie die dritte Treppe in Angriff nahmen.

»Worüber?«

»Über … na ja, wenn Sie mal stehen bleiben, kann ich es Ihnen sagen.«

»Ich bin spät dran zur Arbeit«, entgegnete er, und gerade als sie ihn endlich eingeholt hatte, legte er noch einen Zahn zu.

»Vielleicht können wir ja einen Termin abmachen, der Ihnen besser passt. Hier ist meine Karte.« Sie kramte in ihrer Handtasche, was ihr Tempo deutlich verlangsamte, und der Mann gewann sofort wieder einen Vorsprung. Aber dann hatte sie die Karte gefunden und nahm zwei oder drei Stufen auf einmal, um ihn wieder einzuholen.

Aber er nahm ihre Karte nicht. »Ich rede nicht mit Journalisten«, sagte er. Inzwischen war er unten angekommen und entfernte sich von dem Wohnblock.

Argwöhnisch beäugte Kitty die Kids bei ihrem Fahrrad, entschied sich aber doch dafür, Archie zu folgen.

»Woher wussten Sie, dass ich Journalistin bin?«

Er musterte sie vom Scheitel bis zur Sohle, als würde das ihre Frage beantworten. »Sie sehen so verzweifelt aus.«

Sie war nur leicht beleidigt, denn so, wie sie ihm nachgejagt war, hatte er ja irgendwie recht.

»Sie haben eine Nachricht auf meinem Anrufbeantworter hinterlassen.«

»Ja.«

»Rufen Sie mich nie wieder an.«

Als sie zur Straßenecke kamen, hielt er abrupt inne, bog scharf nach links ab und verschwand in einem Fish-and-Chips-Laden. Kitty musste ein paar Schritte zurückgehen und beobachtete durchs Fenster, wie er die Absperrung vor dem Tresen hochklappte, seine Jacke auszog und im hinteren Teil des Ladens verschwand. Ein Mann wartete vor dem Tresen, und sie warf einen Blick auf das Schild über dem Fenster. *Nicos.* Dann tauchte Archie wieder auf, eine weiße Kappe auf dem Kopf, um den Bauch eine weiße Schürze. Sein Kollege informierte ihn über die anstehenden Bestellungen und ließ ihn dann allein. Kitty drückte die Tür auf.

»Man könnte Sie jederzeit wegen Stalking anzeigen«, sagte Archie, ohne aufzuschauen.

Eine Anzeige wegen Stalking hätte gut zu ihren sonstigen Problemen gepasst.

Der andere Kunde starrte sie an.

»Ich hätte gerne einmal Pommes«, bestellte sie rasch.

Archie hörte auf, Pommes einzufüllen, und sah Kitty an. Allerdings hätte sie nicht sagen können, ob er beeindruckt war oder ob er ihr gern heißes Öl über den Kopf geschüttet hätte. Es sah aus wie eine Gratwanderung. Aber dann versenkte er den Drahtkorb mit den gefrorenen Pommes im blubbernden Frittierfett. Kitty überlegte kurz, ob sie warten sollte, bis sie allein mit Archie war, entschied sich aber dagegen. Sie brauchte keine journalistischen Superkräfte, um zu wissen, dass das hier ihre einzige Chance mit Archie war.

»Ich werde meine Karte hierlassen«, sagte sie und legte die Karte auf den Tresen.

Archie warf einen kurzen Blick darauf und arbeitete dann weiter, bereitete einen Burger und eine Portion Pommes zu, packte alles in eine Tüte, nahm an der Kasse das Geld entgegen, und der Kunde verschwand.

»Ich habe nie darüber gesprochen. Damals nicht, und ich hab auch nicht vor, es jemals zu tun. Daran hat sich nichts geändert.«

Allem Anschein nach fehlte Kitty hier eine entscheidende Information. »Ich weiß nicht, wofür Sie mich genau halten, aber …«

»Sie sind Journalistin, richtig?«

»Ja.«

»Ihr seid doch alle gleich.«

»Ich werde Sie bestimmt nicht nötigen, über Dinge zu sprechen, über die Sie nicht sprechen möchten.«

»Das hab ich auch schon mal gehört.«

Er schaufelte ihre Pommes in eine kleine weiße Papiertüte, steckte die Tüte dann in eine größere braune Tüte und gab noch ein paar Pommes extra darauf.

»Hören Sie, ich will ehrlich mit Ihnen sein«, erklärte Kitty. »Ich habe keine Ahnung, wovon Sie reden, und auch nicht, worüber Sie nicht reden wollen. Ich hab keine Ahnung, wer Sie sind. Ich habe Sie auf einer Liste mit hundert Namen gefunden, die ich alle interviewen und über die ich einen Artikel schreiben soll. Ich kenne Sie genauso wenig wie die anderen neunundneunzig Leute, und ich weiß auch noch nicht, was für eine Geschichte das Ganze werden soll. Ich bitte Sie um weiter nichts als um etwa dreißig Minuten Ihrer Zeit, egal, wann, morgens, mittags, abends, ganz wie Sie möchten, dreißig Minuten, in denen wir miteinander reden. Kann sein, dass es überhaupt nicht um das geht, was Sie vermuten, oder vielleicht doch, und wenn Sie nicht wollen, dass ich darüber schreibe, dann werde ich auch nicht darüber schreiben, aber ich schwöre Ihnen, dass ich eine ehrliche Journalistin bin und mein Wort halten werde.«

Mehr als alles andere wollte Kitty das Richtige tun – für Constance ebenso wie für sich selbst.

Archie schien sich über ihren Vortrag zu amüsieren, zumindest wirkte er nicht mehr bedrohlich und einschüchternd. Kitty schätzte ihn auf Ende fünfzig, vielleicht auch schon sechzig, obwohl er vielleicht auch jünger war und nur vom vielen Stress älter wirkte. Denn gestresst war er definitiv, der Stress quoll ihm buchstäblich aus allen Poren. Seine Haare waren vollständig ergraut, seine Haut sah rot, trocken und ungesund aus, er schien übergewichtig zu sein, aber seine Arme unter dem T-Shirt waren muskulös. Für Kitty war er die Verkörperung von stressigem Leben, ungesundem Essen und nicht genügend Schlaf. Unwillkürlich fragte sie sich, wie weit sie selbst wohl noch von diesem abgewrackten Zustand entfernt war. Aber sie wurde nicht richtig schlau aus Archie Hamilton. Schließlich sah er sie an, und zu ihrer großen Erleichterung stellte sie fest, dass ihre Worte anscheinend doch etwas bewirkt hatten.

»Salz und Essig?«, fragte er, und sie seufzte.

»Ja, bitte.«

Er ersäufte die Pommes in Essig, faltete die Tüte oben zusammen und stellte das triefende Etwas direkt auf ihre Visitenkarte.

»Zwei siebzig.«

Sie zahlte, und es fiel ihr nichts mehr zu sagen ein. Also nahm sie die Pommes, ließ die essigdurchweichte Karte aber auf dem Tresen liegen. Wenigstens hatte sie jetzt ein Abendessen. Als sie um die Ecke bog und den Wohnblock erreichte, war ihr Fahrrad nirgends zu sehen, und auch die Kids waren verschwunden.

Kitty stand unten an der Treppe zu ihrem Apartment und schaute in die Dunkelheit hinauf. Ihr graute bei der Vorstellung, was sie heute dort erwarten würde.

»Kitty? Kitty Logan, bist du das?«

Sie wirbelte herum. In der Reinigung stand ein Mann und starrte sie mit zusammengekniffenen Augen an, neigte den Kopf erst zur einen, dann zur anderen Seite, als versuchte er, sie einzuordnen. Auch sie musterte ihr Gegenüber eingehend, den eleganten Anzug, den seriösen Haarschnitt und die blitzblanken Schuhe. Das längliche Gesicht und das kräftige Kinn erschienen ihr vertraut, nur die kleine runde Brille war ein neues Detail.

»Richie?«, fragte sie schließlich. »Richie Daly?«

Erleichterung machte sich auf seinem Gesicht breit, und da wusste sie, dass sie richtig getippt hatte. Für gewöhnlich betrat sie die Reinigung nicht, da sie immer damit rechnete, dass der Eigentümer sie aufs Bügelbrett werfen und zu Tode bügeln würde, aber heute machte sie eine Ausnahme und ging beherzt auf den jungen Mann zu.

»Ich wusste, dass du es bist!«, lachte er und breitete die Arme aus. Kitty fiel ihm um den Hals und trat dann einen Schritt zurück, um ihn genauer in Augenschein zu nehmen.

»Mein Gott, du siehst aus wie du, aber total anders«, stellte sie fest und traute ihren Augen kaum.

»Hoffentlich besser«, grinste er. »Die zerrissenen Cordhosen und Turnschuhe waren kein guter Look.«

»Und deine Haare! Alles weg!«

»Über dich könnte ich das Gleiche sagen«, erwiderte er, und Kitty fuhr sich mit der Hand unwillkürlich über ihren Bob. Auf dem College hatten ihr die Haare über den halben Rücken gereicht.

»Wenn man uns so hört, würde man denken, wir haben uns seit fünfzig Jahren nicht mehr gesehen«, lachte sie.

»Na ja, zwölf Jahre ist auch ganz schön lange.«

»Sind es tatsächlich zwölf Jahre? Ach du Schreck. Aber was machst du überhaupt hier?«

Er deutete auf seine Umgebung. »Äh … ich muss was reinigen lassen.«

»Klar!« Sie verdrehte die Augen.

Ihr Vermieter räusperte sich demonstrativ und glotzte, als wollte er sie beide umbringen.

»Ich wohne oben drüber, möchtest du vielleicht … ich meine, hast du Lust auf einen Kaffee oder so?« Sie hatte den Satz noch nicht halb zu Ende gesprochen, als ihr klarwurde, dass womöglich eine Ehefrau und zwei Komma vier Kinder in einem vor der Reinigung geparkten Auto auf ihn warteten und sich fragten, warum Daddy eine wildfremde Frau umarmte. Verlegen spähte sie nach draußen.

»Einen Kaffee?«, fragte er entsetzt. »Lass uns lieber was Richtiges trinken.«

So gingen sie in Smyths Pub am Fairview-Strand, wo es am Freitagabend um sieben ziemlich voll war. Trotzdem fanden sie einen Tisch mit zwei Hockern, teilten sich Kittys Pommes und schwelgten in Erinnerungen an die guten alten Zeiten.

»Und was machst du zurzeit?«, fragte Kitty, nachdem sie ihm von ihrem beruflichen Werdegang nach dem College erzählt hatte – wobei sie natürlich das Debakel mit Colin Murphy unerwähnt ließ. Obwohl sie fest davon ausging, dass er genauso wie der Rest der Welt längst darüber Bescheid wusste, war er höflich genug, das Thema nicht anzuschneiden.

»Was ich mache?« Er schaute in sein Pint. Es war bereits sein viertes, und Kitty fühlte sich nach ihrem vierten Glas Wein schon ziemlich beschwipst. »Ich schreibe zurzeit ein Buch«, antwortete Richie.

»Ein Buch? Wow, Richie, das ist ja phantastisch!«

»Komisches Gefühl, dass du mich Richie nennst. Weißt du, inzwischen nennen mich alle nur noch Richard.«

»Na klar, kein Autor mit Selbstachtung würde sich mit etwas anderem zufriedengeben. Worum geht es in dem Buch?«

»Es ist ein Roman.«

»Spannend.«

»Ja, schon«, sagte er schüchtern.

»Ach komm, du musst mir unbedingt mehr darüber erzählen. Ist es eine Liebesgeschichte? Oder was Historisches? Ein Groschenroman?«

Er lachte. »Ein Groschenroman, ja, genau.«

Auf einmal merkte sie, wie nah sie sich in der kurzen Zeit gekommen waren, wie rasch sie von harmlosem Geplauder über ihren Werdegang zum Flirten übergegangen waren und – was noch wichtiger war – dass er ihr wesentlich attraktiver erschien als früher.

»Es ist ein Krimi«, erklärte er schließlich. Sie steckten die Köpfe zusammen, und ihre Knie berührten sich. »Ein Viertel hab ich ungefähr geschafft. Ich wollte schon immer schreiben, bin aber nie dazu gekommen, du weißt ja, wie das ist, mit Arbeit und allem findet man ja kaum Zeit für sich. Aber eines Tages hab ich gedacht, was soll's, Richie, tu es. Und ich hab es getan. Jedenfalls versuche ich es.«

»Schön für dich! Seinem Traum zu folgen ist nicht leicht. Womöglich wirst du die nächste Susan Boyle«, neckte sie ihn.

»Und du? Ist *Thirty Minutes* dein Traumjob?«

Kitty sah in ihr Glas und stellte überrascht fest, dass es schon wieder leer war. Hatte sie nicht gerade erst damit angefangen? Richie winkte schon ein neues herbei. »Ich weiß nicht«, sagte sie. Ihr Kopf drehte sich, und ihre Zunge fühlte sich irgendwie zu groß an. »Ich weiß nicht mehr, was mein Traum ist.«

»Dann gefällt es dir also nicht, fürs Fernsehen zu arbeiten?«

»Ich ...« Sie zögerte, denn sie hatte plötzlich das Gefühl, jeden Moment könnte alles aus ihr herausplatzen, was sie von der Sendung und ihrer Gestaltung hielt, aber sie blieb auf der Hut. Darüber hatte sie noch mit niemandem gesprochen, aber Richie schien ehrlich nichts von ihrer Katastrophe zu wissen. Seine Augen waren sanft und einladend, unvoreingenommen und ein bisschen gerötet, und sie fühlte sich, als wäre sie wieder zwanzig, als würden sie in der College-Bar sitzen und die Vorlesung verpassen, damals, als nichts ernst gewesen war – zumindest kam ihr das aus ihrer heutigen Perspektive so vor. Sie beschloss, ihm zu vertrauen. »Ich arbeite nicht mehr für *Thirty Minutes*«, gestand sie.

»Nein?« Er leerte sein Glas. »Was ist passiert?«

»Weißt du das wirklich nicht, oder versuchst du nur nett zu sein?«

»Woher könnte ich das denn wissen? Sollte ich? Kitty, tut mir leid, aber ich war die letzten Monate so mit meinem Buch beschäftigt, ich hab keine Ahnung, was sonst passiert ist. Jemand hat mir heute erzählt, dass die chilenischen Bergarbeiter gerettet worden sind.«

Kitty lachte. »Das ist zwei Jahre her.«

»Tja, siehst du.« Er grinste. »Ich schreibe sehr langsam. Aber Spaß beiseite – du musst es mir natürlich nicht erzählen, wenn du nicht magst, wir wollen es doch hauptsächlich nett haben.« Er lächelte aufmunternd.

»Ich hab eine Reportage vermasselt. Richtig schlimm verbockt, die Sache kam vor Gericht, und man hat mich suspendiert, was so viel heißt wie *die werden mich nie wieder einstellen.* Jetzt überlegt man sogar schon bei der Zeitschrift, für die ich arbeite, ob man mich behalten kann, weil die Werbekunden Druck machen. Die meinen, damit zeigen sie Verantwortung, dabei lassen die selbst ihre Scheißprodukte wahrscheinlich mit Kinderarbeit herstellen. Ich arbeite trotzdem an einem Artikel für die Zeitschrift, obwohl sie den nicht veröffentlichen können, das ist das Einzige, was mir momentan am Herzen liegt, nur hab ich leider nicht mal mehr zwei Wochen bis zu meiner Deadline, und ich weiß immer noch nicht, worum es genau geht, aber ich will dranbleiben. Und jeden Abend, wenn ich in meine Wohnung zurückkomme, finde ich Hundescheiße, Farbe oder Klopapier auf meiner Tür oder was Colin Murphy mit seinen vierhundertfünfzigtausend Euro und seiner Gang sonst noch so an Schikane für mich einfällt.«

Als sie fertig war, starrte Richie sie mit offenem Mund an. Kitty fiel nichts Besseres ein, als das zu tun, was sie schon hätte tun müssen, als das alles angefangen hatte: Sie warf den Kopf zurück und lachte. Und zwar total hysterisch.

Als die Lampen im Pub wieder aufgedreht wurden, die letzten Bestellungen längst erledigt waren und ein schwarzgekleideter Mann anfing, durch die Bar zu patrouillieren, und sie lautstark aufforderte zu gehen, landete Richies Hand auf Kittys Taille und blieb dort liegen. Ein Finger kreiste über dem Bund ihrer Hose, ein anderer kroch immer tiefer nach unten.

»Gehen wir zu dir?«, fragte er leise.

»Nein, auf keinen Fall, meine Wohnung ist vermint«, kicherte sie.

»Klingt gut«, sagte er, während er weiter an ihr herumfummelte, und sie lachten beide.

»Lass uns lieber zu dir gehen«, sagte sie und beugte sich vor, um ihn zu küssen.

Er wohnte recht weit entfernt in Stoneybatter, und während die Lichter verschwommen vorbeiflitzten und Kitty das Fenster öffnen und frische Luft schnappen musste, fragte sie sich plötzlich, warum in aller Welt Richie seine Sachen in eine Reinigung auf der anderen Seite der Stadt brachte.

Hätte sie ihr Notizbuch dabeigehabt, hätte sie sich eine Notiz gemacht, ihn danach zu fragen. Später wünschte sie sich, sie hätte es getan.

Kapitel 11

»Scheiße, ich komme zu spät.«

»Wohin?«

»Zu Birdie.«

»Du bist immer noch betrunken.«

Sie lachten beide, aber als Kitty seinen Morgenatem roch, rollte sie sich schnell ein Stück von ihm weg.

»Das ist der Artikel, an dem ich arbeite.«

»Ich dachte, du arbeitest nicht.«

»Doch, schon, ich weiß nur nicht genau, was für eine Geschichte es wird.« Sie setzte sich auf, aber weil ihr Kopf dermaßen dröhnte, legte sie sich schnell wieder hin.

»Geht's dir heute besser?«

»Wie meinst du das?«

»Du hast über ein gestohlenes Fahrrad geheult.«

Kitty stöhnte, dann warf sie die Decke zurück und wanderte auf der Suche nach ihrer Unterwäsche durch sein Schlafzimmer. »Wo zur Hölle ist meine Unterhose?«

Er kniff die Augen zusammen und öffnete sie blitzartig wieder. »In der Küche.« Er rieb sich die Augen. »Scheiße, mein Kopf tut weh.«

Kitty fand ihre Unterwäsche und den Rest ihrer Klamotten überall in Richies winziger Küche verstreut. Dann schaute sie aus dem Fenster. »Wo sind wir noch mal?«

»Stoneybatter«, stöhnte er schlaftrunken aus dem Schlafzimmer.

»Kennst du einen Kerl namens Dudley Foster?«

»Nein, warum?«

»Er steht auf meiner Liste.« Sie schlüpfte in ihre Jeans.

»Auf was für einer Liste?«

»Auf der Liste von meiner Geschichte.«

Er erschien in Unterhose an der Tür, aber auf einmal fand Kitty, dass er ganz anders aussah als gestern Abend, direkt ein bisschen abstoßend. Sie überlegte, ob sie noch duschen sollte, aber sie fürchtete, dass er sich zu ihr gesellen würde, und das hätte sie auf keinen Fall ertragen. Jetzt nicht. Wahrscheinlich nie wieder.

»Soll ich dir ein Taxi rufen?«

»Äh. Ja, bitte.«

Er verschwand in seinem Zimmer, um anzurufen, und sie bürstete sich die Haare mit einer Gabel, wischte sich die verschmierte Mascara ab und benutzte heimlich den Deoroller im Bad. Im zweiten Zimmer der Wohnung stand ein Schreibtisch mit einem Computer, und überall lagen beschriebene Blätter herum – bestimmt Richies Buch. Sie hörte die Dusche laufen und wollte schon ein bisschen in dem Roman herumschnüffeln, als es klingelte. Es war der Taxifahrer, der unten wartete. Sie klopfte an die Badezimmertür, aber da Richie sie nicht hörte, öffnete sie die Tür und stand ihm unversehens gegenüber, splitterfasernackt unter der Dusche – auch diesen Anblick fand sie so früh am Morgen und mit einem Kater schwer zu ertragen.

»Das Taxi ist da!«, verkündete sie laut.

Mit einem Ruck blickte er auf und bekam Seife in die Augen, was offensichtlich höllisch brannte, denn er versuchte hektisch, sie abzuwischen.

»Äh, ich geh dann mal«, sagte sie und reichte ihm ein Handtuch, was er aber nicht sah, weil er so damit beschäftigt war, sich die Augen zu reiben, und dabei nicht sonderlich cool wirkte.

»Okay«, sagte er, während ihm Wasser von Nase und Mund tropfte. »Danke für … für letzte Nacht.«

»Gleichfalls.«

War das möglicherweise der peinlichste Abschied aller Zeiten? Jedenfalls schaffte er es bestimmt unter die Top Five. Sie klaute sich noch eine Banane und verließ dann das Apartment. Es dauerte mindestens dreißig Minuten, bis sie aufhörte, innerlich zu schaudern.

Es war ein strahlender warmer Samstag im Mai. Kein Mensch, der seine fünf Sinne beisammen hatte, wäre auf die Idee gekommen, sich freiwillig in irgendein Verkehrsmittel zu setzen – es sei denn, mit einem lohnenden Ziel, etwa um an den Strand oder in einen Park zu fahren. In den am Meer gelegenen Orten tummelten sich die Sonnenanbeter, lange Menschenschlangen standen vor den Eisdielen, und jedes Restaurant oder Café, das im Freien Platz für einen Stuhl hatte, gehörte zu den beliebtesten Orten des Tages. Doch statt sich den Leuten am Strand, auf der Wiese oder sonst wo im Freien mit einem Frappacino anzuschließen, saß Kitty in den Klamotten vom Vortag in einem müffelnden Taxi, und wenn sie die Arme hob, strömte ein leichter Schweißgeruch unter ihren Achseln hervor. Also rührte sie sich so wenig wie möglich und versuchte, den vollaufgedrehten Fußballkommentar im Radio auszublenden, während das Taxi in Höchstgeschwindigkeit die M 50 entlangbretterte. Sie musste sich anstrengen, im hellen Sonnenlicht die Augen offen zu halten, ihr Kopf dröhnte, ihr Mund war wattetrocken, und sie beobachtete mit wachsendem Entsetzen, wie das Taxameter einen so rasant ansteigenden Fahrpreis anzeigte, dass ihr Zweifel an der Legalität des Geräts kamen. Sie las den Standardaufkleber am Fenster, der ihr versicherte, dass sie genau wie jeder andere Fahrgast das Recht auf eine Fahrt in einem sauberen, hygienischen Auto hatte und dass der Fahrer sie nicht belästigen durfte. Leider roch besagter Fahrer, als hätte er sich seit einer Woche nicht mehr gewaschen, sein Auto war völlig verdreckt und das Radio so laut, dass Kitty sich nicht einmal denken hören konnte. Wenigstens redete der Mann nicht mit ihr. Trotzdem notierte sie sich die Telefonnummer des Taxiunternehmens.

Um die Mittagszeit trafen sie bei St. Margaret's Nursing

Home ein – dabei hatte sie Birdie versprochen, zur Fortsetzung ihres Interviews gegen zehn Uhr zu erscheinen. Sie hatte sich die Aufnahme von dem Interview mit Birdie noch einmal angehört und einige tiefer gehende Fragen aufgeschrieben.

»Es tut mir schrecklich leid«, entschuldigte sie sich bei Molly, der ersten Person, die sie sah, als sie den Empfangsbereich betrat.

»Oho«, kicherte Molly und betrachtete Kitty von oben bis unten. »Da hat jemand aber eine gute Nacht hinter sich.«

Kitty lächelte verschämt. »Sehe ich so schlimm aus?«

»Nicht, wenn der Kerl es wert war.« Mit einem vielsagenden Zwinkern kam Molly hinter dem Schreibtisch hervor. Ihre Haare waren immer noch blau, aber heute glänzten ihre Fingernägel in leuchtendem Korallenrot.

»Wird Birdie mich umbringen?«

»Birdie? Die würde keiner Fliege etwas zuleide tun. Es sei denn, es handelt sich bei der Fliege um Freda, die Hippiefrau. Sie ist draußen und hält gerade einen Bewegungskurs. Als ich das letzte Mal hingeschaut habe, mussten alle so tun, als wären sie Blätter.«

»Ich kenne Birdie ja nicht besonders gut, aber ich kann mir nicht vorstellen, dass sie auf so was große Lust hat.«

»Sie kennen Birdie ganz gut, glaube ich. Nein, bei den Blättern macht sie nicht mit, obwohl sie momentan vielleicht gerne eines wäre. Sie ist mit ihrer Familie auf der Wiese. Schauen Sie mich nicht so an, Sie stören nicht, Birdie wird sich freuen, Sie zu sehen!«

Kitty folgte Molly auf die Wiese hinaus, wo mehrere Familien sich zu Tee und Scones versammelt hatten. Sonnenschirme waren aufgespannt, und unter einem davon fand Kitty auch Birdie, umlagert vom Rest ihrer Familie. Alles plauderte, Kinder rannten herum, Teenager drückten sich gezielt am Rand des Geschehens herum, spielten mit ihren iPhones oder hörten Musik auf dem iPod und wären wahrscheinlich am liebsten anderswo gewesen.

Als Kitty auf Birdies Familie zuging, fiel ihr sofort auf, dass Birdie selbst seltsam unbeteiligt wirkte. Das Gespräch plätscherte um sie herum, aber es bezog sie nicht oder bestenfalls ansatzweise mit ein. Gelegentlich sagte jemand ein paar Worte direkt zu ihr, und sie tauchte für einen Moment aus ihrer Trance auf, lächelte und nickte, aber sobald es möglich war, driftete sie wieder weg.

»Tut mir leid, Sie zu unterbrechen«, rief Molly fröhlich. »Aber Sie haben Besuch, Birdie.«

Alle blickten auf und starrten Kitty an, die in die Runde grüßte und dann rasch zu Birdie hinüberging. »Birdie, es tut mir wirklich sehr leid, dass ich zu spät komme«, entschuldigte sie sich.

»Macht doch nichts«, antwortete Birdie, und Kitty sah ihr an, dass sie sich ehrlich freute. Dann stand die alte Frau auf, nahm Kittys Hand und stellte sie ihrer Familie vor.

»Das ist Kitty Logan, eine Freundin von mir. Kitty, das ist Caroline, meine Tochter, und ihre Tochter Rebecca. Caroline hat auch noch einen Sohn, Edward, aber der büffelt zurzeit für sein Examen am Trinity College.«

Da Caroline sehr stolz aussah, gab Kitty ein beeindrucktes »Wow« von sich.

»Das ist Rebeccas Sohn Levi, mein Urenkel. Und hier Cormac, mein Ältester, sein Sohn Barry und seine beiden Kinder Ruán und Thomas.« Die beiden kleinen Jungen blickten kurz von ihren Spielkonsolen auf. »Das ist Seán, seine Frau Kathleen und ihr jüngster Sohn Clive. Ihre Tochter Gráinne lebt mit ihrem Mann in Australien – was macht sie dort noch mal, Kathleen?«

»Software-Analyse.«

»Genau.« So arbeitete Birdie sich durch die ganze Gruppe: noch zwei Söhne, dazu eine Ehefrau und eine Partnerin und ein paar Kinder, von denen manche höflich grüßten, während andere Kitty vermutlich nicht mal eines Blickes gewürdigt hätten, wenn sie die Königin von Saba gewesen wäre. Natürlich konnte sie sich die Namen nicht alle merken, und sobald sie sich neben

Birdie niedergelassen hatte – ein Ehrenplatz, fand sie –, begann Birdies Tochter Caroline zu reden. Und hörte nicht wieder auf. Keine Sekunde. Sie machte nicht mal eine Pause, um Luft zu holen. Sie beherrschte das Gespräch, erzählte eine Anekdote nach der anderen – sehr *lange* Anekdoten –, ohne irgendjemanden einzubeziehen. Gelegentlich meldete sich der eine oder andere Sohn oder auch mal eine Schwiegertochter zu Wort, um etwas zu ergänzen, eine Erinnerung aufzufrischen oder einen Fehler zu korrigieren, aber alles in allem war Caroline Regisseurin, Produzentin, Cutterin und Star der Konversation – wenn man es denn so nennen wollte. Sie war eine elegante, gutgekleidete, wortgewandte Frau mit beeindruckenden Kenntnissen auf den verschiedensten Gebieten. Offenbar war sie es gewohnt zu sprechen, fühlte sich wohl mit ihren Anekdoten und erzählte auch sehr interessant – nur leider so penetrant, dass Kitty sich nach einer Weile von ihrer Stimme und ihrer ganzen Art genervt zu fühlen begann. Birdie war still und wurde kaum einbezogen – sie war nur der Anlass des Besuchs, nicht der Mittelpunkt. Immer wieder hoffte Kitty, dass sich die Aufmerksamkeit der alten Dame zuwenden würde oder dass einer der Enkel und Urenkel etwas sagen würde, aber jedes Mal, wenn Caroline ein Thema beendete, schnitt sie sofort ein neues an, und Kitty wäre am liebsten über den Tisch gesprungen und hätte sie erwürgt. Sicher waren auch der Kater, die Hitze und die ständig um ihre Köpfe schwirrenden Wespen nicht ganz unschuldig an ihrer Verfassung, aber sie hatte das Gefühl, als hörte sie nur noch ein Gewirr von sinnlos aneinandergereihten Worten.

Irgendwann erschien Molly wieder an Birdies Seite und reichte ihr wortlos einen kleinen Becher mit bunten Pillen samt einem Glas Wasser. Diesen Moment wählte Caroline, um eine Pause einzuschieben und sich tatsächlich ihrer Mutter zuzuwenden. Sobald sie Birdie ansah, starrten alle zu ihr, was für die alte Dame nicht angenehm war. Zum Glück bemerkte Molly es sofort.

»Schöner Tag, nicht wahr?«, sagte sie, und obwohl das eigentlich eine ganz normale Bemerkung war, klang ihr harter Drogheda-Akzent wie immer ein bisschen schnodderig, beinahe sarkastisch – so, als würde sie eigentlich etwas ganz anderes meinen. Vielleicht lag es auch an ihren schelmisch blitzenden Augen und ihrer selbstbewussten Art, dass andere Leute sie nicht nur für eigenwillig, sondern oft auch für trotzig oder gar beleidigend hielten.

»Was geben Sie ihr denn da?«, erkundigte sich Caroline, und Kitty ärgerte sich, dass sie ihre Mutter nicht direkt fragte.

Eine Weile unterhielten sie sich über die Medikamente; Molly erklärte, warum Birdie sie bekam, Caroline schlug andere Medikamente vor, die nach ihrer Meinung besser waren, und diskutierte lang und breit mit Molly über das Für und Wider. Anscheinend kannte sie sich auch mit Medikamenten sehr gut aus oder war vielleicht sogar Ärztin. Jedenfalls wusste sie alles besser, hatte aber keinerlei Einfühlungsvermögen. Kitty hatte bereits ein klares Bild von ihr.

Schließlich erlaubte Caroline ihrer Mutter, die Tabletten in Ruhe einzunehmen, sah wieder weg und begann von einem Impfstoff zu berichten, der neu auf den Markt gekommen war, und dass sie bereits mit einem Mitglied der Weltgesundheitsorganisation darüber gesprochen hatte. Offenbar war mindestens einer ihrer Brüder ebenfalls Arzt, denn alle schienen die Terminologie zu verstehen und steuerten in den seltenen Momenten, in denen Caroline dies zuließ, ihr eigenes Wissen bei.

»Molly, könnte ich vielleicht eine Tasse von Birdies Spezialtee bekommen?«, fragte Kitty.

Birdie, die gerade einen Schluck Wasser trank, fing an zu lachen, und das Wasser spritzte auf ihre Bluse. Sofort unterbrach Caroline ihren Vortrag und sah ihre Mutter verwundert an. Alle folgten ihrem Blick, selbst die Teenager schauten von ihren elektronischen Geräten auf, und zwei von ihnen grinsten sich sogar an, als sie ihre Großmutter kichern sahen. Kitty reichte Birdie eine Serviette, damit sie sich das Gesicht abwischen konnte.

»Danke«, sagte Birdie, als sie die Fassung wiedergewonnen hatte, aber ihre Augen waren noch feucht. »Entschuldige bitte, dass ich dich unterbrochen habe, Caroline, jetzt kannst du weiterreden.«

Einen Sekundenbruchteil musterte Caroline ihre Mutter prüfend, dann setzte sie ihre Konversation fort, jetzt aber direkt an ihre Mutter gewandt, wie um einer neuerlichen Unterbrechung vorzubeugen oder einen Insider-Scherz rechtzeitig zu entlarven. Offensichtlich gehörte Birdies Familie zu den Menschen, die sich immer voll und ganz auf die Person konzentrierten, die gerade sprach, und so konnten sich natürlich keine weiteren Unterhaltungen entwickeln, und wenn einer das Gespräch an sich riss, blieben alle anderen außen vor.

Kitty fragte sich, warum niemand wissen wollte, wie sie und Birdie sich kennengelernt hatten und warum Kitty in diese Familienzusammenkunft hereingeplatzt war. Schließlich konnte Birdie ihre Verwandten nicht vorher darüber informiert haben, denn Kitty hätte ja schon vor zwei Stunden kommen und inzwischen längst wieder weg sein sollen. Und selbst wenn Birdie von ihr erzählt hätte, warum stellten die anderen keine weiterführenden Fragen? Interessierten sie sich so wenig für ihre Mutter und Großmutter? Kitty war wütend – an Birdies Stelle. Sie hatte das Gefühl, an einer vielbefahrenen Autobahn zu stehen und verzweifelt auf eine Lücke im Verkehr zu warten, um hinüberrennen zu können.

Die Lücke kam, als Rebeccas Baby sich verschluckte und Caroline und Rebecca in helle Panik gerieten. Ohne Rebecca um Erlaubnis zu fragen, übernahm Caroline das Kommando, was Rebecca ohne jede Gegenwehr hinnahm.

Jetzt sah Kitty ihre Chance.

»Ich weiß nicht, ob Sie alle Bescheid wissen, dass ich als Journalistin bei *Etcetera* arbeite«, wandte sie sich an die ganze Gruppe und fragte dann Birdie, die etwas überrascht wirkte: »Oder haben Sie Ihre Familie schon informiert?«

»Nein, überhaupt nicht«, antwortete Birdie ein wenig verlegen, fast nervös.

»Was hat sie gesagt?«, wollte einer der Söhne wissen.

»Etcetera«, erklärte eine Schwiegertochter. »Das ist eine Zeitschrift.«

»So ein Kultur- und Gesellschaftsmagazin, richtig?«, fragte eine andere, und Kitty bestätigte ihre Vermutung.

»Stand nicht vor kurzem in der *Times,* dass die Herausgeberin gestorben ist?«, meldete sich wieder ein Sohn zu Wort.

»Ja, Constance Dubois ist tot«, antwortete Kitty. Sie hatte sich immer noch nicht daran gewöhnt, es auszusprechen. Wie sollte sie sich auch jemals daran gewöhnen, in irgendeine oberflächliche Diskussion bei Scones und Tee einfließen zu lassen, dass ihre Freundin tot war? Als wäre ihr Tod einfach irgendein Thema, wie hypochondrische Patienten und neue Impfstoffe.

»O ja, das war doch die Frau, die diesem grässlichen Mann ein Forum verschafft hat. Diesem Anti-Mediziner, wie hieß er doch gleich?«

»Bernard Carberry«, antwortete Kitty. Innerlich kochte sie vor Wut – Bernard Carberry war ein sehr netter Mann, ein anerkannter und gebildeter Mensch, der ihr jedes Jahr eine Weihnachtskarte schickte.

»Stimmt, der Typ, der gegen die vermeintlichen Sünden der Schulmedizin wettert«, fuhr Caroline fort und lachte herablassend. Man merkte ihr ihre Verachtung und ihren Zorn nur allzu deutlich an. »Er glaubt, wir sollen alle Gras essen und vor allem mehr Wasser trinken.«

»Er glaubt, dass Schulmediziner oft unnötig viele Antibiotika und andere Medikamente verschreiben, ohne sich um die Wurzeln des Problems zu kümmern. Die Methoden, die Dr. Carberry empfiehlt, haben weniger Nebenwirkungen und stärken obendrein das Immunsystem.«

»Völliger Schwachsinn«, erwiderte Caroline abschätzig. »Dann arbeiten Sie also auch für diesen Mann?«

»Wir arbeiten für die gleiche Zeitschrift, und unsere Wege kreuzen sich gelegentlich.« Kitty war fest entschlossen, höflich zu bleiben.

»Und glauben Sie an seine Verschwörungstheorien?«

»Ich glaube, dass Constance Dubois jemand mit unglaublichem Weitblick war, wenn es um neue und interessante Entwicklungen ging. Zwanzig Jahre bevor das Thema in der öffentlichen Diskussion auftauchte, hat sie erkannt, dass Dr. Carberrys Studien für ein breites Publikum von Interesse sind, und jetzt gehört er zu den weltweit führenden Köpfen auf dem Gebiet der Homöopathie und New-Age-Medizin. Viele Schulmediziner stimmen übrigens mit seinen Überzeugungen überein, deshalb glaube ich, dass man seinen Erkenntnissen unbedingt Beachtung schenken sollte.«

Caroline öffnete den Mund, um etwas zu sagen, aber jetzt riskierte Kitty alles, sprang mitten in den Verkehr, hoffte, dass die Autos rechtzeitig auf die Bremse drücken würden, und kam ihr zuvor.

»Aber deshalb bin ich nicht hier«, fuhr sie mit fester Stimme fort. »Mit Dr. Bernard Carberry habe ich nichts zu tun, ich arbeite in einer anderen Abteilung. Meine Mentorin und Freundin Constance Dubois hat wieder einmal ihren enormen Scharfsinn bewiesen und eine Person gefunden, die wichtig ist für ihre Mitmenschen, eine Person, über die unsere Nation lesen sollte, einen inspirierenden, warmherzigen Menschen, der uns eine lange und wundervolle Geschichte zu erzählen hat. Und Ihre Mutter – und Großmutter – hilft mir zurzeit bei meinem Beitrag.«

Auf einmal merkte Kitty, dass es ihr nicht nur darum ging, Birdies Familie einen Tritt in den Hintern zu versetzen, sondern dass sie das, was sie sagte, vollkommen ernst und ehrlich meinte. Es machte nichts, dass sie das verbindende Element zwischen den Menschen, die sie bisher kennengelernt hatte, noch nicht gefunden hatte, ihre Geschichten an sich interessierten sie. Plötzlich merkte sie, dass alle sie schweigend anstarrten. Verwirrt schaute sie erst zu Birdie und dann wieder zu den anderen, unsicher, worauf sie warteten.

»Spannen Sie uns doch nicht so auf die Folter«, brach Caroline schließlich das Schweigen. »Über wen schreiben Sie denn nun?«

»Aber …« Stirnrunzelnd drehte Kitty sich zu Birdie um. Die Wangen der alten Frau hatten sich gerötet, sie hatte die Augen gesenkt und schaute hinunter auf ihren Rocksaum. Kitty hatte doch klar und deutlich gesagt, über wen sie schrieb! Zorn erfüllte ihr Herz. »Ich bin wegen der gleichen Frau hier, wegen der Sie auch alle hier sind«, rief sie und ergriff Birdies Hand. »Um Zeit mit dieser wundervollen Frau zu verbringen.« Und als die Familie immer noch nicht begriff, rief sie: »Ich schreibe über Ihre Mutter!«

»Was Sie da für Birdie getan haben, war sehr nett von Ihnen«, sagte Molly, als Kitty sich an diesem Abend auf den Heimweg machte. Sie hatten lange draußen in der Sonne gesessen, Kitty hatte Birdie noch mehr Fragen über ihr Leben gestellt, hatte ein wenig tiefer gegraben, war ein bisschen persönlicher geworden, denn jetzt kannten sie sich ja schon viel besser, und Birdie lernte, ihr allmählich zu vertrauen. Kitty fand, dass sie einen guten Einblick in Birdies Leben bekommen hatte, über ihre Kindheit und Jugend in dem kleinen Dorf, in dem ihr Vater Schuldirektor und einziger Lehrer gewesen war. Ohne die Zuwendung einer Mutter war Birdies Leben streng reglementiert verlaufen, jedoch nicht ohne Liebe. Ihr Vater hatte sich um die Familie gekümmert, so gut er es eben konnte, auch wenn seine Liebe keine körperliche Nähe beinhaltet hatte: kein Gutenachtkuss, kein zärtliches Flüstern, keine Koseworte. Birdie kam aus einer prominenten Familie des Dorfs, und als Tochter des Schuldirektors hatte sie ein gewisses Pflichtgefühl und spürte die in sie gesetzten Erwartungen. Doch sie war so bald wie möglich nach Dublin gezogen. Sie war klug genug gewesen, keinen Mann vom Typ ihres Vaters zu heiraten. In dem Verwaltungsbeamten Niall Murphy hatte sie einen freundlichen und unterstützenden, aber traditionell gesinnten Ehemann gefunden, und die beiden hatten eine Familie von Ärzten gegründet.

»Wie meinen Sie das?«, fragte Kitty, die sich über Mollys Bemerkung freute.

»Das wissen Sie doch«, erwiderte Molly. »So was spricht sich hier rasch herum.«

»Ich hab es ernst gemeint, wissen Sie. Birdie ist eine interessante Frau.«

»Und das ist noch schwer untertrieben.«

Dieser Kommentar interessierte Kitty, und sie wollte mehr darüber erfahren, was Molly von Birdie wusste. »Fahren Sie vielleicht zufällig zurück in die Stadt? Wollen wir uns ein Taxi teilen?«

»Ich muss in die andere Richtung, aber wenn Sie möchten, kann ich Sie in Oldtown absetzen.«

Kitty war bereit zu nehmen, was sie kriegen konnte.

»Am Donnerstag hat Birdie Geburtstag«, sagte sie. »Ich hab gehört, wie die Familie sie zum Essen eingeladen hat.«

»Ja, richtig.«

»Sie sagt, sie will nicht hin.«

Molly zuckte die Achseln, und ein kaum sichtbares Lächeln huschte über ihr Gesicht.

»Was ist?«

»Nichts.«

»Irgendwas, das ich wissen sollte?«

»Nein.«

Aber Kitty glaubte ihr nicht. »Sie wird fünfundachtzig. *Fünfundachtzig*. Das sollte sie doch feiern. Können Sie vielleicht hier irgendwas für sie organisieren?«

»Normalerweise gibt es hier einen Kuchen. Einen Schokoladenkuchen mit Kerzen, der wird beim Essen reingetragen, und alle singen. Das ist nett. Geburtstage verstreichen nicht unbemerkt.«

»Ich würde gern etwas für sie arrangieren.«

Molly sah sie an. »Sie fangen an, Birdie richtig zu mögen, stimmt's?«

Kitty nickte.

»Na ja, sie wird an dem Tag nicht hier sein«, sagte sie und griff nach ihrer Lederjacke. »Sie macht einen Ausflug.«

In diesem Augenblick ging die Haustür auf, ein Schwung vergnügt plaudernder Heimbewohner strömte herein, und aus dem Bus, der draußen parkte, kamen noch mehr. Auf der Seite des Achtzehnsitzers stand in großen Buchstaben der Schriftzug *ST. MARGARET'S.*

»Sie haben das Bowling-Match gewonnen«, erklärte Molly. »Alle zwei Wochen spielen sie gegen ein Team aus den umliegenden Heimen. Sie würden gar nicht glauben, wie ernst die alten Leutchen das nehmen. Ich habe total gern Fahrdienst, nur damit ich mir ihre Strategiediskussionen anhören kann – und weil ich als Kind immer Busfahrerin werden wollte. Aber ich komme nur ganz selten an die Reihe. Soll ich Sie denn jetzt mitnehmen?«

Kitty nahm das Angebot dankend an, und als sie hinten auf Mollys Motorrad über die Straße sauste, die voller Schlaglöcher war und in das kleine Dorf Oldtown führte, war ihr sofort klar, warum man Molly nur ungern ans Steuer des Kleinbusses ließ.

In Oldtown musste sie über eine Stunde auf den nächsten Bus warten. Aber das störte sie nicht – sie zog die Liste heraus, studierte sie und machte sich an die Arbeit.

Magdalena Ludwiczak sprach so wenig Englisch, dass Kitty sich nicht vorstellen konnte, ein richtiges Gespräch mit ihr zu führen, also strich sie sie von der Liste. Nummer fünf, Bartle Faulkner, war die nächsten beiden Wochen noch in Urlaub, und sie hörte im Hintergrund die Wellen an den Strand plätschern. Auch er hatte nie etwas von Constance gehört, war aber gern bereit, sich in zwei Wochen mit Kitty zu treffen, was für ihren Artikel leider zu spät war. Eugene Cullen, der Stimme nach ein ziemlich alter Mann, erklärte ihr unmissverständlich, dass er nie wieder von ihr belästigt werden wollte, und für Patrick Quinn hinterließ sie eine Nachricht auf dem Anrufbeantworter. Dann ging sie zum siebten Namen auf der Liste zurück.

»Hallo?«, meldete sich eine flüsternde Stimme.

»Spreche ich mit Mary-Rose Godfrey?«

»Ja«, flüsterte die Stimme. »Aber ich bin bei der Arbeit, da darf ich nicht telefonieren.« Die Stimme klang wie ein etwa sechzehnjähriges Mädchen, aber am Telefon konnte Kitty das nie so genau beurteilen.

»Okay«, flüsterte Kitty, bis ihr klarwurde, dass es für sie keinen Anlass gab, leise zu reden. Sie räusperte sich und fuhr in normaler Lautstärke fort: »Mein Name ist Kitty Logan. Ich bin Journalistin bei *Etcetera*. Hat sich meine Herausgeberin Constance Dubois vielleicht mit Ihnen in Verbindung gesetzt?«

»Nein, tut mir leid«, flüsterte das Mädchen.

Kitty seufzte und kam direkt zur Sache. »Können wir uns treffen?«

»Ja, klar. Wann denn?«

Überrascht richtete Kitty sich auf. »Heute Abend?«

»Ja, cool. Ich bin um acht im Café en Seine. Passt Ihnen das?«

»Wunderbar!« Kitty konnte ihr Glück gar nicht fassen.

Mary-Rose legte auf, bevor sie weitere Einzelheiten besprechen konnten, beispielsweise irgendwelche Erkennungsmerkmale. Als der Bus kam, stieg Kitty mit neuem Schwung ein. Nicht einmal der Umstand, dass sie neben einem Mann saß, der in der Nase bohrte und das Ergebnis mit den Fingerspitzen zu einer Kugel rollte, konnte ihre Stimmung dämpfen. Sie holte ihr Handy heraus und überlegte sich, Richie eine SMS zu schicken. Als sie daran dachte, wie viel Spaß sie letzte Nacht gehabt hatten, fing sie unwillkürlich an zu grinsen und hielt sich dann schnell die Hand vors Gesicht, um nicht auszusehen, als wäre sie irre. Aber dann fiel ihr ein, wie sie sich heute Morgen gefühlt hatte, wie peinlich alles gewesen war, wie der Anblick seines nackten Körpers sie abgestoßen hatte, und sie beschloss, ihm keine Nachricht zu schicken. Stattdessen zog sie ihre Notizen heraus, es gab ja jede Menge Arbeit. Obwohl sie Archie Hamilton bereits gegoogelt hatte, wiederholte sie die Suche, denn jetzt wusste sie ein bisschen mehr über ihn und konnte besser einschätzen, worauf sie sich konzentrieren musste.

Als sie das Café en Seine in der Dawson Street erreichte, wusste sie ganz genau, warum er nicht mit ihr hatte sprechen wollen, und auch, warum sie mehr denn je mit *ihm* reden wollte.

Bevor sie den Pub betrat, drückte sie einen schnellen Kuss auf ihre Liste und dankte Constance noch einmal von Herzen. Allmählich begann die Sache ihr richtig Spaß zu machen.

Kapitel 12

Das Café en Seine in der Dawson Street bestand aus mehreren, über drei Stockwerke verteilten Bars und einem dreigeschossigen Lichthof mit bis zu zwölf Meter hohen Bäumen, die sich zu der glasvertäfelten Decke emporreckten. Das Café war ganz in Pariser Art Nouveau gehalten und lag an einer belebten Straße in der Dubliner Innenstadt, in der es noch zahlreiche weitere Restaurants, Bars und Cafés gab, außerdem die Residenz des Oberbürgermeisters und die St. Anne's Church. Nur einen Katzensprung von Stephen's Green entfernt, war es bei allen Altersklassen beliebt und heute, am Samstagabend, natürlich besonders gut besucht. Kitty hatte keine Ahnung, wo sie Mary-Rose treffen sollte, und es war vermutlich auch nicht ganz einfach, sich in einem so gigantisch großen Etablissement mit drei Stockwerken, mehreren Bars und jeder Menge versteckter abgedunkelter Ecken und Nischen zu finden. Es war die Art von Lokal, in dem man einen ganzen Abend verbringen konnte, ohne zu merken, dass ein Bekannter zur gleichen Zeit anwesend war. Schließlich setzte sie sich mit einem Glas Wein in der zentralen Bar auf einen Hocker ganz in die Nähe des Haupteingangs – wo sie sich vorkam, als wäre sie Freiwild für jede Anmache – und beobachtete die Tür.

Wieder wanderten ihre Gedanken zu den Ereignissen der letzten Nacht, und sie spürte trotz allem eine gewisse Enttäuschung, dass Richie bis jetzt noch nicht versucht hatte, mit ihr Kontakt aufzunehmen, nicht einmal per SMS. Eigentlich war sie gar nicht sicher, ob sie das überhaupt wollte, aber sie war sicher, dass sie es wollen sollte, und sie hatte ihm definitiv ihre Nummer gegeben, daran erinnerte sie sich, so wenig ihr auch sonst von der vergangenen Nacht im Gedächtnis geblieben war.

Zu diesem Zeitpunkt waren sie beide noch vollkommen nüchtern gewesen, und seine Nummer war auf ihrem Handy abgespeichert, sozusagen der Beweis, dass er wirklich existierte. Kurz überlegte sie, ihn von sich aus anzurufen – denn vielleicht wartete er ja darauf und überlegte genau dasselbe wie sie –, als sie am anderen Ende der Bar ihren Namen hörte.

»Sind Sie Kitty Logan?«, fragte eine Männerstimme.

Und kurz darauf eine Frauenstimme: »Sind Sie Kitty Logan?«

Kitty lehnte sich auf ihrem Hocker zurück, um nachzuschauen, wem die Stimmen gehörten, aber die Menschenmenge versperrte ihr die Sicht, und sie versuchte, in dem Spiegel hinter dem Tresen einen Blick auf die Besitzer der Stimmen zu erhaschen, möglichst bevor sie selbst entdeckt wurde.

»Sind Sie Kitty Logan?«, hörte sie wieder die Männerstimme, etwas lauter diesmal, und als sie sich erneut zurückbeugte, sah sie einen jungen Mann in den Zwanzigern, der die Frage einem glatten Börsenmaklertypen stellte, der einen Anzug trug und die Frage nicht sonderlich begeistert verneinte.

»Sind Sie sicher?«, fragte der junge Mann und sah dem Banker todernst in die Augen.

Die Gruppe um den Anzugträger lachte, und auch er schien sich etwas zu entspannen.

»Nicht vielleicht doch eine kleine Operation, von der die Jungs nichts wissen?«

»Nein.« Das Lächeln des Bankers verblasste wieder.

»Okay, Sam, lass uns anderswo weitersuchen«, sagte die Frauenstimme, und auf dem Unterarm des jungen Mannes erschien eine schmale Hand, die ihn sanft weiterschob.

»Sind Sie Kitty Logan?«, fragte sie dann eine Frau mittleren Alters, die mit ein paar Freundinnen an einem Tisch saß.

»Könnte sein«, antwortete sie.

»Ich glaube, Sie lügen«, widersprach Sam. »Gestern Abend war sie nicht Kitty Logan, stimmt's, Schätzchen?«

Die Frauengruppe kreischte vor Lachen, und Kitty hatte das Gefühl, dass es ewig so weitergehen würde, wenn sie nicht eingriff.

»Entschuldigung?«, rief sie und beugte sich vor. Die beiden jungen Leute, die Gruppe neben Kitty und die Frauengruppe drehten sich alle zu ihr um. Sie hob grüßend die Hand. »Ich bin Kitty Logan.«

»Nein, *ich* bin Kitty Logan«, erscholl eine tiefe Stimme von einem Tisch auf der anderen Seite der Bar, und wieder lachten alle.

»Ein Herausforderer!«, rief Sam, und die Umsitzenden machten »Uuuuh«, als wären sie Teil einer Show.

Auch Kitty lachte und stand auf, um ihrem Konkurrenten entgegenzutreten. Er war stark übergewichtig und hatte einen Bart. Mit gestrafften Schultern baute er sich vor ihr auf, und seine Finger zuckten, als wäre er ein Cowboy bei einem Duell, der zum Revolver greifen will. Es war unmöglich, ernst zu bleiben.

»Sieger!«, rief der Mann, stieß die Arme in die Luft, und ihr kleines Publikum applaudierte. Die coolen Börsentypen sahen zu ihnen herüber, als verbreiteten sie einen üblen Geruch, und drehten ihnen demonstrativ den Rücken zu. »Ich bin die wahre Kitty Logan«, erklärte der Mann noch einmal mit großer Geste und kehrte dann auf seinen Platz zurück. Während der junge Mann zu ihm ging, um ihm die Hand zu schütteln und zu gratulieren, kam die junge Frau auf Kitty zu.

»Hallo«, sagte sie und lächelte strahlend. Sie war extrem hübsch, und selbst in schmalen Jeans, Pumps – mit den höchsten Absätzen, die Kitty in ihrem Leben je gesehen hatte – und einem schlichten Top sah sie schlicht umwerfend aus.

»Ich bin Mary-Rose«, stellte sie sich vor.

»Freut mich, Sie kennenzulernen. Ich hab mir schon Sorgen

gemacht, dass wir uns hier drin nicht finden würden, aber wie ich sehe, wäre das überhaupt nicht nötig gewesen.«

»Oh, auf Sam kann man sich verlassen«, antwortete sie und verdrehte die Augen. »Der macht eine Szene, ganz egal, wo er hinkommt.«

»Sind Sie mit ihm zusammen?«

»Hilfe, nein!« Sie verzog das Gesicht. »Wir sind nur Freunde. Seit Kindertagen. Unsere Moms waren beste Freundinnen, das heißt, sie sind es eigentlich noch und so weiter«, schloss sie hastig.

»Kitty Logan.« Jetzt gesellte Sam sich auch zu ihnen. »Wir wollten was essen gehen, kommen Sie mit?«

Kitty schaute zu Mary-Rose und erwartete eigentlich, dass sie ihm mit einer Grimasse andeuten würde, dass ihr das nicht passte, aber nichts dergleichen geschah. Diese beiden herzlichen Menschen waren genau das, was Kitty jetzt brauchte.

Fünf Minuten später waren sie bei einem kleinen italienischen Restaurant in der Frederick Street. Drinnen erwartete sie ein Tisch, an dem bereits acht Personen saßen, und Sam bestand darauf, Kitty von einem zum anderen zu schleppen und sie seinen und Mary-Roses attraktiven und unglaublich netten Freunden vorzustellen. Alle waren gut und modisch gekleidet, und in ihren Klamotten von gestern kam Kitty sich neben ihnen vor wie ein Penner. Schließlich saß sie gegenüber von Mary-Rose, was für ein Interview perfekt war, aber ein Gespräch unter vier Augen war in dieser Runde eigentlich unmöglich. Es war eine ausgelassene Truppe, allesamt Freunde aus Kindertagen, und obwohl Kitty ihre Insider-Scherze oft nicht ganz verstand, musste sie mitlachen, einfach, weil die Freunde so lustig erzählten. Überhaupt war der Umgangston sehr vertraut, unermüdlich wurde gewitzelt und geneckt, und Kitty kam sich vor wie in einer hervorragend geschriebenen Sitcom, in der sogar die Jungs makellos frisiert und gekleidet waren.

Solche Freunde hatte Kitty nicht. Sie war im County Carlow

im Südosten Irlands aufgewachsen. Nach der Schule war sie von zu Hause weggegangen, um am University College of Dublin zu studieren. Seither wohnte sie in Dublin und fuhr nur noch an den Feiertagen heim – oder wenn jemand heiratete oder starb. Sie hatte zwei Brüder: Einer war in Carlow geblieben und hatte dort geheiratet, der andere hatte in Cork studiert und lebte dort jetzt sehr glücklich mit einem Mann namens Alexander zusammen, den Kitty noch nie gesehen hatte und nur über Facebook kannte. Sie konnte sich nicht erinnern, wann sie alle das letzte Mal zusammen in einem Raum gewesen waren – wahrscheinlich bei einer Beerdigung –, und sie hätte auch nicht sagen können, wann sie mit einem ihrer Brüder telefoniert und ein Gespräch geführt hatte, bei dem es nicht um Geld für die unzuverlässige Heizung oder den dauerkaputten Boiler ihrer Eltern gegangen war. Ihr Vater führte immer noch die gleiche Kneipe in der Tullow Street wie in Kittys Jugend. Ihre Eltern waren ruhige, etwas kauzige Menschen, sie hatten die Kunst der Konversation nie ganz gemeistert und hielten sich daher von den meisten sozialen Anlässen fern, abgesehen von engen Freundes- und Familienzusammenkünften, wo sie jedoch hauptsächlich zuhörten und während des ganzen Events nicht aus ihrer Ecke herauskamen.

Kitty war mit zwei besten Freundinnen groß geworden, die beide Mary hießen. Um Verwechslungen vorzubeugen, rief man Mary Byrne und Mary Carroll immer mit vollem Namen. Katherine, wie man sie damals nannte, und die beiden Marys waren unzertrennlich gewesen. Den Namen Kitty hatte sie erst an der Uni angenommen, freiwillig und voller Stolz, denn ein neuer Name bedeutete auch einen neuen Anfang. Die beiden Marys waren ziemlich irritiert gewesen, und wenn sie – was allerdings selten vorkam – zusammen mit Kitty und ihren College-Freunden in Dublin ausgingen, weigerten sie sich standhaft, ihn zu benutzen. Kittys Freunde aus Carlow und ihre College-Freunde hatten nie zueinandergefunden. Am Ende einer durchgefeierten

Nacht hatten ihr die beiden Marys in angetrunkenem Zustand bittere Vorwürfe gemacht, wie sehr sie sich verändert hatte, seit sie in Dublin wohnte. Irgendwann konnte sie die Diskussionen über das immergleiche Thema nicht mehr ertragen, und die Besuche in Dublin reduzierten sich auf einmal im Jahr, bis sie schließlich ganz aufhörten. Da auch Kitty sich nur noch selten zu Hause blicken ließ, war die Freundschaft nach und nach völlig eingeschlafen, und wenn sich eine Begegnung auf der Straße nicht vermeiden ließ, wurde der Smalltalk immer schwieriger, weil man sich eigentlich nichts mehr zu sagen hatte. Inzwischen war Mary Byrne nach Kanada gezogen, und Mary Carroll hatte zwölf Kilo abgenommen und arbeitete in einem Klamottenladen in Carlow, den Kitty allerdings mied, nachdem sie dort das peinlichste Gespräch ihres Lebens geführt und sich anschließend gezwungen hatte, auf Marys Empfehlung zwei Kleider zu kaufen. Sie hatte es einfach nicht übers Herz gebracht, ihrer einstigen besten Freundin zu sagen, dass sie überhaupt nicht ihrem Geschmack entsprachen, und diese Höflichkeit hatte sie über hundert Euro gekostet.

Jetzt waren Steve und Sally ihre zuverlässigsten Freunde. Aus irgendeinem Grund hatte Kitty es nie geschafft, andere Freundschaften zu pflegen – nicht etwa, weil sie treulos war, sondern weil sie das Gefühl hatte, dass sie bis auf wenige Ausnahmen seit der Schule zu niemandem einen richtig tiefen Kontakt gefunden hatte. So war es leicht gewesen, sich vom Leben weitertreiben zu lassen, sie hatte ihr Studium abgeschlossen und an ihren neuen Arbeitsplätzen neue Freundschaften geschlossen, die in etwa so lange hielten wie der jeweilige Job. Nachdenklich schaute Kitty sich jetzt in der Runde um – einen Freundeskreis wie Mary-Rose hatte sie nie besessen.

»Du arbeitest also für eine Zeitschrift?« Endlich hakte Mary-Rose sich aus dem Gespräch am anderen Tischende aus und wandte sich Kitty zu. Einen Augenblick war Kitty fast enttäuscht, dass sie wieder arbeiten musste.

»Ja. Bei *Etcetera*. Kennst du die?«

Mary-Rose zögerte. »Ich glaube schon«, antwortete sie dann, allerdings wenig überzeugend.

»Meine Chefin war Constance Dubois. Hat sie irgendwann mal Kontakt mit dir aufgenommen? Dieses Jahr? Oder letztes?« Inzwischen hatte Kitty eigentlich die Hoffnung aufgegeben, dass Constance jemals mit irgendjemandem von der Liste gesprochen hatte.

»Nein, ich glaube nicht«, antwortete Mary-Rose erneut etwas unsicher.

»Sie ist vor ein paar Wochen gestorben«, erklärte Kitty. »Aber vorher hat sie an einem Artikel gearbeitet, für den sie auch deinen Namen notiert hatte.«

Von Mary-Rose kam die gleiche Reaktion, die auch von Birdie, von Eva und bis zu einem gewissen Grad auch von Archie gekommen war. Überraschung, Verwirrung, Verlegenheit.

»Kannst du dir vorstellen, warum sie mit dir reden und über dich schreiben wollte?«

Mary-Rose sah verdutzt aus, und Kitty sah ihre Augen nach links und rechts wandern, während sie in beiden Hälften ihres Gehirns nach einer Antwort suchte.

»Nein«, antwortete sie schließlich. »Ich bin wahrscheinlich der langweiligste Mensch der Welt«, sagte sie, und Kitty musste lachen.

»Das bezweifle ich – bisher hat es großen Spaß gemacht, mit dir zusammen zu sein.«

»Sam ist lustig. Aber ich? Ehrlich, ich bin total langweilig. Ich hab noch nie in meinem Leben irgendwas Interessantes gemacht, gedacht, gewusst oder gesehen.«

Kitty lachte wieder. »Ich finde dich aber sehr interessant.« Das war nicht gelogen. Sie genoss Mary-Roses Gegenwart, sie genoss es, dass sie in ihre Welt eingeladen worden war. »Na ja, wie würde es dir gefallen, in dem Artikel vorzukommen, den ich gerade schreibe? Meinst du nicht, das wäre interessant?«

Auch jetzt kam der gleiche Blick, den Kitty bei den anderen gesehen hatte: Schüchternheit, Verlegenheit, Sich-geschmeichelt-Fühlen, aber vor allem die Angst, vielleicht nicht gut genug zu sein, um in einem Zeitschriftenbericht aufzutauchen.

»Worum geht es denn in dem Artikel?«

»Um die Leute auf einer Liste.«

»Wie viele Leute sind auf der Liste?«

»Einhundert insgesamt.«

Mary-Rose sperrte die Augen auf. »Und wie lang soll die Geschichte werden?«

Kitty lächelte. »Wie lang ist denn deine?«

Mary-Rose tupfte mit dem Finger die Krümel vom Tisch und ließ sie wieder fallen, während sie schüchtern auf Kittys Fragen antwortete.

»Ich bin sicher, dass die anderen Leute interessant sind, die haben bestimmt ein aufregendes Leben. Ich bin bloß Friseurin, ich arbeite zwei Tage die Woche in einem Salon in Booterstown, wo ich mein ganzes Leben verbracht habe, und zwei Tage als Freie. Den Rest der Zeit verbringe ich zu Hause bei meiner Mum.«

»Wo arbeitest du denn als Freie? Für eine Zeitschrift? Oder fürs Fernsehen?«

»O Gott, nein. Debütantinnenbälle und Junggesellinnenpartys sind so etwa die aufregendsten Sachen, für die ich was mache, aber hauptsächlich bin ich im Krankenhaus.«

»Im Krankenhaus?«

»Ja, die rufen mich, wenn sie jemanden brauchen. In Krankenhäusern gibt es keinen Friseursalon, aber oft fühlen die kranken Leute sich besser, wenn sie die Haare gemacht kriegen. Manchmal schminke ich sie auch, aber das ist nicht so gefragt. Durch so etwas bekommen die Kranken wieder ein bisschen Selbstachtung – jedenfalls war das bei meiner Mum so.«

»Deine Mum war im Krankenhaus?«

»Ja, sie hatte einen Schlaganfall. Ziemlich jung, mit zweiundvierzig. jetzt ist sie vierundvierzig und muss immer noch rund um die Uhr gepflegt werden, aber wenn ich ihr damals die Haare gemacht habe, ging es ihr jedes Mal ein bisschen besser. Natürlich nicht körperlich, aber innen drin. Wenn jemand das möchte, mach ich ihm auch die Nägel. Zwar bin ich keine qualifizierte Nageldesignerin, aber ich hab immer eine ganze Auswahl verschiedenfarbigen Nagellack dabei. Ehrlich gesagt freuen sich viele Leute im Krankenhaus auch einfach über ein bisschen Gesellschaft und Abwechslung.«

»Ich finde es toll, dass du so was machst. An so etwas hab ich noch nie gedacht.«

»Aber ich nehme Geld dafür, so nett bin ich nämlich gar nicht«, meinte sie. Offensichtlich war ihr Kittys Kompliment peinlich.

»Wie geht es deiner Mutter denn inzwischen?«

»Nicht so gut. Ihre ganze linke Körperhälfte ist gelähmt, deshalb braucht sie bei fast allem Hilfe. Sie musste auch noch mal sprechen lernen.«

»War das nicht sehr schwer für dich?«

Mary-Rose lächelte. »Bestimmt nicht so schwer wie für sie.«

»Wer kümmert sich denn um sie?«

»Zwei Stunden am Tag kommt eine Pflegerin, und dann ... na ja, wenn ich zu Hause bin, helfe ich ihr natürlich.«

»Hast du Geschwister?«

»Nein.«

»Einen Vater?«

»Nein.«

»Das ist eine ganze Menge Verantwortung.«

»Ach, es ist, wie es ist. Ich liebe meine Mum, ich würde alles für sie tun.«

Gerade als Kitty ansetzte, Mary-Rose zu erklären, dass sie alles andere als ein langweiliges Leben führte, wurde es noch interessanter.

Sam klopfte mit einem Löffel an sein Glas und zog damit nicht nur die Aufmerksamkeit seines eigenen, sondern auch die der Nachbartische auf sich. Breit grinsend sahen die Freunde sich an – anscheinend wussten sie, was sie erwartete.

»O Gott«, stöhnte Mary-Rose und machte sich auf ihrem Stuhl so klein wie möglich.

»Was ist los?«, fragte Kitty.

»Das wirst du gleich sehen«, antwortete Mary-Rose, und ihre Wangen röteten sich.

Sam stand auf und klopfte weiter an sein Glas, bis wirklich das gesamte Restaurant zu ihm schaute. Weil sie nicht wussten, wie sie auf diese seltsame Störung reagieren sollten, behielten der Geschäftsführer und die Kellner den Störenfried im Auge.

»Ich störe Sie alle ja nur sehr ungern«, begann Sam höflich und als könnte er kein Wässerchen trüben. »Und ich verspreche, dass ich Ihre Zeit nicht lange in Anspruch nehmen werde, aber es gibt da etwas, was ich einfach tun muss. In diesem Raum ist nämlich eine ganz besondere Person, der ich gerne etwas ganz Besonderes sagen möchte.«

Er räusperte sich, und ein aufgeregtes Gemurmel erhob sich. Jetzt ärgerte sich niemand mehr über ihn, er hatte alle in seinen Bann gezogen.

Nun ließ Sam seinen Blick durch den Raum schweifen, verharrte kurz bei Kitty, was ihre Herzfrequenz enorm ansteigen ließ, und wanderte dann weiter zu Mary-Rose, deren Gesicht inzwischen knallrot angelaufen war. Liebevoll lächelte er sie an.

»Josephine Murphy«, sagte er leise, und Kitty blickte verwirrt um sich. Hatte man ihr einen Bären aufgebunden? Hatte sie mit der falschen jungen Frau gesprochen? Wie in aller Welt war aus Mary-Rose auf einmal Josephine geworden?

»Ja«, antwortete Mary-Rose leise.

»Du und ich sind schon seit langer Zeit befreundet, du warst immer für mich da, jeden Tag meines Lebens, jede Sekunde. Ich musste nie nach dir rufen, du warst einfach da, wie ein Schatten, du bist mir gefolgt, wohin ich auch ging.«

Einer seiner Freunde schnaubte und bekam von seiner Freundin sofort einen warnenden Knuff in den Arm.

»Du bist immer da, wenn ich dich brauche, seit …« Seine Stimme brach, er sah zu Boden, und Kitty war nicht sicher, ob er weiterreden konnte. Als er wieder aufblickte, glänzten Tränen in seinen Augen. »Seit ich operiert worden bin, weißt du, Josephine, die Operation, bei der …«

»Ja, ja, ich weiß, welche Operation du meinst«, unterbrach Mary-Rose hastig.

»Nun«, begann er wieder, holte tief Luft und kam um den Tisch herum auf sie zu.

Ein paar Frauen im Restaurant kreischten leise vor Aufregung, Mary-Rose versteckte ihr Gesicht hinter ihrer Serviette, aber der junge Mann neben ihr zog ihr den Arm herunter. Inzwischen beobachteten sogar die Köche aus der Küche das kleine Schauspiel. Alles war totenstill. Dann fiel Sam auf die Knie, und sofort kreischte wieder eine Frau. Im Restaurant wurde gelacht, dann wurde es wieder still. Sam griff nach Mary-Roses Hand, so dass sie ihn ansehen und ihre Hände von ihrem erhitzten Gesicht nehmen musste, aber sie schüttelte den Kopf, als traute sie ihren Augen nicht.

»Josephine Murphy«, sagte Sam stolz und deutlich, so dass man ihn in jeder Ecke des Raumes hören konnte. »Ich liebe dich seit dem Augenblick, als ich dich getroffen habe, und ich werde dich immer lieben, bis zum Tag meines Todes und noch darüber hinaus.«

Kitty sah, dass sich eine Frau verstohlen die Augen mit ihrer Serviette abtupfte. Eine andere ertappte sie dabei, wie sie die Augen verdrehte.

»Tust du mir die Ehre, meine Frau zu werden?«

Obwohl alle geahnt hatten, was kommen würde, erhob sich erneut ein aufgeregtes Gemurmel im Restaurant, doch es verstummte rasch, da alle gespannt auf Mary-Roses Antwort warteten.

Sie sah Sam an, lächelte ihr wunderschönes Lächeln und antwortete mit einem schlichten: »Ja.«

Darauf hatten alle gehofft, und großer Jubel brach aus. Der Manager war erleichtert und kam sofort zum Tisch, um zu gratulieren und ihnen allen einen Drink auf Kosten des Hauses zu spendieren. Ein freundlicher Herr vom Nebentisch ließ für Braut und Bräutigam ein Glas Champagner schicken, und Sam, der vorher am Kopfende des Tischs gesessen hatte, verjagte eine Freundin von ihrem Platz, um neben seiner Angebeteten sitzen zu können. Er legte den Arm um sie, und Mary-Rose vergrub ihr Gesicht an seiner Schulter.

»Ich werde dich umbringen«, sagte sie so leise, dass nur Kitty sie hören konnte.

»Einfach lächeln und winken«, erwiderte er grinsend, und sie hob tatsächlich den Kopf, um den Gratulanten von den Nachbartischen ihren Dank zuzuwinken.

»Leute, ich will ja kein Spielverderber sein«, sagte Kitty, »aber ich bin total durcheinander. Ich dachte, du heißt Mary-Rose Godfrey.«

Sam lachte laut.

»O Kitty, das tut mir echt leid«, antwortete Mary-Rose leise und beugte sich zu ihr. »Natürlich heiße ich nicht Josephine. Achte nicht auf ihn, er macht so was ständig.«

»Was macht er ständig?«

»Solche Anträge. Das ist bloß eine abgefahrene Idee von ihm, er meint das nicht ernst.« Sie stockte. »Das hast du doch gewusst, oder nicht?«

Kitty fiel die Kinnlade herunter.

Sam jaulte auf.

»Aber es war so schön«, meinte Kitty enttäuscht.

»Siehst du«, rief Sam und sah Mary-Rose an. »Andere Leute finden das rührend.«

»Dann mach es doch zur Abwechslung auch mal mit jemand anderem.«

»Aber mit dir macht es mehr Spaß. *Schätzchen.*« Er drückte sie noch fester an sich, und sie verzog das Gesicht. »Mein kleines Schnuffelchen hier findet das nicht immer so toll.«

Kitty sah vom einen zum anderen. »Dann machst du also einfach zufällig irgendwelche Anträge, wenn ihr ausgeht?«

»Nicht zufällig. Nur bei Mary-Rose. Ich weiß, dass es ihr insgeheim gefällt.«

»Quatsch. Ich hasse es.«

»Sie kann es nur nicht richtig ausdrücken.«

Kitty lachte. »Und das machst du, wenn ihr ausgeht?«

»In Restaurants, Bars, Cafés. Du solltest es gelegentlich mal ausprobieren. Man kriegt immer ein Getränk aufs Haus. Einmal war sogar das ganze Essen umsonst, und ein andermal haben wir eine Flasche Champagner geschenkt bekommen, weißt du noch, mein Spatz?«

Mary-Rose nickte.

»Dann machst du es also, damit du umsonst was zu essen oder zu trinken kriegst?«

»Ja, und um ein bisschen Sonnenschein in Mary-Roses Leben zu bringen. Na, na, schau doch nicht so böse, mein Schatz, wir haben uns gerade verlobt, die Leute gucken, und hier kommen unsere Getränke. Wenn du nicht ein bisschen fröhlicher wirst, küsse ich dich.«

Sofort setzte Mary-Rose ein Lächeln auf, und Kitty prustete vor Lachen.

Zu den Gratisgetränken für das glückliche Paar wurde auch noch eine Nachspeisenplatte aufgetragen, die der Koch mit Balsamico-Dressing und dem Schriftzug *Herzlichen Glückwunsch* verziert hatte.

»Das letzte Mal haben wir ein ganzes Essen bekommen«, sagte Sam so leise, dass der Restaurantchef ihn nicht hören konnte. Dann reichte er Mary-Rose einen Löffel.

»Du hast ihr hier also schon mal einen Antrag gemacht?«, fragte Kitty.

»O nein, immer an unterschiedlichen Orten«, erklärte Sam. »Ein Verbrecher kehrt nie an den Ort seines Verbrechens zurück.«

»Das tut er sehr wohl«, korrigierte ihn Mary-Rose. »Der Spruch ist umgekehrt. Einen Verbrecher zieht es immer zurück an den Ort seines Verbrechens.«

Sam runzelte die Stirn. Die beiden steckten die Köpfe zusammen und wirkten so unbefangen und entspannt, und doch war angeblich alles nur Theater. Irgendwie zweifelte Kitty daran. Hier mussten Gefühle im Spiel sein. Dann dachte sie an sich selbst und an Steve, wie oft man ihnen schon gesagt hatte, dass mehr hinter ihrer Beziehung steckte, trotz ihres hartnäckigen Leugnens. Aber jetzt war Steve mit Katja zusammen, jetzt konnte das niemand mehr sagen. Kitty schluckte und stellte schockiert fest, dass eine große Traurigkeit sie durchflutete.

»Aber das ist dumm«, sagte Sam. »Warum sollte ein Verbrecher denn an den Tatort zurückkehren?«

»Genau das ist ja der Punkt. Verbrecher sind dumm. Sie machen einen Fehler und gehen zurück. Oder es ist eine Genugtuung für sie. Sie werden dreist. Genau wie du, wenn du dein Theater noch mal hier durchziehen willst.«

»Das würde ich nie tun.«

»Ich wette, dass du in circa einem Jahr bereit bist, das Risiko einzugehen.«

Während sie weiterdiskutierten, sah Kitty sich unter den anderen am Tisch um. Es ließ sich nicht leugnen, dass sich die Atmosphäre seit Sams Auftritt vollkommen verändert hatte. Zwar hatten inzwischen alle ihre Gespräche wiederaufgenommen, aber jetzt waren sie mit noch wesentlich größerer Begeisterung bei der Sache. Im ganzen Raum war der Energiepegel angestiegen, die Stimmen klangen lauter, es wurde mehr gelacht – es war, als hätten die Menschen sich mit dem Glück der jungen

Leute aufgeladen, und ob sie an die Liebe glaubten oder nicht, sie feierten und sonnten sich im Abglanz derer, die es taten. Sams kleine Aufführung hatte einen viel weiter reichenden Effekt als ein Getränk aufs Haus oder ein Essen umsonst, es war mehr als eine peinliche Situation für seine Freunde: Er hob die Stimmung, er brachte die Menschen seiner Umgebung wenigstens für ein paar Minuten zusammen, und das war etwas ganz Besonderes.

Als Mary-Rose nach Hause kam, lief wie üblich der Fernseher. Sie stellte ihre Tasche ab, zog die Jacke aus und ging direkt nach oben ins Schlafzimmer ihrer Mutter. Sie saß, auf mehrere Kissen gestützt, aufrecht im Bett und sah sich die Spätabend-Infomercials an. Seit kurzem begeisterte sie sich für Messer, allerdings nicht für die Messer selbst, sondern für die Fingerfertigkeit der Küchenchefs, die in atemberaubendem Tempo mit ihnen arbeiteten. Manchmal dachte Mary-Rose, dass mehr dahintersteckte – nämlich dass ihre Mutter es vermisste, beweglich zu sein, schnippeln und kochen zu können wie früher –, aber vielleicht war sie ja auch tatsächlich nur fasziniert von der Kunst der Profis. Mary-Rose wollte eigentlich nicht so viel darüber nachdenken, was ihre Mutter alles nicht mehr konnte, aber wahrscheinlich ließ es sich nicht ganz vermeiden.

Sie begrüßte ihre Mum mit einem Kuss. »Musst du auf Toilette?«

Ihre Mutter nickte, und Mary-Rose legte sich die Arme ihrer Mutter über die Schultern, schlug die Decke zurück, schob einen Arm unter die Beine ihrer Mutter und hob sie aus dem Bett. Ihre Mutter war schwer. Es überraschte Mary-Rose immer wieder von neuem, dass sie so viel schwerer war, als sie aussah. Langsam und mit möglichst gleichmäßigen Schritten trug sie ihre Mutter ins Bad neben dem Schlafzimmer, stellte sie dort vorsichtig auf den Boden, so dass sie sich an dem Haltegriff an der Wand festhalten konnte, während Mary-Rose ihr den Slip heruntergezog und sie dann sanft auf den Toilettensitz gleiten ließ. Sobald sie richtig saß, wandte Mary-Rose sich auf Wunsch ihrer Mutter immer ab und ließ ihre Gedanken wandern, um der Kranken so viel Privatsphäre wie möglich zu gönnen.

Das undeutliche Nuscheln ihrer Mutter holte sie in die Gegenwart zurück. Niemand außer Mary-Rose, der Pflegerin und ihrer engsten Freundin – Sams Mutter – hätte verstanden, was sie sagte, denn sie sprach wie ein kleines Kind. Mary-Rose lächelte erst und fing dann an zu lachen.

»Ja, Mum, er hat mir schon wieder einen Antrag gemacht.«

Wieder sagte ihre Mutter etwas, und Mary-Rose schüttelte den Kopf. »Nein, sei nicht albern. Nur so zum Spaß.«

Aber aus irgendeinem Grund machte sie die Bemerkung ihrer Mutter heute Abend nachdenklich, obwohl Sam sein Spiel doch schon so oft getrieben hatte. Es war ein alarmierender Gedanke, dass sie es zum ersten Mal nicht wirklich abstoßend gefunden hatte.

Kapitel 13

An diesem Sonntag passierten drei Dinge, die ihn offiziell zu einem der schlimmsten Tage in Kittys Leben machten.

Nachdem sie am Samstagabend geduscht hatte, war sie tief und fest eingeschlafen, bis sie um zwei Uhr früh von einem Lärm geweckt wurde, der sich anhörte wie ein Luftangriff auf ihre Wohnung. Wie sie später erfuhr, war eine Kette mit fünftausend Knallkörpern direkt vor ihrer Tür gezündet worden, und die Explosion war lauter als alles, was Kitty jemals erlebt hatte. Als sie sich schließlich traute, aus der Tür zu spähen, waren Wände und Fußboden schwarz, von oben bis unten mit Ruß beschmiert, und Zhi Cheng Wong, ihr Vermieter, stand bereits auf der Treppe und inspizierte den Schaden.

Er starrte sie wütend an, und erst in diesem Moment wurde Kitty klar, dass sie zumindest teilweise für den Vorfall verantwortlich sein könnte.

»Tut mir leid«, sagte sie, zog schützend ihr T-Shirt herunter und versuchte, sich zusätzlich hinter der Tür zu verstecken. »Tut mir wirklich leid.«

»Das muss aufhören.«

»Tut mir leid. Sie haben ja recht. Es tut mir echt leid. Ich werde dafür sorgen, dass so etwas nicht noch einmal passiert, und ich lasse die Wände sauber machen und streichen. Versprochen.«

Er wartete kaum das Ende ihres Satzes ab und eilte wieder nach unten zur Arbeit. Zugegebenermaßen war es ein seltsamer Zeitpunkt, sich darüber Gedanken zu machen, aber Kitty konnte nicht verhindern, dass ihr die Frage durch den Kopf ging, wann der Mann eigentlich schlief.

Sie zog sich an und setzte sich, immer noch zitternd, an den Küchentisch, trank drei Tassen Kamillentee und zuckte bei dem geringsten Laut in ihrer Umgebung heftig zusammen. Inzwischen war es drei Uhr, draußen war es noch stockdunkel, und sie war völlig verängstigt. Sie versuchte, Sally anzurufen, aber ihr Handy war abgestellt, und sie probierte es bei Steve.

»Kann ich den Rest der Nacht bei dir verbringen?«, fragte sie mit bebender Stimme.

»Was ist los?« Er war sofort hellwach.

»Mir geht's gut«, antwortete sie und versuchte, gelassen zu klingen. »Nur schon wieder so ein blöder Scherz. Feuerwerk diesmal. Vor meiner Tür. Eine Riesensauerei, und Mr Wong will mich umbringen. Aber mir geht's gut. Keine große Sache. Wahrscheinlich sollte ich einfach hierbleiben, die kommen ja bestimmt nicht noch mal zurück, aber …«

»Ach du Scheiße, bist du verletzt?«

»Nein, es geht mir gut, ehrlich. Nur ein bisschen zittrig.«

»Du musst die Polizei verständigen.«

»Nein, das kann ich nicht.«

»Warum nicht?«

»Ich kann es einfach nicht.«

»Okay. Scheiße. Okay. Na ja, hier ist leider kein Bett frei, alle sind zu Hause.«

»Was ist mit der Couch?«

»Alice und Dave sind anders als meine früheren Mitbewohner, die würden durchdrehen, wenn sie dich auf der Couch finden. Wir haben eine Hausordnung, stell dir vor.«

»Oh. Und was ist mit der Couch in deinem Zimmer?«

»Nein. Äh. Nein. Ähm. Das geht nicht.«

»Stevie, wer ist denn das?«, hörte Kitty im Hintergrund eine verschlafene Stimme fragen. Dann fiel es ihr ein. »Oh, natürlich, tut mir leid. Katja ist bei dir. Wie blöd von mir. Mir geht's gut, Steve, entschuldige die Störung, ich hätte nicht anrufen sollen, ich hab nur …«

»Kitty, jetzt halt mal einen Moment die Luft an und lass mich nachdenken«, unterbrach er sie.

Sie schwieg.

»Okay. Komm rüber, du kannst bei mir schlafen. Katja und ich gehen zu ihr, alles klar?«

Kitty hörte Katja etwas sagen, dann wurde das Handy weggelegt, und sie hörte im Hintergrund ein gedämpftes Gespräch.

»Ja, so machen wir's«, sagte Steve, als er kurz darauf wieder ans Telefon kam. »Komm einfach rüber.«

»Das kann ich nicht von euch verlangen, Steve, ich will dich doch nicht aus deinem eigenen Haus vertreiben.«

»Tja, hast du vielleicht eine bessere Idee?«

Natürlich hatte Kitty keine. Schon seit über sechs Monaten hatte sie keine brauchbare Idee mehr gehabt, sie war wie ausgebrannt. Bob anzurufen kam nicht in Frage, denn er hatte genug am Hals, ohne dass auch noch sie auf seiner Schwelle auftauchte. Sally ging nicht ans Telefon, und Kitty wollte auch nicht einfach um drei Uhr morgens unangekündigt bei ihr aufkreuzen. Sally hatte einen Mann und ein achtzehnmonatiges Baby, das jetzt bestimmt sanft und selig schlief. Kittys Familie wohnte weit entfernt in Carlow, und sie hatte sich ohnehin noch nie gern bei ihren Verwandten ausgeweint. Kurz ging ihr der Gedanke durch den Kopf, Richie anzurufen, aber er hätte das garantiert als sexuelle Avance aufgefasst, daher verwarf sie die Idee schnell wieder. Nein, Steve war der Einzige, auf den sie momentan zurückgreifen konnte, er war ihre einzige Option.

»Okay«, flüsterte sie.

Ihre erste Begegnung mit Katja hatte Kitty sich anders vorgestellt: Um halb vier Uhr morgens, sie selbst total erschöpft und mit roten Augen, Katja offensichtlich hundemüde, weil sie mitten in der Nacht geweckt und von einer idiotischen Frau, die mit ihrem Freund befreundet war, auf die Straße gesetzt wurde. Aber sie war trotzdem höflich genug, um ihre Wut hinter einem mitfühlenden Blick zu verstecken. Am Fuß der Treppe wechselten sie flüsternd ein paar Worte – man konnte es nicht als Gespräch bezeichnen, es war nur ein Bettenwechsel.

»Alles klar?«, fragte Steve.

»Ja. Es tut mir so leid.«

»Schon gut. Ich weiß nicht, wann genau ich morgen zurückkomme, also …«

»Ich verschwinde ganz früh, die anderen werden nicht mal merken, dass ich hier übernachtet habe. Es tut mir wirklich sehr leid.«

»Wenn du Alice und Dave siehst, brauchst du ihnen nichts zu erklären, das geht sie nichts an. Sag ihnen einfach, dass ich später mit ihnen rede.«

»Ich sehe sie bestimmt nicht – bis sie aufstehen, bin ich verschwunden. Tut mir wirklich leid, dass ich euch solche Umstände mache.«

»Schon okay.« Steve öffnete leise die Tür. Es war ganz anders als bei seinen anderen Wohnungen, wo man problemlos um drei Uhr nachts kommen und gehen konnte und wo immer irgendwelche Zufallsgäste übernachteten. Vermutlich wurde Steve einfach erwachsen. Was für ein schlechtes Timing, dass er das ausgerechnet jetzt, mitten in Kittys Lebenskrise, erledigen musste.

»Nett, dich kennengelernt zu haben«, sagte Katja und lächelte Kitty bekümmert an, ehe sie die Tür hinter sich zuzog.

Kitty streckte der geschlossenen Tür die Zunge heraus.

Und obwohl es erst vier Uhr früh war, stand Kitty schon das zweite unangenehme Erlebnis bevor, denn jemand hatte zwar versucht, Ordnung zu machen, und das Fenster geöffnet, aber Steves Bett war ungemacht, und es hing eindeutig der Geruch von Sex in der Luft. In diesem Bett konnte Kitty nicht schlafen. Stattdessen setzte sie sich aufrecht auf die Couch, kuschelte sich in eine Decke, beobachtete den Sonnenaufgang und lauschte den Vögeln, die zusammen mit dem Rest der Welt erwachten. Sie musste wohl kurz eingenickt sein, denn plötzlich schrak sie auf, ihr Hals war steif, ihr Mund wie ausgetrocknet, und es war sieben Uhr. Da Sonntag war, gab es draußen kaum Verkehr, keine zuknallenden Autotüren, keine Postboten, keine Anlieferer. Auch im Haus war es so still wie in der Nacht. Rasch faltete Kitty die Decke zusammen, legte sie ordentlich an den Platz, an dem sie sie gefunden hatte, machte sich im Bad ein wenig frisch und ging auf Zehenspitzen ins Erdgeschoss hinunter. Als sie in die Küche schlich, blickte die Frau, die am Tisch saß – sicher Alice –, auf und starrte Kitty verwundert an.

»Wer sind Sie denn?«, fragte sie.

Ein Mann – vermutlich Dave –, in Jogging-Sachen und mit Schweißflecken vorn, hinten und unter den Achseln drehte sich um und nahm die Kopfhörer ab.

»Äh, hi«, sagte Kitty und wünschte, sie wäre doch lieber direkt zur Haustür gegangen.

»Du bist Kate«, sagte Dave und wandte sich an Alice. »Wir haben sie bei der Weihnachtsparty kennengelernt. Sie ist mit Steve befreundet.«

»Oh«, sagte Alice, erinnerte sich aber anscheinend an nichts. »Hast du die Nacht hier verbracht?«

»Äh«, stammelte Kitty wieder, denn sie hatte Angst, etwas Falsches zu sagen, wo Steve ihr doch die Anweisung gegeben hatte, ihm die Erklärungen zu überlassen – und Steve war in solchen Dingen sehr eigen. »Steve hat mir gesagt, ich soll euch sagen, dass er später mit euch reden will. Könnte ich vielleicht ein Glas Wasser kriegen? Dann verschwinde ich sofort.«

»Klar«, antwortete Dave.

»Ist mit Steve alles in Ordnung?«

»Ja, klar.« Zaghaft öffnete Kitty mehrere Schranktüren. Hätte sie sich doch im nächstbesten Laden eine Flasche Wasser gekauft. Sie wollte sich nicht länger in die Privatsphäre dieser wildfremden Menschen drängen. »Er hat nur gesagt, er will mit euch reden.« Aber es klang wirklich viel geheimnisvoller, als es war.

»Ist er oben?«

»Nein.«

Endlich kam Dave ihr zu Hilfe, machte den Schrank hinter ihr auf und reichte ihr ein Glas.

»Danke.«

Verlegen ging Kitty zum Wasserhahn. Die beiden ließen sie nicht aus den Augen.

»Bist du sicher, dass bei ihm alles in Ordnung ist? Ich hab ihn gestern ins Bett gehen hören. Er muss mitten in der Nacht aufgebrochen sein.«

»Es geht ihm gut.«

»Weißt du, worüber er mit uns reden will?«

Kitty überlegte, ob sie wirklich auf der von Steve verordneten Taktik beharren sollte. Dave und Alice machten so viel Wind um etwas ganz Einfaches. Vielleicht war es doch besser, ihnen die Situation einfach kurz zu erklären. Sie kippte ihr Wasser hinunter, und endlich kümmerten die beiden sich wieder um ihre eigenen Angelegenheiten. Dave strich Butter auf seinen Toast, Alice nahm sich die Zeitung vor, und Kitty erstarrte, denn das dritte schlimme Ereignis des Tages brach über sie herein. Sie verschluckte sich an ihrem Wasser, hustete, prustete und schlug sich verzweifelt auf die Brust.

»Alles in Ordnung?«, fragte Dave.

Tränen strömten über Kittys Gesicht.

»Hab mich verschluckt«, keuchte sie, ehe sie sich unter einem neuerlichen Hustenanfall krümmte.

Dave sah sie an, überlegte offensichtlich, ob er ihr helfen sollte, entschied sich aber dagegen. Schließlich ebbte der Husten zu einem gelegentlichen Hüsteln ab, das sich vor allem beim Sprechen manifestierte.

»Darf ich das mal kurz sehen?«, fragte sie und deutete auf die Sonntagszeitung.

Alice faltete die Zeitung zusammen und reichte sie Kitty, die fassungslos auf das Foto starrte, auf dem sie selbst – hübsch geschminkt, hübsch frisiert, gut ausgeleuchtet – in die Kamera lächelte. Es war das offizielle Pressefoto des Senders, und darunter stand: *Mein Jahr in der Hölle – Katherine Logan, der Star von* Thirty Minutes *im* Sunday World-*Exklusivinterview. Von Richard Daly.*

»Was?«, kreischte Kitty und blätterte hektisch nach dem Bericht. Er nahm eine Doppelseite ein, mit einem Foto von Colin Murphy und seiner Frau beim Verlassen des Gerichtsgebäudes, einem weiteren von Donal, Paul und Kitty mit ihrem Anwaltsteam, auf dem sie aussahen wie die Sopranos, üble Fernsehkreaturen, große böse Wölfe, schuldbeladen. Den größten Teil der Doppelseite nahm allerdings ein Foto von Kitty ein, wie sie nach dem Urteil die Four Courts verließ, mit verkniffenem Gesicht und halbgeschlossenen Augen, als würde ihr die Sonne zu grell ins Gesicht scheinen oder als wäre sie auf Methadon, überhaupt nicht so, wie sie hatte wirken wollen, aber auch nicht so, wie sie sich gefühlt hatte, nämlich zerknirscht, voller Reue und Selbstvorwürfen.

An einer anderen Stelle war noch ein offizielles Foto, auf dem wieder die nette, unschuldige, ehrliche und vertrauenswürdige Kitty zu sehen war. Wie naiv diese junge Frau damals gewesen war! Wie naiv sich diese junge Frau noch vor zwei Tagen benommen hatte, als sie von ihrem Studienfreund aufs Kreuz gelegt worden war! Völlig planlos hüpften Kittys Augen über die Worte, und sie war kaum imstande, einen zusammenhängenden Satz zu lesen, geschweige denn zu begreifen. Hilflos wanderte sie von einer Zwischenüberschrift zur anderen, wo es von abgeschmackten Adjektiven wie »erschüttert«, »entsetzt« und Ähnlichem nur so wimmelte, und weiter bis zum Passfoto des Journalisten, der diesen Exklusivbericht verbrochen hatte und genauso schmierig und unangenehm aussah, wie sie sich an ihn und seinen widerwärtigen nackten Körper vom letzten Morgen erinnerte. Richard Daly.

Es ist anzunehmen, dass Colin Murphy und seine Unterstützergruppe hinter den fiesen Attacken stecken, denen Katherine in letzter Zeit wiederholt ausgesetzt war. Katherine oder Kitty, wie ihre Freunde sie nennen, ist das Opfer einer Schmutzkampagne, der Sender hat sie suspendiert, man hat sie verstoßen in einer Zeit, wo sie Unterstützung am dringendsten nötig hätte.

Unter einem hübschen Porträt von ihr stand: *Der Sündenbock.*

Inzwischen hat nun auch das Magazin Etcetera *die junge Journalistin suspendiert, obwohl die Angelegenheit nichts mit der Zeitschrift zu tun hatte. Möglicherweise auf Druck von Murphys Leuten ziehen Werbekunden ihre Anzeigen für die Zeitschrift in diesen unsicheren Zeiten zurück, unter dem Vorwand, sich gegen solch minderwertigen und schlampigen Journalismus zur Wehr setzen zu müssen.*

Trotz allem beteuert Ms Logan, derzeit mit dem »aufregendsten Projekt ihres Lebens« beschäftigt zu sein. Allerdings wollte sie nicht näher erläutern, worum es sich handelt, was bei ihren Bekannten Spekulationen darüber auslöst, ob dieses Projekt in der Realität überhaupt existiert.

Unter dem Artikel war das Ergebnis einer Abstimmung abgedruckt, in der es darum ging, ob Katherine Logan es verdient hatte, beschimpft, beleidigt und attackiert zu werden. Zweiundsiebzig Prozent der Befragten hatten mit ja geantwortet, achtzehn Prozent mit nein, zehn Prozent standen der Frage gleichgültig gegenüber.

Kitty kniff die Augen zusammen und starrte wieder auf das Foto mit Richies unsympathischem Gesicht. Was sie ihm antun wollte, war so gewalttätig, dass sie selbst darüber erschrak.

»Du schreibst ein Buch, von wegen, du verdammtes Arschloch«, sagte sie laut, bevor ihr wieder einfiel, dass sie nicht allein war.

Als sie aufblickte, sah sie, dass das Paar sie noch immer musterte und allem Anschein nach sowohl von ihrer Wortwahl als auch von ihrer Anwesenheit etwas angewidert war. Hastig legte sie die Zeitung auf den Tisch zurück und verließ das Haus.

»Hey, ist das nicht sie auf dem Bild hier?«, hörte sie Alice fragen, kurz bevor die Tür hinter ihr ins Schloss fiel.

Und dann passierte Kitty etwas Gutes, die erste gute Erfahrung dieses Tages, aber manchmal reicht ja eine einzige.

Archie Hamilton rief sie an.

Kapitel 14

Sie trafen sich im Brick Alley Café, einem charmanten Café in Temple Bar. Es schien das einzige Lokal in der ganzen Essex Street zu sein, das weder ein Pub noch eine Sportsbar und auch nicht mit einem Kleeblatt oder einem Leprachaun geschmückt war – Irlands Version der Touristenfalle. Das Brick Alley war ein schlichtes, nettes Café mit freundlichem Personal, und Kitty entdeckte Archie sofort an einem kleinen Tisch ganz hinten. Da er der erste Gast des Tages war, hatte er keine Schwierigkeiten gehabt, einen Platz für sich allein zu finden, doch später am Tag scharten sich die Gäste meist um die langen gemeinschaftlichen Holztische. Als sie hereinkam, blickte Archie auf, warf ihr einen leicht amüsierten Blick zu und schaute dann wieder in seine Zeitung. Wenn möglich, machte er einen noch gestressteren Eindruck als am Vortag, aber nach zwei Nächten mit sehr wenig Schlaf wollte Kitty auch lieber nicht wissen, wie sie selbst aussah. Nachdem sie Richie rekordverdächtige sechzehnmal anzurufen versucht hatte, war sie sofort drangegangen, als ihr Handy klingelte. Und zum Glück war es Archie gewesen.

Sie setzte sich neben ihn auf einen hohen Hocker an den Tisch, der eigentlich nur ein an der Wand befestigtes Holzbrett war. Darüber hing eine Tafel mit den Spezialitäten des Tages, und darüber stand: *Jeder Tisch hat eine Geschichte zu erzählen.* Kitty wusste, dass das ganz sicher auf diesen Tisch zutraf, und hoffte, dass Archie ihr diese Geschichte erzählen würde.

»Hi«, begrüßte sie ihn.

Archie saß seitlich auf seinem Stuhl, einen Ellbogen auf den

Tisch gestützt, so dass er den ganzen Raum überblicken konnte. Vielleicht wandte man einem Raum ungern den Rücken zu, wenn man einmal im Gefängnis gewesen war. In Kittys Fall geschah es allerdings aus reiner Neugier.

»Ich hab gerade Frühstück bestellt«, sagte Archie in seine Zeitung. »Wollen Sie auch was?«

Kitty bemerkte sofort, dass auch er die Sonntagszeitung mit dem vermeintlichen Exklusivinterview vor sich hatte. Womöglich hatte er den Artikel gesehen und sie daraufhin angerufen – aus welchen Gründen auch immer. Allerdings kam er ihr überhaupt nicht vor wie ein schadenfroher Typ, also wartete sie einfach, dass er ihr selbst seine Gründe erläuterte.

»Nein danke, ich hab keinen Hunger«, beantwortete sie seine Frage.

»Sie sollten aber was essen«, entgegnete er, immer noch ohne sie anzuschauen.

»Nein.« Ihr war übel von dem, was sie gelesen hatte, ihr war übel, weil sie belogen worden war, und sie fühlte sich gedemütigt, weil sie mit Richie geschlafen hatte. Sie kam sich ekelhaft und ausgenutzt vor und fragte sich im Stillen, ob sie jemals wieder jemandem trauen konnte. Der Appetit war ihr jedenfalls gründlich vergangen.

»Sie müssen dafür sorgen, dass Sie bei Kräften bleiben«, beharrte Archie. »Sonst kriegen diese Scheißkerle Sie womöglich doch noch klein.«

Sie seufzte. »Es ist doch eh zu spät.« Sie hörte das Zittern in ihrer Stimme, Archie hörte es auch, und nun blickte er doch von seiner Zeitung auf. Sie war dankbar, als sein Essen kam, obwohl der Geruch ihre Übelkeit eher schlimmer machte. Ein großer Teller mit Tomaten, Eiern, Speck, Würstchen, Pilzen, Black and White Pudding und genügend Toast, um damit ein Dach zu decken. Die Kellnerin stellte den Teller vor Archie ab, und nun legte er die Zeitung endlich beiseite und wandte seine Konzentration dem Essen zu.

»Möchten Sie auch etwas bestellen?«, fragte die Kellnerin.

»Ich esse nichts, danke«, antwortete Kitty.

»Vielleicht einen Tee? Oder Kaffee?«

»Stilles Wasser, bitte.«

»Und einen Obstteller«, warf Archie ein und schnitt beherzt in seine Würstchen. »Sie nimmt einen Obstteller. Obst kann man gut drinbehalten.«

»Danke«, sagte Kitty, gerührt, dass er sich so um sie kümmerte. »Vermutlich sind Sie auf diesem Gebiet ein Experte.«

Er nickte, aber sein Nicken sah aus wie bei einem Pferd, das eine Fliege von seiner Nase zu verscheuchen versucht.

»Worüber möchten Sie mit mir sprechen?«

Archie antwortete nicht, sondern schaufelte sich nur sein Essen in den Mund, mit mächtigen Bissen, die seine Wangen nach außen wölbten, aber fast ohne zu kauen, bevor er schluckte. Dann sagte er, als hätte sie ihre Frage gar nicht gestellt: »Kannten Sie den Knaben?«

Natürlich wusste sie sofort, wen er meinte.

»Er ist ein ehemaliger Freund vom College.«

»Ha. Der alte Witz.«

»Haben die so was mit Ihnen auch gemacht?«

»Mit der ganzen Familie. Und Freunden. Die wissen, wie man die Leute weichkriegt. Leute, die es nicht besser wissen. Leute, die keine Erfahrung damit haben, wie die arbeiten. Leute, die glauben, was sie lesen. Normale Leute eben.«

»Ich bin aber kein normaler Mensch.«

»Sie sind anders. Sie sind eine von denen, aber Sie haben das nicht erwartet.«

»Ich bin nicht eine von denen«, erwiderte sie angeekelt. »War ich nie, werde ich auch nie sein. Ich habe bei einer Reportage einen Fehler gemacht, aber er hat das absichtlich getan.« Auf einmal war sie so wütend, dass sie am liebsten sofort losgerannt wäre und Richie zu Hause zur Rede gestellt hätte. Aber sie hatte ehrlich Angst, was sie dann mit ihm machen würde. Zu allem anderen konnte sie sich nicht auch noch eine Anklage wegen tätlicher Beleidigung leisten.

»Sie sind wütend«, stellte Archie sachlich fest. Ihr Fuß wippte wild, und sie hätte gern mit der Faust die Wand durchschlagen.

»Natürlich bin ich wütend.«

»Deshalb hab ich Sie angerufen.«

»Weil Sie gern mit wütenden Leuten reden?«, fauchte sie.

Er grinste. »Ich wollte mit einer von denen sprechen, die nie eine von denen sein würde. Dieser Typ, ihr alter College-Freund, er hat mir einen Gefallen getan.«

»Freut mich, dass er wenigstens einen von uns glücklich gemacht hat. Also vertrauen Sie mir jetzt?«

Wieder antwortete er nicht, sondern widmete sich seinem Frühstück. Inzwischen waren auch Kittys Obstteller und ihr Wasser serviert worden, und obwohl ihr immer noch übel war, pickte sie ein bisschen an dem Obst herum und begann plötzlich so etwas wie Entspannung zu fühlen.

Dann öffnete sich die Tür des Cafés, und der dritte Gast des Tages erschien. Es war eine seltsam verhuscht wirkende Frau mit einem schmalen, von kinnlangen straßenköterbraunen Haaren und einem geraden Pony eingerahmten Gesicht. Sie sah sehr sanft aus, dünn und zart, als könnte jeder Lufthauch sie umwerfen. Hoffnungsvoll blicke sie sich im Café um, als erwarte sie jemanden, dann nahm ihr Gesicht einen enttäuschten Ausdruck an, und sie setzte sich an einen der großen Tische. Archie blickte von seinem Frühstück auf, sah die Frau an und beobachtete aufmerksam, wie sie den Raum durchquerte und sich hinsetzte. Von nun an ließ er sie fast nicht mehr aus den Augen.

»Kennen Sie die Frau?«, fragte Kitty.

»Nein«, antwortete er barsch und wandte sich ab, um seinen Tee zu trinken. »Was wissen Sie denn über mich?«

»Wesentlich mehr als gestern.«

»Dann legen Sie mal los.«

»Vor zehn Jahren ist Ihre sechzehnjährige Tochter verschwunden. Zuletzt hat man sie auf einem Überwachungsvideo beim Verlassen eines Ladens im Einkaufszentrum von Donaghmede gesehen. Die Polizei hat nach ihr gefahndet, Sie und Ihre Familie haben eine öffentliche Suchaktion und eine ziemlich umfangreiche Kampagne in die Wege geleitet. Einen Monat später hat man Ihre Tochter auf einem Feld gefunden. Sie war erwürgt worden. Vier Jahre später haben Sie einen zwanzigjährigen Mann überfallen und zusammengeschlagen, der angeblich damals der Freund Ihrer Tochter war, und mussten dafür vier Jahre ins Gefängnis.«

Schweigen.

Archie kaute eine Weile auf der Speckschwarte und warf dann die Reste auf seinen Teller.

»Es ist vor elf Jahren passiert, eine Woche vor ihrem sechzehnten Geburtstag.« Er hielt einen Moment inne, um sich zu fassen, und als er wieder zu sprechen begann, war seine Stimme wesentlich ruhiger. »Ein Zeuge hat sie zuletzt auf dem Parkplatz in Donaghmede gesehen, wie sie diesem Jungen, Brian ›Bingo‹ O'Connell, gesagt hat, er soll sie endlich in Ruhe lassen. Das war nicht ihr Freund, sondern der Freund ihres Freundes, er war total in sie verschossen und ist ihr ständig nachgelaufen. Das habe ich der Polizei alles gesagt, an dem Tag, als sie verschwunden ist. Und danach noch unzählige Male. Aber sie haben darauf bestanden, dass sie nichts gegen ihn in der Hand hätten. Ohne den Kohlbauern, der ihre Leiche gefunden hat, hätten die überhaupt nie was gefunden und einfach weiter den Falschen verdächtigt.«

»Nämlich Sie«, ergänzte Kitty.

»Ja, die hatten mich auf dem Kieker und sich total in ihre Theorie verbissen. Der einzige Mensch, gegen den sie wirklich ermittelt haben, war ich. Und nur ich hatte ein paar Informationen darüber, wo sie zuletzt gesehen worden war.«

»Vielleicht deshalb.«

»Der Zeuge auf dem Parkplatz war mein Freund Brick. Aber die waren so erpicht darauf, mir etwas anzuhängen, dass sie mir kein Wort geglaubt haben.«

»Ist es nicht normal, dass die Polizei immer zuerst Nachforschungen in der Familie anstellt?«

»Aber doch nicht so, nicht dermaßen verbohrt. Und leider war Brick auch nicht gerade der zuverlässigste Zeuge, er hatte selbst ziemlichen Ärger am Hals.«

Vermutlich bekam man den Spitznamen Brick – der Backstein – nicht ohne Grund.

Eine Weile schwiegen sie. Archie schaute wieder zu der Frau hinüber. Sie wickelte sich ein Taschentuch spiralförmig um den Finger, bis die Haut hervorquoll, und wickelte es dann wieder ab. Inzwischen füllte sich das Café, und hinter der Theke war der Koch eifrig dabei, Eier, Speck und Tomaten zu brutzeln, und der Duft erfüllte den kleinen Raum. Kittys Magen grummelte, und sie griff nach einer Traube von ihrem Obstteller.

»Was hat die Polizei dazu gebracht, schließlich doch von Ihnen abzulassen?«

»Als sie die Leiche gefunden haben.«

Er schwieg.

»Sie ist vergewaltigt worden, wissen Sie«, fuhr er plötzlich fort, und Kitty blieb fast die Traube im Hals stecken.

»Nein, das wusste ich nicht.«

»Ich wollte nicht, dass es in der Zeitung steht. Damit sie wenigstens ein bisschen Würde behält. Ihre Leiche lag zu lange auf dem Feld, es gab nicht genug eindeutige Beweise.«

»Aber Sie sind sicher, dass es dieser Typ war, dieser Brian O'Connell.«

»Bingo«, ergänzte er nachdrücklich und mit fester Stimme. »So wahr ich hier sitze und atme. Ich bin ihm ein paarmal begegnet, und er hat mich angeschaut, mit einem Blick, der mir sagen sollte, wie lustig er es fand, dass er ungestraft davongekommen war.«

Kitty schüttelte den Kopf. »Ich kann Ihnen keinen Vorwurf daraus machen, dass Sie ihn verprügelt haben.«

»Ich würde es noch mal tun, wenn ich könnte«, bestätigte er.

»Zum Glück hab ich ihn nicht umgebracht, denn das heißt, ich könnte ihn mir tatsächlich ein zweites Mal vornehmen, wenn ich wollte.«

»Aber das würden Sie nie tun.«

Er ließ die Angeberei sein. »Ich hab die Angst in seinen Augen gesehen, das hat mir gereicht. Und ich werde mich für immer daran erinnern. Ich hab's hier drin.« Er tippte sich an die Schläfe. »Das hab ich für Rebecca getan.«

Wie war sein Leben wohl seither verlaufen?, überlegte Kitty. Ein Familienvater, der von einer Tragödie heimgesucht worden war, durch die er doppelt hatte leiden müssen.

»Sie leben also nicht mehr mit Ihrer Frau zusammen?«

Er schüttelte den Kopf. »Sie ist nach Manchester gezogen, da lebt sie jetzt mit einem guten Mann. Sie hat ins Leben zurückgefunden. Hat sie auch verdient. Es ist nicht richtig, mit so viel Wut zu leben. Es ist ungesund, es zerstört so vieles. Es hat unsere Ehe kaputtgemacht, meine Freundschaften. Ich brauche wahrscheinlich nicht zu erwähnen, dass man mich in meinem Job auch nicht mehr haben wollte. Mit einer Vorstrafe ist man auf dem Arbeitsmarkt nicht leicht zu vermitteln.«

Wem sagst du das, dachte Kitty. »Deshalb arbeiten Sie jetzt im Fish-and-Chips-Laden.«

»Außerdem bin ich noch Türsteher bei einem Club um die Ecke. Deshalb komme ich morgens zum Frühstück meistens hierher.« Wieder schaute er zu der Frau hinüber. »Ich muss ja irgendwie über die Runden kommen, deshalb mache ich möglichst viele Jobs. Und baue mein Leben wieder auf, so gut es eben geht.«

»Sonst noch irgendwelche Jobs?«, fragte Kitty.

Er sah sie amüsiert an. »Nee, Sie suchen keinen Job. Sie haben doch einen.«

»Da bin ich gar nicht so sicher.« Sie dachte an Pete und was das vermeintliche Exklusivinterview alles auslösen würde.

»Na, dann sorgen Sie mal dafür«, sagte Archie und stand auf.

»Denn Sie haben eine Geschichte zu erzählen. Meine nämlich.« Dann verschwand er mit seiner zusammengerollten Zeitung, und Kitty blieb sehr nachdenklich mit der Rechnung zurück.

Nachdem Archie Kitty Logan im Brick Alley Café hatte sitzen lassen, folgte er der Frau, die er die ganze Zeit beobachtet hatte. Wie immer hatte sie eine Kanne Tee und ein Frucht-Scone mit Butter und Marmelade bestellt, war zwanzig Minuten geblieben und dann wieder aufgebrochen. Sie war wie ein Uhrwerk, und in den letzten neun Monaten war sie jeden Morgen da gewesen, wenn Archie hier frühstückte. Obwohl sie immer die ersten beiden Gäste waren, nahm sie nie Notiz von ihm. Wenn sie hereinkam, hielt sie Ausschau nach jemandem. Die Menschen, die sonst da waren, sah sie gar nicht wirklich. Sie setzte sich hin und wartete auf den Geist eines anderen, dann verschwand sie wieder. Obwohl Archie ursprünglich nur an den Wochenenden nach der Arbeit im Club hier aß, hatte er angefangen, auch unter der Woche öfter hierherzukommen, um herauszufinden, ob sie auch da sein würde – und siehe da, so war es. Punkt acht Uhr betrat sie das Café, jedes Mal, und immer mit demselben Gesichtsausdruck.

Er folgte ihr den Wellington Quay hinunter, über die Halfpenny Bridge auf den Bachelors Walk und sah, wie sie in der Blessed Sacrament Church verschwand. Kurz überlegte er, ob er ihr folgen sollte, entschied sich aber dagegen, nicht weil es unpassend gewesen wäre, sondern weil er sich nicht dazu überwinden konnte. Er wollte nicht in diese Kirche. Nicht mit all dem, was in ihm vorging.

Nach kurzem Zögern machte er kehrt und ging zurück in seine Wohnung.

Kapitel 15

Colin Murphys Schwester Deirdre stellte eine Kanne Tee vor ihn auf den Tisch, dazu einen Blaubeer-Muffin, sein Lieblingsgebäck. Sie tat alles, um ihn aufzuheitern, und es war ihr egal, dass er anfing zuzunehmen. Sie wollte ihn einfach glücklich machen, ihr armer kleiner Bruder hatte genug durchgemacht, und jetzt, wo seine Frau Simone und die Kinder ausgezogen waren – »um ein bisschen Abstand zu gewinnen« –, brauchte er sie mehr denn je. Obwohl er es nie zugegeben hätte und es auch nie thematisierte, hatte er sich seit dem Tag, als es passiert war, nie eine Spur von Wut anmerken lassen. Sie wartete darauf, dass es irgendwann kommen würde, sie wartete auf den Tag, an dem ihm klarwurde, was wirklich geschehen war, sie wartete darauf, dass er explodierte. Zwar wollte sie das nur ungern miterleben, aber sie wusste, dass es sein musste, wohl oder übel. Er hatte ja sonst niemanden mehr. Sicher, er wurde von einer Menge Leute unterstützt, die triumphierend den Daumen in die Höhe reckten, wenn sie ihm auf der Straße begegneten, und ihm im Pub auf die Schulter klopften, aber sie waren nicht für ihn da, nicht wirklich.

»Danke, Dee«, sagte er leise, ohne die Augen vom Fernseher zu nehmen.

»Kein Problem. Bist du ganz sicher, dass du nicht mit uns zum Lunch kommen magst? Wir haben eine nette Carvery mit großem Fleischbüffet entdeckt. Neil sagt, sie zeigen Fußball auf der Großbildleinwand, die Kids kommen auch mit und würden sich bestimmt freuen, dich zu sehen.«

»Ach nein. Aber danke«, antwortete er mit einem müden Lächeln. »Ich schau mir das Spiel lieber hier an.«

Deirdre stand auf, streckte sich und schaute aus dem Fenster. »Da ist sie wieder.«

Colin brauchte nicht zu fragen, wen sie meinte. Er warf einen kurzen Blick aus dem Fenster auf die Grünfläche gegenüber.

»Wusstest du es schon?«

»Ja.«

»Warum hast du mir nichts davon gesagt?«

»Weil ich nicht in der Stimmung bin, dir nachzurennen, wenn du mit einer Bratpfanne in der Hand über den Rasen läufst.«

»Bratpfanne? Ich würde mir noch was viel Besseres einfallen lassen, glaub mir«, grummelte sie und starrte, die Hände in die Hüften gestemmt, zum Fenster hinaus. »Das wievielte Mal ist es inzwischen? Das zweite? Oder das dritte?«

»Das vierte, glaube ich.«

»Was zur Hölle macht sie da bloß?« Dee ging näher ans Fenster, um besser hinaussehen zu können.

»Komm zurück, Dee, sonst sieht sie dich noch.«

»Genau das will ich ja, verdammt. Ich weiß nicht, was sie vorhat, aber ich schwöre bei Gott, dass ich am liebsten rausgehen und sie zusammenschlagen würde.«

»Hör auf damit, Dee«, sagte er so leise, dass sie sofort gehorchte. Colin war wie ihr Vater, nichts schien ihn wütend zu machen. Er war zu weich, zu sanft, zu schnell bereit, sich in die Probleme anderer Menschen hineinzuversetzen. Das hatte ihn ja überhaupt in den ganzen Schlamassel gebracht. Er hätte das dumme Schulmädchen an dem Tag einfach heimgehen lassen sollen, egal, was für ein Problem sie hatte, und nicht versuchen, sie zu trösten. Sie hatte seine Neuigkeit vollkommen falsch interpretiert, hatte zu viel hineingelesen, und er hatte dafür bezahlen müssen, dass sie sich beschämt und zurückgewiesen fühlte.

Dee seufzte. »Ich weiß nicht, wie du das machst, Colin. Ich an deiner Stelle würde ihr Gott weiß was an den Hals wünschen. Okay, ich komme zu spät, wenn ich mich jetzt nicht schleunigst auf den Weg mache. Wenn du es dir doch noch anders überlegst mit dem Lunch, lass es mich wissen, wir sind ab zwei Uhr dort, okay?« Sie küsste ihren Bruder auf den Kopf und verließ das Haus.

Colin vergewisserte sich, dass seine Schwester wirklich wegfuhr, denn er traute ihr nicht – womöglich würde sie doch auf die Reporterin losgehen. Als im Haus wieder die Stille eingekehrt war, an die er sich immer noch nicht gewöhnt hatte, seit Simone gegangen war, weil sie Zeit für sich brauchte, um über ihre Zukunft nachzudenken, zog er die Zeitung unter dem Sofapolster hervor und breitete sie vor sich auf dem Couchtisch aus. Er blickte auf das Foto von Katherine Logan auf der Titelseite, das fröhlich lächelnde Gesicht, und dann auf das Bild im Innern, die Frau, die das Gerichtsgebäude verließ, und las den Artikel noch einmal.

Als er wieder aus dem Fenster schaute, war sie weg.

Kapitel 16

Die Tür zu den Redaktionsbüros von *Etcetera* stand offen, als Kitty ankam, was ihre Nervosität und ihre unguten Vorahnungen nur noch steigerte. Komm rein, sagte die Tür zu ihr, komm rein, wenn du dich traust, ich stehe offen, du hast gar keine andere Wahl. Jetzt, am Sonntagmorgen, war die Redaktion verwaist, Pete konnte mit ihr machen, was er wollte, keiner würde ihre Hilfeschreie hören. Ihre einzige Hoffnung war, dass Bob sie retten würde, aber der Artikel in der Sonntagszeitung würde wahrscheinlich sogar ihn auf die Palme bringen, denn er implizierte, dass *Etcetera* Anzeigenkunden verlor und in finanziellen Schwierigkeiten steckte. Keine gute Presse.

Als sie Constances Büro betrat, stand Pete wie üblich am Schreibtisch, das Telefon am Ohr. Er trug legere Wochenendkleidung, für Kitty ein höchst ungewohnter Anblick, und wieder fand sie, dass er viel jünger und auch attraktiver aussah als der gestresste Egomane im schicken Jackett, der durch die Büros patrouillierte. Als er Kitty auf sich zukommen sah, verfinsterte sich sein Gesicht.

»Kann ich dich zurückrufen, Gary?«, sagte er ins Telefon und legte dann abrupt auf. »Das war Gary, der Anwalt, mit dem ich schon den ganzen Vormittag telefoniere, um rauszufinden, wo wir in dieser ganzen Angelegenheit eigentlich stehen.«

»Wie meinst du das? Warum ein Anwalt?«

»Du hast doch heute Morgen die Zeitung gelesen, oder nicht?«, fragte er in sarkastischem Ton. »Obwohl – ich hab ganz vergessen, dass du sie ja nicht zu lesen brauchtest, weil du das Interview ja schon kanntest, bevor es gedruckt wurde. Weißt du, da ist dieser Absatz, in dem steht, dass die Anzeigenkunden von *Etcetera* vorhaben, sich abzuseilen, wenn wir dich nicht suspendieren.«

»Ja, aber …«

»Und deshalb sind jetzt auch die anderen Anzeigenleute, die an sich nicht vorhatten, ihr Geld aus *Etcetera* rauszunehmen, in Panik geraten und überlegen, ob sie womöglich das Gleiche tun sollten, weil es womöglich ihrem Image schadet, in unserer Zeitschrift Anzeigen zu schalten«, beendete er seine Erklärung so laut, dass er fast schrie.

Kitty zuckte zusammen. So wütend hatte sie Pete noch nie erlebt. Nörgelig, gestresst und schlecht gelaunt, das schon, aber nicht dermaßen aufgebracht.

»Glaubst du, ich hab das absichtlich getan?«, fragte sie mit zitternder Stimme. »Himmel, Pete, wenn ich wirklich meine Seite der Geschichte erzählen wollte, hätte ich es wesentlich besser gemacht als dieses Geschmiere hier, meinst du nicht? Ich bin auf dem Nachhauseweg von der Arbeit an Constances Artikel einem alten Freund aus College-Zeiten begegnet, der keine Ahnung zu haben schien, was mir bei *Thirt Minutes* passiert ist. Also sind wir was trinken gegangen, um ein bisschen zu reden, und im Verlauf einer ganzen Nacht – ja, einer ganzen Nacht, Pete, denn es hat ihm nicht gereicht, mich für seinen Artikel zu benutzen, er musste mich auch noch demütigen und mir das Gefühl geben, eine totale Schlampe zu sein –, in der Nacht also habe ich ihm erzählt, was passiert ist, natürlich hab ich das, ich war ja total durcheinander. Es war alles so ein Stress, und ich dachte, ich muss mal mit jemandem darüber reden, mit jemandem, der mit der ganzen Sache nichts zu tun hat, mit einem Mann, der mir obendrein noch erzählt hat, er würde einen Roman schreiben, Herrgott nochmal, und der sich für meine Sorgen zu interessieren schien, und als ich heute früh aufgewacht bin, hab ich diesen Mist in der Zeitung gesehen, und ich bin echt total erschöpft, weil ich bei einem Freund auf der Couch schlafen musste, und jetzt bin ich fix und fertig, und es tut mir alles schrecklich leid. Okay? Es tut mir wirklich leid.« Sie merkte gar nicht, dass sie zu weinen angefangen hatte, bis Pete ihr ein Taschentuch hinhielt und sie feststellte, dass ihr Gesicht nass war und ihre Nase lief.

»Okay«, sagte er leise. »Okay, das ist wirklich eine ganz andere Geschichte. Ich entschuldige mich dafür, dass ich mich geirrt habe.«

Kitty nickte nur zum Dank und wischte sich weiter die Augen.

»Stimmt das mit den Attacken auf deine Wohnung?«

»Letzte Nacht waren es Feuerwerkskörper. Eine ganze Batterie offensichtlich. Fünftausend Knaller. Deshalb hab ich ja bei dem Freund übernachtet.«

»Mein Gott, das hätte gefährlich werden können«, meinte er besorgt.

»Ist ja nichts passiert.«

»Hast du die Polizei verständigt?«

Sie schüttelte stumm den Kopf.

»Warum nicht?«

Sie zuckte die Achseln, obwohl sie den Grund natürlich genau kannte.

»Du hast ganz schön was hinter dir, stimmt's?«

Sein Mitgefühl brachte ihre Augen schon wieder zum Überlaufen. »Ich hab einen blöden Fehler gemacht, Pete, einen echt schlimmen, unprofessionellen Fehler, und ich habe den Ruf eines Mannes zerstört, womöglich sogar sein Leben, und dafür habe ich Strafe verdient, aber …« Ihre Tränen gewannen wieder die Oberhand, und sie konnte kaum sprechen. »… aber jetzt reicht es. Ich möchte einfach gute Artikel über nette Menschen schreiben, ich möchte wieder das tun, was ich liebe, was meine Welt wieder normal macht. Und ich möchte, dass man mir wieder glaubt. Ich möchte, dass du mich anschaust und mir zuhörst, ohne ständig an mir zu zweifeln. Ich stelle mich selbst doch schon genug in Frage, Pete, ich brauche das nicht auch noch von allen anderen.«

Voller Sympathie sah Pete sie an. »Wäre es sehr unprofessionell, wenn ich dich mal in den Arm nehme?«

»Wäre es sehr unprofessionell, wenn ich mich in den Arm nehmen lasse?«, schniefte sie.

Als sie später über die Situation nachdachte, fand sie sowohl ihr eigenes als auch Petes Verhalten ziemlich unprofessionell – andererseits musste man die Professionalität doch manchmal einfach vergessen, wenn es um persönliche Dinge ging, und das Menschliche siegen lassen. Allerdings konnte sie nicht leugnen, dass sie beide die Umarmung ein bisschen allzu sehr in die Länge zogen.

Als Kitty die Redaktion verließ, spielte sie kurz mit dem Gedanken, bei Bob vorbeizuschauen und ihm ihre Version der Ereignisse zu unterbreiten, ehe er es von jemand anderem hörte, aber dann sah sie, dass in seiner Wohnung noch die Vorhänge zugezogen waren, und entschied sich dagegen. Nach all den schlaflosen Nächten in letzter Zeit konnte sie ein bisschen Ruhe brauchen.

»Ich sag ihm Bescheid«, hörte sie Pete, der noch die Bürotür abschloss, von oben herunterrufen.

»Danke.«

Er schaute sich auf dem Parkplatz um. »Kein Fahrrad heute?«

»Es ist mir geklaut worden.«

Er schaute sie mit einem ungläubigen Lächeln an. »Herrje, Kitty – etwa von den gleichen Leuten?«

»Nein, nein, das waren andere. Ich bin sehr beliebt zurzeit.«

»Sieht ganz danach aus«, antwortete er kopfschüttelnd und schaute sie an, als sähe er sie zum ersten Mal. Als wäre ihm gerade aufgefallen, dass sie eine Person war, die ihn interessierte und die er gern näher kennenlernen wollte. Und zu ihrer Überraschung gefiel ihr das. Sie mochte es, wenn er sie so anschaute. Er kam die Treppe zu ihr herunter, und sie gingen nebeneinander her.

»Kann ich dich mitnehmen?«

»Nein danke, ich gehe zu Fuß.«

»Nach Fairview?«

»Nein, nur in die Innenstadt.«

Als sie sein Auto erreichten, öffnete er die Beifahrertür und breitete den Arm aus wie ein altmodischer Gentleman.

»Ich habe ganz vergessen, dass du keinen Widerspruch akzeptierst«, lachte Kitty.

Neben ihm im Auto zu sitzen war ein seltsam intimes Gefühl.

»Wo soll ich dich hinbringen?«

»Busáras, bitte.« Das war der zentrale Busbahnhof.

»Willst du dich absetzen?«

»Keine schlechte Idee. Aber nein, ich mache nur einen kleinen Tagesausflug. Ich will eine Frau von Constances Liste interviewen. Ambrose Nolan, sie wohnt in Straffan und betreut dort ein Schmetterlingsmuseum und ein Schutzgebiet für Schmetterlinge.«

»Ein Schmetterlingsmuseum? So was hab ich ja noch nie gehört.« Er schüttelte verwundert den Kopf.

»Na, dann wird bestimmt ein guter Artikel daraus.«

»Und wie hängt die Schmetterlingsfrau mit den anderen zusammen, die du bis jetzt getroffen hast?«

»Ich dachte, ich hätte noch eine Woche Zeit, bis ich dir das erklären muss«, erwiderte sie gespielt empört.

»Eine Woche, bis wir in Druck gehen«, konterte er. »Ich hatte gehofft, die Geschichte schon ein bisschen vorher zu kennen.« Ich auch, dachte Kitty.

»Weißt du, Oisín O'Ceallaigh und Olivia Wallace haben sich bereiterklärt, eine Geschichte für Constances Tribut zu schreiben.«

»Wirklich?« Kitty machte große Augen. »Hast du sie tatsächlich überredet? Und wie sehen ihre Honorarvorstellungen aus?«

»Sie schreiben umsonst. Für Constance.«

Kitty nickte. Constance hatte den Autoren so viel Respekt entgegengebracht, und Kitty freute sich, dass die beiden sich bei ihr nun sozusagen für die Unterstützung revanchierten.

»Es ist echt ein Knüller, Artikel von ihnen veröffentlichen zu können, Kitty«, sagte er. »Fast zehn Jahre hat niemand mehr etwas von Oisín gehört. Olivia hat seit über fünf Jahren nichts mehr geschrieben und alle erdenklichen Angebote ausgeschlagen.«

»Ich weiß. Und ich gebe dir vollkommen recht.« Kitty nickte nachdrücklich, fragte sich aber, warum er ihr das eigentlich erklärte. Die beiden Autoren waren echte Berühmtheiten, natürlich war es toll für *Etcetera,* Originaltexte von ihnen veröffentlichen zu können.

»Sie tun das nur, weil es eine Hommage an Constance ist, und ihre Artikel dürfen nur in den Tribut eingeschlossen werden, wenn wir auch Constances letzte Geschichte haben. Verstehst du das?«

Kitty schluckte. Und nickte.

»Du musst also dringend am Ball bleiben, Lois Lane«, sagte er in scherzhaft-warnendem Ton.

»Nichts leichter als das«, erwiderte sie und versuchte, ihre Nervosität mit einem Lächeln zu überspielen.

»Willkommen in meiner Welt«, gab er zurück, und in diesem Moment wirkte sein Gesicht so verletzlich, dass sie ihn am liebsten in den Arm genommen hätte. Aber sie nahm sich zusammen, räusperte sich, sah schnell woandershin und kletterte aus dem Auto.

Als sie zum Fahrkartenschalter kam, weigerte man sich dort tatsächlich, ihr ein Ticket zu verkaufen, und ihr Bus fuhr ohne sie weg.

»Verdammter Mist«, schimpfte sie, aber im gleichen Augenblick begann ihr Handy in ihrer Tasche zu vibrieren. »Und was ist jetzt schon wieder?« Sie schaute auf das Display – es war Steve. Sie hatte ihn mitten in der Nacht aus dem Bett geworfen und wahrscheinlich bei seinen Mitbewohnern den Eindruck erweckt, er sei todkrank, also konnte sie seinen Anruf nicht einfach ignorieren.

»Tut mir leid, ich habe denen nur gesagt, was du mir aufgetragen hast, und da haben sie viel zu viel reininterpretiert und jede Menge Wind gemacht. Tut mir echt leid, aber ich hab wirklich nur getan, was du gesagt hast.«

Schweigen. »Wovon redest du denn?«

»Na, von deinen Mitbewohnern natürlich. Die haben mich heute Morgen gesehen.«

»Ach, vergiss meine Mitbewohner, ich war noch gar nicht zu Hause. Hast du gewusst, dass er Journalist ist?«, fragte er hastig.

Sie seufzte und setzte sich auf einen Stuhl im Wartebereich. »Steve, ich weiß, du hast nicht die beste Meinung von mir und meiner Moral, aber ...«

»Wusstest du, dass er Journalist ist?« Er klang atemlos, als würde er rennen.

»Wo bist du denn?«

»Beantworte meine Frage, Kitty.«

»Nein. Er hat mir erzählt, er würde ein Buch schreiben. Einen Roman. Er hat nichts davon gesagt, dass er für die Zeitung schreibt. Aber ich komme mir vor wie der letzte Idiot.«

»Was ist passiert?«

»Läufst du oder was? Weil du nämlich klingst, als ...«

»Was ist passiert?«

»Mein Gott! Okay, er ist in der Reinigung aufgetaucht, als wäre es der größte Zufall, dabei wohnt er ganz auf der anderen Seite der Stadt. Ich hätte es wissen müssen. Dann sind wir in den Pub gegangen, haben uns das Neueste erzählt, er schien weder was von *Thirty Minutes* zu wissen, noch schien es ihn zu interessieren, was mich auch misstrauisch hätte machen sollen, aber ich hatte was getrunken, also hab ich ihm irgendwann ein bisschen was erzählt ... und dann ... ach, ist doch egal. Dann hat der Pub zugemacht. Mehr war da nicht.«

»O doch, da war mehr. Was ist dann passiert?«

»Nein, das ist peinlich, Steve, ich ...«

»Erzähl es mir.« Inzwischen schrie er sie an.

»Wir sind bei ihm gelandet.« Ihr wurde wieder übel. »O Gott. Ich fühle mich so … beschissen. Was soll ich jetzt bloß machen?«

Er schwieg. Als sie schon dachte, er hätte aufgelegt, sagte er: »Was meinst du damit – ihr seid bei ihm gelandet?«

»Menschenskind, wie soll ich es denn sonst ausdrücken? Ich hab bei ihm die Nacht verbracht, alles klar?«

»Okay«, sagte er leise, und dann legte er auf.

Völlig geschockt starrte Kitty ihr Handy an. Er hatte aufgelegt, ein Gespräch mit ihr abgebrochen, wahrscheinlich zum ersten Mal. So sehr hatte er sich also vor ihr geekelt.

Im nächsten Moment klingelte das Handy wieder, und in der Annahme, dass es Steve war, der ihr sagen wollte, dass die Verbindung abgebrochen war, ging sie sofort dran. Aber er war es nicht.

»Kitty, alles klar bei dir?«, fragte Sally.

»Nein.«

»Wo bist du?«

»Busáras.«

»Warum?«

»Ich wollte nach Kildare, aber ich hab den Bus verpasst.«

»Ich fahr dich.«

»Du weißt doch nicht mal, wann ich zurückkomme.«

»Wann kommst du zurück?«

»Nie.«

»Perfekt. In zwanzig Minuten bin ich bei dir.«

Kitty und Sally hatten sich vor fünf Jahren bei einem Kurs über TV-Präsentation kennengelernt. Sally war Meteorologin mit einem Prädikatsexamen in Mathematischer Physik, hatte zu diesem Zeitpunkt bei Met Eireann, dem irischen Wetterdienst, gearbeitet und sich vorgenommen, beim irisch-gälischen Fernseh-Wetterbericht einzusteigen. Kitty schrieb damals schon für *Etcetera* und war dabei, sich im Fernseh-Journalismus einen

Platz zu erobern, nachdem sie ein paar kleine, aber erfolgreiche Sendungen bei einem winzigen städtischen Sender gemacht hatte. Da sie natürlich größere Berichte bei einem größeren Netzwerk anstrebte, wollte sie an ihren Moderationsfähigkeiten feilen, was bedeutete, dass sie langsamer sprechen und sich abgewöhnen musste, ständig so besorgt – oder, wie Steve es ausdrückte, so *verstopft* – auszusehen, wenn sie sich auf ihren Text konzentrierte.

Mit offenem Cabrio-Verdeck, die langen blonden Haare zu einem Pferdeschwanz zurückgebunden, traf Sally vor der zentralen Busstation ein. Geduckt und mit so vielen Haaren vor dem Gesicht wie nur möglich, verließ Kitty ihr Versteck neben dem Verkaufsautomaten.

»Alle um mich herum lesen die Zeitung«, erklärte sie, nachdem sie ihre Freundin umarmt hatte. »Aber wahrscheinlich bin ich einfach nur paranoid, und die meisten interessieren sich überhaupt nicht für den Artikel über mich, weil das Erdbeben viel wichtiger ist. Oder nicht? Sag mir bitte, dass die alle über das Erdbeben lesen.«

»Was denn für ein Erdbeben?«, fragte Sally ohne eine Spur von Ironie.

Kitty seufzte. »Ist es nicht dein Job, über so etwas Bescheid zu wissen?«

»Am Wochenende arbeite ich nicht.«

»Offensichtlich.« Kitty blickte zu den grauen Wolken hoch, die sich in der Richtung ballten, in die sie unterwegs waren. »Vielleicht solltest du das Dach lieber zumachen, es sieht nach Regen aus.«

Sally lachte, als hätte sie in diesem Punkt Insiderinformationen, an die sie tatsächlich glaubte. »Es soll aber heute nicht regnen.«

»Ich dachte, du hast am Wochenende frei.«

»Aber ich halte trotzdem die Augen offen«, erwiderte sie achselzuckend, und sie lachten beide.

»Wohin willst du jetzt eigentlich genau?«

»Nach Straffan, zu einer Schmetterlingsfarm.«

»Warum?«

»Ich interviewe die Frau, die sie leitet. Sozusagen. Sie weiß noch nichts davon, dass sie interviewt werden soll.«

»Sei vorsichtig. Versuchst du dich zu revanchieren?«

Kitty lächelte, aber das Lächeln erstarb ziemlich schnell. »Wenigstens werde ich garantiert nicht mit ihr schlafen, um an ihre Geschichte ranzukommen.«

Sally schnappte nach Luft. »Du hast mit ihm geschlafen?«

»Ja, und ich bin ein verabscheuenswürdiger Mensch«, stöhnte Kitty, schlug die Hände vors Gesicht und rutschte auf ihrem Sitz nach unten.

Als Sally sie voller Mitgefühl anschaute, erklärte Kitty ihr, was in der vorletzten Nacht passiert war.

»Haben deine Eltern angerufen?«, fragte Sally, nachdem ihre Wut ein wenig verraucht war.

»Ja. Um mir wieder einmal mitzuteilen, wie peinlich ihnen alles ist und dass sie sich furchtbar schämen. Ich höre Mum einfach nur noch zu, bis sie alles bei mir abgeladen hat. Ich glaube, es hilft ihr, mich zu beschimpfen, aber sonst gibt es nichts Neues.« Kitty blickte wieder zum Himmel empor, und ein Regentropfen landete auf ihrem Gesicht.

»Hast du das gespürt?«

»Was?«

»Regen.«

»Es regnet heute aber nicht«, wiederholte Sally zuversichtlich. Zehn Minuten später mussten sie am Straßenrand halten, während Sally das Dach von Hand schloss.

»Das ist ungewöhnlich«, sagte sie und blickte ein paarmal zum Himmel auf. Kitty versuchte, ihr Grinsen zu verbergen.

Als sie eine Stunde und fünfzehn Minuten später das Schmetterlingsmuseum in Straffan erreichten, waren sie beide wieder voll auf dem Laufenden über ihr jeweiliges Leben. Das weitläufige Grundstück lag am Rand des Dorfs. Direkt neben dem Museum, das in den Sommermonaten täglich geöffnet war, lag ein hübsches kleines Wohnhaus, das Museum selbst bestand aus einem Tropenhaus mit einer Brücke über einen kleinen Teich, und überall flatterten Schmetterlinge herum.

Kitty fragte das junge Mädchen an der Rezeption nach Ambrose Nolan und wurde an einen Mann namens Eugene weiterverwiesen, der eine Fliege trug und ihr erklärte, dass Ambrose keine Führungen machte. Als er erfuhr, dass Kitty Journalistin war, bot er ihr sofort eine persönliche Tour durch das Museum an, das heute, an einem Sonntag mit einigermaßen gutem Wetter, ziemlich gut besucht war, hauptsächlich von Familien mit Kindern. Eugene war so vergnügt und voller Lebensfreude, dass Kitty es nicht übers Herz brachte, sein aufgeregtes Geplapper über die Schmetterlinge, die er offensichtlich von Herzen liebte, zu unterbrechen. Seine Kenntnisse über die Spezies schienen unerschöpflich, und Kitty hätte sich nicht gewundert, wenn er mit jedem Schmetterling im Tropenhaus per Du gewesen wäre.

»Viele der tropischen Schmetterlinge widmen sich hier der Fortpflanzung, man kann also den gesamten Lebenszyklus eines Schmetterlings beobachten«, erklärte er, als sie zum Tropenraum gingen. »Hier sehen Sie, wo die Tiere ihre Eier legen, wie die Raupen die Futterpflanzen fressen, die sorgfältig getarnten Puppen, und wenn man Glück hat, ist man sogar dabei, wenn ein Schmetterling aus seinem Kokon schlüpft, um sein neues Leben zu beginnen und zum ersten Mal seine Flügel zu erproben.«

Sally sah Kitty mit einem sarkastischen Augenrollen an.

Doch Kitty ignorierte sie und blickte sich weiter nach Ambrose um. »Sie haben ja gesagt, dass Ambrose keine Führungen macht – arbeitet sie denn hier?«

»O ja, Ambrose arbeitet seit … na ja, genaugenommen hat sie

schon als Kind hier gearbeitet. Ihre Eltern haben das Museum eröffnet, und als Ambrose alt genug war, hat sie gleich angefangen, im Familienunternehmen zu helfen, und war auch die treibende Kraft, das ursprüngliche kleine Museum in dieses großartige Zentrum zu verwandeln. Sie hat das Museum erweitert, das anfangs in dem Raum untergebracht war, in dem sich heute der Souvenirladen befindet, den großen Ausstellungsraum eingerichtet, sie hat das Café und die Picknickfläche geschaffen, was, wie Sie ja sehen, eine geniale Idee war, und vor fünf Jahren hat sie den Tropenraum eröffnet. Ohne Ambrose wäre das alles heute nicht hier«, endete er stolz.

»Ist sie denn heute hier?«, versuchte Kitty es erneut.

»Sie ist jeden Tag hier«, lachte er. »Sie wohnt nebenan, aber sie empfängt keine Besuche. Darf ich Sie jetzt zum Museum begleiten und Ihnen etwas ausführlicher zeigen, was wir tun? Gerahmt werden übrigens nur in Gefangenschaft gezüchtete Schmetterlinge, sie werden nicht in der Wildnis eingefangen«, erklärte er mit ernster Miene, als er sie zu der Galerie mit den Exponaten führte.

Wieder machte Sally ein genervtes Gesicht, aber Kitty stupste sie mit dem Ellbogen, und sie folgten dem Mann mit der Fliege. Unterwegs schaute Kitty sich verstohlen nach einer Möglichkeit um, wie man in das Wohnhaus gelangen konnte.

Die Galerie bestand aus sorgfältig präparierten und auf einer Steckfläche befestigten Schmetterlingen hinter einer Glasfront mit Holzrahmen, alle mit einem Messingschild versehen.

»Das sind perfekte Exemplare«, erklärte Eugene, und ein paar andere Gäste kamen näher, um zuzuhören. »Sie sind in keiner Hinsicht verändert worden. Solche Exemplare halten mindestens fünfzig Jahre, dürfen aber nicht in direktem Sonnenlicht hängen. Viele der Schmetterlinge sind über hundert Jahre alt und immer noch so strahlend schön wie damals, als sie herumgeflogen sind.«

Er sah seine Zuhörer an, sein Gesicht strahlte, seine Wangen waren erhitzt, so begeisterte ihn sein Vortrag.

»Faszinierend«, sagte Kitty, betrachtete die Wand mit den Exponaten und überlegte, wie sich am besten das Thema wechseln ließe. »Könnte ich mich denn vielleicht auch noch kurz mit Ambrose unterhalten?«

»Ich fürchte, Ambrose arbeitet heute nicht im Museum.«

»Ist sie zu Hause? Kann ich sie besuchen?«

»Oh, ich glaube nicht, dass sie an einem Tag wie heute zu Hause ist«, antwortete er mit einem leisen Lachen. »Ambrose arbeitet auf ihrem Grundstück an einem Schmetterlingsgarten. Sie engagiert sich sehr für den Schutz unserer Schmetterlinge und achtet immer darauf, dass wir ihren natürlichen Populationen und ihrem Habitat nicht schaden.«

Kitty blickte zur Picknickfläche hinüber und sah am Ausgang ein Schild mit der Aufschrift *Betreten für Unbefugte verboten*.

»Klingt, als wäre sie eine wundervolle Frau«, sagte Sally.

»O ja, das kann man wohl sagen«, bestätigte Eugene ein bisschen aufgeregt, und seine Wangen röteten sich wieder. »Sie hat ihr Leben ganz dem Schutz der Schmetterlinge gewidmet. Wissen Sie, Ms Logan«, fügte er mit gedämpfter Stimme hinzu, damit die Leute, die seinem Vortrag zuhörten, nichts davon mitbekamen, »Ambrose ist sehr … sehr zurückhaltend, aber wenn es irgendetwas gibt, was ich sie in Ihrem Auftrag fragen soll, dann tue ich das gern und leite die Antwort zügig an Sie weiter, es ist nur so, dass … nun ja, Ambrose ist eben sehr zurückhaltend«, wiederholte er und fuhr dann wieder in seinem normalen Vortragston fort: »Dieser wunderschöne Schmetterling ist ein Großer Perlmuttfalter aus der Familie der Nymphalidae, auch bekannt unter dem lateinischen Namen Mesoacidalia aglaia. Er ist ein großer, kraftvoller, leuchtend orangefarbener Schmetterling – erstaunlich auffallend, aber frustrierend schwer fassbar –, den man oft an Steilhängen, auf Kalksteinwegen oder Sanddünen mit dem Wind kämpfen sieht. Er ist eine Wiesenspezies, die ihre Eier auf dem Hainveilchen ablegt. Beide Geschlechter haben eine grünschillernd geschuppte Hinterflügelunterseite.«

Während Eugene abgelenkt war und sich immer mehr Leute versammelten, um ihm zuzuhören, rückte Kitty behutsam von der Gruppe ab. Sie war unterwegs zum Picknickbereich, als sie sah, dass Eugene skeptisch zu ihr herüberblickte. Doch als sie diskret in Richtung Damentoilette deutete, nickte er verständnisvoll und vertiefte sich wieder in seinen Vortrag. Sobald er wegsah, eilte Kitty zu dem Gartentor mit dem Zutritt-verboten-Schild, drückte es auf und betrat ein wahres Wunderland: Über einem langgestreckten Rasen flatterten in einer faszinierenden Farbenpracht unzählige Schmetterlinge hin und her, so viele, dass sie in dem Bemühen, ihr auszuweichen, Kittys Nase streiften. Am anderen Ende der Wiese sah sie eine gebückte Gestalt.

»Entschuldigen Sie?«, rief Kitty.

Abrupt richtete die Gestalt sich auf, drehte sich um und wandte Kitty dann den Rücken zu, über den eine lange rote Haarmähne bis fast hinunter zur Taille wallte.

»Stehen bleiben!«, rief sie, und die Stimme war so gebieterisch, dass Kitty ihr sofort gehorchte.

»Entschuldigen Sie bitte«, erwiderte Kitty. »Mein Name ist …«

»Sie dürfen hier nicht rein«, unterbrach sie die Frauenstimme.

»Ja, ich weiß, es tut mir sehr leid, aber ich …«

»Das ist ein Privatgrundstück, bitten gehen Sie!«

Ihre Stimme war fest, aber Kitty glaubte auch einen panischen Unterton herauszuhören, und sowohl in ihren Worten als auch in ihrer Haltung war etwas Ängstliches.

Kitty wich ein paar Schritte zurück, aber dann überlegte sie es sich anders – sie hatte nur diese eine Chance, und die musste sie nutzen.

»Ich heiße Kitty Logan«, rief sie. »Ich arbeite für die Zeitschrift *Etcetera* und wollte gern mit Ihnen über die sensationelle Einrichtung sprechen, die Sie hier aufgebaut haben. Tut mir leid, wenn ich Sie erschreckt habe, das wollte ich nicht.«

»Um die Presse kümmert sich Eugene«, blaffte sie. »Raus jetzt!« Etwas milder fügte sie hinzu: »Bitte.«

Wieder machte Kitty ein paar Schritte zurück, aber am Tor versuchte sie es noch einmal. »Ich habe eigentlich nur eine einzige Frage: Hat Constance Dubois irgendwann im Lauf des letzten Jahres Kontakt mit Ihnen aufgenommen?«

Sie hatte erwartet, wieder angeschrien oder gar mit Gartengeräten beworfen zu werden, aber stattdessen herrschte plötzlich Stille.

»Constance«, sagte die Frauenstimme plötzlich, und Kittys Herz begann zu rasen. »Constance Dubois«, wiederholte Ambrose. Doch sie drehte sich noch immer nicht um.

»Ja, Constance Dubois. Sie kennen sie also?«, fragte Kitty.

»Sie hat mich angerufen. Einmal. Und nach einer Raupe gefragt.«

»Wirklich?«, erkundigte sich Kitty, wie unter Schock, und ihre Gedanken rasten. Hatten die Namen womöglich etwas mit ihrem Vorstellungsgespräch bei Constance zu tun? »Die Oleanderraupe? Die Raupe des Polka-Falters?«

»Sagt Ihnen das etwas?«

»Ja, natürlich«, antwortete Kitty atemlos, während sie zu verarbeiten versuchte, was das für ihren Artikel bedeuten konnte.

Da drehte Ambrose sich endlich um, aber außer ihren wilden Haaren konnte Kitty nichts von ihr sehen. »Sie können drinnen auf mich warten«, sagte sie und deutete mit der Grabegabel auf die offene Tür zu ihrem Haus.

Verdutzt sah Kitty sie an. »Danke.«

Sie trat ein und stand in der Küche. Das Haus war einfach, ein bezauberndes Cottage, zwar modernisiert, aber ohne seine Vergangenheit zu verleugnen. Ein großer Herd beherrschte den Raum, noch warm vom Frühstück. Kitty setzte sich an den Küchentisch und beobachtete, wie die Frau ihre Arbeit fertig machte und dann mit gesenktem Kopf, so dass nur die wilden roten Haare zu sehen waren, auf das Häuschen zueilte. Ohne aufzublicken, kam sie herein und fragte Kitty, ob sie eine Tasse Tee wollte.

Obwohl Kitty ein schlechtes Gewissen hatte, weil Sally sich immer noch von Eugene über die Schmetterlinge Irlands belehren lassen musste, sagte sie ja. Ambrose wandte ihr beim Teekochen die meiste Zeit den Rücken zu, und als sie dann an dem großen rechteckigen Tisch Platz nahm, setzte sie sich nicht Kitty gegenüber, sondern auf einen Stuhl ganz am anderen Ende, an der Ecke, von ihr abgewandt. Es dauerte lange, bis ein Gespräch in Gang kam, und als endlich ein Blickkontakt zustande kam, fiel Kitty sofort auf, dass Ambrose zwei verschiedenfarbige Augen hatte: Eines war leuchtend grün, das andere dunkelbraun. Und nicht nur das – als ihre dichten Haare sich nur einen Zentimeter von dort wegbewegten, wo Ambrose sie so geflissentlich platzierte, konnte Kitty die Verfärbung sehen, die sich von der Mitte der Stirn über die Nase, die Lippen und über das halbe Kinn zog, bis sie unter der hochgeschlossenen Bluse verschwand. Das Brandmal – wenn es das denn war – sah aus wie eine Flamme, die unregelmäßig über die rechte Seite von Ambroses Gesicht züngelte, und kaum dass Kitty einen kurzen Blick darauf erhascht hatte, wurde der Haarvorhang wieder zugezogen, und nur noch ein leuchtend grünes Auge starrte über den Küchentisch.

Kapitel 17

Wenn jemand behauptet hätte, dass Ambrose noch nie zuvor mit einem menschlichen Wesen gesprochen hatte – Kitty hätte ihm geglaubt. Ambrose war nicht unhöflich oder unverschämt, aber sie hatte keine Ahnung, wie man Konversation machte. Abgesehen von dem einen unbeabsichtigten Mal, als Kitty einen Blick auf das entstellte Gesicht und die unterschiedlichen Augenfarben erhascht hatte, gab es keinen Blickkontakt. Vielleicht hatte ihr Kittys Reaktion missfallen, jedenfalls sah Ambrose sie nicht wieder an. Und nicht nur das: So wie sie am anderen Ende des Tischs saß, diagonal zu Kitty und obendrein von ihr weggedreht, zeigte sie nur ihre rechte Körperseite. Zumindest waren die Haare hinters Ohr gestrichen und man sah ein ganzes Stück blasse Porzellanhaut. Ambrose war ohne Zweifel die ungewöhnlichste Person, der Kitty je begegnet war, nicht nur äußerlich, sondern auch vom Charakter her.

Ihr Umgangston war ebenso verstörend wie ihr sonstiges Verhalten. Sie sprach sehr leise, schien sich dessen auch gelegentlich bewusst zu werden und redete dann plötzlich wesentlich lauter. Aber dann vergaß sie es offenbar wieder, und ganze Worte verschwanden im Flüstern. Kitty musste dauernd die Ohren spitzen.

»Sie hat mich angerufen. Ja, das war. Letztes Jahr. Denn es kam mir. Sehr ungewöhnlich vor.« Die letzten drei Worte schrie sie beinahe, und als hätte sie sich damit selbst erschreckt, verfiel sie wieder in ihren Flüsterton. »Sie wollte mich besuchen. Und ein Interview mit mir machen. Ja, das war es. Ich hab nein gesagt. Dass ich keine. Interviews gebe.«

»Hat sie auch gesagt, worum es in dem Interview gehen sollte?«

»Eugene. Ich hab ihr gesagt, sie soll mit Eugene sprechen. Über das Museum. Er erledigt die Öffentlichkeitsarbeit. Nicht ich. Aber sie hat gesagt, es geht nicht um das Museum. Sie wusste nichts von den Schmetterlingen.«

»Also ging es um Sie persönlich?«

»Das hat sie gesagt. Ich hab geantwortet, dass ich das nicht will. Die Liste. Sie meinte, sie lässt mich trotzdem auf der Liste. Keine Ahnung, was das heißt.«

»Das ist eine Liste mit hundert Namen von Leuten, mit denen sie sprechen und über die sie schreiben wollte«, erklärte Kitty.

»Sie hat mich noch mal angerufen. Ein paar Tage später. Da hatte sie eine Frage wegen einer Raupe.«

»Die Oleanderraupe.« Kitty lächelte.

»Sie hat gelacht. Sie fand es komisch. Auf nette Art. Sie war überhaupt sehr nett«, fügte sie sanft hinzu, und endlich hob sie die Augen, sah Kitty für einen Sekundenbruchteil an und schaute dann schnell wieder weg, als wüsste sie, dass Constance nicht mehr da war. »Sie hat gefragt, ob sie mich besuchen kann. Um mit mir zu sprechen. Das Museum zu sehen. Ich hab ihr gesagt, das Museum kann sie sich gern ansehen. Aber nicht mich. Nur das Museum, aber das ist bloß im Sommer offen. Frühling. Sie hat mich letzten Frühling angerufen. Aber sie ist nie gekommen.«

Kitty musste sich nicht abwenden, um ihre Tränen zu verbergen, denn Ambrose schaute sie ohnehin nicht an.

»Sie ist krank geworden«, erklärte Kitty, und ihre Stimme war nur ein Krächzen. »Letztes Jahr hat man bei ihr Brustkrebs festgestellt, und vor zwei Wochen ist sie gestorben.«

»Mein Daddy ist auch an Krebs gestorben.«

Zwar war das keine übliche Beileidsbezeugung, aber man hörte Ambroses Mitgefühl.

»Sind Sie hier, um ihre Bestellung abzuholen?«

Kittys Tränen versiegten automatisch. »Was für eine Bestellung?«

»Oh. Ich dachte, deshalb sind Sie gekommen. Ich hab ihn für Constance aufgehoben. In der Ausstellung. Ich hab ihn aufgehängt, aber keiner wollte ihn kaufen. Im Rahmen. Einen Polka-Falter. Sie hat gesagt, er ist ein Geschenk.«

Abrupt sprang Ambrose auf und verließ hastig den Raum. Mit den langen, wehenden Haaren und der weiten Kleidung fühlte Kitty sich unwillkürlich an einen flatternden Schmetterling erinnert, und während sie auf die Rückkehr der sonderbaren Frau wartete, wischte sie sich die Tränen aus den Augen und lächelte.

»Ich hab das Museum zusammen mit meinem Daddy geführt«, erklärte Ambrose, nachdem Kitty ihr etwas ausführlicher erläutert hatte, warum sie wirklich hier war. Wie die meisten Menschen hatte Ambrose anfangs nur sehr zögernd mit ihr geredet, aber als Kitty ihr ehrlich überzeugt klargemacht hatte, dass es nicht nur ein persönliches Abenteuer, sondern auch gut für das Museum sein könnte, und ihr außerdem versicherte, dass sie keine Fotos veröffentlichen würde, war sie schließlich bereit gewesen, etwas mehr in die Details zu gehen. Kitty schrieb mit, und ihre Gedanken rasten, während sie versuchte, die Puzzleteile zusammenzusetzen.

Idee für die Geschichte: Fast niemand hält sich für interessant.

Oder:

Menschen, die sich selbst nicht für interessant halten, sind gewöhnlich die interessantesten.

Zwar bekam Kitty durchaus mit, dass Sally, die immer noch Eugenes Vorträgen sowie einer Gruppe von zu wissbegierigen Touristen ausgeliefert war, ihr eine drohende SMS nach der anderen schickte, aber sie konnte sich diese einmalige Chance eines Gesprächs mit Ambrose nicht entgehen lassen. Zwar hatte sie noch immer keine Ahnung, warum Constances Wahl ausgerechnet auf die Frau mit den wilden roten Haaren gefallen war, aber sie wusste, dass es nicht wegen des Schmetterlingsmuseums war, und sie wollte unbedingt herausfinden, was Constance bereits entdeckt hatte. Außerdem war Kitty nicht nur beruflich an der Lebensgeschichte dieser faszinierenden Frau interessiert.

»Mummy und Daddy haben das Museum gemeinsam eröffnet, aber dann ist Mummy gestorben, und Daddy musste das Museum alleine führen.«

Kitty schätzte Ambrose auf um die vierzig, aber es war schwer zu sagen, denn oft klang sie zwar fast kindlich und hatte sich auch eine kindliche Schüchternheit bewahrt, aber andererseits wirkte sie durch ihre geduckte Körperhaltung wie eine alte Frau.

»Wie ist Ihre Mutter gestorben?«, fragte Kitty behutsam, in der Erwartung, dass sie hier vielleicht auf eine Erklärung für Ambroses Aussehen stoßen würde – einen Unfall oder Ähnliches. Sie wusste nicht, wie sie das Thema ansprechen sollte – es faszinierte sie, aber es war so heikel, dass sie es wahrscheinlich nicht anschneiden konnte und es daher ausgeklammert bliebe.

»Geburt. Komplikationen. Sie hat mich hier bekommen. Im Haus. Wahrscheinlich hätte man sie im Krankenhaus retten können, aber da wollte sie nicht hin. Also. Hat es wohl so sein sollen.«

»Das tut mir sehr leid.«

Kitty trank einen Schluck Tee und wechselte das Thema. »Eugene scheint ja mit seinem Sachverstand wirklich eine große Hilfe für Sie zu sein.«

Ambrose blickte auf und lächelte. Aber sie sah nicht Kitty an, sondern blickte zur offenen Tür hinaus in den Garten, zu den Schmetterlingen, in die Natur. Einen Moment schien sie zu strahlen. Doch dann verblasste das Strahlen wieder. »Eugene liebt Schmetterlinge. Ich habe nicht gedacht, dass es möglich wäre, jemanden zu finden, der sie so sehr liebt, wie Daddy es getan hat. Ich würde es hier nicht schaffen. Nicht ohne Eugene.«

»Er sagt genau das Gleiche von Ihnen. Ohne Sie würde es diese wundervolle Einrichtung nicht gehen.« Kitty lächelte, und Ambrose erwiderte das Lächeln sehr vorsichtig. »Wie haben Sie Eugene eigentlich gefunden?«

»Seine Mummy war meine Hauslehrerin, und er hat sie oft zum Unterricht begleitet – und sich immer furchtbar gelangweilt. Manchmal hat er trotzdem brav zugehört, aber meistens ist er im Museum herumgewandert. Seit über dreißig Jahren schaut er sich jetzt schon diese gerahmten Schmetterlinge an.«

»Sie sind also zu Hause unterrichtet worden?«, hakte Kitty nach.

»Ja.« Ambrose schwieg, aber Kitty wartete auf mehr, ahnte, dass noch etwas kommen würde, denn allmählich begann sie das Muster ihrer Start-Stopp-Konversation zu verstehen. »Kinder können grausam sein. Sagt man das nicht immer? Ich war, na ja, ich war ein bisschen unkonventionell.«

Das war eine gewaltige Untertreibung.

»Daddy fand, es wäre am besten, wenn ich zu Hause bleibe.«

»Waren Sie froh darüber?«

»O ja«, antwortete sie mit Nachdruck. »Ich kannte ja nichts anderes.«

»Darf ich Sie fragen, wie alt Sie sind?«

Sie reagierte, als wäre Kitty ins Fettnäpfchen getreten. Die Schultern hochgezogen, das Gesicht fast ganz hinter den Haaren verschwunden, debattierte sie die Frage offensichtlich erst einmal mit sich selbst. »Ist das wichtig?«

Kitty dachte nach. In vielen Fällen war so etwas nicht wichtig, aber in diesem schon. »Ja, wenn es für Sie okay ist.«

»Vierundvierzig.«

Inzwischen vibrierte Kittys Handy fast ununterbrochen, vier, fünf, sechs entgangene Anrufe nacheinander, kaum hatte es aufgehört, fing es schon wieder an. Sally war sauer, und Kitty wollte ihre Mitfahrgelegenheit nicht verpassen. Aber eines hatte sie noch zu erledigen.

»Entschuldigung, aber dürfte ich wohl kurz Ihre Toilette benutzen?«, fragte sie.

Kitty erwartete eigentlich, dass es Ambrose genau wie die Frage nach dem Alter tatsächlich stören würde, aber das Gegenteil war der Fall – sie machte einen fast erleichterten Eindruck, als wäre sie froh, endlich einmal eine Ruhepause von der Fragerei zu haben.

Schnüffeln gehörte zu Kittys Lieblingsbeschäftigungen, und so spähte sie auf dem Weg zur Toilette in jedes Zimmer, an dem sie vorbeikam, und statt am Ende wie angewiesen nach rechts zu gehen, wandte sie sich nach links. Das Zimmer, in das sie nun gelangte, musste wohl Ambroses Schlafzimmer sein, und es raubte ihr den Atem. Die dem Bett gegenüberliegende Wand war von oben bis unten mit Zeitschriftenausschnitten gepflastert – Models, Schauspielerinnen, Sängerinnen. Auf einigen waren nur Haare, Augen, eine Nase oder ein Mund zu sehen, auf anderen ein ganzes Gesicht, ein paar waren Collagen aus verschiedenen Gesichtern. Genau wie die Galerie gerahmter Schmetterlinge war auch dieses Schlafzimmer ein Museum, eine Feier der Schönheit. Doch diese Ausstellung fühlte sich nicht wirklich festlich an, sondern verursachte Kitty eine dicke Gänsehaut. Hastig zog sie sich zurück.

Als Kitty Logan endlich wieder ging, war Ambrose erschöpft. So viel menschlichen Kontakt hatte sie schon lange nicht mehr gehabt – außer mit Eugene natürlich –, und sie fühlte sich ausgelaugt und müde von der Anstrengung, dauernd ihr Gesicht verstecken, ihre Gefühle verbergen, normal erscheinen und vernünftig klingen zu müssen. Solange sie allein und im Schutz ihres Häuschens war, kümmerte sie das alles nicht, aber wenn sie mit Menschen in Kontakt kam, die nicht zu ihrem vertrauten Kreis gehörten, wurde es schwierig. Dieser Kreis beinhaltete außer Eugene eigentlich nur noch Harriet, die Putzfrau, und Sara, die im Museums-Shop und -Café arbeitete, und mit den beiden Frauen sprach Ambrose auch nur, wenn es sich absolut nicht vermeiden ließ. Eigentlich konnte sie nur bei Eugene ganz sie selbst sein, denn er war eben Eugene. Er kannte sie schon ihr ganzes Leben lang, er war an sie gewöhnt. Bei allen anderen versteckte sie ihr Gesicht, aber bei Eugene konnte sie die Haare zurückbinden und ihm direkt in die Augen schauen.

Langsam ging sie in ihr Schlafzimmer und holte die Zeitschrift, die sie heute Morgen gelesen hatte. Der Sommer war nicht ihre Lieblingsjahreszeit, auch wenn es den Schmetterlingen und dem Geschäft dann am besten ging. Im Sommer fielen die Hüllen, und nicht nur in den Zeitschriften wimmelte es von spärlich bekleideten hübschen Frauen, auch im Museum wimmelte es von ihnen – Frauen, die sich völlig unbefangen die Haare zusammenbinden und durch Räume und Straßen flanieren konnten. Ambrose mochte den Winter viel lieber, denn dann konnte sie sich unter warmen Kleidungsschichten verstecken. Sie war in ihrem Leben nicht viel gereist, aber wenn sie es sich hätte aussuchen können, hätte sie Urlaub in einer Gegend gebucht, wo es kalt war – aber sie konnte das Museum und die Schmetterlinge im Sommer ja nicht alleinlassen.

Sorgfältig schnitt sie ein Foto aus, das eine junge Fernsehschauspielerin in einem winzigen Bikini am Strand zeigte, rank und schlank und ohne ein überflüssiges Gramm Fett, obwohl sie vor sechs Wochen ein Baby bekommen hatte. Ambrose pinnte das Foto an die Wand, wobei sie gewissenhaft darauf achtete, dass es keines der anderen verdeckte, setzte sich aufs Fußende des Betts und betrachtete es volle fünfzehn Minuten lang. Sie studierte die Augen der Frau, ihre Nase, ihren Mund, den langen Hals, die Wölbung ihres Rückens, das freche Hinterteil, die festen, sonnengebräunten Oberschenkel, die perfekt lackierten, teilweise von Sand bedeckten Zehennägel. Ambrose verlor sich in dem Bild, wurde selbst diese junge Frau, schlenderte, gerade dem Wasser entstiegen, am Strand entlang, spürte die Blicke auf sich ruhen, fühlte die Hitze auf der Haut, das Meerwasser, das an ihr herabrieselte, wusste, dass sie großartig aussah, fühlte sich leicht und froh und entspannt auf dem Weg zu ihrer Sonnenliege, wo bereits ein Cocktail auf sie wartete. So lebendig war ihre Phantasie, dass sie sie für ein paar Augenblicke kaum von der Realität unterscheiden konnte.

Kitty Logan hatte sie gefragt, warum sie Schmetterlinge sammelte, was sie daran so faszinierte. Zwar war Ambroses Antwort nicht gelogen, aber sie hatte nicht die ganze Wahrheit gesagt. Warum liebte sie Schmetterlinge? Weil sie schön waren. Und weil sie selbst nicht schön war.

Es war der gleiche Grund, aus dem sie als Kind das Märchen von der Schönen und dem Biest so geliebt hatte, und obwohl sie schon dreiundzwanzig gewesen war, als der Disney-Film in die Kinos kam, hatte sie ihn sich mehrmals angeschaut. Als dann das Video erschien, kaufte sie es sich sofort, und inzwischen kannte sie jedes Wort, jeden Blick, jede einzelne Geste der Figuren auswendig. Ihr Daddy hatte sich über ihre kindische Begeisterung für den Zeichentrickfilm gewundert und sie völlig missverstanden. Es ging Ambrose nicht um die Liebesgeschichte, auch nicht darum, dass sie sehen wollte, wie ein hässliches Untier wieder hübsch wurde, nein, sie liebte diesen Film, weil sie – genau wie das Biest, das Belle gefangen hielt – wusste, wie es war, Schönheit zu erkennen, davon fasziniert zu sein und sich in ihrer Gegenwart so lebendig zu fühlen, dass man sie einfangen und wegschließen wollte, um sie jeden Tag anschauen und sich daran erfreuen zu können.

»Wer in aller Welt simst dir denn da?«, fragte Sally, als sie von Kildare nach Hause fuhren. Es war das Erste, was sie nach langem Schweigen sagte, und Kitty nahm es als Zeichen, dass ihre Freundin ihr langsam verzieh.

»Warum?«, fragte Kitty stirnrunzelnd.

»Weil du dieses doofe Lächeln im Gesicht hast, seit du mit der Simserei angefangen hast.«

»*Simserei?* Das Wort gibt's nicht.«

»Versuch nicht, das Thema zu wechseln.«

»Das war nur Pete«, antwortete Kitty endlich und viel zu beiläufig.

Sally riss die Augen auf. »Pete, Prinz der Düsternis und Chef vom Dienst? Der Pete, den du so hasst?«

»Ich habe nie gesagt, dass ich ihn hasse.«

»Oh. Mein. Gott.«

»Was?«

»Oh-oh. Du weißt genau, was hier passiert«, stichelte Sally.

»Halt den Mund. Es passiert gar nichts. Sei einfach still, ja?«, wehrte sich Kitty und versuchte, Sally den Mund zuzuhalten. Sally kicherte, das Auto geriet ins Schlingern, und Kitty nahm die Hand schnell wieder weg.

»Okay, schön. Ich sag es nicht, aber du weißt, dass du es weißt«, trällerte sie.

»Er will bloß wissen, ob bei mir alles so weit okay ist«, erklärte Kitty, klappte ihr Handy zu und stopfte es in ihre Tasche. Aber sobald es weg war, bereute sie, dass sie nicht nachschauen konnte, ob er auf ihre ziemlich witzige und wohldurchdachte letzte Nachricht schon geantwortet hatte.

Sie schwiegen wieder und fuhren in die langsam hereinbrechende Nacht, den Abglanz des Abendrots weit hinter sich.

»Abendrot, Gutwetterbot«, sagte Kitty.

»Ach, red keinen Quatsch«, entgegnete Sally. »Das ist doch alles Unsinn. Morgen soll es in Strömen regnen.«

Wieder verfielen sie in Schweigen, und Kittys Gedanken wanderten von Pete zu ihrem Artikel. Sie dachte an die Menschen, die sie bisher kennengelernt hatte: Birdie Murphy, Eva Wu,

Mary-Rose Godfrey, Archie Hamilton und Ambrose Nolan. Noch immer suchte sie das verbindende Element, wälzte ihre Erzählungen im Kopf hin und her, verglich und analysierte sie, und obwohl sie Ähnlichkeiten entdeckte und obwohl die Berichte für sich genommen wirklich interessant waren, konnte sie keinen gemeinsamen Nenner finden, keine einheitliche Geschichte daraus formen. Sie musste noch einmal neu anfangen, noch einmal genau zuhören – vielleicht war es ja eher hinderlich, dass sie ständig nach einer Verbindung fahndete. Als sie nach ihrer Tasche griff, stichelte Sally prompt, dass sie schon wieder ihr Handy rausholen wollte, aber das hatte Kitty inzwischen schon ganz vergessen. Sie hatte nur ihren Notizblock und ihren Stift im Sinn, und als Sally merkte, dass ihre Freundin hochkonzentriert in anderen Regionen schwebte, gab sie sofort Ruhe.

Kitty dachte an Ambrose, an die gerahmten Schmetterlings-Exponate und an die mit Fotos gepflasterte Schlafzimmerwand.

Name Nummer zwei: Ambrose Nolan.

Titel: Die Flügel des Schönen

Kapitel 18

In dieser Nacht schlief Kitty bei Sally.

Als sie aus Straffan zu Kittys Wohnung zurückkamen, mussten sie feststellen, dass der Artikel in der Sonntagszeitung damit belohnt worden war, dass sich eine Spur von Mist über sämtliche Treppenstufen bis zu ihrer Tür zog, auf die mit dem gleichen Material *Dreckige Sensations-Hure* geschmiert worden war. Nach allem, was sie bisher erlebt hatte, schaffte Kitty es trotzdem immer noch, sich verletzt zu fühlen. Sie spielte mit dem Gedanken, die Tür zu fotografieren und Richie das Bild zusammen mit den Worten »Danke schön« zu schicken, entschied sich dann aber dagegen, weil sie befürchtete, dass es womöglich morgen in der Presse auftauchen würde. Doch so verzweifelt sie auch war, spürte sie auch eine gewisse Dankbarkeit dafür, dass die Attacken bisher weder das Innere ihrer Wohnung noch ihre eigene Person zum Ziel gehabt hatten. Sie raffte ein paar Klamotten zum Wechseln zusammen – genug für eine Woche –, machte auf dem Absatz kehrt und wollte schnell wieder zu Sallys Auto laufen.

Aber Mr Wong, ihr Vermieter, verstellte ihr den Weg.

»Tut mir leid, Mr Wong, ich hab's echt eilig, könnten Sie bitte …« Sie trat nach rechts, um sich an ihm vorbeizudrängen, sie trat nach links –, aber er blockierte sie. Seufzend gab sie auf. »Ich werde das alles saubermachen lassen, sobald ich kann.«

»Ist nicht genug. Letzte Woche Farbe, Toilettenpapier und Scheiße, gestern Nacht Feuerwerk, heute wieder Scheiße. Nicht gut für mein Geschäft.«

»Ich weiß, ich weiß, aber ich bin sicher, dass bald Schluss damit sein wird. Irgendwann haben die genug.«

Aber er gab sich nicht zufrieden. »Monatsende ich finde neuen Mieter. Sie raus. Sie suchen andere Wohnung …«

»Nein, nein, nein, nein, nein!«, fiel Kitty ihm entsetzt ins Wort und rang die Hände. »Bitte sagen Sie so was nicht! Das ist nur ein Kurzzeitphänomen, ich war immer eine gute Mieterin, oder etwa nicht?«

Er zog die Augenbrauen in die Höhe.

»Ich werde niemanden über PER informieren.«

Sein Gesicht verdunkelte sich. »Sie mir drohen?«

»Nein! Ich hab gesagt, ich werde *niemanden* über PER informieren. Das heißt, ich sage keinem etwas.«

»Warum Sie dann darüber sprechen? Monatsende Sie draußen«, wiederholte er und stürmte die Treppe hinunter. Während Kitty noch dastand und darüber nachsann, wie viel schlimmer ihr Leben wohl noch werden und wo in aller Welt sie sich nach einer erschwinglichen Wohnung umschauen könnte, erschien Mr Wong auch schon wieder, diesmal mit einem in Plastik verpackten Kleidungsstück auf einem Bügel. »Und Ihr Freund«, sagte er und kam wieder die Treppe herauf. »Er nicht bezahlen für Jackett. Soll heute Morgen abholen und zahlen. Sie jetzt zahlen. Zehn Euro.«

»Nein, nein, er ist nicht mein Freund, und ich bezahle gar nichts für ihn.«

»Er Ihr Freund. Ich sehe Sie kussikussi. Sie zahlen. Zehn Euro. Sie zahlen.«

»Niemals. Das gehört mir nicht. Kommt gar nicht in Frage.« Er begann sich zurückzuziehen.

»Okay, machen wir einen Deal. Ich zahle für das Jackett, wenn Sie mich weiter in der Wohnung wohnen lassen.«

Mr Wong dachte nach. »Sie zahlen, ich überlege.«

Kitty verbiss sich ein Grinsen. »Gut.« Sie fischte ihr Portemonnaie aus ihrer Tasche und gab ihm das Geld. Er überreichte ihr das Jackett. »Dann darf ich also bleiben?«

»Nein«, blaffte er. »Ich sage, ich überlege, und ich überlege, und Antwort ist nein.« Damit drehte er sich um, rannte endgültig die Treppe hinab und ließ Kitty mit offenem Mund stehen.

Nach der Nacht in Sallys vernünftigem Haus in Rathgar, mit ihren vernünftigen Möbeln, ihrem vernünftigen Ehemann, der ein vernünftiges Auto und einen vernünftigen Job hatte und beim vernünftigen Frühstück mit ihr über seinen vernünftigen Golf-Ausflug am vorhergehenden Wochenende gesprochen hatte, ließ Kitty Sallys vernünftige Kinderfrau mit Sallys achtzehnmonatigem Baby allein und lief mit Sally in die Stadt. Es war erst halb acht Uhr früh, aber schon recht warm, mit einer angenehmen leichten Brise. Obwohl man wirklich keinen Mantel brauchte, hatte Sally einen dicken Pullover an und schleppte einen Regenmantel und den größten Schirm mit sich herum, den Kitty jemals gesehen hatte.

»Hast du vor, den Obdachlosen eine Behausung zur Verfügung zu stellen?«, fragte Kitty, während sie den Schirm beäugte.

»Das ist Douglas' Golf-Schirm.«

»Aha. Und vermietet ihr ihn auch als Festzelt?«

Sally ignorierte die Frage.

»Ganz schön warm heute.« Kitty zog ihre Jacke aus.

Sally blickte zum strahlend blauen Himmel empor. »Nachher soll es zu wolkenbruchartigen Regenfällen kommen.«

»Sieht aber nicht danach aus, oder?«

Sally lächelte wissend, als hielte sie allein die irischen Wettergeheimnisse in der Hand. »Und was machst du heute?«

»Ich frühstücke mit einem Ex-Knacki, geh zum Brunch mit einer persönlichen Einkäuferin, verbringe den Nachmittag mit einer Frau, die kranken Leute die Haare frisiert, gehe heute Abend ins Pflegeheim und habe danach noch ein Date mit einem Misthaufen und einem Putzeimer.«

»Na, man kann jedenfalls nicht behaupten, dass dein Leben langweilig wäre.«

»Nein, das ist es ganz bestimmt nicht. Ach ja, unterwegs muss ich dann auch noch Zeit finden, mich nach einer neuen Wohnung umzuschauen.«

»Du kannst bei uns bleiben, solange du willst, das weißt du hoffentlich«, bot Sally an.

»Ja, das weiß ich, und danke, aber ich kann dein nettes Angebot nicht annehmen. Ich muss mein Leben wieder auf die Reihe kriegen.« Kitty versuchte, sich ihre Sorgen möglichst wenig anmerken zu lassen. Sie würde sich allein keine Wohnung leisten können, sie würde wieder mit jemandem zusammenwohnen müssen, und gerade als sie gedacht hatte, dass sie im Leben vorwärtskam, als sie ordentlich verdient und sich mit ihrem Freund die Miete geteilt hatte, war plötzlich alles schiefgegangen, und jetzt wusste sie nicht mal mehr, wie sie über die Runden kommen sollte. Ihr Job bei *Etcetera* war mehr als unsicher, auch wenn Pete in den letzten zwei Tagen erstaunlich nett und entgegenkommend, um nicht zu sagen deutlich charmanter als sonst gewesen war. Sie wusste, dass die Zeitschrift von ihren Anzeigenkunden unter Druck gesetzt wurde, ihre Artikel nicht mehr zu veröffentlichen, aber wenn sie nichts veröffentlichte, bekam sie auch kein Geld, so einfach war das, und es riss sich zurzeit auch wirklich niemand darum, sie als freie Journalistin zu beschäftigen.

Inzwischen wirkte Sally ziemlich erhitzt, sie schnaufte ein bisschen und rollte schließlich die Ärmel ihres Pullovers auf. Kitty verkniff sich ein Grinsen. Bevor sich ihre Wege trennten, holte Sally eine Visitenkarte aus ihrer Tasche und reichte sie Kitty.

»Daniel Meara. Den Namen kenne ich doch«, sagte Kitty.

»Er arbeitet am Ashford Private.« Das war das College, in dem Kitty und Sally sich vor fünf Jahren kennengelernt hatten. »Er hat vor kurzem mit mir Kontakt aufgenommen und gefragt, ob ich Interesse hätte, ein paar Abendkurse zu unterrichten. Ich hab ihm gesagt, dass ich selbst keine Zeit habe, aber dass ich ihm ein paar Leute schicken kann, die genauso für den Job qualifiziert sind.«

Kitty sah die Karte an und schluckte. Das Angebot ging stark in Richtung Almosen, was ihr gar nicht gefiel, aber sie wusste, dass Sally sich nach Kräften bemühte, es nicht so wirken zu lassen.

»Ich hab doch überhaupt keine Erfahrung mit Unterrichten«, sagte Kitty und starrte weiter auf die Karte.

»Macht nichts, du hast Erfahrung beim Fernsehen. Das ist alles, was die brauchen, jemanden, der aus erster Hand weiß, was hinter den Kulissen abgeht. Außerdem – wen kümmert's, lass die doch dein Talent als Dozentin beurteilen. Und es wird gut bezahlt.«

Kitty nickte.

»Ruf ihn einfach an und schau, ob es was für dich ist. Vielleicht gefällt es dir nicht, aber es lohnt sich auf jeden Fall, es auszuprobieren.«

Wieder nickte Kitty und blickte endlich von der Karte auf. »Bist du ganz sicher, dass du das nicht selbst machen willst?«

»Ich komme ja schon so kaum zurecht«, grinste sie. »Mit meinem Ganztagsjob und den gelegentlichen Wochenendschichten im Sender sehe ich Finn sowieso viel zu selten. Ganz zu schweigen von Douglas. Also greif ruhig zu.«

»Danke«, sagte Kitty und umarmte ihre Freundin.

»Keine Sorge«, sagte Sally und drückte Kitty fest an sich, »wir haben alle solche Phasen. Erinnerst du dich, als wir uns kennengelernt haben?«

Natürlich erinnerte sich Kitty. Sally hatte damals gerade erfahren, dass Douglas eine Affäre gehabt hatte, und versucht, ihre Ehe wieder zu kitten und selbst etwas Neues beim Fernsehen anzufangen. Für sie war jeder Tag ein Kampf gewesen.

»Weißt du, wir alle machen so was durch, und jetzt bist du eben an der Reihe. Das ist nur fair.« Damit küsste Sally sie auf die Stirn, und sie trennten sich.

Gespannt darauf, den Rest von Archies Geschichte zu hören, machte Kitty sich auf den Weg zum Brick Alley Café in Temple Bar. Als sie ankam, saß er in der gleichen Ecke und auf dem gleichen Hocker wie tags zuvor, etwas zur Seite gedreht, um den Raum beobachten und gleichzeitig essen zu können.

»Ich nehme an, Sie erwarten, dass ich heute wieder bezahle?«, sagte sie und setzte sich neben ihn.

Er grinste nur.

»Obst und Wasser?« Auch die Kellnerin war die gleiche wie gestern Morgen.

»Ja bitte«, antwortete Kitty, überrascht, dass die Frau sich noch an ihre Bestellung erinnerte.

»Diese Art von Bedienung ist vom Aussterben bedroht«, sagte Archie und kaute ausgiebig auf der Speckschwarte. »Es gibt einfach nicht genug solche Cafés. Die wissen hier, was man will, und ansonsten lassen sie einen in Ruhe. Eine perfekte Kombination.«

In diesem Moment ging die Tür auf, und die verhuschte Frau kam herein.

»Und täglich grüßt das Murmeltier«, kommentierte Kitty.

Die Frau sah sich hoffnungsvoll um und nahm dann enttäuscht Platz.

»Das Übliche?«, fragte die Kellnerin sie, und die Frau nickte stumm.

»Warum sprechen Sie sie nicht einfach mal an?«, erkundigte sich Kitty.

»Was?« Archie schrak aus seiner Trance auf und schob seinen Teller weg, verlegen, dass er ertappt worden war.

»Die Frau«, lächelte Kitty. »Sie schauen doch dauernd zu ihr rüber.«

»Wovon reden Sie denn?« Seine Wangen röteten sich. »Was heißt denn da dauernd? Sie sind doch erst zum zweiten Mal hier.«

»Ach egal«, meinte Kitty und ließ ihn einen Moment zur Ruhe

kommen, ehe sie sich ernsteren Themen zuwandte. »Heute habe ich mich vorbereitet«, verkündete sie und packte ihren Notizblock und das Aufnahmegerät aus.

Die Art, wie Archie das Gerät anstarrte, machte sie nervös. Sie würde sich in den Hintern treten, wenn er jetzt absprang, wo sie doch wusste, dass sich viele Leute mit Aufnahmegeräten unbehaglich fühlten. Wie man die Kamera als Idioten-Magneten bezeichnen konnte, brachte der Recorder oft die Schüchternheit der Menschen zum Vorschein. Kaum jemand mochte den Klang seiner eigenen Stimme, und das Aufnahmegerät zwang einen obendrein zu der befangenen Erkenntnis, dass jemand genau hinhörte und das Gesagte noch einmal abspielen könnte, so dass die Situation weniger einer Unterhaltung und mehr einem Interview ähnelte.

»Wenn es Ihnen unangenehm ist, kann ich auf das Gerät auch verzichten.«

Aber Archie winkte ab, als wäre ihm das vollkommen gleichgültig.

»Wir haben gestern über den Tod Ihrer Tochter gesprochen …«

»Über den Mord an meiner Tochter«, korrigierte Archie sie sofort.

»Ja. Über den Mord an Ihrer Tochter. Dass die Ermittlungen sich ausschließlich auf Sie konzentriert haben und dass Sie das Gefühl hatten, die Polizei würde sich dadurch von der Suche nach dem wahren Mörder ablenken lassen.«

Er nickte.

»Ich dachte, darüber könnten wir heute noch ein bisschen ausführlicher reden. Wie Sie sich damals gefühlt haben, wie frustrierend es für Sie gewesen sein muss, dass niemand auf Ihre Hinweise hören wollte, obwohl es entscheidende Informationen waren.«

Wieder einmal sah er sie mit seinem typischen amüsierten Funkeln in den Augen an. »Glauben Sie, das interessiert jemanden?«

»Aber natürlich, Archie. Das ist doch der schlimmste Albtraum, den man sich vorstellen kann, und Sie haben ihn durchlebt. Die Leute werden fasziniert sein zu erfahren, wie sich so etwas wirklich anfühlt, und ich glaube, dass es dabei helfen wird, die Meinung der Leute über Sie zu ändern. Sie wissen schon, bei Job-Bewerbungen und so – statt nur zu sehen, dass Sie im Gefängnis waren, versteht man, wer Sie wirklich sind. Nämlich ein Vater, der seine Tochter beschützen wollte.«

Er sah sie an, und seine Augen wurden sanft, sein Unterkiefer, seine Schultern, alles entspannte sich. »Danke.«

Kitty wartete.

»Aber das ist nicht die Geschichte.«

»Wie bitte?«

»Klar ist der Mord an meiner Tochter ein Teil davon, ich glaube sogar, dass es viel mit dem zu tun hat, was damals passiert ist, und es war ja auch einmal meine Geschichte, aber jetzt nicht mehr.«

Kitty warf einen Blick auf ihre Notizen. Sie hatte bis um halb vier heute früh in Sallys vernünftigem Gästezimmer gesessen und gearbeitet. »Und was ist Ihre Geschichte?«

Er senkte die Augen. »Ich habe nie an Gott geglaubt. Nicht mal in der Schule, als mein frommer Lehrer uns die Angst und die Schuldgefühle eingebläut hat. Natürlich hab ich geglaubt, dass er daran glaubt, aber ich dachte, er ist verrückt. Er spinnt einfach. Ich dachte, wenn jemand einen zwingen muss, an etwas zu glauben, dann ist es nicht wert, dass man daran glaubt, es ist gegen die Natur. Verstehen Sie?«

Kitty nickte.

»Bevor ich abends ins Bett gegangen bin, hab ich genauso routinemäßig gebetet, wie ich mir routinemäßig die Zähne geputzt habe. Ich hab genauso an Gott geglaubt wie an Karies. Gott war etwas, vor dem die Erwachsenen den Kindern Angst einjagen wollten, eine Gewohnheit, etwas, was ich tun musste. Als ich sechs Jahre alt war und wir meine Mutter begraben haben, habe ich nicht an Gott geglaubt und auch nicht mit sieben bei meiner Erstkommunion oder mit zwölf bei der Firmung. Ich habe nicht an ihn geglaubt, als ich in seinem Haus stand und ihm versprochen habe, dass ich meiner zukünftigen Frau ewig treu sein würde, aber« – er sah Kitty durchdringend an –, »aber an dem Tag, als meine Tochter geboren wurde, da habe ich ihm gedankt.«

Er schwieg.

»Tja, warum hab ich das getan?«, fuhr er schließlich fort. »Wie kann man jemandem danken, an den man eigentlich gar nicht glaubt? Aber ich habe es getan. Als wäre es das Natürlichste auf der Welt.« Wieder hielt er inne. »Aber dann begannen die schlaflosen Nächte, und ich habe ihn wieder vergessen. Nur ganz gelegentlich habe ich mich an ihn erinnert – wenn Rebecca krank wurde, wenn sie Fieber hatte oder als sie sich als Krabbelkind böse den Kopf gestoßen hat und wir mit ihr in die Kinderklinik in der Temple Street gerast sind, damit sie genäht werden konnte. Aber kaum waren ihre Tränen versiegt und ihr wunderschönes Lächeln, das meine ganze Welt erhellte, erschien wieder auf ihrem Gesicht, da habe ich Gott sofort wieder vergessen.

Erst als sie verschwunden war, erst nachdem sie eine ganze Woche weg war und wir eine öffentliche Suche nach ihr gestartet hatten, fiel mir Gott wieder ein, und ich fing an, zu ihm zu beten. Anfangs jeden Morgen, sobald ich wach wurde. Ich habe gebetet, dass dieser Tag der Tag werden würde, an dem Rebecca wieder nach Hause kommt. Dann wurde das Beten regelmäßiger, fast in jeder Minute hab ich gebetet. Dann fing ich an, in die Kirche zu gehen. jeden Tag. Wenn ich an meine Tochter dachte, dachte ich sofort auch an Gott. Ich hab so viele Verträge mit ihm geschlossen, so viel Zeit und Energie in Versprechungen und Kompromisse gesteckt. Wenn du sie zurückbringst, dann tu ich dies, wenn wir sie wohlbehalten wiederfinden, dann tu ich jenes. Wenn du uns nur hilfst, sie überhaupt zu finden, dann werde ich der beste Mensch, den du je gesehen hast. Ich habe Gott auf

Händen und Knien angefleht, ich habe gebettelt. Ich habe so fest an ihn geglaubt, stärker als je zuvor in meinem Leben.

Aber als man Rebeccas Leiche gefunden hat, misshandelt und missbraucht, da habe ich nicht nur aufgehört, an Gott zu glauben, sondern ich habe angefangen, so stark an seine Nichtexistenz zu glauben, dass mir alle Leute, die weiter an ihn glaubten, leidtaten und mich sogar ärgerten. Auf einmal hielt ich es keine Minute mehr mit solchen Menschen aus, und glauben Sie mir, sie kamen massenweise aus ihren Löchern, als man Rebecca gefunden hatte – um uns zu *helfen*. Ihr Glaube, ihre Naivität, ihre Bereitschaft, dermaßen lächerliche Theorien anzuerkennen, versetzte mich maßlos in Wut. Ich hatte das Gefühl, dass dieser Glaube nichts als eine faule Ausrede war, um keine Verantwortung übernehmen zu müssen, nichts als Unfähigkeit, irgendetwas aus eigener Kraft zu leisten, ein billiges Sich-aus-der-Affäre-Ziehen. Mit solchen Menschen wollte ich nichts zu tun haben. Verstehen Sie, was ich damit sagen will?«

»Ja. Dass Sie nicht an Gott glauben«, antwortete Kitty mit einem zaghaften Lächeln.

»Nein. *Ich habe nicht an Gott geglaubt*. Dann habe ich an ihn geglaubt, er hat mich im Stich gelassen, und ich habe sieben Jahre damit verbracht, ihn abgrundtief zu hassen, schon allein die Idee, dass es ihn geben *könnte*. Aber das ist das Gleiche, wie ihm zu danken, obwohl man nicht an ihn glaubt, richtig? Denn wie kann ich jemanden hassen, an dessen Existenz ich nicht glaube?«

Kitty war so in seine Worte vertieft, dass sie gar nicht gemerkt hatte, dass ihr Frühstück gebracht worden war. Sie trank schnell einen Schluck Wasser und versuchte, sich zu orientieren und einzuschätzen, wohin Archies Erzählung sie führen würde.

Er beobachtete sie.

»Sie werden mir nicht glauben.«

»Doch, ich glaube Ihnen«, entgegnete sie.

»Ich verspreche es Ihnen – Sie werden mir nicht glauben.«

»Lassen Sie mich das ruhig selbst beurteilen.«

Er blickte auf seinen Tee hinunter, der inzwischen längst kalt sein musste. Man konnte die dünne Kalkschicht vom Wasserkocher auf der Oberfläche treiben sehen. Archie schwieg sehr lange.

»Weiß Ihre Familie von der Sache, die ich angeblich nicht glauben werde?«, versuchte Kitty ihn nach einer Weile wieder auf das Thema zurückzulenken.

Er schüttelte den Kopf. »Nein, davon weiß niemand.«

»Dann kriege ich also einen Exklusivbericht.«

»Ah, da haben wir's, der alte Paparazzo ist zurück.«

Kitty lachte. »Haben Sie denn überhaupt Kontakt zu Ihrer Familie?«

»Nein«, antwortete er leise. »Na ja, sie haben Kontakt mit mir, aber … Na ja, ich habe einen Bruder in Mayo. Frank. Er ist fünfzig und will heiraten, ist das zu glauben?«

»Liebe kennt keine Altersgrenze«, gab Kitty zurück. Sie versuchte, nicht sarkastisch zu klingen, scheiterte aber kläglich.
»Sie glauben also nicht an die Liebe?«, sagte Archie.

»Diese Woche glaube ich an so gut wie gar nichts mehr.«

»Und da wollen Sie mir einreden, dass Sie mir glauben werden?«

»Bisher haben Sie einen ziemlich ehrlichen Eindruck auf mich gemacht. Außerdem hängt meine Zukunft von Ihnen ab.«

Er grinste. »Was halten Sie von Gott?«

»Ich glaube nicht an ihn«, antwortete sie offen.

Er nahm es zur Kenntnis. »Wissen Sie, was ich von der Liebe halte? Ich glaube, die Liebe kann uns bis zur Unkenntlichkeit verändern und zu liebeskranken, blinden, weichbirnigen Idioten machen.«

»Das ist Ihnen bestimmt nie passiert«, neckte Kitty.

»O doch. Als ich meine Frau kennengelernt habe. Sie war hinreißend. Allerdings war ich damals sowieso ein kompletter Idiot. Ich glaube, dass die Liebe die Menschen weicher machen kann. Aber mich macht die Liebe inzwischen nur noch wütend, schrecklich wütend, sie verbrennt mir die Haut und sickert in mein Blut und bringt das Schlimmste in mir zum Vorschein. Deshalb sollten die Menschen, die ich liebe, mich besser nur von fern lieben. Aus Mayo zum Beispiel. Oder Manchester. Wo auch immer.«

Kitty bat ihn um eine nähere Erklärung.

»Meine Liebe zu einem Menschen äußert sich in negativer Form«, antwortete er. »Schattenhaft, bedrohlich, sie hat nichts gemein mit dem ganzen kitschigen Mist, den man auf irgendwelchen Karten lesen kann, oder mit den süßen Worten, die Verliebte sich zuflüstern. Bei den meisten Leuten führt Liebe zu wunderbaren Höhenflügen, aber mich reißt sie in die Tiefe. Ich bin ein Dämon, jederzeit bereit, die Menschen, die ich liebe, zu verteidigen, zu beschützen, koste es, was es wolle.«

»Nur allzu verständlich, wenn man bedenkt, was Sie durchgemacht haben.«

»Meinen Sie?« Er sah sie überrascht an.

»Aber natürlich.«

»Die letzten sieben Jahre habe ich mich gefühlt wie ein Monster, das keine Ahnung hat, wie man richtig liebt. Und obwohl mir das klar ist …« Wieder versank er in Gedanken. Kitty konnte fast zusehen, wie er sich wieder abschottete, wie die Anspannung zurückkehrte, wie der harte Kerl seinen Schutzwall um sich aufbaute.

Sie musste etwas sagen, bevor der redebereite Archie ganz verschwunden war. »Archie, sagen Sie es mir.«

Eine lange Zeit starrte er auf die Tafel mit den Tagesgerichten, dann wandte er sich wieder nach der Frau um. Und seufzte, offensichtlich hin und her gerissen.

»Sagen Sie es mir«, wiederholte Kitty fest.

»Manchmal …« Er stockte. »Manchmal höre ich, was die Leute beten.«

Kitty zog die Augenbrauen hoch und wartete, dass er anfing zu lachen, dass er ihr sagte, dass es ein Witz gewesen war, aber sein Gesicht blieb ernst. Das alles analysierte sie in den wenigen Sekunden, die ihr blieben, um diese Geschichte zu gewinnen oder zu verlieren. Im gleichen Augenblick stand die Frau auf, verließ das Café, und Archies Augen folgten ihr. Doch dann wandte er sich wieder Kitty zu, wahrscheinlich, weil er darauf wartete, dass sie das Gleiche tat. Aber Kitty ging lieber ein Risiko ein.

»Und was hören Sie bei ihr, wenn sie betet?«

Erneut schien es ihn zu überraschen, dass ihre Frage nicht negativer war und dass sie direkt zum Punkt kam.

»Bitte«, antwortete er und schien schon etwas ruhiger. »Sie sitzt jeden Morgen eine halbe Stunde hier und sagt ›bitte‹. Immer nur ›bitte‹.«

Im Bus zu ihrem nächsten Ziel massierte sich Kitty erst einmal kräftig die Schläfen. Ein Mann, der die Gebete anderer Leute hörte? Was in aller Welt sollte sie denn davon halten? Sie konnte die Geschichte einfach fallenlassen, von Archie gleich zu einem anderen Namen auf der Liste übergehen, mit einem anderen Kandidaten sprechen. Einem normalen Menschen. Mit so einer knappen Deadline und Pete im Nacken hätte sie das wahrscheinlich tun sollen, aber sie konnte so nicht mit der Liste umspringen, es war nicht ihre, es war die von Constance. Kitty dachte an ihr früheres Selbst, das ganz wild darauf gewesen war, Leute wie Archie kennenzulernen und solche Geschichten zu hören. Sie dachte daran, was Constance sie gelehrt hatte, und ihr wurde klar, dass es genau die Art von Geschichte war, über die Constance hätte berichten wollen. Die Art von Geschichte, die die dreiundzwanzigjährige Kitty, frisch vom College, zu ihrem Vorstellungsgespräch mitgebracht hätte, eine Geschichte, die Constance fasziniert hätte – denn sie erforschte am liebsten alles Ungewöhnliche, alles, was aus der Reihe tanzte, alles, was nicht den Konventionen entsprach. Kittys Herz begann zu klopfen, als sie begriff, welche Möglichkeiten sich hier für sie eröffneten. Vielleicht hatte Archie die Gebete von Mary-Rose, Birdie, Eva oder Ambrose gehört, vielleicht hatte er eine Verbindung zu all den anderen Menschen auf der Liste. Sie musste der Sache unbedingt auf den Grund gehen.

Nachdenklich starrte sie auf die Worte, die sie instinktiv auf ihren Block gekritzelt hatte.

Name Nummer siebenundsechzig: Archie Hamilton.

Titel der Geschichte: Der Mann der Gebete – gejagt, heimgesucht, auserwählt

Kapitel 19

Inzwischen war Petes Deadline nicht mal mehr eine Woche entfernt, Kitty hatte keine weitere Spur, und allmählich wurde sie panisch. Ein Anruf bei Archie ergab, dass er niemanden von der Liste kannte. Nach jedem Namen, den sie ihm vorlas, stieß er ein ungeduldiges »Nein« hervor und versicherte ihr ein ums andere Mal, dass er auch keine Ahnung hatte, wie die Leute hießen, deren Gebete er gehört hatte, und nachdem Kitty bei Nummer acht der Liste angekommen war, legte er wortlos auf. Falls es möglich war, dass er die Gebete der Leute auf der Liste gehört hatte und nur einfach ihre Namen nicht kannte, blieb immer noch die Frage, woher Constance das hätte wissen sollen. Die realistische Antwort lautete, dass so etwas schlicht unmöglich war. Die Verbindung zwischen den Namen auf der Liste konnte also nicht in Archies seltsamer Fähigkeit liegen.

Kitty musste unbedingt mehr Leute von der Liste kennenlernen, denn sie brauchte mehr Hinweise, sie brauchte Informationen. Also setzte sie sich auf eine der Stufen am Temple Bar Square und wählte die Nummer des vierten Namens. »Mr Vysotski, mein Name ist Kitty Logan, ich schreibe für die Zeitschrift *Etcetera* und rufe Sie an wegen …«

»Haben Sie die Pressemitteilung erhalten?«, fiel ihr eine Männerstimme mit einem fremden Akzent aufgeregt ins Wort.

»Wie bitte?«

»Die Pressemitteilung. Wir haben sie gestern herausgegeben. Ich freue mich sehr, dass Sie die Nachricht erhalten haben. Werden Sie zu unserer Pressekonferenz kommen?« Er war so eifrig und begeistert und redete so schnell, dass Kitty grinsen musste.

»Ja, Mr Vysotski, aber …«

»Bitte sagen Sie Jedrek zu mir!«

»Wo ist denn Ihre Pressekonferenz, Jedrek?«

»Das steht auf dem Blatt! Heute, zwölf Uhr mittags. *Erin's Isle GAA Club,* bitte verpassen Sie sie nicht!«

»Nein, nein, ich komme!«

»Versprochen? Es gibt auch Kuchen und Tee. Wird bestimmt nett, ja? Mrs Vysotski kann sehr gut backen.«

»Ich werde da sein, Jedrek.« Damit legte sie auf und war gespannt auf diesen neuen Zuwachs zu ihrer Sammlung skurriler Charaktere.

Aber zuerst musste sie sich einem Dilemma stellen. Sie hatte einen Termin mit Eva Wu abgemacht, zum Hochzeitsvorbereitungsbrunch im Four Seasons, wo Eva George Webbs Familie kennenlernen sollte, dessen Auftrag sie schließlich doch angenommen hatte. Eva oder Jedrek, Eva oder Jedrek? Kurz entschlossen wählte sie Evas Nummer und sagte ihr zum zweiten Mal ab. Dann nahm sie die Visitenkarte, die Sally ihr gegeben hatte, und wählte abermals. »Hallo, ich rufe an wegen der Dozentenstelle für TV- Präsentation. Meine Freundin Sally Collins hat mir gesagt, ich soll mich bei Ihnen melden.«

Viertel nach zwölf traf Kitty im *Erin's Isle GAA Club* ein, fünfzehn Minuten zu spät zur Pressekonferenz. Als der Bus durch Finglas, Colin Murphys Wohnort, gekommen war, hatte sie schnell den Kopf gesenkt, dabei aber trotzdem die Augen nach ihm offen gehalten. Leise öffnete sie jetzt die Tür zum Club, in der Hoffnung, sich unbemerkt und ohne jemanden zu stören hineinschleichen zu können. Leider klappte das nicht ganz, denn die Tür führte unmittelbar in eine große Halle, in der zwei Männer an einem langen Tisch saßen. Vor dem Tisch waren mehrere Stuhlreihen aufgestellt, und ganz vorn saß ein einziger Mensch, ansonsten war nur noch ein Fotograf anwesend, der neben dem Büffet stand und, die Kamera um den Hals gehängt, ein Stück Kuchen verzehrte.

Und alle starrten Kitty an.

»Tut mir leid, dass ich zu spät komme«, entschuldigte sie sich und ging unter den neugierigen Blicken der Anwesenden zu den Stühlen. »Ich bin Kitty Logan von *Etcetera*. Ich habe vorhin am Telefon mit Jedrek gesprochen.«

»Ah, ja, Ms Logan!« Ein rundlicher Mann sprang vom Tisch auf, und an seiner Stimme und der Energie, die er verströmte, erkannte sie sofort den fröhlichen Menschen, mit dem sie telefoniert hatte. Er war schätzungsweise um die fünfzig, hatte einen Bierbauch so dick wie eine Schwangere im sechsten Monat, einen fast kahl geschorenen Kopf, um seine beginnende Glatze zu kaschieren, und ein dunkles Ziegenbärtchen. Mit ausgestrecktem Arm umrundete er den Tisch, ergriff Kittys Hand, zerquetschte sie fast in seiner und schüttelte sie heftig.

»Ich freue mich sehr, Sie begrüßen zu dürfen, Ms Logan, ich wusste, dass Sie kommen würden«, sagte er so enthusiastisch wie ein dicker fröhlicher Buddha und fuchtelte mit dem Finger vor ihrem Gesicht herum, als wollte er sagen: ›Hab ich Sie doch erwischt!‹ Kitty musste lachen. »Alenka!«, rief Jedrek der Frau zu, die hinter dem Kuchentisch stand. »Eine Tasse Tee oder einen Kaffee für unsere Reporterin!«

»Kaffee, bitte.«

»Setzen Sie sich, setzen Sie sich«, drängte er und drückte Kitty auf den nächstbesten Stuhl. Ihr wurde ganz schwindlig von dem ganzen Wirbel. Sie schaute die Journalistin an, die neben ihr saß.

»Sind Sie Katherine Logan?«, fragte die Frau und kniff argwöhnisch die Augen zusammen.

»Ja.« Kitty räusperte sich. »Und Sie?«

»Das ist Sheila Reilly von *Northside People*«, stellte Jedrek vor. »Und das hier ist ihr Fotograf, Tom«, fügte er hinzu und präsentierte mit großer Geste den Mann am Büffet. Der Fotograf wurde rot, weil alle ihn anstarrten, während er sich gerade ein Sandwich in den Mund stopfte. Verlegen nuschelte er etwas Unverständliches und winkte.

»Ms Reilly, Sie kennen also Ms Logan, unseren Neuankömmling? Ist sie womöglich eine Star-Reporterin?«, wollte Jedrek wissen, und seine Augen leuchteten.

»Äh …« Sheila stockte und sah Kitty unsicher an. Kitty hielt ihrem Blick stand, ohne den Kopf zu senken. »Ja«, sagte Sheila, murmelte etwas und wandte sich wieder Jedrek zu.

»Wundervoll!«, rief Jedrek und klatschte in die Hände. »Ms Logan, Sie müssen den Mann hier neben mir kennenlernen. Achar Singh.« Ein Mann im gleichen Alter wie Jedrek, mit einem leuchtend orangefarbenen Turban auf dem Kopf – offensichtlich ein Angehöriger der Sikh-Religion – nickte und lächelte Kitty zu.

Die freundliche polnische Frau servierte Kitty einen Becher Kaffee und ein großes Stück Kuchen.

»Meine Frau Alenka«, verkündete Jedrek. »Die beste Köchin von ganz Polen.« Auf dem Tisch stapelte sich das Essen, und auch der Anzahl der aufgestellten Stühle nach zu urteilen, hatten die Veranstalter große Erwartungen in die Resonanz ihrer Pressemitteilung gesetzt. Nun waren nur drei Leute aufgetaucht, was die Stimmung jedoch keineswegs zu beeinträchtigen schien. Kitty wollte gerade ein Stück von Alenkas selbstgemachtem Shortbread abbeißen, das sie in ihren Kaffee getaucht hatte, als sie plötzlich merkte, dass alle sie anschauten. Schnell machte sie den Mund wieder zu, aber das durchweichte Shortbread-Ende platschte in ihre Tasse, und der Kaffee spritzte auf ihr Kinn. Schnell wischte sie ihn ab. »Sorry. Wollen wir nicht warten, ob noch mehr Leute kommen, bevor wir anfangen?«

»Wir haben schon angefangen«, erklärte die Reporterin von *Northside People* und stand auf. »Genaugenommen haben wir sogar schon wieder aufgehört. Ich jedenfalls muss zurück ins

Büro, wenn Sie mich bitte alle entschuldigen würden.« Die beiden Männer standen auf, streckten ihr die Hand hin, und Sheila wünschte ihnen alles Gute. »Bis später, Tom«, sagte sie zu ihrem Fotografen, und er hob grüßend seine Tasse.

»Wann erscheint denn Ihr Artikel?«, rief Jedrek ihr nach.

»Oh. Äh. Da muss ich erst mit meinem Chef sprechen, aber ich melde mich«, sagte sie und schloss hastig die Tür hinter sich. Die beiden Männer wechselten einen etwas niedergeschlagenen Blick und wandten sich dann Kitty zu.

»Okay.« Sie stellte ihren frischen Kaffee neben sich und griff zu Stift und Papier. »Ich kenne die Pressemitteilung nicht und bin aus einem völlig anderen Grund gekommen, aber es interessiert mich, was hier läuft. Wären Sie so nett, mich ein wenig zu informieren?«

Jedrek, offensichtlich der Wortführer des Ganzen, war nur zu gern bereit, ihr alles zu erklären.

»Ich stamme aus Polen, und mein Freund Achar aus Indien. Wir sind beide nach Irland gekommen, weil wir ein besseres Leben gesucht haben, und hier haben wir es gefunden. Leider haben wir, als SR Technics – die Firma, bei der wir angestellt waren –, aus Dublin weggezogen ist, unseren Job verloren. Es ist sehr schwierig für uns, wieder Arbeit zu finden.«

»Was haben Sie denn gemacht?«

»SR Technics ist ein Unternehmen der Flugzeugwartungsindustrie und ist spezialisiert auf die Instandhaltung der thermisch belasteten Bereiche von Leit- und Laufschaufeln bei Triebwerken großer Verkehrsmaschinen. Unsere Fabrik hatte ihren Standort am Flughafen von Dublin, aber dann hat das Unternehmen wichtige Verträge verloren, und wegen der hohen Betriebskosten gab es für sie in Irland keine Zukunft mehr. Aber für uns lag die Zukunft in Irland – unsere Familien sind glücklich hier, unsere Kinder gehen hier zur Schule, unser ganzes Leben ist hier. Achars Sohn ist ein Star im Hurling-Team für unter Vierzehnjährige – deshalb hat der Club uns auch erlaubt, heute die Halle zu benutzen.«

Achar sah stolz aus. Der Hausmeister des Clubs, der mit einem Schlüsselbund an der Tür stand, wirkte dagegen eher gelangweilt.

»Herzlichen Glückwunsch«, sagte Kitty zu Achar.

»Danke.«

»Und …?«, versuchte Kitty ihn zum Kern seiner langen Rede zu lenken. »Wollen Sie eine Erklärung über Ihre Situation abgeben, oder …?« Natürlich ließen sie die Probleme dieser Menschen nicht unberührt, aber in ihrem Inneren stöhnte sie: Nicht schon wieder so eine Rezessionsproblematik, bitte nicht!

Die beiden Männer sahen sich an und dann wieder zurück zu Kitty. »Wenn Sie möchten, könnten wir …«, begann Jedrek unsicher. »Wenn Sie glauben, es würde helfen … aber wir sind eigentlich nur hier, um über unseren Rekordversuch zu sprechen.«

»Rekordversuch? Sind Sie Sportler?«

»Ja«, erwiderte Jedrek, beugte sich über den Tisch, und seine Augen strahlten. »Wir wollen mit dem schnellsten Zwei-Mann-Tretboot-Sprint über hundert Meter ins Guinnessbuch der Rekorde kommen, und wir suchen Leute, die uns unterstützen, indem sie zuschauen und uns anfeuern. Dieses Land braucht solche positiven Geschichten, wir trainieren jeden Tag – soweit das eben möglich ist, weil Achar mit seinem Taxi oft so viel zu tun hat, und das seit neun Monaten. Der hiesige Yachtclub hat uns zur Unterstützung unserer Bemühungen ein Tretboot gespendet, und wir würden sehr gern diesen Rekord aufstellen. Wir haben Kuchenbasare organisiert, private Flohmärkte, alle möglichen Nachbarschafts-Events, aber leider haben wir bis jetzt nur vierhunderteinundzwanzig Euro und neun Cent gesammelt. Das reicht nicht, deshalb machen wir es alleine. Aber wir brauchen die Unterstützung der Menschen.«

»Wofür brauchen Sie das Geld?«

»Die Kosten für den Rekord-Überwachungsservice betragen zwischen viertausend und fünftausend Euro pro Tag, je nachdem, wo der Rekordversuch stattfinden soll. Wir müssten einen Rekordrichter aus London einfliegen lassen. Deshalb haben wir beschlossen, den Rekordversuch allein zu machen.«

»Aber es muss doch ein Rekordrichter dabei sein, oder nicht?«

»Nein, nicht unbedingt. Wir können den Rekordversuch machen und unsere Aufzeichnungen nach England schicken, aber dort behält man sich das Recht vor, den Rekord eventuell nicht anzunehmen.«

»Aber wir wissen von einem Rekordrichter, der diesen Donnerstag in Irland ist«, mischte sich nun auch Achar ein. »Ein Freund von uns, der in Cork arbeitet, hat uns nämlich gesagt, dass dort ein Rekordversuch stattfinden soll, bei dem ein Rekordrichter anwesend ist.«

»Aber darüber haben wir doch schon gesprochen, Achar«, unterbrach ihn Jedrek. »Wir können einen Rekordrichter nicht einfach überfallen und auch noch zu einem anderen Rekordversuch schleppen. So funktioniert das nicht.«

»Aber ich finde, wir sollten es wenigstens versuchen, Jedrek.« Einen Moment starrten sie einander wortlos an.

»Lass uns das später ausdiskutieren«, sagte Jedrek schließlich und wandte sich wieder an Kitty. »Also, werden Sie über uns berichten, Ms Logan?«

Kitty sah Tom, den Fotografen, an. Der steckte sich gerade ein Kirschtörtchen in den Mund und hielt bereits Ausschau nach weiteren Leckereien. Kitty war nicht sicher, ob er auch nur ein Wort von dem Gespräch mitbekam.

»Lassen Sie mich sehen, ob ich das richtig verstehe«, sagte sie schließlich. »Sie sind beide arbeitslose Flugzeugingenieure, die vor drei Jahren ihre Stelle verloren haben. Und weil Sie bislang keine Arbeit finden konnten, wollen Sie versuchen, einen Guinness-Weltrekord im Tretbootfahren über einhundert Meter aufzustellen?« Sie sah vom einem zum anderen.

»Ja, das ist korrekt«, antwortete Jedrek feierlich.

Kitty fing an zu lachen.

»Ich wusste, dass sie uns nicht ernst nehmen würde.« Verärgert stand Achar auf.

»Nein! Warten Sie! Entschuldigen Sie, dass ich gelacht habe. Das haben Sie missverstanden. Ich lache, weil ich mich freue und weil ich gespannt bin, erleichtert«, grinste sie. »Natürlich möchte ich über Sie beide schreiben.«

»Wirklich?«, fragte Achar überrascht.

»Außerdem finde ich, Sie sollten es diese Woche versuchen, und zwar in Cork.«

»Ich hab's dir doch gesagt.« Achar sah Jedrek an, der allerdings nicht ganz überzeugt wirkte. »Was ist los, Jedrek? Genau das hast du dir doch erhofft.«

Mit zusammengekniffenen Augen sah er Kitty an. »Ms Logan sagt, sie hat unsere Pressemitteilung nicht bekommen, und sie ist aus einem anderen Grund hier. Ehe ich zustimme, dass sie über uns schreibt, möchte ich gern erfahren, was sie eigentlich hierhergeführt hat.«

Jedrek beobachtete die junge Journalistin vom Sitz des Tretboots aus. Sie war eine von zwei Vertreterinnen ihrer Branche, die sich die Mühe gemacht hatten, bei der Pressekonferenz zu erscheinen – obwohl er und Achar an fast alle Publikationen, Radiosender und Fernsehstationen in ganz Irland eine Mitteilung verschickt hatten. Und nun stand diese Frau am Ufer des Malahide Estuary, verscheuchte die Schwäne, die sie um Brot anbettelten, und redete ziemlich aufgeregt in ihr Handy.

»Was denkst du?«, fragte Achar und sah seinen Freund an. »Sie scheint sich jedenfalls für uns zu interessieren.«

»Ja«, antwortete Jedrek zerstreut. Dem Klang des Gesprächs hatte er entnommen, dass die Journalistin mit ihrem Chef diskutierte, und er fand, dass das kein gutes Zeichen war. Aber er wollte nicht, dass Achar sich Sorgen machte. Die junge Frau ereiferte sich ziemlich, um klarzumachen, dass sie keinesfalls gewillt war, eine bestimmte Information vor Freitag herauszurücken – keine Minute früher! Jedrek gefiel es, dass die junge Frau so viel Einsatz zeigte, und es war ja auch Zeit, dass sich endlich einmal etwas so entwickelte, wie er und Achar es sich wünschten, aber es war ihr auch anzusehen, dass sie nicht nur für ihn und Achar kämpfte.

Achar sah Jedrek unruhig an. »Sie möchte, dass wir den Rekord Ende dieser Woche brechen. Schaffen wir das in drei Tagen?«

»Achar, wir sind mehr als bereit. Wie lange trainieren wir denn schon, mein Freund?«

»Neun Monate.«

»Und wie viele Tage pro Woche?«

»Fünf.«

»Genau. Haben wir uns von Wind oder Regen, von Eis oder Hagelstürmen jemals abhalten lassen?«

»Nein, Jedrek.«

»Sogar wenn wir krank waren, haben wir trainiert. Ich weiß noch, wie wir beide die Grippe hatten, Husten und Fieber und trotzdem hier draußen im Boot saßen. Jeden freien Moment haben wir trainiert. Unsere Familie, unsere Freunde, die Jungs im Pub und im Club, der Segelclub, alle unterstützen uns. Wir sind bereit dafür, Achar.«

»Ja, Jedrek.« Achar richtete sich auf, straffte die Schultern und schien auf einmal mehrere Zentimeter zu wachsen.

Auf diese Weise konnte man Achar sehr leicht aufmuntern, und Jedrek war ein guter Motivationsredner, das war er schon den ganzen kalten Winter lang gewesen, jedes Mal, wenn sie an ihrem Ziel gezweifelt hatten, und auch, als das Tretboot, mit dem sie trainiert hatten, von einer Teenager-Gang völlig zerstört worden war. Jedrek hatte Spenden eingetrieben, bis sie genug Geld für die Reparatur zusammenhatten, und obwohl der Zwischenfall sie drei Wochen zurückgeworfen hatte, hatten sie es geschafft.

Jedrek wusste, dass ihr Projekt für viele Leute lächerlich,

wenn nicht sogar absurd wirkte, aber es bedeutete ihnen viel mehr, als an der Oberfläche zu erkennen war. Seit drei Jahren hatte Jedrek nun schon keine richtige Arbeit mehr. Davor hatte er als gelernter Ingenieur seine Familie – seine Frau und die drei Kinder – gut und ehrlich ernährt, er hatte seinen Job geliebt, war gut mit seinen Kollegen zurechtgekommen und hatte sich in seiner Rolle als Versorger wohlgefühlt. Es war für ihn eine Pflicht, die er gern und gut erfüllte. Aber als ihm diese Pflicht genommen wurde, hatte er seine Tatkraft verloren und mit ihr das Gefühl für seine Identität. Während er eine Woche um die andere erfolglos nach Arbeit fahndete, fühlte er sich nutzlos, eine Enttäuschung für die Familie. Es dauerte eine ganze Weile, bis er begriff, dass es schlicht aussichtslos war, in seiner Branche zu suchen. Als es ihm endlich klarwurde, verfiel er in eine tiefe Depression, die er jedoch nicht wahrhaben wollte. Jedes Mal, wenn jemand eine entsprechende Bemerkung machte, reagierte er mit einem Wutausbruch. In dieser Zeit war es nicht einfach gewesen, mit ihm zusammenzuleben, er war launisch, reizbar, streitlustig, besessen von dem Gefühl, die ganze Welt zum Feind zu haben, überempfindlich gegen jedes falsche Wort, jedes Problem. Aber die ganze Zeit suchte er nach seiner Rolle, nach irgendeiner maßgeblichen Position in der Familie.

Irgendwann schlug ein Bekannter ganz unschuldig vor, er könnte doch nach Polen zurückgehen. Ganz offensichtlich war diesem Mann nicht klar, dass Jedrek in Irland zu Hause war: Er lebte seit vierzehn Jahren hier, seine drei Kinder waren hier geboren, sie hatten einen irischen Pass und sprachen sogar mit irischem Akzent. Sie gingen hier zur Schule, hatten hier ihre Freunde, ihr ganzes Leben spielte sich in Dublin ab. Polen war für sie alle nicht mehr die Heimat, und auch ein großer Teil von Jedreks Familie war ausgewandert. Sein Bruder lebte in Paris, seine Schwester in New York, seine Eltern waren gestorben, und so gab es in Polen für sie keine Anlaufstelle mehr, nur seine und Alenkas Erinnerungen, die sie so inbrünstig in Erzählungen und bei jährlichen Sommerurlauben in Polen an die Kinder zu vermitteln versuchten. Aber mit dreizehn hatte ihr ältester Sohn inzwischen keine Lust mehr zu einer erzwungenen Pilgerreise an einen Ort, mit dem ihn nichts verband und der ihn nicht wirklich interessierte. Die letzten drei Jahre hatten sie sich den Flug sowieso nicht leisten können, so dass der Familienurlaub ausgefallen und damit auch das Bemühen um eine Verbindung zu ihren polnischen Wurzeln langsam verlorengegangen war.

Am ersten arbeitslosen Weihnachten hatte Jedrek im Supermarkt Waren in die Regale geräumt. Er hatte sich geschämt und niemandem davon erzählt, war aber ein wenig erleichtert gewesen, als er herausfand, dass er Seite an Seite mit einem angesehenen Architekten arbeitete, der genau wie er seinen Stolz hinuntergeschluckt hatte, weil er zu der Überzeugung gekommen war, dass die Versorgung seiner Familie das Hauptziel war und nicht der Job als solcher. Das hatte ein bisschen Licht in seine Situation gebracht, aber zuzusehen, wie seine Frau in einem wohlhabenden Viertel bei fremden Leuten putzen ging und ihnen die Wäsche machte, hatte ihm ein so schlechtes Gewissen gemacht, dass sogar ihre Ehe darunter gelitten hatte. Seine Frau war ein sehr geduldiger Mensch, aber manchmal verlor selbst sie die Geduld. Es gab schlechte Tage, an denen das Überleben ihrer Ehe an einem seidenen Faden zu hängen schien.

Seit dem Job im Supermarkt hatte Jedrek mal hier und mal dort Arbeit gefunden – er war Lieferwagen gefahren und hatte Möbel geschleppt, aber nichts davon war von Dauer, nichts davon erlaubte ihm, seine Fähigkeiten und sein Wissen einzusetzen oder auch nur einmal in dem Bewusstsein, dass seine Familie einigermaßen sicher war, tief Luft zu holen. Aber vor neun Monaten hatte er im *Erin's Isle Football Club* seinen Freund Achar wiedergetroffen, und da hatte sich irgendetwas in ihm verändert – der scheinbar erloschene Funke war wieder aufgeflammt.

Achar war bei SR Technics sein Kollege gewesen, und als sie sich wiedersahen, war es für Jedrek, als würde ein Teil von ihm wieder lebendig. Aus zweierlei Gründen. Erstens entwickelte sich eine Freundschaft zwischen den beiden Familien, was für alle Beteiligten sehr wohltuend war. Die Kinder waren in einem ähnlichen Alter und spielten gern zusammen, die Frauen verstanden sich gut, und Unternehmungen machten gemeinsam viel mehr Spaß. Dazu kam noch, dass Jedrek endlich jemanden zum Reden hatte, der ihn genau verstand, weil er in der gleichen Situation war, und so kamen Dinge zur Sprache, die er bisher in sich hineingefressen hatte. Bei einem Familienausflug zum Segelclub nach Malahide veranstalteten Achar und Jedrek ein Tretbootrennen mit ihren ältesten Söhnen und zogen dabei die Aufmerksamkeit von ein paar anderen Familien auf sich, die an diesem schönen Tag ebenfalls am Strand Erholung suchten. Zur großen Überraschung aller Beteiligten gewannen die eigentlich völlig unfitten Väter und besiegten obendrein nicht nur die beiden Männer, die sie daraufhin herausforderten, sondern auch alle anderen, die gegen sie anzutreten wagten. Dieser einfache, wunderschöne Tag gab Jedrek und Achar das Gefühl, etwas geleistet zu haben, etwas richtig gut zu können, ihre Familie stolz gemacht zu haben. Sie waren auf ein Talent gestoßen, beide hatten Zeit, beide waren motiviert, beide brauchten Anerkennung, und zwar von der Gesellschaft, nicht nur von ihren Ehefrauen. Ihr jetziger Rekordversuch bedeutete für sie weit mehr, als man auf den ersten Blick vermuten mochte.

Als Kitty ihr Telefongespräch schließlich beendete, sah sie gestresst aus – und Jedrek wusste genau, wie ein Mensch aussah, der mächtig unter Druck stand.

»Alles klar?«, rief er.

»Tut mir leid, dass ich Sie aufgehalten habe«, antwortete sie, die Stoppuhr in der Hand. »Jetzt bin ich bereit.«

»Auf drei«, sagte Jedrek, und er und Achar gingen in Stellung. »Eins, zwei … drei«, zählte er, und dann begannen sie wie wild in die Pedale zu treten.

Als sie an der hundert Meter entfernten Boje wendeten, sahen sie, dass Kitty jubelnd im Gras auf und ab hüpfte und triumphierend beide Daumen in die Höhe reckte.

Jedrek und Achar lachten und klatschten einander begeistert ab.

Als Kitty später im Bus saß, war sie immer noch so aufgeregt und fröhlich, dass sie am liebsten durch den Gang getanzt wäre. Aber stattdessen holte sie ihren Notizblock heraus und schrieb:

Name Nummer vier: Jedrek Vysotski

Titel der Geschichte: Die Rekord-Versuchung

Kapitel 20

Schon vor der Tür des Zimmers im Mater Hospital konnte Kitty den Föhn hören, und als sie eintrat, fand sie Mary-Rose bei der Arbeit, über einen blonden Haarschopf gebeugt, der wild durch die Gegend wehte. Sie entdeckte Kitty sofort und stellte den Föhn ab.

»Ah, meine Assistentin kommt gerade rechtzeitig!«

Die Frau unter dem Wuschelkopf lugte mit großen braunen Augen, die in dem eingefallenen Gesicht riesig wirkten, zwischen den Strähnen hervor, die ihr ins Gesicht geweht waren. Ein Schwindelgefühl überkam Kitty. Sie lächelte und winkte, hätte sich aber sowohl dafür als auch dafür, dass ihr nichts zu sagen einfiel, gern gleich geohrfeigt. Ihr ging es wie den Leuten, die nicht wussten, was sie zu einem Kind sagen sollten – bei kranken Menschen fehlten ihr einfach die Worte, sie hatte keine Ahnung, worüber sie reden sollte, und ihr Kopf wiederholte immer nur: ›Die sind krank, die sind krank.‹

»Das ist Diane, unsere hübsche Braut«, stellte Mary-Rose die Frau unter dem blonden Wuschelkopf vor.

Herzlichen Glückwunsch? Konnte sie das sagen? War das passend? Diese Frau hier wollte heute heiraten, aber sie hatte auch nicht mehr lange zu leben, war es dann überhaupt okay, ihr zu gratulieren? Schließlich stieß Kitty ein lahmes »Aha« hervor und nickte.

»Na ja, jetzt bin ich natürlich noch nicht hübsch«, meinte Diane bescheiden, »aber wenn Mary-Rose mit mir fertig ist, hoffentlich schon.«

Kitty hatte immer noch kein sinnvolles Wort herausgebracht.

»Kannst du mir bitte die Clips hier halten?«, fragte Mary-Rose und gab ihr den Behälter.

Glücklich, dass sie etwas zu tun hatte, griff Kitty zu, stellte sich hinter Diane, damit sie sie nicht anschauen musste, und ging ganz in ihrer Aufgabe auf, Mary-Rose immer rechtzeitig neue Clips zu reichen, auch wenn sie noch zwei in der Hand und einen im Mund hatte und gerade einen auf Dianes Kopf befestigte.

Mary-Rose dagegen plauderte ohne eine Spur von Unbehagen oder Verlegenheit, als wäre alles ganz normal, ein Tag wie jeder andere.

»Haben Sie denn auch eine Brautjungfer?«, fragte sie, einen Clip zwischen den Zähnen.

»Ja, meine Tochter Tanya. Sie müsste jeden Augenblick hier sein. Momentan ist sie auch beim Friseur. Sie ist sechzehn und vor Aufregung ganz aus dem Häuschen.«

»Kann ich mir vorstellen«, meinte Mary-Rose. »Schließlich heiratet ihre Mum! *Ich* bin ja selbst total aufgeregt!«

Aus dem Häuschen vor Aufregung? Kitty spürte nur Traurigkeit, wenn sie an die arme Sechzehnjährige dachte, die bald ihre Mutter verlieren würde.

»Ich weiß, ich bin auch aufgeregt«, lachte Diane. »Und ich kann mir gar nicht erklären, warum Tanyas Dad und ich das nicht schon viel früher gemacht haben!«

»Halten Sie denn auch eine Rede?«, erkundigte sich Mary-Rose, und Kitty fragte sich, warum ihr solche Fragen einfach nicht einfielen. Sie war Journalistin, da musste sie doch imstande sein, interessante Fragen zu stellen. Aber in ihrem Kopf herrschte gähnende Leere – und das nicht erst seit heute.

Eine Haarsträhne nach der anderen wurde von Mary-Rose abgeteilt, gezwirbelt und so festgesteckt, dass die Haare seidig, dicht, wunderschön und gesund aussahen. Es war faszinierend, ihr bei der Arbeit zuzuschauen.

»Wenn ich kann, halte ich eine Rede«, beantwortete Diane

Mary-Roses Frage. »Und Tanya möchte auf jeden Fall etwas sagen.«

»Sie ist ein tapferes Mädchen.«

»Das tapferste, das ich kenne.« Schweigen trat ein, aber gerade als Kitty begann, sich unbehaglich zu fühlen, lachte Diane und sagte: »Stellen Sie sich vor, Tanya hat einen Sarg mit mir ausgesucht.«

Mary-Rose lachte ebenfalls. »Hoffentlich einen hübschen.« Kitty blieb die Luft weg.

»Anscheinend gibt es seit neuestem sogar personalisierte Särge, die man thematisch nach Wunsch gestalten kann, mit dem Wappen des Fußballvereins und solchem Zeug.«

»Und wofür haben Sie sich entschieden?«

»Na ja, Tanya wollte, dass ich den mit dem Sonnenuntergangsmotiv nehme – Meer, Palmen, Strand. Früher bin ich gern gesurft, wissen Sie.«

»Das klingt sehr schön.«

»Aber viel zu gut zum Verbrennen«, scherzte Diane. »Ich werde eingeäschert.«

»Man könnte Sie ja einäschern und den Sarg behalten«, sagte Mary-Rose, und die beiden Frauen prusteten vor Lachen.

Kitty traute ihren Ohren nicht. Wie konnte man über den Tod Witze machen? Sie war zutiefst schockiert.

»Oh, hören Sie auf!« Diane rieb sich die Augen. »Sonst ruinieren Sie mir noch mein Make-up.«

»Macht nichts, das krieg ich schon wieder hin«, erwiderte Mary-Rose. »Übrigens hatte ich mal eine Kundin, die hat sich einen dunklen Eichensarg ausgesucht, weil sie meinte, er bringt ihre Augenfarbe am besten zur Geltung.«

Und schon lachten sie wieder los. In diesem Moment ging die Tür auf, und eine Schwester führte die Brautjungfer herein.

»Oh, Schätzchen!« Sofort hörte Diane auf zu lachen und betrachtete ihre Tochter, die zur Feier des Tages ein einfaches, aber wunderhübsches Kleid trug. »Du siehst so schön aus.«

»Ach, hör auf, Mum«, wehrte Tanya verlegen ab. »Heute wird nicht geweint, erinnerst du dich?« Dann ging sie zu ihrer Mutter und umarmte sie. Mary-Rose unterbrach ihre Arbeit sofort, trat rasch einen Schritt zurück, und Kitty folgte ihrem Beispiel. Erst als Mutter und Tochter sich tränenüberströmt wieder losließen, fuhr Mary-Rose mit dem Frisieren fort, arbeitete schweigend und flink, fast so, als wäre sie unsichtbar.

»Nur noch diese hier«, sagte sie schließlich und griff nach der letzten Nadel. Sie drehte die Haarsträhne um den Finger und steckte sie gekonnt so fest, dass die Nadel nicht zu sehen war.

»Wow«, sagte Kitty bewundernd.

»Ich möchte mich anschauen«, rief Diane aufgeregt.

»Halte doch bitte mal den Spiegel«, sagte Mary-Rose zu Kitty. Dann stellte sie sich mit dem zweiten Spiegel vor Diane, damit sie sich von allen Seiten bewundern konnte.

»Wunderschön«, flüsterte sie.

»Mum«, warnte Tanya.

»Ich werde schon nicht …«, beteuerte Diane und strengte sich sichtbar an, nicht zu weinen. »Aber es sieht aus wie …«

»Wie denn?«, hakte Mary-Rose nervös nach.

»Wie früher.«

Und da verstand Kitty endlich.

Sie sahen alle, wie Dianes Gesicht sich veränderte, aber es war schwer zu erraten, was sie dachte – wer in aller Welt konnte wissen, was einem Menschen zu so einem Zeitpunkt durch den Kopf ging? Niemand. Außer Mary-Rose anscheinend.

»Aber das sind nicht Sie«, stellte sie zu Kittys Überraschung nüchtern fest.

Diane sah sie ebenfalls überrascht und dann fast entschuldigend an.

»Ist schon okay, wir verzichten einfach darauf.«

»Aber die ganze Arbeit!«

»Vergessen Sie die Arbeit, heute ist Ihr Tag. Soll ich?«

Diane sah zu Tanya hinüber.

»Ich finde, dass du toll aussiehst, Mum, aber es ist deine Entscheidung.«

Diane dachte angestrengt nach. »Ich glaube einfach, es sind meine alten Haare, aber … aber das Gesicht ist anders, und das fühlt sich irgendwie nicht richtig an.«

»Kein Problem.« Mit einer raschen Handbewegung entfernte Mary-Rose die Perücke, und Dianes kahler Kopf kam zum Vorschein.

Diane schluckte.

Der Kontrast zwischen ihrem geschminkten Gesicht und der bleichen Kopfhaut war krass.

»Ich benutze einfach meinen Zauberpinsel«, sagte Mary-Rose munter. »Aber ich muss Sie warnen – es kitzelt vielleicht.«

»Darf ich helfen?«, fragte Tanya lachend.

Kitty trat ein paar Schritte zurück und beobachtete staunend, wie Mary-Rose und Tanya Dianes Kopf puderten und alle drei herzhaft lachten.

»Tja, hier sind wir fertig«, sagte Mary-Rose mit zufriedenem Gesicht, als die Tür sich hinter Tanya schloss, die ihre Mutter im Rollstuhl zur Hochzeitszeremonie in den Sitzungssaal des Krankenhauses schob. Die Krankenschwestern folgten den beiden, voller Freude über das fröhliche Ereignis auf ihrer Station.

»Was glaubst du, wie lange sie noch zu leben hat?«, fragte Kitty.

»Ich hab sie nicht gefragt, aber ich schätze, ein paar Monate«, antwortete Mary-Rose und begann, ihre Frisiersachen einzupacken und aufzuräumen.

»Wie machst du das bloß?« Kitty setzte sich. Sie war völlig erschöpft.

»Es ist nicht leicht, aber es ist auch nicht alles nur schlimm … Ich hab früher nicht an die Ehe geglaubt. Meine Mum und mein Dad haben sich getrennt, als ich noch klein war. Das war hässlich und kein gutes Vorbild, aber jetzt heiraten viele von meinen

Freunden, und ich mache den meisten die Haare. Jede Braut ist nervös, aus unterschiedlichen Gründen, ob sie krank ist oder nicht, man muss nur beurteilen, ob sie plaudern möchte oder nicht. Manche sind lieber still. Der größte Unterschied ist, dass meine Freunde oft Panik kriegen vor dem ›Für immer‹-Teil. Manche sind schlicht überfordert von dem Gedanken, für immer zusammenbleiben zu müssen, während Diane Angst hat, dass das ›Für immer‹ viel zu kurz ist. Wenn ich heirate, möchte ich es machen wie Diane und gegen besseres Wissen und gegen alle Hoffnung hoffen, dass es ewig hält.«

Einmal pro Woche führte Mary-Rose ihre Mutter zum Lunch in die City aus. Darauf bestand sie, und diese Woche hatte sie das Powerscourt Centre ausgesucht. Powerscourt Townhouse war ein schickes Boutiquen-Kaufhaus in einem georgianischen Gebäude in der Nähe der Grafton Street. Früher einmal war es das Stadt- und Ballhaus des dritten Powerscourt-Vicomte Richard Wingfield und seiner Frau Lady Amelia gewesen, heute war es ein beliebter Treffpunkt zum Essen und Shoppen. Das Restaurant lag mitten im überdachten Innenhof, auf den man von den Galerien an beiden Seiten des Gebäudes hinunterblicken konnte. Neben ihnen spielte leise ein Klavier, und als ob Kitty heute nicht schon genug unbehagliche Augenblicke mit kranken Menschen gehabt hätte, stand ihr nun also ein Essen mit Mary-Rose und ihrer Mutter bevor, die sie wegen deren Gesichtslähmung nur sehr schwer verstehen konnte. Wie im Krankenhaus übernahm Mary-Rose auch hier die Rolle der Vermittlerin. Kitty war gerade dabei, Mary-Roses Mutter zu erklären, was genau sie mit ihrer Tochter zu tun hatte, als eine laute Männerstimme alle Gespräche zum Erliegen brachte.

»O nein«, rief Mary-Rose, als sie auf der Haupttreppe zum Einkaufsbereich Sam entdeckte, der ein Mikrofon in der Hand hielt.

»Ladys und Gentlemen, dürfte ich um Ihre geschätzte Aufmerksamkeit bitten«, rief er und klopfte auf das Mikro. Sofort spitzten alle die Ohren. »Ich werde Ihre Zeit nicht lange in Anspruch nehmen, denn ich weiß, dass Sie alle in Ihrer Mittagspause Wert legen auf ein wenig Ruhe und Erholung, aber in Ihrer Mitte befindet sich eine ganz besondere junge Frau, der ich etwas ganz Besonderes sagen muss.«

Aufgeregtes Gemurmel breitete sich aus.

»Margaret Posslewaite, bist du da?«

Mary-Rose stöhnte.

»Maggie, bist du da?«, fragte er noch einmal.

Mary-Roses Mutter stupste ihre Tochter an, und Mary-Rose hob die eine Hand, während die andere ihr Gesicht verdeckte.

»Da ist sie ja!«, rief er. »Maggie, ich muss dich in Anwesenheit all dieser Menschen etwas fragen.«

Die immer gleichen Reaktionen setzten auch heute ein: Einige Gäste hielten gespannt die Luft an, andere stießen vor Aufregung spitze Schreie aus, manche jubelten, andere verdrehten zynisch die Augen. Sam nickte dem Pianisten zu, und dieser begann *Moon River* aus dem Audrey-Hepburn-Film *Frühstück bei Tiffany* zu spielen. »Erinnerst du dich an diesen Song, Maggie? Das war der erste Song, zu dem wir zusammen getanzt haben, bei unserem allerersten Date.«

Nun gab die Menge ein kollektives »Oooh« von sich, und Sam stieg langsam die Stufen hinunter und sang dabei die erste Textzeile.

»O Gott«, stieß Mary-Rose hervor. Ihre Mutter lachte.

»Seit unserem ersten Tanz bei unserem ersten Date weiß ich, dass ich mit dir zusammen sein möchte, nein, schon seit dem Tanzkurs im YMCA, wo wir uns kennengelernt haben und du mich mit deinem Merengue und Cha-Cha-Cha umgehauen hast.«

Mary-Rose schnaubte leise und musste sich das Lachen verbeißen.

»Aber es war der Salsa« – er vollführte einen gekonnten Hüftschwung, der von der Menge mit Applaus belohnt wurde –, »es war der Salsa, der mir endgültig klargemacht hat, dass ich den Rest meines Lebens mit dir verbringen möchte.«

Die Leute jubelten.

»Margaret«, fuhr Sam fort, kam näher, stahl von einem Tisch in der Nähe eine Rose und fiel unter dem tosenden Beifall der Menge vor ihr auf die Knie. »Margaret, my Huckleberry Friend, du bist die Frau meines Lebens. Willst du mich heiraten?«

Mary-Rose bemühte sich, ein einigermaßen neutrales Gesicht aufzusetzen, und ihr leises Schnauben war nur für Kitty zu hören. »Ja«, antwortete sie, was jedoch im Jubel der Menge unterging. Jemand bat um Ruhe, und allmählich verstummte der Lärm.

Inzwischen stand Sam direkt vor ihr.

»Ich hab dich nicht gehört«, rief er ins Mikrofon und hielt es Mary-Rose dann direkt unter die Nase. Sie sah ihn warnend an. Er lächelte kitschig zurück.

»Ja«, wiederholte sie ins Mikrofon, und das ganze Powerscourt Towncentre brach in Jubel und Beifall aus.

Die beiden umarmten sich, der Manager brachte die Speisekarten und versprach Freigetränke für alle an ihrem Tisch.

»Das war gut«, kicherte Mary-Rose, und ihr hübsches Gesicht strahlte. »Okay, diesmal warst du sehr überzeugend, Sam, womöglich dein bisher bester Auftritt. My Huckleberry Friend, ich glaub's ja nicht.«

Er zuckte die Achseln und lachte. »Ich musste doch die Schwiegermutter beeindrucken. Hi, Judy«, sagte er und gab Mary-Roses Mutter einen Kuss auf die Stirn. Judy antwortete etwas Unverständliches zu Kitty, und Sam lachte. Anscheinend hatte er sie mühelos verstanden.

Nun näherte sich eine junge Frau, die ein Stück entfernt gestanden und alles beobachtet hatte, ihrem Tisch. Kitty hatte sie für eine Restaurantangestellte gehalten.

»Darf ich mich euch jetzt anschließen?«, fragte sie mit einem breiten Grinsen. »Ist die Gefahr vorüber?«

»Selbstverständlich«, antwortete Sam und lächelte. »Leute, darf ich vorstellen – das ist Aoife. Ich hoffe, es ist euch recht, wenn sie sich zu uns setzt.«

Mary-Rose sah etwas verwirrt aus, überspielte es aber rasch. »Ja, ich meine, nein, ich meine, ich hab natürlich nichts dagegen.«

»Aoife, das ist Kitty, eine Freundin von Mary-Rose«, fuhr Sam fort, zwinkerte Kitty verschwörerisch zu und meinte: »Wir müssen uns nachher noch unterhalten, ich hab da nämlich ein paar Geschichten auf Lager.« Kitty lachte. »Und das, Aoife, das ist meine beste Freundin und zukünftige Ehefrau, Margaret Posslewaite, auch bekannt unter dem Namen Mary-Rose.«

»Herzlichen Glückwunsch«, lachte Aoife, beugte sich zu Mary-Rose, umarmte sie kurz und drückte ihr einen Kuss auf die Wange. Mary-Rose wirkte peinlich berührt.

»Aoife und ich haben uns vor ein paar Wochen bei der Arbeit kennengelernt, und ich dachte, heute wäre eine gute Gelegenheit, dass ihr euch mal trefft«, erklärte Sam, nun auch etwas verlegen.

»Ach so, natürlich«, antwortete Mary-Rose, die sich immer noch um Fassung bemühte.

»Ich hab schon so viel von dir gehört«, meinte Aoife betont munter und beflissen.

»Tja, ich …«, begann Mary-Rose, geriet aber ins Stocken.

»Keine Sorge, ich habe ihr nichts von unseren gemeinsamen Badewannengängen erzählt«, sprang Sam ein, und Aoife lachte.

»Gibt es denn überhaupt irgendwas, was ihr nicht zusammen gemacht habt?«, scherzte sie. Obwohl der Satz wahrscheinlich ganz unschuldig gemeint war, brachte er Mary-Rose noch mehr in Verlegenheit, was Sam sofort registrierte. Prompt verlor auch er seine Natürlichkeit, aber da Aoife so damit beschäftigt war, die Freundin ihres Freundes positiv zu beeindrucken, merkte sie nichts davon, sondern fuhr unbeirrt fort: »Apropos – hast du schon mal versucht, Scotty zu waschen? Er ist unmöglich!« Dann erzählte sie in aller Ausführlichkeit, wie sie und Sam versucht hatten, den Hund zu baden, aber Kitty hörte ihr nicht mehr zu. Sie sah, wie Mary-Rose und ihre Mutter einen blitzschnellen Blick wechselten und wie die Mutter unter dem Tisch nach der Hand ihrer Tochter griff.

Name Nummer sieben: Mary-Rose Godfrey
Titel: Die beantragte Frau

Kapitel 21

Nach dem Treffen mit Mary-Rose und ihrer Mutter machte Kitty sich auf den Weg zum St. Margaret's Nursing Home, um Birdie zu besuchen. Sie war sehr gern mit der alten Frau zusammen, liebte ihre einfachen Geschichten aus vergangenen Tagen, ihre Eleganz, ihre sanfte Art, ihre Offenheit für alles um sie herum. Kitty hatte mehr Zeit mit Birdie verbracht als mit sonst jemandem auf ihrer Liste, aber als sie sich die Aufnahmen noch einmal anhörte, fiel ihr auf, dass es eine Frage gab, die sie ihr unbedingt stellen musste. Der Tag war noch hell und sonnig, obwohl es jetzt, um sechs Uhr, schon auf die kühlere Abendzeit zuging. Viele der Bewohner des Altenheims saßen draußen unter den Bäumen, und dort fand sie auch Birdie, so gepflegt wie immer, die Füße bequem mit einem Kissen auf einen Gartenstuhl gebettet, das Gesicht der Sonne zugewandt, die Augen geschlossen.

»Hallo, Birthday-Girl«, begrüßte Kitty die alte Dame leise, um sie nicht zu erschrecken.

Sofort öffneten sich Birdies Augen, und sie lächelte erfreut. »Oh, hallo, Kitty, wie schön, Sie zu sehen.« Sie nahm die Füße vom Stuhl. »Noch ist es nicht ganz so weit«, meinte sie. »Aber ich werde ja auch nicht groß feiern. Fünfundachtzig, ist das zu glauben?« Sie schüttelte ungläubig den Kopf.

»Sie sehen keinen Tag älter aus als achtzig«, scherzte Kitty, und Birdie lachte. »Aber ein bisschen werden Sie doch bestimmt feiern, oder nicht?«, hakte Kitty neugierig nach. In den letzten Tagen war ihr immer wieder durch den Kopf gegangen, wo eine fünfundachtzigjährige Frau wohl ihren Geburtstag zu verbringen gedachte, wenn nicht bei ihrer Familie, und Birdie legte offensichtlich Wert darauf, dass ihre Verwandten nicht erfuhren, was sie vorhatte.

»Hm, nein, ich feiere nicht wirklich«, antwortete sie und zupfte eine unsichtbare Fluse von ihrem Rock. »Ist heute nicht ein wunderschöner Tag?«

Kitty genoss das Rätselraten. »Ihr Geburtstag ist am Donnerstag, richtig?«

»Ja.«

»Und Sie werden nicht hier sein?«

»Stimmt, ich werde nicht hier sein, aber Samstag oder Sonntag können wir uns gern wieder treffen, wenn Ihnen das passt. Es ginge sogar am Donnerstagmorgen, aber ich fürchte, dass ich Sie mit meinen Geschichten wahrscheinlich langweile.«

Kitty lächelte. »Birdie, darf ich fragen, was Sie vorhaben?«

»Ach, das ist nicht wichtig, Kitty, es ist nur …«

»Birdie«, sagte Kitty in warnendem Ton, und jetzt machte sich endlich ein Lächeln auf Birdies Gesicht breit.

»Sie lassen sich nicht so leicht abwimmeln, was?«

»Nein, niemals.«

»Na gut. Ich fürchte, ich war nicht ganz ehrlich, Kitty, und dafür möchte ich mich entschuldigen.«

Kitty spitzte die Ohren, und sie spürte, wie ihr Adrenalinpegel stieg. »Ja?«

»Aber nur, weil es so eine alberne Kleinigkeit ist, nichts, was Sie für Ihren Artikel gebrauchen können.«

»Lassen Sie mich das ruhig selbst beurteilen.«

Birdie seufzte. »Ich hab Ihnen doch erzählt, dass ich als kleines Mädchen mal sehr krank war.«

»Ja, Sie hatten Tuberkulose.«

»Das war damals eine sehr gefährliche Krankheit, fast ein Todesurteil. Jedes Jahr sind rund viertausend Menschen daran gestorben.« Sie schüttelte den Kopf. »Außerdem war es ein schlimmer Makel. Ich war damals gerade vierzehn und wurde in ein Lungensanatorium am Stadtrand geschickt, wo ich sechs Monate blieb, ehe mein Vater, Gott hab ihn selig, beschloss, mich doch lieber in die Schweiz zu bringen. Er war der Meinung, die frische Luft dort würde mir helfen. Nach dem Sommer bekam mein Vater die Direktorenstelle, und wir zogen wieder nach Hause, aber aufgrund meines Gesundheitszustands konnte ich dort kaum etwas tun. So viele Menschen sind in diesen Sanatorien gestorben, und mein Vater packte mich buchstäblich in Watte. Er hatte Pläne für mich, er kontrollierte mich – mit wem ich spielte, mit wem ich redete und später dann auch, wen ich liebte.« Ihr Gesicht wurde traurig. »Selbst als es mir langsam besserging, konnte er sich nicht ändern. Ich war und blieb sein krankes kleines Mädchen, seine Jüngste, und er wollte mich nicht gehen lassen – und konnte es vermutlich auch nicht.«

Sie verstummte einen Moment.

»Es ist wirklich eine alberne Geschichte, Kitty.«

»Nein, bitte erzählen Sie es mir.«

»Ich denke, ich habe mich daran gewöhnt, so behandelt zu werden. Als könnte ich jeden Augenblick zerbrechen. Ich durfte nicht zu schnell rennen, nicht zu laut lachen, nicht zu viel unternehmen, musste immer alles fein langsam angehen – aber ich mochte das nie. Der ganze Ort wusste, dass ich die kranke Tochter des Schuldirektors war, und viele glaubten, die TB würde zurückkommen. Ich war anfällig, ich war zart, man konnte mich nicht behandeln wie alle anderen, denn ich konnte jeden Moment tot umfallen und würde meinen achtzehnten Geburtstag aller Wahrscheinlichkeit nach nicht erleben. Als ich von zu Hause wegzog, brach ich meinem Vater das Herz, aber ich brauchte meinen eigenen Raum, meine eigene Identität. Mit der Zeit habe ich all diese Gefühle vergessen, denn ich hatte genug anderes im Kopf: Ich heiratete, bekam Kinder, zog sie groß, und endlich konnte ich mich zur Abwechslung mal um andere kümmern. Aber jetzt sehe ich, dass das alles war, was ich getan habe. Als wäre es meine Art gewesen, gegen die Erfahrungen meiner Jugend zu rebellieren. Bevor ich in Dublin meinen Mann kennenlernte, habe ich als Kinderfrau gearbeitet, habe mich um die Kinder von anderen gekümmert – und wollte nie wieder selbst so beaufsichtigt werden.

Aber seit ich hier lebe, kommt das alles wieder zurück, dieses Gefühl von …« Sie unterbrach sich, dachte nach und sah dabei aus, als hätte sie einen schlechten Geschmack im Mund. »Dieses Gefühl, verhätschelt zu werden. Hilflos zu sein. Meine Kinder, sosehr ich sie liebe, haben mich ja auch schon fast abgeschrieben. Ich bin alt, ich weiß, aber ich habe durchaus noch Feuer in mir. Ich bin immer noch … lebendig!« Sie lachte leise. »Oh, wenn die Leute in meinem Heimatort mich jetzt sehen könnten!«

Birdies Augen blitzten schelmisch. »An meinem achtzehnten Geburtstag habe ich eine Wette abgeschlossen. An dem Tag, als ich das Dorf für immer verlassen habe, habe ich das ganze Geld, das mein Vater mir zum Geburtstag geschenkt hat, verwettet.«

»Was war das denn für eine Wette?«

»Ich habe gewettet, dass ich mindestens fünfundachtzig Jahre alt werden würde.«

Kitty sperrte die Augen auf. »Kann man auf so etwas wetten?«

»Josie O'Hara, der geizigste Kerl des Orts, stammte aus einer Familie mit Generationen von Buchmachern. Er dachte, dass ich den Abgang machen würde, wie so viele andere, und deshalb hat er meine Wette angenommen.«

»Um wie viel Geld ging es denn?«

»Ich habe hundert Pfund gesetzt. Damals war das eine Menge. Und der Buchmacher war so überzeugt von meinem baldigen Ableben, dass er mir aus freien Stücken eine Gewinnquote von hundert zu eins angeboten hat.«

»Das heißt also, Sie kriegen jetzt …« Kitty rechnete im Kopf nach.

»Zehntausend Pfund«, kicherte Birdie.

»Birdie!« Kitty schnappte nach Luft. »Das ist ja phänomenal! Zehntausend Pfund!«

»Ja«, bestätigte Birdie und zog die Augenbrauen hoch. »Aber es geht mir um mehr als das Geld«, fügte sie hinzu und wurde wieder ernst. »Nicht dass einer von den alten Knackern etwa noch am Leben wäre, aber ich muss hinfahren, für mich selbst.«

»Sie haben da noch was zu erledigen«, lächelte Kitty, ganz begeistert von dieser Geschichte.

»Ja«, meinte Birdie nachdenklich. »So ist es wohl.«

»Der Plan ist folgender«, sagte Molly, die unbemerkt herangekommen war, und beugte sich verschwörerisch zu Kitty und Birdie über den Gartentisch. »Jetzt, wo Sie ohnehin Bescheid wissen, können wir Ihre Hilfe gut gebrauchen.«

»Oh, ziehen Sie Kitty doch da nicht auch noch mit rein«, unterbrach Birdie sie.

»Machen Sie Witze? Das möchte ich um nichts in der Welt verpassen.«

»Ehrlich?«

»Das ist das Aufregendste, was ich den ganzen Tag gehört habe. Abgesehen davon, dass ein Mann mir erzählt hat, er hört die Gebete anderer Menschen. Und von der Frau, die jede Woche einen Heiratsantrag kriegt.«

»Was?«, fragte Molly.

»Ach, tut nichts zur Sache.«

»Okay, also der Bus wird von Donnerstagmorgen, wenn die Oldtown Pistols von ihrem Halbfinale mit den Balbriggan Eagles zurückkommen, bis Freitagabend, wenn die Pink Ladies zum Bridge fahren, nicht gebraucht. Das verschafft uns ein gutes Zeitfenster, das heißt, wir fahren am Donnerstagvormittag um zehn los nach Cork, übernachten dort, holen das Geld ab, fahren am Freitag zurück und sind am Freitagabend wieder zu Hause.«

»Moment mal«, unterbrach Kitty sie. »Meinen Sie den Bus vom Altenheim?«

»Vorausgesetzt, Sie haben kein Auto und auch sonst keinen besseren Vorschlag, bleibt uns gar nichts anderes übrig.«

»Dürfen Sie den Bus denn einfach so benutzen?«

»Er darf nur für die Aktivitäten des Altenheims verwendet werden.«

»Dann dürfen Sie ihn also nicht nehmen.«

»Genau.«

»Dann könnte man also sagen, Sie wollen ihn *stehlen?«*

»Nein, wir *borgen* ihn uns.«

»Birdie«, fragte Kitty erstaunt, »haben Sie das gewusst?«

»Die Frau holt sich zehntausend Pfund ab, was kümmert es sie, wie wir hinkommen? Falls es rauskommt, kriege ich eine Verwarnung, keine große Sache. Aber Bernadette wird sowieso nichts davon bemerken. Wir sind längst wieder zurück, bevor irgendjemandem auffällt, dass der Bus nicht da ist.«

Kitty überlegte.

Wenn man es so darstellte, klang es wirklich ganz harmlos, andererseits hatte sie genug Probleme, auch ohne einen Autodiebstahl. »Aber was ist mit Ihnen, Molly? Dass Sie weg sind, fällt garantiert auf.«

»Meine Schicht fängt erst Freitagabend an, und ehe Sie auch noch danach fragen – unsere alte Schreckschraube Bernadette denkt, dass Birdie zu ihrem Geburtstag einen Ausflug mit ihrer Familie macht und auswärts übernachtet.«

»Sie beide haben wirklich an alles gedacht, was?«

Die beiden Frauen lachten verschmitzt.

»Und?«, fragte Molly. »Bist du dabei? Und ich finde, wir Verschwörerinnen sollten uns duzen.«

»Ich mache mit, bei beidem«, antwortete Kitty, Birdie nickte, und dann fassten sich alle drei in der Mitte des Tischs an den Händen.

Auf dem Heimweg holte Kitty ihren Notizblock heraus.

Name Nummer sechs: Bridget Murphy
Titel: Birdies Notgroschen

Nach diesem langen Arbeitstag hatte Kitty endlich das Gefühl, Fortschritte gemacht zu haben. Sie hatte an der Oberfläche gekratzt und endlich ein paar Blicke auf die Menschen darunter erhascht, auf die Kehrseite der Dinge, zu den Dingen, die man hinter einer Maske verbirgt, hinter einem Wall von Höflichkeit oder auch Unsicherheit, und sie war ziemlich sicher, nun zu den wirklich interessanten Teilen der Liste vorgedrungen zu sein. Trotzdem war sie erst bei Nummer sechs von ihren hundert Namen, es blieben ihr nur noch ein paar Tage bis zu ihrer Deadline, und sie hatte immer noch keine solide Verbindung zwischen diesen Menschen entdeckt. Könnten es verborgene Geheimnisse sein, wie bei Birdie und Archie? Falls es so war, musste sie bei Eva, Mary-Rose und Jedrek noch wesentlich tiefer graben.

Zum zweiten Mal an diesem Tag rief sie Pete an.

»Wehe, du hast nichts Gescheites für mich, Lois Lane.«

Sie lachte. »Jedenfalls nichts, was ich dir verraten möchte. Erst am Freitag, das hab ich dir doch gesagt. Aber ich habe vergessen zu fragen – wie lang soll der Artikel eigentlich werden?«

Er zögerte. »Kitty, in diesem Augenblick solltest du eigentlich schon so weit fertig sein, dass du den Artikel nur noch mal überarbeiten musst, deshalb überrascht mich diese Frage ein bisschen.«

»Habe ich es jetzt wieder mit dem fiesen Pete zu tun?«, fragte sie frech und zog sich auf die freie hintere Sitzreihe des Busses zurück, um ein bisschen mehr Ruhe zu haben.

»Der fiese Pete?«, lachte er. »Bin ich wirklich so schlimm?«

»Manchmal bist du richtig gruselig.«

»Na ja, ich möchte eigentlich nicht gruselig sein«, erwiderte er, und Kitty hatte das Gefühl, seinen Atem an ihrem Ohr zu spüren – es war eines von diesen Gesprächen, bei denen jede Pause, jedes Wort, jeder Atemzug und jeder Seufzer etwas zu bedeuten hatten. »Jedenfalls nicht dir gegenüber.«

Kitty lächelte und sah sich dann schnell um. Hoffentlich hatte keiner ihr dämliches Grinsen bemerkt.

»Wie viele Wörter hast du denn schon geschrieben?«, fragte er sanfter.

»Du kannst eine Frage nicht mit einer Gegenfrage beantworten, Pete. Ich hab dich zuerst was gefragt.«

»Okay.« Es klang, als würde er sich strecken, und Kitty stellte sich seine breiten, muskulösen Schultern vor und dann, wie ihre Hände darüberstrichen. Überrascht hielt sie inne. Was war das denn für eine Phantasie? Die Schultern gehörten Pete, dem fiesen Pete, dem Chef vom Dienst, wegen dem sie oft Albträume gehabt hatte und ganz bestimmt keine sexuellen Phantasien im Bus. Was war denn plötzlich los?

»Es wird der Aufmacher, also hast du fünftausend Wörter, aber wenn du Probleme hast, können wir das auf viertausend reduzieren. Du kannst ja Strichmännchen malen, damit du den Platz vollkriegst, oder so«, neckte er sie.

»Ich hab keine Probleme, das heißt, doch, aber eher im gegenteiligen Sinn. Es gibt eine Unmenge Material. Die Geschichte von hundert Leuten in fünftausend Worten, das ist so gut wie unmöglich.«

»Kitty.« Jetzt klang es wie eine Warnung.

»Ich weiß, ich weiß, hör mir einfach zu.«

»Nein, ich hab dich gehört. Der Artikel ist dein Baby, du hast dich in die Sache reingehängt. Wenn das Constances Idee für ein Feature war, dann hätte sie eine Möglichkeit gefunden, und da du sie besser gekannt hast als wir alle und außerdem hervorragend schreibst, Kitty, wirst du es schon noch rausfinden.«

Kitty lächelte über das unerwartete Lob. Viel hatte sie im letzten Jahr davon nicht bekommen. »Danke.«

»Es ist die Wahrheit, aber ich möchte dir das nicht noch einmal sagen müssen.«

»Ich weiß, es hat dir bestimmt weh getan, es zu sagen.«

»Du glaubst also immer noch, dass ich dich hasse«, meinte er, und sie hörte das Lächeln in seiner Stimme. So leise, dass bestimmt keiner ihn hören konnte, fügte er hinzu: »Was kann ich tun, damit du mir endlich glaubst, dass es nicht so ist?«

Sie hörte sich selbst mit einem langgezogenen »Hmmm« antworten, und sie lachten beide.

»Was machst du eigentlich heute Abend?«, fragte er.

»Oh, das möchtest du nicht wissen.« Sie dachte an den Mist auf der Treppe zu ihrer Wohnung, an den ungeduldigen Mr Wong und an die lange Putznacht, die vor ihr lag.

»Dann bist du also beschäftigt?«

»Warum?«, fragte sie zurück, und auf einmal klopfte ihr Herz schneller. Sie wollte zurückrudern, wollte sagen, nein, ich habe keine Pläne! Was hatte sie sich nur gedacht? Er hatte auf ihren suggestiven Kommentar reagiert, und sie war zu dumm gewesen, es zu kapieren, weil sie an den Mist auf ihrer Treppe gedacht hatte!

»Oh, nur so.« Er räusperte sich. »Ich arbeite zurzeit immer lange und werde bestimmt auch heute bis zehn oder elf hier sein. Also, wenn du Hilfe brauchst oder wegen irgendwas mit mir sprechen möchtest, kannst du ja einfach vorbeikommen.«

»Danke, Pete.«

»Ansonsten – und jetzt setze ich meinen Chef-Hut wieder auf –, ansonsten weißt du ja, dass Freitag die absolute Deadline ist. Wir haben Redaktionskonferenz, und da wirst du deinen Artikel vorstellen. Ich lasse keine Ausreden gelten.«

Mit einem wesentlich leichteren Gefühl sprang sie aus dem Bus, und als sie in der Erwartung, von Mistgeruch begrüßt zu werden, zu ihrer Wohnung kam, war dort zu ihrer großen Überraschung alles bereits sauber. Es roch nach Terpentin, aber das war im Vergleich zu dem Gestank, den sie befürchtet hatte, mehr als erfreulich. Mit einem Lächeln im Gesicht öffnete sie die Tür zur Reinigung.

»Vielen Dank, Mr Wong, dass Sie saubergemacht haben! Ich wollte aber wirklich …«

»Meine Frau, sie hat gemacht«, blaffte er, und eine Frau mit grimmigem Gesicht, die sich gerade über eine Bügelmaschine beugte, blickte auf und funkelte Kitty an.

»Ach so. Vielen herzlichen Dank, Mrs Wong.«

Die Frau grunzte nur.

»War nicht für Sie. War für neue Mieter. Neues Mädchen zieht ein in zwei Wochen.«

»Sie haben meine Wohnung einer neuen Mieterin gezeigt?«

»*Meine* Wohnung. Ja.«

»Aber das können Sie nicht einfach so machen, ohne mich um Erlaubnis zu fragen, Mr Wong. Sie können nicht irgendjemanden in meiner Wohnung rumlaufen lassen, ohne mir wenigstens vorher Bescheid zu sagen. Das ist … das ist … vertraglich nicht in Ordnung.«

Aber er sah sie unbeeindruckt an. »Dann Sie schreiben in Zeitung«, sagte er und schnaubte verächtlich.

Hilflos starrte sie ihn an, aber ihm war offensichtlich alles egal, und sie verließ den Laden. Gerade als sie die Tür hinter sich schließen wollte, rief er noch: »Zwei Wochen von heute, Sie draußen.«

Die Namen ihrer sechs Zielpersonen vor sich ausgebreitet, saß Kitty am Küchentisch. Sie hatte für jeden Namen eine Karteikarte angelegt und ihre jeweilige Story-Idee darauf vermerkt. Nachdenklich studierte sie eine nach der anderen und hoffte auf einen Geistesblitz – was verband diese Menschen miteinander? Sie trommelte mit den Fingern auf die Tischplatte. Dann starrte sie eine Weile auf die restlichen vierundneunzig Namen, von denen sie inzwischen zwar viele kontaktiert, sich aber noch mit niemandem davon getroffen hatte, weil dafür einfach keine Zeit war. An einige hatte sie noch kaum einen Gedanken verschwendet, weil sie so weit draußen wohnten. Ihr Magen knurrte. Seit dem Lunch mit Mary-Rose hatte sie nichts mehr gegessen, und ihr Kühlschrank war leer – sie hatte keine Zeit zum Einkaufen gehabt, sich durch nichts ablenken lassen wollen. Sie steckte tief in den Geschichten dieser Männer und Frauen: Archie, Eva, Birdie, Mary-Rose, Ambrose und Jedrek. Die Sorgen und Probleme, die Freuden, Erfolge und Misserfolge dieser Leute waren Kittys Sorgen, Probleme, Freuden, Erfolge und Misserfolge geworden.

Aber – und das war ein sehr großes Aber – ganz gleich, wie intensiv sie die Namen anstarrte und wie fasziniert sie von ihren Geschichten war, sie wollten sich einfach nicht zu einem einheitlichen Artikel kombinieren lassen, den sie für Constances Tribut verwenden konnte, einen Artikel, der die Geschichten nahtlos zusammenfasste, vereint unter einer einzigen beeindruckenden Überschrift. Kitty legte den Kopf auf den Tisch und stöhnte. Pete hatte sehr deutlich gemacht, dass er nicht gewillt war, von Freitag als endgültiger Deadline abzurücken. Er hatte sich Kittys Verzögerungstaktik lange genug gebeugt, hatte panische Anzeigenkunden beschwichtigt und ihr erlaubt, trotz allem für *Etcetera zu* schreiben. Allein dafür schuldete sie ihm eine Menge. Er hatte für sie gekämpft, und es war Zeit, dass sie sich revanchierte, indem sie ihr Versprechen hielt und ihren Artikel termingerecht ablieferte. Aber sie war so mit den Menschen auf der Liste beschäftigt gewesen, dass sie kaum Zeit gehabt hatte, sich der Wahrheit zu stellen. Und die Wahrheit war, dass sie ein Problem hatte, und zwar ein ziemlich großes. Jetzt war es Zeit, dass sie es zugab, nicht nur vor sich, sondern auch noch vor jemand viel Wichtigerem.

Kitty klopfte an Bobs Tür, denn Bob war der einzige Mensch, bei dem sie es schaffen würde, ehrlich über Constances Geschichte zu reden. Außerdem hoffte sie, dass er, der er Constance so gut gekannt hatte wie kein anderer, ihr vielleicht helfen konnte, ein bisschen Licht auf ihr Problem zu werfen.

Er öffnete die Tür mit einem Lächeln. »Ich hab dich schon erwartet.«

»Wirklich?«

»Aber du bist später dran, als ich dachte. Mehrere Tage später, Liebes. Aber egal, komm rein.«

Er wirkte gut gelaunt, sah aber erschöpft aus und bewegte sich mit einer Müdigkeit, die auch Kitty in ihrem Inneren spürte – eine Müdigkeit, die von der tiefen Trauer herrührte, von der Leere in ihren Herzen. Das Herz wusste, dass etwas fehlte, und es musste sich ganz besonders anstrengen, um es auszugleichen.

Das Wohnzimmer war genauso chaotisch wie immer, daran zumindest hatte Constances Tod nichts geändert. Wenn überhaupt, war das Chaos eher größer geworden. Teresa hatte es nicht geschafft, Bobs und Constances Ordnungssystem zu ändern, aber Kitty war auch sicher, dass Bob sich eisern gewehrt hätte, wenn sie versucht hätte, ihm einen geradlinigeren, pragmatischeren Lebensstil aufzuzwingen. Irgendwo in dem ganzen Durcheinander gab es eine Ordnung, die niemand anderes entziffern konnte. Am Küchentisch konnte man nicht sitzen, denn er quoll über von Papieren und einem wilden Mischmasch weiterer Gegenstände, die auch bereits die sechs zum Tisch gehörigen Stühle in Beschlag genommen hatten.

»Kaffee?«, fragte Bob aus der Küche.

»Ja, bitte.«

Kitty wusste, dass es gut für sie gewesen wäre, zeitig ins Bett zu gehen, weil sie seit Wochen nicht mehr richtig geschlafen hatte. Aber heute würde sich daran garantiert nichts ändern, also spielten auch eine oder zwei Tassen Kaffee keine Rolle mehr, und für das bevorstehende Gespräch brauchte sie einen klaren Kopf. Sie musste den Nebel aus ihrem strapazierten Hirn vertreiben, denn das fühlte sich an, als wäre es tagelang auf Verbrecherjagd gewesen und hätte auf der Suche nach ihrer Geschichte erfolglos Straßen und Häuser durchkämmt. Jetzt musste sie einen Schritt zurücktreten, die geplünderten Straßen mit neuen Augen betrachten, zurückspulen, von vorn anfangen. Und dafür brauchte sie Bobs Hilfe. Sie hätte ihn direkt darum gebeten, aber dafür musste sie ihm gestehen, dass sie ihr Versprechen nicht halten konnte, obwohl er sie so unermüdlich unterstützt und an sie und ihre Fähigkeit, Constances letzte Geschichte zu schreiben, geglaubt hatte – trotz Cheryls und Petes so offen geäußerter Zweifel. Sie hatte versagt, sie war eine Enttäuschung für Bob. Aber als sie jetzt in dieser Wohnung stand, in der sie ihre Freundin noch fühlte, in der es immer noch nach ihr roch, als wäre sie einfach nur für einen Moment ins Nebenzimmer gegangen, da war das Gefühl, Constance zu enttäuschen, noch schrecklicher. Es zerriss ihr das Herz, es war schlicht unerträglich. Sie sollte Constances Stimme sein, jetzt, wo sie nicht mehr selbst sprechen konnte, und was tat sie stattdessen? Sie stotterte und stammelte, sie druckste herum, überlegte hin und her und war nicht annähernd so wortgewandt, wie es Constance selbst über den Tod hinaus zu sein schien.

Ein Augenblick verstrich. Kitty betrachtete das allgegenwärtige Chaos, aber auf einmal fiel ihr auf, dass ihr aus der Küche keineswegs der erwartete Kaffeeduft in die Nase stieg und dass von Bob nichts zu hören war. Als sie nachschaute, stand er reglos und völlig verloren mitten in dem kleinen Raum und starrte auf die Schränke. Obwohl Bob zehn Jahre älter war als Constance, hatten sie immer gleich alt gewirkt. Kitty hätte nicht sagen können, ob es daran lag, dass Constance sich älter benahm oder Bob jünger, aber woran es auch liegen mochte, sie ergänzten sich perfekt, sie harmonierten – abgesehen von gelegentlichen Meinungsverschiedenheiten – so vollkommen, dass man nie auf die Idee gekommen wäre, dass ein ganzes Jahrzehnt zwischen ihnen lag. Es war, als wären sie gleichzeitig auf diesem Planeten gelandet und hätten einander Tag für Tag begleitet, als wären sie einfach füreinander geschaffen. Kitty fand es schwierig, sich Constances Leben in der Zeit vorzustellen, bevor sie Bob kennengelernt hatte, oder das von Bob vor Constance. Die Tatsache, dass Bob schon zehn Jahre auf der Welt gewesen war, bevor Constance überhaupt geboren war, wollte ihr nicht in den Kopf. Manchmal fragte sie sich, ob er an dem Tag, an dem sie auf die Welt gekommen war, wohl irgendetwas gespürt hatte, ohne zu wissen, warum. Ob es einen Augenblick gegeben hatte, an dem das Leben dieses zehnjährigen Jungen, der in Dublin heranwuchs, sich auf einmal richtig angefühlt hatte, weil in Paris eine neue kleine Seele angekommen war.

Aber als sie Bob jetzt anschaute, sah Kitty ihn ohne Constance, und es war beinahe, als würde sie einen Körper ohne Seele sehen. Ein Licht war erloschen.

»Bob«, sagte sie leise und legte ihm die Hand auf die Schulter.

»Ja.« Langsam kam er wieder zu sich, richtete sich auf, als wäre ihm plötzlich eingefallen, dass er ja Besuch hatte.

»Lass mich doch den Kaffee machen, dann kannst du dich hinsetzen und ein bisschen entspannen«, schlug Kitty vor, schob ihn sanft beiseite und begann in den Schränken nach den Kaffee-Utensilien zu suchen.

»Ja, ja, wirklich«, sagte er, abgelenkt von irgendeiner Erinnerung, einem plötzlichen Gedanken, und nahm in dem einzigen Sessel Platz, der nicht von Zeitungen und Zeitschriften belegt war.

Doch soviel Kitty auch suchte, aus den Schränken blickten ihr nur Bücher entgegen, dicht gepackt wie auf einem Bücherregal, alles bis auf den letzten Zentimeter vollgestopft, aber es gab keine Tasse, keine Untertasse, keinen Teller, und es war auch nichts Essbares in Sicht. Kitty runzelte die Stirn und begann nach der Kaffeekanne und nach Tassen zu suchen. Vergeblich. Sie versuchte es mit Constances und Bobs Logik und ging ins Wohnzimmer, um auf den Bücherregalen nach Tassen zu sehen, aber auch hier hatte sie keinen Erfolg. Keine Logik, keine Tassen, nur noch mehr Bücher. Sie beschloss, die Tassen erst einmal aufzugeben und sich auf Kanne und Pulverkaffee zu konzentrieren, aber auch hierfür gab es keine Anzeichen, sie entdeckte nur die einsame Teekanne, die einmal eine Spardose gewesen war.

»Bob«, sagte sie und konnte sich nur mühsam das Lachen verbeißen. »Wo bewahrt ihr denn normalerweise den Kaffee auf?«

»Oh«, antwortete er betroffen, als wäre ihm dieser Gedanke noch nie gekommen. »Für gewöhnlich gehen wir ins Café, wenn wir Kaffee trinken wollen, aber Teresa trinkt manchmal welchen hier, aus einem Becher, also muss hier eigentlich irgendwo welcher sein.«

Kitty schaute sich noch einmal in der Küche um. Auf dem Kalender, einem Kamasutra-Kalender, der mit Klebeband am Kühlschrank befestigt war, war Stellung Nummer fünf für den Mai zu sehen, die *erhobene Missionarsstellung*. Kitty öffnete den Kühlschrank, der zu ihrer Enttäuschung vollkommen leer war, denn nach der Abbildung auf der Tür hatte sie eigentlich etwas Spannenderes erwartet. »Vielleicht bringt Teresa ihren eigenen Kaffee mit«, meinte sie mit Blick auf die leeren Fächer.

»Abends trinken wir gerne Wein«, sagte Bob zu dem leeren Sessel vor sich.

Was sich einleuchtend anhörte. Constance war dafür bekannt, dass sie jeden Abend mindestens eine Flasche Rotwein leerte, und in diesem Augenblick fand Kitty das auch eine wesentlich bessere Idee.

»Und wo versteckt ihr die Weinflaschen?« Kitty lächelte Bob liebevoll an.

Er erwiderte ihr Lächeln, und auf einmal leuchteten seine Augen wieder. »Ms Gründaumen persönlich hat ihn immer gern im Gartenschuppen aufbewahrt.«

So wanderte Kitty hinaus in den noch hellen Abend, über die Wiese zum Schuppen, schob den Riegel zurück und trat hinein. Es roch feucht und nach Erde. Als sie das Licht anknipste, sah sie vor sich eine Glühbirne, die gefährlich an einem dünnen Draht von der Mitte der Decke baumelte und mit ihrem grellweißen Licht ein Regal voller Rotweinflaschen anstrahlte, die alle in Tontöpfen mit Erde steckten.

»Sie hat den Wein gern warmgehalten«, ertönte plötzlich

Bobs Stimme hinter ihr. »Sie hat darauf bestanden, dass jeder seinen eigenen Topf hat und bei einer Temperatur von nicht weniger als zehn Grad gelagert wird.«

Kitty lachte. »Na klar! Und was ist das hier?« Außer den Flaschentöpfen gab es noch eine ganze Menge Töpfe, in denen Stöckchen mit Klebezetteln in der Erde steckten.

»Das sind ihre Ideen.«

Kitty runzelte die Stirn. »Ich dachte, ihre Ideen sind im Aktenschrank.«

»Das waren die schon weiter entwickelten, von denen die meisten auch anfangs hier eingepflanzt waren. Constance hat sie immer ihre kleinen Samen genannt. Sobald sie in ihrem Kopf aufgetaucht sind, hat sie die Ideen auf Klebezetteln notiert und an Stöcken in diese Töpfe gesteckt. Wenn sie dann mal ein, zwei Ideen zu wenig hatte, ist sie in den Schuppen gegangen und hat nachgeschaut, ob welche von den Samen schon gediehen waren.«

Kitty sah ihn verwundert an. »Warum hab ich davon nie etwas gehört?«

»Weil Constance im Irrenhaus gelandet wäre, wenn ich jemandem davon erzählt hätte, meine Liebe.«

»Sie war doch schon in einem Irrenhaus, Bob. Zusammen mit dir.« Sie grinsten beide. »Vielleicht wächst hier ja auch irgendwas für ihre Namensgeschichte«, meinte Kitty nachdenklich, ging langsam an der Reihe eingetopfter Klebezettel entlang, las die unordentlich gekritzelten Worte, die ihr so lebendig erschienen, und fühlte einen überwältigenden Drang, bei Constance zu sein, sie zu berühren.

»Wenn die Idee schon im Aktenschrank war, ist hier bestimmt nichts mehr von ihr. Vielleicht hat die Sache mit einem einzigen Namen angefangen oder mit fünf Namen oder vielleicht auch ganz ohne einen Namen. Aber wenn Constance die Idee schon in den Aktenschrank gepackt hat, dann war sie über den Samenstatus hinausgewachsen. Das hier war sozusagen nur die Baumschule.«

»Das sind ihre Babys«, lächelte Kitty, und noch immer wanderte ihr Blick an den spontan auf Zettel gekritzelten Ideen entlang, die alle irgendwann in Constances Kopf aufgetaucht waren. Sie dachte an das, was Bob gesagt hatte, dass die Idee nicht im Aktenschrank gewesen wäre, wenn sie nicht über den Samenstatus hinausgewachsen, wenn nicht schon etwas aus ihr geworden wäre, und es war sehr frustrierend, nicht zu wissen, was es war. ›Komm schon, Constance, gib mir einen Hinweis‹, bettelte sie ihre Freundin im Stillen an. Dann wartete sie einen Moment, aber der Schuppen blieb still.

Schließlich griff Kitty nach einer Weinflasche, überlegte kurz, nahm noch eine zweite und folgte Bob ins Haus zurück. Dort entfernte sie einen Stapel Fotoalben von dem Sessel, der dem von Bob gegenüberstand, einem Modell im französischen Stil mit einem schimmernden Goldblumen-Design. Sie konnte förmlich vor sich sehen, wie Bob und Constance hier am lodernden Feuer gesessen und über irgendwelche Themen diskutiert hatten, über bestimmte Theorien oder über abgefahrene, obskure Geschichten, sie stellte sich vor, wie sie argumentiert hatten, stets verbunden durch ihre Liebe für das Ungewöhnliche und Phantastische, aber auch für das Alltägliche und scheinbar Banale.

»Wie geht es dir eigentlich, Bob?«, fragte Kitty schließlich. »Wie kommst du zurecht?«

Er seufzte – ein langer, tiefer Seufzer, der schwerer wog als irgendwelche Worte. »Jetzt sind zwei Wochen vergangen. Ein schauderhafter Gedanke, dass es schon so lange her ist. Am Tag nach ihrem Begräbnis bin ich aufgewacht und habe mir gesagt: Ich kann das nicht, ich überstehe diesen Tag nicht. Aber ich hab ihn überstanden. Irgendwie. Und dann war dieser Tag vorbei, und ich hatte die Nacht vor mir, und ich habe mir gesagt: Ich überstehe diese Nacht nicht, unmöglich. Aber ich habe sie überstanden. Irgendwie. Und dann war die Nacht vorbei. Seither habe ich mir jeden Tag und jede Nacht das Gleiche gesagt, jede

Sekunde ist eine Quälerei, als würde sie nie vergehen und als würde es niemals leichter werden, und doch – wenn ich zurückblicke, schau, wo wir jetzt sind. Zwei Wochen sind vergangen. Und ich habe sie überstanden. Obwohl ich immer noch glaube, dass ich es schlicht nicht kann.«

Kittys Augen füllten sich mit Tränen.

»Ich habe erwartet, die Welt würde untergehen, wenn sie stirbt«, fuhr er fort und nahm Kitty eine Flasche aus der Hand, die er flink mit dem Korkenzieher öffnete, der auf dem Beistelltischchen neben dem Kreuzworträtsel aus der *Irish Times,* einem Kuli und Bobs Lesebrille lag. »Aber die Welt dreht sich weiter. Alles geht seinen Gang, völlig unbeirrt. Manchmal mache ich einen Spaziergang, und dann merke ich plötzlich, dass ich stehen geblieben bin, aber alles andere um mich herum ist immer noch in Bewegung. Dann frage ich mich: Wissen die es nicht? Wissen die nicht, was Schreckliches passiert ist?«

»Ich weiß, wie du dich fühlst«, sagte Kitty leise.

»Es gibt gute Witwer und schlechte Witwer. Man hört die ganze Zeit nur über die guten. Himmel, ist Soundso nicht großartig? So stark ist er, so tapfer! Dass er dieses und jenes schon so früh wieder hinkriegt! Ich bin kein guter Witwer, Kitty. Ich möchte überhaupt nichts tun. Ich möchte nirgendwohin. Die meiste Zeit möchte ich nicht mal da sein, aber das soll man ja nicht sagen, stimmt's? Man soll ja nur erkenntnisreiche Dinge von sich geben, die andere Leute zum Staunen bringen, damit sie all ihren Bekannten erzählen können, wie tapfer man ist. Tapfer«, wiederholte er, und nun traten auch ihm Tränen in die Augen. »Aber ich war nie der Tapfere, und warum ich ausgerechnet jetzt damit anfangen soll, übersteigt meine Vorstellungskraft.« Bob griff nach der zweiten Flasche Wein, öffnete sie, flink und geschickt, und reichte sie Kitty zurück. »Ich weiß nicht, wo wir die Gläser versteckt haben«, sagte er und ließ seine Flasche an ihre klirren. »Auf … auf irgendwas.«

»Auf unsere geliebte Constance«, sagte Kitty, hob die Flasche an die Lippen und trank. Der warme Rotwein brannte in ihrer Kehle, hinterließ aber eine köstlich süße Wärme in ihrem Mund. Rasch nahm sie noch einen Schluck.

»Auf unsere geliebte Constance«, wiederholte Bob und studierte nachdenklich die Flasche.

»Und darauf, die Nacht zu überstehen«, fügte Kitty hinzu.

»Ja, darauf trinke ich«, sagte er und hob die Flasche in die Luft. »Darauf, die Nacht zu überstehen.«

Eine Weile saßen sie in freundschaftlich entspanntem Schweigen da, während Kitty überlegte, wie sie das Thema anschneiden sollte, weshalb sie hier war, aber Bob kam ihr zuvor. »Ich spüre, dass du Probleme mit der Geschichte hast.«

»Das ist eine Untertreibung«, seufzte Kitty und trank noch einen Schluck. »Es tut mir leid, es zugeben zu müssen, Bob, aber ich weiß überhaupt nicht mehr weiter. Ich habe keine Ahnung, was ich machen soll. Pete erwartet meinen Artikel am Freitag, das heißt, da will er zumindest wissen, worum es in dem Artikel gehen soll, und, na ja, wenn ich das nicht rauskriege, muss ich hingehen und ihm sagen, es gibt gar keine Geschichte und ich habe den gesamten Constance-Tribut ruiniert. Schon wieder ein Versagen meinerseits.« Erneut kämpfte sie mit den Tränen, schuldbewusst und frustriert.

»Ah. Tja, vielleicht gibt es etwas, womit ich dir helfen kann«, sagte Bob, trotz der schlechten Nachricht freundlich wie immer. »Über die Namen weiß ich leider nicht mehr als du, und nachdem du jetzt eine Woche lang Recherche betrieben hast, weiß ich genaugenommen sogar weniger, aber ich kann dir – Constance möge es mir erlauben – eine Lektion in Constance erteilen.« Er sah nach oben ins Licht, und seine Augen glänzten, als er sie sich ins Gedächtnis rief. »Erinnerst du dich an diesen grässlichen Mordfall in der Ailesbury Road vor ungefähr fünfzehn Jahren, bei dem dieser schwerreiche Unternehmer verdächtigt wurde, seine Frau mit einem seltsamen Reinigungsutensil erschlagen zu haben?« Kitty schüttelte den Kopf. »Wahrscheinlich bist du zu jung, um es mitgekriegt zu haben, aber der Fall hat damals Schlagzeilen gemacht. Der Mann ist übrigens nie verurteilt worden, obwohl alle davon ausgingen, dass er der Täter war. Er zog dann weg, verkaufte sein Haus, und man hörte so gut wie nichts mehr von ihm, aber Constance hat endlos über dem Fall gebrütet, irgendetwas berührte er in ihr, regte sie richtig auf, und nicht nur, weil ein gebildeter, wohlhabender Mann, der es hätte besser wissen müssen, eines so schrecklichen Verbrechens beschuldigt wurde. Wie jeder andere Journalist brannte auch sie darauf, ein Interview mit dem jungen Dienstmädchen zu bekommen, das die tote Ehefrau im Schlafzimmer gefunden und die Polizei verständigt hatte. Sie war vor dem Gericht, das den Mann freigesprochen hatte, der Star gewesen – eine schöne junge Filipina oder Thailänderin, ich weiß es nicht mehr genau. Jedenfalls ging Constance immer wieder zu ihrem Haus und versuchte, mit ihr zu sprechen, und wenn sie gerade mit etwas anderem beschäftigt war – was, wie du ja weißt, oft genug vorkam, weil sie sich plötzlich unbedingt in etwas anderes einmischen musste –, schickte sie mich zu dem Haus, um das Dienstmädchen zu überreden, ihr ein Interview zu geben. Wie alle anderen ging auch ich davon aus, dass sie mit der jungen Frau über den Fall sprechen wollte, darüber, was sie gesehen hatte, was für ein Mann ihr Chef war, was für eine Beziehung das Paar gehabt hatte, ob sie persönlich einen Verdacht hatte, solche Dinge …« Bobs Blick verlor sich in der Ferne der Vergangenheit, und er lachte leise. »Wie sich herausstellte, war Constance aber keineswegs an der Mordsache interessiert, sondern an dem Gegenstand, mit dem die Frau ermordet worden war. Es war irgendein altes Putzgerät, das das Dienstmädchen mit nach Irland gebracht hatte, ich weiß nicht mehr, wie es hieß, und da Constance einen Bericht über alte traditionelle Putzmethoden verfasste, war sie ganz scharf darauf, mit der jungen Frau über dieses Utensil zu sprechen.«

Kitty schüttelte den Kopf und lächelte.

»Und schließlich hat sie es auch geschafft, mit ihr zu sprechen. Unsere Zeitschrift war die einzige, die ein Interview mit dem gefragtesten Dienstmädchen des Monats bekam und den Mord mit keinem Wort erwähnte. Weshalb ich das alles erzähle, Liebes: Vielleicht glaubst du, dass Constance dich auf eine bestimmte Schiene lenken will, aber in Wirklichkeit ist es höchstwahrscheinlich etwas ganz anderes. Bei Constance geht es nie um das, was man erwartet. Was immer du für logisch hältst, vergiss es, für Constance ist es nicht logisch. Versuch lieber, es durch ihre Augen zu sehen, versuch, es mit ihrem Herzen zu fühlen. Ihr Herz war groß und sehr kompliziert, aber es wird dir helfen, ihre Geschichte zu finden.«

Kitty lehnte sich in ihrem Sessel zurück und trank noch einen Schluck aus ihrer Flasche. Bob sah sie an, während sie in Gedanken noch einmal durchging, was er ihr erzählt hatte, und es nach und nach mit den Geschichten der Menschen auf der Namensliste verband, die Constance ihr anvertraut hatte.

Und dann ging ihr plötzlich ein Licht auf. Endlich hatte sie es kapiert!

Kapitel 22

Nachdem sie noch ein paar Stunden mit Bob verbracht und mit ihm zusammen eine weitere Flasche von Constances selbstkultiviertem Rotwein geleert hatte, fühlte Kitty sich wesentlich entspannter, wenn sie an Pete dachte. Jetzt hatte sie einen Plan im Kopf und war überzeugt, ihm angemessen vermitteln zu können, dass sie sich auf die Leute konzentrieren wollte, die sie bisher kennengelernt hatte, und zwar nur auf diese. Dieser Teil war Bobs Idee gewesen. Er hatte ihr klargemacht, dass sie jetzt, wo sie erkannt hatte, was die Namen miteinander verband, nicht auch noch die restlichen vierundneunzig Leute treffen musste, nur um zum gleichen Schluss zu kommen. Sie hatte einfach nicht die Zeit, alles zu erledigen, was Constance für sie geplant hatte. Und diesmal hatte Constance wirklich ganze Arbeit geleistet, hatte sich etwas Großartiges und Wundervolles einfallen lassen, etwas, das so viele ihrer Überzeugungen widerspiegelte, und dies entdeckt zu haben machte Kitty gleichzeitig ganz aufgeregt und berührte sie tief. Es war fast, als hätte sie einen Abschiedsgruß von Constance bekommen, ihre letzten Worte – und die Botschaft war schlicht perfekt.

Weil Kitty wusste, dass Bob hundertprozentig hinter ihr stand, und auch, weil sich ihr Verhältnis zu Pete in den letzten Tagen verändert hatte, war sie beim Gedanken an das bevorstehende Gespräch längst nicht mehr so nervös. Aber sie musste über sich selbst grinsen, denn sie hatte Schmetterlinge im Bauch wie ein Schulmädchen. Auf einmal machte sie sich Gedanken über ihr Äußeres, ihre vom Wein erhitzten Wangen, Jeans, Bluse, Ballerinas – das trug sie alles schon den ganzen Tag. Hätte sie sich vielleicht umziehen sollen? Vor der Redaktion bürstete sie sich kurz die Haare und fischte Lippenstift und Puder aus ihrer Tasche, aber im gleichen Moment kamen die beiden Putzfrauen aus der Tür, die gerade mit der Arbeit fertig waren.

»Können Sie bitte offen lassen?«, rief Kitty ihnen zu, verstaute die Sachen schnell wieder in ihrer Tasche und lief die Treppe hinauf. Es war ganz still, offensichtlich arbeitete niemand so spät, außer Pete, der ja die Hauptlast der Verantwortung zu tragen hatte. Zum Glück hatte er keine feste Freundin, denn die würde um zehn Uhr abends bestimmt ziemlich frustriert zu Hause auf ihn warten. Am Empfang warf Kitty einen kurzen Blick in den Spiegel, zupfte sich die Haare zurecht, öffnete einen weiteren Blusenknopf und ging in Gedanken noch einmal durch, wie sie ihm ihren Entschluss am besten nahebringen konnte.

Da aus Constances Büro Geräusche kamen, als würden dort Möbel gerückt, machte sie sich auf den Weg dorthin, aber gerade als sie Pete zurufen wollte, dass sie da war, hörte sie plötzlich eine Frau lachen. Dann ein Seufzen. Irritiert sah Kitty sich um. War doch noch jemand hier? Aber es war so still, geradezu unheimlich. Auf einmal beschlich sie ein ungutes Gefühl, und einen Augenblick spielte sie mit dem Gedanken, lieber schnell wieder zu verschwinden. Aber es entsprach nicht ihrem Naturell, eine verdächtige Situation einfach ungeklärt zu lassen, also ging sie weiter. Immer noch klang es, als würden Möbel verschoben. Sie machte sich nicht die Mühe anzuklopfen, denn instinktiv war ihr klar, dass sie dann verpassen würde, was sie in ihrem Herzen längst wusste. Als die Tür sich öffnete, sah sie Cheryl. Ihr grauer Businessrock war hochgerutscht, und sie hatte die Schenkel um einen Mann geschlungen wie eine Striptänzerin um die Stange. Seine Hände glitten über ihren Rücken, auf und ab, über ihre Schenkel, ihren Hintern, drückten und zwickten, und das sah alles so unromantisch und linkisch aus, dass Kitty sich an den Türrahmen lehnte und nicht umhinkonnte, die Nase zu rümpfen. Das waren nicht die Hände eines Experten.

Außer leisen Kussgeräuschen und einem gelegentlichen Stöhnen war es ganz still, und als Kitty die Stimme des Chefs vom Dienst hörte, die – heiser vor Verlangen – der stellvertretenden Chefin vom Dienst in ziemlich barschem Ton erklärte, was er mit ihr vorhatte, sah sie den Zeitpunkt gekommen, sich zu räuspern. Cheryl sprang mit einem solchen Satz vom Tisch, dass Kitty sich unwillkürlich fragte, ob man es als Flugversuch werten konnte.

»O Gott, Kitty«, rief Cheryl und zog hastig den Rock über die Schenkel. Beim Versuch, ihre Bluse zuzuknöpfen, zitterten ihre Finger allerdings so, dass sie den Plan aufgab und stattdessen die Arme vor der Brust verschränkte. »Wir wollten nur ... äh, ich wollte nur ...«

»Du wolltest nur grade mit deinem Chef vögeln«, stellte Kitty trocken fest. »Ja, ich weiß. Tut mir leid, dass ich euch unterbreche, der Plan, den Pete gerade für euch beide entworfen hat, klang recht gut, aber ich bin auf Einladung kurz vorbeigekommen, um von meinem Durchbruch bei dem Artikel zu erzählen. Aber es scheint gerade nicht so günstig zu sein«, fügte sie hinzu, und als ihr Blick nun auf Pete fiel, wurde sie auf einmal wütend, denn obwohl sie nicht wirklich Grund dazu hatte, fühlte sie sich hintergangen. Sicher, sie hatten nur ein paar Tage miteinander geflirtet, aber ihr hatte es etwas bedeutet, vor allem nach dem katastrophalen Wochenende mit Richie. In ihrem Liebesleben lief es nicht so besonders gut. Sie tat sich leid deswegen und fühlte sich als Opfer, dabei hatte sie es sich wahrscheinlich eher selbst zu verdanken, wenn sie sich immer die falschen Männer aussuchte. Aber sie wollte sich keine Vorwürfe machen, nicht jetzt, sondern spürte noch mehr Selbstmitleid, wo Pete sie so sanft und zerknirscht anschaute. In diesem Moment wusste sie, dass sie sich zu Recht betrogen fühlte, denn sie sah ihm an, dass *er* das Gefühl hatte, sie betrogen zu haben.

Pete hatte sich kaum gerührt, seit Kitty ihn mit Cheryl ertappt hatte. Er stand am Schreibtisch, mit völlig zerzausten Haaren, und wartete nervös, was Kitty als Nächstes tun würde. Zumindest hatte er so viel Anstand, beschämt auszusehen.

Irgendwie ahnte Cheryl wohl, dass etwas im Busch war, denn sie schaute verwirrt von Pete zu Kitty. »Was geht denn hier vor?« Sie raffte ihre Bluse so fest zusammen, dass ihre Fingerknöchel weiß hervortraten.

»Nichts«, antwortete Kitty, und aus Versehen kam ihre Stimme als ein Flüstern heraus. »Absolut gar nichts.«

Dann drehte sie sich um und ging.

Abgesehen von dieser Demütigung und Ernüchterung fühlte Kitty sich zumindest in professioneller Hinsicht stabiler, denn auf einmal war es ihr egal, was Pete zu ihrem Artikel sagen würde – sie würde ihn genau so schreiben, wie sie es für richtig befand, so, wie Constance ihn ihrer Meinung nach beabsichtigt hatte, sie würde sich nicht ducken oder umstimmen lassen, ganz gleich, wie wütend Pete wurde, wie autoritär er sich gebärdete, welche Drohungen er auffuhr. Ihrer Arbeit hatte es an Selbstvertrauen gefehlt, und jetzt war es wieder da. Jetzt war sie am Zug, und sie würde sich diesen Artikel voll und ganz zu eigen machen. Obwohl sie wusste, dass es vielleicht nicht die schlauste Idee war, Archie um zehn Uhr abends in seiner Wohnung aufzusuchen, eilte sie zurück nach Fairview, denn sie hatte eine Mission. Vorbei an den Kids, die den Gehweg versperrten, rannte sie die vier Treppen hinauf zu Archies Wohnung. Dort hämmerte sie an die Tür und trat, während sie wartete, nervös von einem Bein aufs andere. Am liebsten hätte sie alles auf einmal erledigt und keinen Tag länger gewartet. Sie räusperte sich. Von rechts kam wie ein Echo das gleiche Geräusch, und als sie sich umwandte, sah sie dort den Jungen auf seinem Basketball sitzen.

»Hi«, sagte sie.

»Hi«, äffte er sie nach.

»Ist er da?«

»Ist er da?«, wiederholte er.

Sie verdrehte die Augen. Er tat das Gleiche.

Schließlich wandte sie sich ab und rannte wieder nach unten, durch die Jugendlichen, die keinen Schritt zur Seite gingen und ihr spöttisch nachjohlten, und um die Ecke zu Marios Fish-and-Chips. Am Montagabend um zehn stand eine lange Schlange vor dem Laden, und sie sah Archie hinter der Theke seine Burger wenden.

»Archie!«, rief sie und drängte sich in der Schlange nach vorn.

Er drehte sich um und musterte sie mit seinem typischen amüsierten Lächeln. »Sie müssen sich hinten anstellen«, sagte er und wandte sich wieder den Burgern zu.

»Ich will nichts essen, ich möchte nur mit Ihnen reden.«

Sie gab sich Mühe, leise zu sprechen, aber da es im Laden bis auf die Nachrichten aus dem Radio völlig still war, hörte sie natürlich jeder. Archies Kollege warf ihm einen finsteren Blick zu, und Archie machte ein ärgerliches Gesicht. Kitty brachte ihn in Schwierigkeiten.

»Na gut«, sagte sie und wich ein Stück zurück. »Dann eben einmal Pommes.«

Archies Kollege nickte und senkte den Drahtkorb mit den Pommes ins heiße Fett. Kittys Magen knurrte laut. »Und einen Cheeseburger.«

Archie knallte einen weiteren Burger auf die Heizplatte, und er fing sofort an zu brutzeln.

Zwanzig Minuten später hatte Kitty es bis an die Kasse geschafft. Archie verließ seinen Platz an der Brutzelplatte, um ihr persönlich das Essen zu bringen.

»Ich musste den ganzen Tag an Sie denken«, sagte Kitty, und wieder stieg die Aufregung in ihr hoch.

»Das höre ich oft von Frauen«, witzelte er, während er ihre Pommes mit Salz bestreute und Essig darüberspritzte.

»Sie müssen ihr helfen«, sagte Kitty.

Endlich trafen sich ihre Blicke.

»Die Frau im Café, Sie müssen sie ansprechen. Vielleicht müssen Sie ihr helfen, vielleicht passiert Ihnen das deshalb.«

Archie blickte nervös zu den anderen Leute in der Schlange, in der Hoffnung, dass sie nicht zuhörten.

»Fünf achtzig«, sagte er laut.

Kitty ließ sich Zeit und suchte umständlich ihr Kleingeld zusammen. »Ich möchte mich morgen früh gerne noch mal mit Ihnen im Café treffen. Sie ist bestimmt auch da, oder nicht?«

Er straffte das Kinn beim Nachdenken und nickte dann einmal kurz.

»Okay.« Sie ging zur Tür.

»Glauben Sie, dass es dann aufhört?«, fragte er.

»Wollen Sie das denn?«

Mit dieser Frage ließ sie ihn allein, damit er etwas zum Grübeln hatte, während sie durch die kühle Nachtluft wanderte und ihr von den Essig-Chips das Wasser im Mund zusammenlief. Als sie an Archies Wohnblock vorbeikam, sah sie einen Jungen auf einem Fahrrad, das ihr extrem bekannt vorkam. Sie blieb stehen, schaute sich um und stellte fest, dass der Junge keine Verstärkung in der Nähe hatte. Die Kids, die hier gestanden hatten, waren entweder zu einem anderen Treffpunkt abgewandert, nach Hause gegangen oder trieben sich irgendwo im Schatten herum.

»Hey«, sagte sie.

»Hey«, hörte sie vier Stockwerke weiter oben eine Stimme, die sie imitierte.

Auch der Junge auf dem Fahrrad blickte zu der Stimme hinauf, dann sah er wieder Kitty an.

»Das ist mein Fahrrad«, sagte Kitty mit fester Stimme.

Der Junge radelte die Bordsteinkante hinauf und umkreiste Kitty auf dem Gehweg. Er konnte nicht älter sein als dreizehn, aber er schüchterte sie trotzdem ein.

»Wenn das Rad dir gehört, wieso habe ich es dann?«

»Weil du es geklaut hast.«

»Ich hab aber nichts geklaut«, erwiderte er und fuhr weiter um sie herum.

»Ich hab es am Samstag hier ans Geländer angeschlossen. Jemand hat es mitgenommen.« Sobald die Worte aus ihrem Mund kamen, wurden sie natürlich sofort von dem Jungen auf dem Basketball wiederholt, so dass er einen Teil des Satzes gleichzeitig mit ihr sprach und sie sich kaum auf das konzentrieren konnte, was sie sagen wollte.

»Muss ein beschissen schlechtes Schloss gewesen sein.«

»Stimmt.«

»Stimmt.«

Der Junge fuhr den Bordstein wieder hinunter und auf die Straße, richtete sich in den Pedalen auf und bremste dann so scharf, dass das Hinterrad vom Boden abhob. Dann drehte er noch ein paar Kurven.

»Möchtest du es zurückhaben?«

»Natürlich, klar.«

»Natürlich, klar«, hörte sie ihr persönliches Echo.

Der Junge blieb abrupt stehen, sprang vom Fahrrad, stellte sich ein paar Meter vor sie und streckte ihr das Rad am Lenker hin. »Musstest mich nur fragen.«

Kitty sah sich wieder um, weil sie dachte, dass die Sache bestimmt einen Haken hatte und sich wahrscheinlich gleich eine ganze Bande aus dem Hinterhalt auf sie stürzen würde.

Langsam ging sie im orangefarbenen Licht der Straßenlaterne auf den Jungen zu, Burger und Pommes in der Hand. Sie erreichte das Fahrrad. Nichts passierte. Sie ergriff den Lenker, der Junge ließ los und ging davon.

»Danke«, sagte sie und hörte selbst die Überraschung in ihrer Stimme.

»Danke«, hörte sie das Echo von oben.

Sie hatte nur fragen müssen.

Gerade als sie aufsteigen wollte, hatte sie plötzlich eine Idee. »Hey!«, rief sie.

»Hey«, hörte sie die Stimme.

»Du da oben auf dem Basketball«, sagte sie, und diesmal gab es kein Echo, sondern ein kleiner Kopf erschien über der Mauer. »Wollen wir spielen?«, fragte sie.

Er wiederholte die Frage nicht, stattdessen verschwand der Kopf, und sie hörte den Jungen die Treppe heruntersausen. Auf dem Basketballfeld neben dem Wohnblock lieferten der Junge und Kitty sich im Dunkeln einen Wettkampf, ohne dass einer von ihnen ein Wort sprach, und Kitty kam sich vor, als wäre sie in ihre Jugend zurückversetzt worden.

Als sie nach Hause kam, schleppte sie als Erstes ihr wiedergefundenes Fahrrad nach oben und war so darauf konzentriert, dass sie fast zu Tode erschrak, als auf einmal eine Gestalt in ihr Blickfeld trat.

»Herrgott nochmal.« Sie ließ das Fahrrad sinken und dachte schon, es wären Colin Murphys Leute, die sich auf sie stürzen würden. Womöglich wäre ihr das sogar lieber gewesen, denn ihr gegenüber stand Richie, der Schmierenjournalist aus der Hölle. Sie hätte ihm sofort eine Ohrfeige versetzt, wenn sein Auge nicht ausgesehen hätte wie eine faulige Pflaume, halb zugeschwollen und lila-violett, die Lippe dick und aufgeplatzt. Einen Moment lang wusste sie nicht, was sie sagen sollte. Sämtliche sorgfältig vorbereiteten Gemeinheiten waren wie weggeblasen.

»Was ist denn mit dir passiert?«

»Tu nicht so unschuldig«, erwiderte er bitter. »Gib mir meine Jacke, dann verschwinde ich wieder.«

Das Blut pochte in ihren Ohren. »Wie bitte?«

»Meine Jacke. Ich wollte sie abholen, und der Kerl unten hat gesagt, er hat sie dir gegeben.«

»Deine Jacke«, wiederholte sie. »Und wie wäre es mit einer Entschuldigung? Hallo, Kitty, es tut mir leid? Es tut mir leid, dass ich eine dreckige, verlogene scheißmiese Ratte bin?« Sie gab sich keine Mühe, ihre Wut zu beherrschen, sondern ließ ihr freien Lauf.

»Ach, komm mir doch nicht so!« Er hielt die Hände in die Höhe. »Du kennst das Spiel, du weißt, wie der Hase läuft. Ich bin losgeschickt worden, um die Geschichte aus dir rauszukriegen, und ich hab einfach meinen Job gemacht.«

»Du hast deinen Job gemacht? Hat dazu auch gehört, dass du mit mir ins Bett steigst?« Jetzt stemmte sie die Hände in die Hüften und baute sich vor ihm auf, bis ihr Gesicht so dicht vor seinem war, dass sie sah, wie bei jedem ihrer Worte ein kleiner Spucketropfen auf seiner Haut landete. Er war so dreist, sie deswegen betreten anzuglotzen.

»Also … weißt du, das war nicht vorgesehen, ich hatte einfach zu viel getrunken. Aber das hätte nicht passieren sollen.«

Kitty traute ihren Ohren nicht. So oft hatte sie sich dieses Gespräch vorgestellt, hatte sich ausgemalt, wie sie stinkwütend, aber höchst eloquent Beleidigungen mit lebensverändernden Auswirkungen auf ihn abfeuerte, wie er daraufhin betroffen den Kopf hängen ließ und von sich selbst so angewidert war, dass er es kaum in Worte fassen konnte, was er aber trotzdem tat, und zwar ebenso detailliert und ausgefeilt wie sie. Aber hier stand sie nun vor diesem Kerl, der es nicht einmal fertigbrachte, sich zu entschuldigen, und der selbst unter Druck nur bereit war zuzugeben, dass es ihm leidtat, mit ihr geschlafen zu haben. Dabei war der Sex das einzig Anständige, na ja, halbwegs Anständige dieser Nacht gewesen. Kittys Zorn war so gewaltig, dass sie am ganzen Körper zitterte, aber sie wollte auf gar keinen Fall weinen – alles, nur nicht diesem gefühllosen Scheißkerl zeigen, wie sehr er sie verletzt hatte. Sie suchte nach dem Schlimmsten und Verletzendsten, was sie ihm an den Kopf werfen könnte, zermarterte sich das Hirn. Die Zeit verstrich, während sie stumm in sein zerschundenes Gesicht starrte, bis sie auf einmal merkte, dass er mit ihr redete.

»Aber das war noch lange kein Grund, deinen Bodyguard auf

mich zu hetzen. Das war lächerlich, Kitty, und du kannst von Glück sagen, dass ich keine Anzeige erstattet oder jemandem gesagt habe, wer dafür verantwortlich ist. Denn dann hättest du unter Garantie noch wesentlich mehr Ärger am Hals, das kannst du mir glauben.«

»Mein Bodyguard? Was redest du denn da? Ich hab überhaupt niemanden auf dich ›gehetzt‹. Glaub mir, ich hätte dich gern persönlich so zugerichtet. Also hör auf, mich zu beschuldigen, und überleg, wen du sonst noch durch deinen dreckigen Job beleidigt hast.«

Jetzt versuchte er tatsächlich zu grinsen, was ihm aber nicht gelang, denn als seine Lippe sich spannte, quoll frisches Blut aus der Wunde. »Zuerst mal ist mein dreckiger Job, wie du ihn nennst, genau der gleiche wie deiner, wir sitzen also im selben Boot, Kitty Logan. Und zweitens – hast du Ärger gekriegt mit deinem Bodyguard oder Freund oder was auch immer? War er vielleicht sauer, weil du die Nacht mit mir verbracht hast, Kitty?«, fragte er süffisant. »Das letzte Mal hat Steve Jackson sich über mich geärgert, als ich in der College-Bar aus Versehen sein Bierglas umgeschmissen habe, deshalb kannst du sicher sein, dass ich weiß, wer mich angegriffen hat – und warum.«

»Steve? *Steve* hat dich so zugerichtet?«

»Willst du mir vormachen, du wüsstest nichts davon? Genau wie bei *Thirty Minutes,* als du auch so unschuldig getan hast, als hättest du von nichts eine Ahnung? Mir ist meine Zeit echt zu schade, um sie für so was zu verschwenden, also gib mir jetzt meine Jacke.«

Am liebsten hätte Kitty auch sein anderes Auge in eine Pflaume verwandelt, aber sie war so geschockt von seiner Dreistigkeit und von der Enthüllung, dass Steve ihn verprügelt hatte, dass sie ohne lange nachzudenken die Tür aufschloss, sein Jackett von der Couch holte, auf die sie es geworfen hatte, und es ihm brachte.

»Lass dich hier nie wieder blicken«, sagte sie mit fester Stimme, als sie es ihm überreichte.

Er musterte sie amüsiert, drehte sich dann um und begann die Treppe hinunterzugehen. »Warte mal.« Er blieb stehen und kam wieder hoch. »Wo ist mein USB-Stick?«

»Was denn für ein USB-Stick?«

»Der USB-Stick aus meiner Tasche. Deshalb bin ich doch hier. Mein Roman ist auf dem Stick.« Wie er da panisch die Taschen seines Jacketts durchsuchte, hatte er plötzlich Ähnlichkeit mit einem ängstlichen Schuljungen.

»Tja, ich hab deinen USB-Stick nicht. Vielleicht solltest du mal in der Reinigung nachfragen, womöglich haben die ihn für dich dampfgebügelt.«

Er verfiel immer mehr in Panik. »Nein, im Ernst, hast du ihn? Das ist meine einzige Version von dem Buch.«

»Na, dann hättest du lieber ein Backup machen sollen.« Kitty verschränkte die Arme und genoss es, ihn leiden zu sehen.

»Das war ja mein Back-up, mein Computer ist abgestürzt … Scheiße! Kitty, hast du den Stick wirklich nicht?«, fragte er verzweifelt. »Im Ernst?«

»Nein«, antwortete sie fest, und jetzt kam ihre Wut zurück. »Ich habe deinen blöden Roman nicht, und ich will ihn auch nicht. Wenn du auch nur einen einzigen Schritt näher kommst, rufe ich die Polizei. Jetzt verschwinde endlich!« Und damit schlug sie ihm die Tür vor der Nase zu. Dann saß sie am Küchentisch, den Kopf in den Händen, atmete tief durch, langsam ein und wieder aus, und ging das Gespräch in Gedanken so lange durch, bis sie sich Richie am liebsten gleich noch mal vorgeknöpft hätte. Aber schließlich hatte sie einen klaren Moment, ging zur Couch, auf die sie Richies Jackett geworfen hatte, ehe sie bei Sally übernachtet hatte, und fing an zu suchen – auf dem Boden davor und darunter, auf der Sitzfläche, und als sie nichts fand, fühlte sie hinter die Polster. Und dann stieß ihre Hand auf etwas Kleines, Hartes. Als sie das Polster herauszog, hörte sie sich selbst laut lachen, denn sie hatte Richies USB-Stick gefunden.

»Rache ist süß«, sagte sie leise.

Kapitel 23

Schweigend saßen Kitty und Archie im Brick Alley Café in Temple Bar. Er hielt eine Tasse Tee in der Hand, sie einen Becher Kaffee, und sie hatten sich auf ihren Hockern so zur Seite gedreht, dass sie den Rest des Cafés überblicken konnten. Wie üblich erschien die verhuschte Frau wie aufs Stichwort kurz nach acht, trank eine Kanne Tee, aß wie immer ein Frucht-Scone mit Butter und Marmelade, zahlte und verließ das Café nach zwanzig Minuten wieder. Kitty hüpfte als Erste von ihrem Hocker, Archie zögerte.

»Kommen Sie«, drängte sie ihn, und er stand widerwillig auf, wie ein Kind, das von seiner Mutter geschimpft worden ist. »Schnell«, rief sie, scheuchte ihn aus dem Café, und er folgte ihr mit schlurfenden Schritten auf die Straße hinaus. »Sonst verlieren wir sie noch.«

Aber die Frau war nirgends zu sehen. »Ach, Archie, jetzt haben wir sie verloren. Das haben Sie bestimmt absichtlich gemacht. Ich hätte Sie zwingen sollen, sie schon drinnen anzusprechen.«

»Sie können mich zu gar nichts zwingen«, entgegnete er bestimmt. »Und wir haben sie auch nicht verloren.« Er stopfte die Hände in die Taschen, wandte sich nach links und schlenderte die Straße hinauf, als hätte er alle Zeit der Welt.

»Aber sie ist nicht da, was meinen Sie denn damit, wir haben sie nicht verloren? Warum gehen Sie so langsam? Archie, glauben Sie mir, ich habe momentan genug Aufregung in meinem Leben, ohne dass ich mich hier für blöd verkaufen lassen muss.« So schimpfte Kitty noch eine Weile weiter, aber schließlich verstummte sie, ging einfach neben ihm her und dachte an all das, was sie heute früh hätte erledigen können und was bestimmt viel effektiver gewesen wäre. Als sie zweimal rechts abgebogen waren und auf die Quays gelangten, sah sie die Frau vor ihnen über die Halfpenny Bridge gehen.

»Da ist sie ja!«, rief Kitty und packte Archie vor Aufregung am Arm.

Aber Archie schien überhaupt nicht erstaunt zu sein.

»Sie sind ihr schon einmal gefolgt, richtig?«, hielt sie ihm vor und kniff argwöhnisch die Augen zusammen.

Er antwortete nicht.

»Wie oft?«

»Ein paarmal.«

»Wo geht sie hin?«

»Schauen Sie doch hin.«

Sie überquerten die Brücke über die Liffey und kamen zum Bachelor's Quay. Die Frau verschwand in einer Kirche.

Archie blieb stehen. »Weiter will ich nicht.«

»Lassen Sie uns da reingehen.«

»Nein, ich warte hier.«

»Warum? Wir wollen doch sehen, was sie da drin macht.«

»Was glauben Sie denn, was sie macht? Das ist eine Kirche. Nein, ich bleibe hier, vielen Dank.«

»Sie könnte zur Beichte gehen oder sich mit jemandem treffen und ihm einen Aktenkoffer zustecken, sie könnte singen oder weinen oder sich nackt ausziehen und vor dem Altar ein Rad schlagen – das können wir alles nicht wissen.«

Archie sah Kitty fasziniert an. »Erstaunlich, wie Ihr Kopf so arbeitet.«

»Ich interessiere mich aber viel mehr für Ihren Kopf, Wenn Sie tatsächlich Gebete hören können, dann sind da drin womöglich noch mehr Leute, die Ihre Hilfe brauchen.«

»Zweifeln Sie an mir?«

»Momentan schon, ja«, antwortete sie wahrheitsgemäß.

Er dachte nach, und schließlich gingen sie nebeneinander in die Kirche.

Kitty beobachtete aufmerksam Archies Gesicht, als sie eintraten. In der Kirche war es still, auf den Bänken saßen verstreut etwa ein Dutzend Menschen. Nur ein gelegentliches Hüsteln oder Schnaufen war zu hören, was sich allerdings jedes Mal wie eine Flutwelle unter den Versammelten zu verbreiten schien und dann wieder verebbte. Archie schloss die Augen und neigte den Kopf zur Seite. Sein Gesicht hatte einen gequälten Ausdruck angenommen. Dann öffnete er die Augen wieder und sah sich um. Sein Blick wanderte zu der verhuschten Frau, die gerade eine Kerze angezündet hatte, zu einer Bank ging und sich hinkniete. Langsam schritt Archie den linken Seitengang hinunter und schob sich unsicher in eine Reihe, so dass er hinter der Frau zu sitzen kam. Kitty blieb ganz hinten im Kirchenschiff stehen – aus mehreren Gründen. Zum einen wollte sie Archie Raum geben, zum anderen fühlte sie sich in Kirchen nie wirklich wohl, aber vor allem wollte sie verhindern, dass Archie, falls er wirklich Gebete hören konnte, ihres zu Ohren bekam. Kitty hatte nicht gelogen, als sie ihm gesagt hatte, dass sie nicht an Gott glaubte. Zwar war sie katholisch getauft, aber wie die meisten Katholiken, die sie kannte, praktizierte sie ihre Religion nicht. Gottesdienste waren für sie auf Hochzeiten und Beerdigungen beschränkt. Sie betete auch eigentlich nicht, zumindest nicht in dem Sinn, dass sie sich jeden Abend neben ihr Bett kniete. Aber gelegentlich, wenn sie sich verloren fühlte, dann betete sie, dass die Krise, in der sie gerade steckte, schnell vorbeiging, allerdings ohne sich den geringsten Gedanken darüber zu machen, an wen sich dieser Wunsch richtete. Sie zweifelte nicht daran, dass Archie glaubte, dass er die Gebete anderer Menschen hören konnte. Irgendwie leuchtete es ihr ein, dass er, nachdem er so lange gedacht hatte, niemand würde seine Gebete hören, auf die Idee gekommen war, irgendwo könnte irgendjemand – wenn auch vielleicht kein Gott – ihn doch gehört haben, und nun war er selbst dieser Jemand geworden. Vielleicht half ihm das zu glauben, dass die Gebete für seine Tochter nicht umsonst gewesen waren, aber dass derjenige, der sie gehört hatte, einfach nicht die Macht besaß, einzugreifen – genau wie er selbst. Vielleicht war er aber auch schlicht verrückt. Während Kitty so dastand, versuchte sie, an etwas anderes zu denken als an ihre Gebete, aber das war schwierig. Sie hatte einfach zu viel im Kopf, zu viel, worüber sie sich Sorgen machte. Und hier war es so still, so friedlich, und diese Stille war wie eine Welle am Strand, die sie immer wieder in ihre Gedanken zurücksog.

Sie machte sich Sorgen wegen Pete, wegen Richie, sie machte sich Sorgen, weil Steve sie weggedrückt hatte – anstatt daran zu denken, dass er ihre Ehre verteidigt hatte und was für ein Gefühl das in ihr hervorrief –, sie machte sich Sorgen, weil sie am Freitag vor versammelter Mannschaft ihren Artikel vorstellen musste, und auch darüber, wie sie es schaffen sollte, den ganzen Artikel an einem einzigen Wochenende zu schreiben – vorausgesetzt natürlich, er wurde akzeptiert. Sie machte sich Sorgen, weil sie sich innerhalb der nächsten zwei Wochen eine neue Bleibe suchen musste, weil sie ein Vorstellungsgespräch am College hatte und weil sie womöglich in Sachen Altenheimbus Komplizin eines Autodiebstahls wurde. Aber was ihre Gedanken am meisten beschäftigte, war die Frage, wie sie jemals eine Möglichkeit finden würde, sich bei Colin Murphy zu entschuldigen. Nur über eines war sie sich sicher. Sie wusste jetzt, wie sie Constances Geschichte schreiben musste, und sie würde sie schreiben, ganz gleich, ob Pete ihr seine Erlaubnis dazu gab oder nicht.

Nach fünfzehn Minuten stand die verhuschte Frau auf und verließ die Kirche, ohne Kitty anzuschauen. Offensichtlich hatte sie keine Ahnung, dass sie an drei Morgen im gleichen Café gewesen waren. Archie stand ebenfalls auf, ging an Kitty vorbei, verließ die Kirche und trat ins helle Licht hinaus. Kitty folgte ihm, und sie blinzelten beide in die Sonne.

»Wohin geht sie jetzt?«, fragte Kitty.

»Keine Ahnung, ich hab noch nie so lange durchgehalten.« Archie seufzte. Er machte einen erschöpften Eindruck.

»Wie war es für Sie da drin?«, fragte Kitty leise.

»Es ist jedenfalls anders als in einer Menschenmenge oder im Bus. Da hört man nur gelegentlich jemanden beten: Einer will vielleicht nicht zu spät kommen, ein anderer braucht gute Noten in der Schule oder auf dem College, einer wünscht sich, dass bei der Arbeit etwas Bestimmtes passiert oder dass eine Hypothek oder ein Kredit bewilligt wird. Aber da drin …« Er blies die Backen auf und stieß die Luft wieder aus. »Da drin ist es echt heftig.«

»Was haben Sie gehört?«

Er sah sie unsicher an. »Das ist doch irgendwie … privat, oder nicht?«

»Aber ich muss es wissen«, erwiderte Kitty schlicht. »Wie soll ich sonst etwas darüber schreiben? Und es ist ja nicht so, als wären Sie ein Priester, der der Schweigepflicht unterliegt.«

»Trotzdem«, beharrte er achselzuckend. »Ich möchte lieber nicht darüber sprechen. Man betet ja für gewöhnlich nicht, wenn man glücklich ist. Und wenn doch, dann geht man nicht an einem Wochentag um neun in die Kirche.«

Auf dem Liffey Boardwalk, einer nach Süden ausgerichteten Promenade am Fluss, auf der man gut zum Lunch oder mit einer Tasse Kaffee die frische Luft genießen konnte, blieben sie stehen. Die verhuschte Frau eilte zu dem Kiosk an der O'Connell Bridge und begann, alles für ihre Schicht fertig zu machen.

»Was soll ich jetzt tun?«, fragte Archie.

»Ich finde, Sie sollten denen helfen, denen Sie helfen können. Ich denke, das wird Ihnen helfen. Und ich denke, Sie sollten mit ihr anfangen«, antwortete sie mit Blick auf die Frau aus dem Café.

»Die Leute werden mich für verrückt halten, wenn das rauskommt.«

»Wäre das nicht besser als das, was die Leute jetzt über Sie denken?«

Archie ließ sich ihren Einwand durch den Kopf gehen, hielt

dann Ausschau nach einer Lücke im Verkehr und eilte über die Straße auf den Kiosk zu.

»Ich finde, Sie sollten ihr noch eine Chance geben«, sagte Gaby zu Kitty bei ihrem zweiten Espresso im Merrion Hotel am Merrion Square. Kitty hatte sie am Abend zuvor angerufen, um ein Treffen zu vereinbaren, Gaby hatte den Ort ausgesucht und bisher ununterbrochen geredet. Kitty hoffte, dass sie auch die Rechnung begleichen würde, denn es war der teuerste Kaffee, den sie jemals getrunken hatte. Sie saßen draußen im Garten, überall um sie herum fanden ebenfalls Meetings statt, und Gaby war stets mit einem Auge und einem Ohr bei den Gesprächen der anderen, was vermutlich umgekehrt ebenso der Fall war. Jetzt zündete sie sich gerade die nächste Zigarette an. Aus irgendeinem Grund schien sie davon auszugehen, dass Kitty vorhatte, Eva aus ihrem Artikel zu streichen, und redete wie ein Wasserfall über Evas Karriere, erwähnte Stars und Promi-Klienten, mit denen sie arbeitete, Magazine, die über sie geschrieben hatten. Zum Teil stimmte es, dass es Kitty widerstrebte, ihre kostbare Zeit mit Eva zu verbringen, nachdem diese ihre Geschenk-Frage so aalglatt mit der Geschichte von My *Little Pony* abgebügelt hatte, doch das hatte sie bisher weder Eva noch Gaby mitgeteilt. Aber die beiden waren ja nicht dumm. Kitty hatte im Lauf der letzten Tage zweimal eine Gesprächsmöglichkeit ausgeschlagen, eben weil sie nicht sicher war, ob Eva ihr je etwas über sich selbst und nicht nur über ihr Geschäft erzählen würde, und sie hatte einfach nicht genug Zeit, sich mit einer Frau abzugeben, die ihr vorkam wie ein Buch mit sieben Siegeln.

»Sie ist in der *Vogue* auf der ›Who's hot‹-Liste erwähnt worden und in der *Cosmopolitan* in der Spalte ›Young and happening‹. Sie ist einfach phänomenal.« Gaby schloss die Augen und spannte ihren ganzen Körper an, um ihren Worten Nachdruck zu verleihen. Dann öffnete sie die Augen wieder und zog an ihrer Zigarette.

»Sie lässt keinen an sich ran, Gaby. Jedes Mal, wenn ich ihr eine Frage stelle, verweigert sie entweder die Antwort oder steuert das Gespräch auf ihre Arbeit zurück. Ich weiß, sie arbeitet hart, und sie vertritt ihr Firmenethos mit Leidenschaft, aber ich brauche mehr. Die anderen Leute, die ich interviewe, sind viel…« Kitty suchte nach einem höflichen Wort für das, was sie ausdrücken wollte, aber dann fiel ihr ein, dass sie mit Gaby sprach und dass Höflichkeit bei ihr nicht zählte. »Die anderen sind zugänglicher, offener. Sie wecken mein Interesse. Sobald ich ein bisschen tiefer grabe, entdecke ich immer mehr. Aber Eva ist nicht bereit, sich zu öffnen, und ich möchte sie nicht zwingen, über Dinge zu reden, über die sie nicht reden will. So arbeite ich nicht.«

Gaby zog eine Augenbraue in die Höhe. Offensichtlich war sie in diesem Punkt anderer Meinung.

»Zumindest nicht mehr«, fügte Kitty hinzu und reckte selbstbewusst das Kinn.

»Es ist nicht einfach, Eva kennenzulernen, das weiß ich. Das Problem mit Eva ist…« – sie legte eine Kunstpause ein, und prompt hing Kitty an ihren Lippen – »… ihre *Kreativität.«* Aus ihrem Mund klang das wie ein Schimpfwort. Dann senkte sie die Stimme, damit niemand das schmutzige Geheimnis mitbekam, das nun folgte. »Sie gehört zu denen, die glauben, dass ihre Kunst für sich spricht.« Sie verdrehte die Augen. »Also ehrlich. Mit diesem Mist muss ich mich ja schon bei meinen Autoren die ganze Zeit rumschlagen. Die glauben, ihr Werk ist ihre Stimme, und sie kapieren nicht, dass *sie* ihm diese Stimme geben müssen. Sie wollen einfach nicht begreifen, dass Leute wie wir – wie Sie und ich, Kitty – ihnen helfen, ihre verdammte Kunst zu verkaufen. Wissen Sie, wie lange es gedauert hat, bis ich Eva dazu überreden konnte, diesen ›Dedicated‹-Blog zu starten? Diese Leute glauben, dass solche profanen Dinge dem im Wege stehen, was sie der Welt meinen geben zu können. Denken Sie doch mal drüber nach – wenn James Joyce heute leben würde, glauben

Sie nicht auch, dass er sein Zeug durch Twittern wesentlich zugänglicher machen könnte?«

Kitty hoffte inständig, dass niemand dieses Gespräch belauschte.

»Wie auch immer«, fuhr Gaby unbeirrt fort und wedelte wegwerfend mit der Hand. »Eva ist eine hochinteressante Frau, sie hat ein großes Herz, man muss nur eine Menge Zeit mit ihr verbringen, bis sie bereit ist, sich ein bisschen zu öffnen, aber wenn man das schafft, na ja, dann versteht man alles.«

»Wissen Sie denn etwas über Eva?«

»Ich weiß mehr als die meisten, was nicht viel heißt, aber ich habe ein-, zweimal einen Blick auf ihr Innenleben erhascht. Sie war drei Jahre lang mit meinem Bruder zusammen. Er ist ein Idiot, aber sie war immer unglaublich nett. Seither sind wir ziemlich gut befreundet. Ich hab ihr versprochen, ihr zu helfen, und ich werde sie nicht im Stich lassen.«

Eigentlich hatte Kitty mit Gaby über etwas sprechen wollen, was mit Eva Wu gar nichts zu tun hatte, aber wo sie nun schon einmal hier zusammensaßen und das Thema auf dem Tisch war, interessierten sie neue Erkenntnisse über die Frau, zu der sie keinen richtigen Zugang fand, natürlich durchaus.

»Es würde helfen, wenn ich wenigstens mit ihren Kunden sprechen und von ihnen hören könnte, was Eva für sie getan hat. Sie ist so eine Geheimniskrämerin.«

»Nicht so sehr eine Geheimniskrämerin, aber sie hat einen ausgeprägten Beschützerinstinkt ihren Kunden gegenüber. Sie besteht auf absoluter Diskretion. Für sie geht es bei ihrer Arbeit um mehr als nur um Geschenke, und eigentlich hat sie recht. Was sie tut, ist etwas ganz Besonderes.«

Verwirrt schüttelte Kitty den Kopf.

»Ich weiß. Aber wenn Sie in Cork sind, werden Sie das garantiert besser verstehen.«

»Woher wussten Sie, dass ich nach Cork fahre?«

»Zu der Hochzeit? Davon bin ich einfach ausgegangen.«

»Oh, die Hochzeit! Am Freitag!« Kitty schnappte nach Luft. »Natürlich.« Wegen der ganzen Aufregung um Birdies bevorstehenden Ausflug hatte sie die Hochzeit, bei der Eva der Webb-Familie ihre Geschenke präsentieren sollte, völlig vergessen. »Wie ist Eva denn normalerweise unterwegs?«, fragte sie.

»Sie fährt mit dem Auto oder mit dem Zug. Wieso?«

»Fragen Sie sie doch bitte, ob sie mit mir am Donnerstag ausnahmsweise im Bus nach Cork fahren möchte. Ich hab dort etwas zu erledigen, und ich glaube, das würde ihr gefallen.«

»Klar, mach ich«, versprach Gaby, schaute dabei aber schon über Kittys Schulter, weil ihr nächster Termin nahte. »Da ist Jools Scott. Der Autor. Großartig auf Papier, aber im persönlichen Kontakt kriegt er kaum ein vernünftiges Wort heraus. Wenn ich auch nur *ein* Interview für ihn bekomme, ist das echt gut«, erklärte sie aus dem Mundwinkel und winkte dem Mann dann fröhlich zu.

»Ehe Sie gehen, muss ich Sie noch um etwas bitten. Bestimmt werden Sie das dauernd gefragt, aber Sie könnten mir einen großen Gefallen tun.« Damit war Kitty bei dem wahren Grund für dieses Treffen. Sie legte Richies USB-Stick auf den Tisch und fixierte Gaby mit ihrem charmantesten Lächeln.

Zu Kittys großer Freude übernahm Gaby die Rechnung auf Spesen ihres Verlags – vermutlich ihr finales Bestechungsgeschenk an Kitty, damit sie einen positiven Artikel über Eva schrieb. Mit dem Gefühl, dass sie Eva etwas schuldig war, weil sie sie zweimal versetzt hatte, beschloss Kitty, Nigel aus George Webbs Kanzlei anzurufen, und lief los.

»Molloy Kelly Solicitors.«

»Hier ist Kitty Logan. Ich bin vor Ihrem Büro. Eva Wu ist enorm diskret, wenn es um ihre Klienten geht, und erzählt mir kein Wort. Wenn Sie einen richtig positiven Artikel haben möchten, dann wäre es sehr wichtig, dass Sie anfangen zu reden.«

Nachdenkliches Schweigen. Dann sagte er: »Gut.«

Fünf Minuten später erschien er in einem seiner elegant-modischen Anzüge. Als er Kittys Fahrrad sah, verzogen sich seine Mundwinkel zu einer Art Lächeln. »Wie putzig. Gehen Sie doch ein Stück mit mir, Judy Bloom, ich möchte nämlich nicht, dass jemand mich mit Ihnen in Ihren Pumps aus der letzten Saison sieht.«

Kitty grinste, und sie wanderten zum Denkmal der großen Hungersnot, beugten sich übers Geländer und blickten über die ziemlich trübe Liffey.

»Kommen wir gleich zur Sache. Ich bin schwul.« Nigel sah Kitty an, aber sie war nicht in der Stimmung für geistreiche Kommentare. »Ich komme aus einem kleinen Dorf in Donegal, wo jeder jeden kennt. Sobald ich reden konnte, wusste ich, dass ich schwul bin, und in meiner Familie ist das absolut inakzeptabel. Mein Vater ist Milchbauer, sein Vater war Milchbauer und dessen Vater ebenfalls. Ich bin der einzige Junge in der Familie, und man hat ganz selbstverständlich von mir erwartet, dass ich den Hof übernehme. Aber dieses Leben ist nichts für mich. Meine Eltern sind fanatische Katholiken. Für sie ist die Hölle ein ganz realer Ort. Hätten meine Schwestern vor der Ehe Sex gehabt, wären sie aus dem Haus geworfen worden – falls jemand dahintergekommen wäre. Meine Familie lebt in einer Welt voller religiöser Regeln, und die werden nicht gebrochen. Sie wagen keinen Blick über den Tellerrand, ihr Dorfleben ist alles, was sie kennen. Homosexualität …« Er lachte bitter. »Sie können sich wahrscheinlich vorstellen, was sie darüber denken. Wenn mein Vater schon nicht verstehen konnte, dass ich nicht für den Rest meines Lebens Milchbauer sein wollte, wie sollte er dann erst verstehen, dass ich Männer liebe. Als ich ihm gesagt habe, dass ich nicht ins Familiengeschäft einsteigen wollte, hat er fast ein Jahr kein Wort mit mir gesprochen. Malen Sie sich aus, wie er reagiert hat, als ich ihm gesagt habe, dass ich schwul bin. Aber ich hatte keine andere Wahl. Ich hatte jemanden kennengelernt, der für mein Leben sehr wichtig war, und es fühlte sich an wie eine große Lüge, nicht über ihn und mein Leben in Dublin zu sprechen und ihn nicht mit nach Hause zu bringen. Schließlich habe ich meiner Familie deshalb reinen Wein eingeschenkt, und meine Mutter kommt einigermaßen damit zurecht, solange wir nicht darüber sprechen. Allerdings betet sie jeden Tag dafür, dass ich geheilt werde. Aber mein Vater hat sich geweigert, im gleichen Haus wie ich zu sein. Er hat mir nicht mehr ins Gesicht gesehen und nicht mehr mit mir geredet.«

»Das muss sehr schwer für Sie gewesen sein.«

»War es auch.«

Er schwieg.

»So blieb es fünf Jahre lang. Wir haben fünf Jahre lang kein Wort miteinander gewechselt. Na ja, ich hab's versucht … Aber dann kam der sechzigste Geburtstag meines Vaters, und wahrscheinlich hat es sich nicht richtig für ihn angefühlt, dass ich nicht dabei sein würde. Ich wollte ihm etwas schenken, ein Geschenk, das er sich irgendwann anschauen konnte, wenn er dazu bereit war, und vielleicht würde er dann verstehen, was ich ihm zu sagen versuchte. Und da habe ich Eva angeheuert.«

»Wo haben Sie von ihr gehört?«

»Sie hatte einem Freund von mir geholfen«, antwortete er und lächelte. »Aber das ist eine andere Geschichte, die kann ich Ihnen irgendwann einmal erzählen. Eva hat eine ganze Woche bei uns in Donegal verbracht, auf so etwas besteht sie. Es war eine unbehagliche Situation für sie, aber sie hat das phantastisch bewältigt. Sie hat sich einfach eingefügt.«

Kitty war auch schon aufgefallen, dass das Evas besondere Stärke zu sein schien.

»Meine Mutter war überzeugt, dass Eva meine Freundin war, dass ich endlich ›geheilt‹ war, und sie hat Eva sehr freundlich aufgenommen.«

»Und Ihr Vater?«

»Er hat es immerhin geschafft, im Haus zu schlafen, solange

ich da war, ein deutlicher Fortschritt, aber zum Essen und überhaupt tagsüber war er immer weg. Zum Geburtstag haben meine Schwestern ihm ein Motorrad gekauft, was er sich schon sein Leben lang gewünscht hat, aber ich wollte, dass er von mir etwas bekommt, was mir und ihm noch mehr bedeutet. Ich habe es nicht für möglich gehalten, dass Eva solch ein Geschenk finden würde.«

»Und – hat sie es geschafft?«

Zu Kittys Überraschung schüttelte Nigel den Kopf. »Nein, ihr Geschenk konnte nicht alles, was ich mir vorgestellt hatte. Es konnte noch viel mehr. Sie hat ein Fotoalbum für meinen Vater gemacht. Dafür hat sie Fotos von seinem Großvater und seinem Vater bei der Arbeit auf der Farm gesucht, Fotos von ihm selbst und seinem Vater, und dann Fotos von ihm und mir, von meiner Geburt bis zu dem Tag, als ich das Haus verlassen habe. Fotos von uns zusammen auf der Farm, von ihm, wie er mich auf der Reifenschaukel anschubst, die er für mich gebaut hatte, Fotos, die ich selbst noch nie gesehen hatte. Dad hatte in diesem Jahr eine der Eichen auf seinem Land fällen müssen, was ihm sehr viel ausgemacht hatte, weil wir als Kinder auf diesem Baum gespielt hatten, und nicht nur wir, sondern auch er und sein Vater. An ihm hing auch die Reifenschaukel. Aber der viele Schnee hatte seine Wurzeln erstickt, und das hat er nicht überlebt. Nun kam Eva auf die Idee, das Cover des Fotoalbums aus dem Holz dieses Baums machen zu lassen. Vorne ließ sie Dads Namen und meine Geburtstagsbotschaft an ihn einschnitzen. Für die Schreinerarbeit habe ich fünfundsechzig Euro bezahlt und vierzig für das Ausdrucken der Fotos und das Papier. Das waren die Kosten des Geschenks.«

»Hat es denn funktioniert?«

»Meine Mutter hat erzählt, dass sie ihn hat weinen hören, als er es angeschaut hat. Sie selbst war schon im Bett. Wochenlang hat er nichts zu mir gesagt, aber dann hat er mich eines Tages angerufen, aus heiterem Himmel.«

»Was hat er gesagt?«

Nigel lachte. »Er hat angefangen, mir von irgendeinem Problem auf der Farm zu erzählen. Irgendetwas wegen der brünstigen Kühe. Ich war so überrascht, seine Stimme am anderen Ende der Leitung zu hören, dass ich kaum kapierte, was er sagte. Er hat die fünf Jahre, in denen wir nicht gesprochen haben, mit keinem Wort erwähnt, es war, als hätte er den Faden einfach dort wiederaufgenommen, wo er ihn abgeschnitten hat.«

»Dann ist Eva also unglaublich einfühlsam.«

»Sie ist noch viel mehr als das. Sie hat genau verstanden, wie mein Vater tickt, was genau ihn so aufgeregt oder enttäuscht hat, was ihn berührt, was seine vorgefasste Meinung ins Wanken bringen könnte. Sie hat mit uns gelebt und uns Fragen gestellt und sich unsere Geschichten angehört, und sie hat eine Lösung gefunden. Mein Vater ist ein sensibler Mann, aber er ist auch sehr verschlossen, er würde niemals Gefühle zeigen oder über Gefühle sprechen, aber sie hat ein Geschenk gefunden, das sein Herz berührt hat.«

Kitty dachte nach. »Okay.«

»Haben Sie es jetzt verstanden?«

»Ja, ich hab es verstanden.«

»Gut. Und ab jetzt stören Sie mich bitte nicht mehr bei der Arbeit«, sagte er frech und ließ sie auf dem Custom House Quay stehen.

Kapitel 24

Am Gartencenter von Kinsealy, einem Vorort im Norden Dublins, stieg Kitty aus dem Bus. Auf den Feldern wurden Erdbeeren gepflückt, auf dem dahinterliegenden Schrebergartengelände herrschte jede Menge Betrieb, denn das Sommerwetter lockte die Gartenliebhaber in ihre Gärten. Das ganze Land gehörte Steves Vater – das Gartencenter, die Erdbeerfelder, die Schrebergärten –, und zur Überraschung und Enttäuschung vieler Menschen schaffte er es nun schon seit über einem Jahrzehnt, sich gegen die Planer zu wehren, die das Land kaufen und hier Häuser bauen wollten. In den letzten Jahren waren die Angebote zwar von selbst weniger geworden, aber davor hatte er Millionenbeträge abgelehnt, froh, sein eigenes Geschäft führen zu können. Im Herzen war er Bauer, zäh, stur und unbeugsam, und er hätte gar nicht gewusst, was er mit zwanzig Millionen auf dem Konto anfangen sollte. Am liebsten verbrachte er seine Tage auf dem Feld und entdeckte neue Geräte für die Gartenarbeit. Zu seinen Lieblingsbeschäftigungen gehörte es allerdings auch, Leute anzublaffen.

»Ich dachte, du versteckst dich unter einem großen Stein«, sagte er zu Kitty, als sie ins Clubhaus trat.

»Ich dachte, Sie als Fachmann können mir bestimmt sagen, welcher da der richtige ist.«

»Der größte, der sich finden lässt, schlage ich vor.« Er beäugte sie argwöhnisch.

»Ich bin für alles offen«, grinste sie, was ihn noch mehr auf die Palme brachte. »Wie geht es denn so? Läuft das Geschäft?«

Er schaute sie an und dann wieder zu dem Papierkram auf

seinem Schreibtisch. »Falls du zu Steve willst, der bearbeitet in Kleingarten Nummer fünfzig den Boden mit der Motorhacke.«

»Steve arbeitet mit der Motorhacke?« Kitty lachte. »Seit wann versteht er denn was von Bodenbearbeitung?«

»Mehr als du von Journalismus, so viel ist sicher«, konterte er.

Das brachte sie zum Schweigen.

»Er hat übrigens eine Freundin«, fuhr er fort.

»Ich weiß.«

»Katja.«

»Ich weiß.«

»Nettes Mädchen.«

»Ich weiß.«

»Sehr erfolgreich.«

»Ich weiß. Sie macht Fotos.«

»Das hier hat sie auch gemacht.« Wieder musterte er sie misstrauisch, und Kittys Augen wanderten nach oben zu einem wunderschönen Landschaftsfoto von Skellig Rock an der Küste von Kerry an einem nebligen Tag. Die Schönheit des Bilds ließ sie nicht unberührt, aber zu wissen, dass Katja es gemacht hatte, war ihr unangenehm.

»Wo ist Nummer fünfzig?«

Er wedelte mit der Hand zu der Karte an der Wand und ignorierte sie dann endgültig.

Kitty schlenderte durch die Kleingärten und lächelte den Familien zu, die teils fleißig auf ihren Parzellen ackerten, teils gemütlich auf Liegestühlen saßen und Tee aus Thermoskannen tranken. Überall rannten Kinder herum und spritzten sich mit Gießkannen gegenseitig nass. In jedem Garten war eine andere Szene zu sehen, und Kitty musste an die Tafel im Brick Alley Café denken. *Jeder Tisch hat eine Geschichte zu erzählen.*

Sie fand Steve in Nummer fünfzig, allein mit der Motorhacke, die so einen Lärm veranstaltete, dass er nicht hörte, als Kitty ihn rief. Eine Weile stand sie am Zaun und beobachtete ihn, wie er mit konzentrierter Miene den Boden vor sich bearbeitete.

Zu ihrer Überraschung sah man seine bloßen Arme, denn die Lederjacke war verschwunden, und stattdessen trug er T-Shirt, Jeans und an den Füßen feste Arbeitsstiefel. Er war mit Schlamm, Gras und anderen Flecken bespritzt, die sie nicht identifizieren konnte, seine Haare waren von der Arbeit im Freien noch wilder als üblich. Schließlich hob er den Blick und entdeckte Kitty.

Sie lächelte und winkte. Sofort stellte er den Motor ab.

»Kitty«, sagte er erstaunt.

»Ich dachte, ich komme mal vorbei und überrasche dich.«

»Wie lange bist du denn schon hier?«

»Ein paar Minuten. Ich hab dein Konzentrationsgesicht beobachtet.« Sie runzelte die Stirn und zog einen Schmollmund. Genauso hatte er auf dem College ausgesehen, wenn sie gebüffelt hatten oder wenn sie ihn bei einer Prüfung zufällig ansah.

Er lachte.

»Hat Dad dich schon begrüßt?«

»Das beste Empfangskomitee, das eine Frau sich wünschen kann.«

»Tut mir leid«, sagte er, ehrlich betreten.

»Mach dir deswegen bloß keine Sorgen, das ist mir viel lieber als Mist vor meiner Wohnungstür.«

»Haben die schon wieder was gemacht?«

»Nein, seither nicht mehr. Nach dem Artikel am Sonntag hat es aufgehört«, antwortete sie, und erst als sie es aussprach, wurde es ihr richtig klar. »Vielleicht haben sie Ärger gekriegt. Und apropos Ärger« – sie ging um den Zaun herum und in den Garten –, »ich wollte dir das hier geben.« Sie breitete die Arme aus, fiel Steve um den Hals und drückte ihn fest. Natürlich merkte sie gleich, dass er als erklärter Feind von unnötigem Körperkontakt etwas geschockt reagierte, aber das war ihr gleichgültig, sie musste ihm einfach danken für das, was er getan hatte. Schließlich entspannte er sich auch etwas und überraschte sie sogar, indem er die Arme um ihre Taille legte, was sich seltsam, aber sehr angenehm anfühlte. Damit hatte sie nicht gerechnet, sie hatte erwartet, dass er die Geste zwar zu schätzen wissen, sie aber trotzdem wegschieben würde – und jetzt standen sie eng umschlungen im Kleingarten Nummer fünfzig. Auf einmal wurde sie verlegen und lockerte hastig die Umarmung. Er folgte zwar ihrem Beispiel, wich aber nicht zurück. Ihre Gesichter waren immer noch dicht beisammen, sie sahen sich an, und seine blauen Augen blickten tief in ihre. Sie schluckte.

»Das sollte ein Dankeschön sein«, sagte sie leise.

»Wofür?«, fragte er stirnrunzelnd.

»Dafür, dass du Sprühfarbe von meiner Tür gescheuert und Hundekacke von der Treppe gewischt hast, dafür, dass du mir dein Bett geliehen hast, aber vor allem dafür, dass du Richies Gesicht in eine vergammelte Tomate verwandelt hast.«

»Oh. Richtig.« Abrupt ließ er sie los, und nun trat er doch ein paar Schritte von ihr weg. Ziemlich viele Schritte sogar, und als endgültige Trennung stellte er sich sogar hinter die Motorhacke. Offenbar war er zu seinem üblichen Selbst zurückgekehrt. »Du hast es also rausgefunden.«

»Er ist zu meiner Wohnung gekommen, um sein Jackett zu holen. Er dachte, du wärst mein Freund und hättest mich beim Fremdgehen erwischt. Das hat ihn wahnsinnig gefreut.«

Steves Gesicht wurde hart. »Dieses Arschloch. Ich könnte ihm sofort noch mal die Fresse polieren.«

Seine Reaktion überraschte Kitty. So war Steve doch gar nicht, er war kein aggressiver Typ. Er war auch nicht weich, aber als erste Verteidigungsmaßnahme zog er sich meist aus einer Situation zurück, und eigentlich brachte ihn niemand so in Rage, dass er zuschlagen wollte.

»Na ja … du hast es einmal gemacht, und das weiß ich zu schätzen.«

»Genaugenommen zweimal«, verbesserte er grinsend. »Hab mir fast die Finger gebrochen.« Er hob die Hand, und jetzt erst sah Kitty die violette Schwellung auf den Knöcheln.

»Oh, Steve, das tut mir leid!« Sie trat auf ihn zu und wollte seine Hand berühren, aber er zog sie schnell weg, wieder ganz der Alte.

»Schon gut, keine große Sache.«

»Ich dachte, du sprichst nicht mit mir.«

Er sah sie verwirrt an.

»Weil du neulich einfach aufgelegt hast, hab ich gedacht, du bist wütend auf mich. Wegen dem Artikel in der Sonntagszeitung. Weil ich wieder mal alles vermasselt habe.«

»Nein, nein, Kitty, nein«, widersprach er. »Überhaupt nicht. Ich war schon wütend, ich war sogar stinksauer, aber auf ihn. Warum sollte ich denn auf dich wütend sein?«

Sie zuckte die Achseln und sah sich um. Auf einmal fühlte sie sich so verletzlich in seiner Gegenwart, auf einmal wollte sie ihm so gern gefallen, auf einmal war sie so … nein! So konnte sie sich doch nicht fühlen, nicht bei Steve!

»Wie geht es dir überhaupt – wie läuft es mit deinem Artikel?«

»Ich bin total begeistert«, antwortete Kitty überschwänglich und schob ihre seltsamen Gefühle erst einmal beiseite.

Er lachte.

»Ich habe die erstaunlichsten Menschen kennengelernt und kann es gar nicht erwarten, dir davon zu erzählen.«

»Klingt gut«, meinte er. »Als wärst du wieder richtig in Form.«

»Ernsthaft?«, fragte sie, ehrlich gerührt.

»Ja. Wieder bei den Sachen, mit denen du mich früher schon immer so gern gelangweilt hast. Es ist schön zu sehen, dass du so …« Er zögerte und sah sie an. »… so glücklich bist.«

Glücklich. Sie dachte nach. Ja, sie war glücklich. Dem ganzen Mist in ihrem Leben zum Trotz war sie glücklich.

»Hast du Lust, was essen oder trinken zu gehen oder …«

»Das würde ich sehr gern, aber ich muss nach Kildare zu der Schmetterlings-Frau, weil ich unbedingt noch mehr über sie herausfinden möchte. Sie ist absolut faszinierend, wie ein Wesen aus einem Tolkien-Buch oder so. Und dann hab ich noch ein

Vorstellungsgespräch«, fügte sie hinzu und zuckte innerlich zusammen.

»Wo denn?«

»Am Ashford College, für einen von ihren Medienkursen. Obwohl ich überlege, es abzusagen.«

»Wag es nicht!«, rief er drohend. »Die werden von den Socken sein.«

»Genau davor hab ich ja Angst.«

»Kitty.« Er fixierte sie mit seinen durchdringenden blauen Augen. »Du wirst das super hinkriegen.«

Wieder war sie richtig gerührt, diesmal sogar so, dass ihr Tränen in die Augen schossen. In letzter Zeit hatte sie wenig Lob bekommen, vor allem nicht von Steve, und ihr war gar nicht bewusst gewesen, wie sehr sie sich danach gesehnt hatte. Sie schaute auf ihre Füße und räusperte sich verlegen. »Ich mache morgen einen Trip für den Artikel und hab mich gefragt, ob deine Freundin vielleicht Lust hätte, mich als Fotografin zu unterstützen?« Die Worte fühlten sich in ihrem Mund wie Kreide an, aber sie bemühte sich und hoffte, dass er es merkte.

»Katja? Warum?«

»Eine total spannende Geschichte«, antwortete sie lächelnd. »Birdie, eine Frau von der Liste, hat eine Wette abgeschlossen, dass sie ihren fünfundachtzigsten Geburtstag erleben wird, und morgen ist es so weit. Wir fahren nach Cork, um ihren Gewinn abzuholen.«

»Du machst Witze. Wie viel bekommt sie denn?«

»Zehntausend Pfund.« Kitty grinste. »Also natürlich den entsprechenden Betrag in Euro. Wir werden dort übernachten, und unterwegs gibt es auch noch ein paar Dinge, bei denen Katja mir helfen könnte.«

Steve dachte nach. »Ich sage ihr Bescheid.«

»Danke. Wann der Bus uns abholt und so weiter, schreibe ich dir nachher noch per SMS. Falls Katja nicht kommen kann, sag mir bitte Bescheid, damit ich noch Zeit habe, jemand anderes zu organisieren. Jetzt mach ich mich aber mal besser auf den Weg.« Sie standen immer noch im Schrebergarten Nummer fünfzig, und auf einmal sehnte Kitty sich sehr nach noch einer Umarmung. Sie brauchte Steves Zuneigung so sehr. Bestürzt von ihren eigenen Gefühlen drehte sie sich um und ging befangen davon.

»Aber Eugene, ich verstehe nicht, warum du ihr das erzählt hast«, rief Ambrose ihrem Freund und Kollegen zu.

Eugenes Wangen röteten sich. Ambroses Temperament war mindestens so feurig wie ihre Haarfarbe. Er hatte ihren Zorn schon des Öfteren über sich ergehen lassen müssen und konnte nicht sonderlich gut damit umgehen, denn er verwandelte sich jedes Mal in ein stotterndes Nervenbündel.

Seine Sanftheit verlieh ihr Selbstbewusstsein und machte es ihr leicht, auf ihn loszugehen. »Wieso ist das einfach im Gespräch aufgetaucht, wie kann das sein? Es hat nichts mit unserer Arbeit zu tun. Oh, ich hätte nicht zulassen dürfen, dass sie dich interviewt«, schimpfte sie und marschierte wütend in ihrer Küche auf und ab. Dabei wussten sie beide, dass ihr letzter Satz ausgemachter Blödsinn war, denn wenn Eugene nicht mit Reportern sprach, wurden keine Artikel veröffentlicht, und dann gab es auch keine Publicity für das Museum, die sie dringend brauchten. Außerdem waren solche Interviews einfach die beste Möglichkeit, ihre Ansichten und vor allem ihre Sorge über das Aussterben so vieler Schmetterlingsarten an die Öffentlichkeit zu bringen. Eugene konnte mit Menschen umgehen, das wusste jeder, während Ambroses soziale Kompetenz praktisch gleich null war. Sie schämte sich wegen ihres Äußeren und war so zwanghaft damit beschäftigt, was andere Menschen von ihr dachten, dass sie keinen vernünftigen Satz formulieren und schon gar nicht über geschäftliche Dinge reden oder gar Werbung für das Museum machen konnte. Am Telefon kam sie relativ gut zurecht, aber sie wusste, dass jeder in der Gegend sie für ein großes Mysterium hielt, und deshalb zog sie es vor, nichts mit anderen Menschen zu tun zu haben. Dann gab sie den geflüsterten Gerüchten und Legenden – die meistens mit »damals, als ich Ambrose Nolan begegnet bin« begannen – wenigstens nicht noch zusätzlich Nahrung. Aber die Wahrheit war leider, dass sie sich immer mehr isolierte. Kleidung und Lebensmittel kaufte sie online, Geschäftspost ging direkt ans Museum und wurde dort von Eugene oder Sara erledigt. Aber nun hatte Eugene sich ausgerechnet das, was niemand wusste, von der Reporterin aus der Nase ziehen lassen. Genaugenommen gab es zwei Dinge, die Ambrose unbedingt geheim halten wollte. Wäre das erste herausgekommen, hätte sie nur mäßig verärgert reagiert, aber als sie gehört hatte, dass Eugene das zweite Geheimnis preisgegeben hatte, war sie explodiert, denn das war für sie unverzeihlich. Ihm war das schon in dem Moment klar gewesen, als er es der Journalistin erzählte, aber er hatte nicht anders gekonnt, es war einfach aus ihm herausgesprudelt. Die Reporterin war wirklich gut, sie hatte eine Art, einen zum Reden zu bringen, die Eugene beinahe Sorgen machte. Er hatte Dinge gesagt, bei denen ihm erst als sie über seine Lippen kamen, richtig bewusst geworden war, dass sie stimmten.

»Ich entschuldige mich dafür, dass ich ihr von der Operation erzählt habe«, stammelte er. »Ich hätte das nicht tun sollen, und ich weiß auch wirklich nicht, warum es mir rausgerutscht ist. Ich werde die Frau bitten, es auf keinen Fall in ihrem Artikel zu verwenden.« Worauf sich der ganze Streit bezog, war die Tatsache, dass Ambrose schon lange Zeit auf eine Laserbehandlung sparte, mit der sie sich das Muttermal auf ihrem Gesicht entfernen lassen wollte. Sie war deswegen schon bei mehreren Ärzten gewesen, und alle hatten ihr übereinstimmend versichert, dass es vielleicht ein wenig Geduld erfordern würde, aber durchaus machbar war. Aber Ambrose wollte nicht, dass jemand anderes davon wusste. Die Vorstellung, dass Eugene sich mit der Journalistin über ihr Gesicht unterhalten hatte, demütigte sie zutiefst.

»Aber dass niemand etwas über dein Referat erfahren sollte, wusste ich ehrlich nicht«, fügte Eugene mit etwas mehr Nachdruck hinzu, seine Stimme klang selbstbewusst, und Ambrose glaubte ihm.

»Wem hast du es denn sonst noch erzählt?«

»Niemandem.«

»Siehst du, du hast es also gewusst, sonst hättest du auch anderen Leuten davon erzählt.«

»Hör zu, Ambrose, jetzt beruhige dich erst mal. Deine Arbeit ist großartig, du solltest stolz darauf sein. Ich habe den Entwurf für deinen Bericht schon mehrmals gelesen, und es ist das Wunderbarste, was mir je unter die Augen gekommen ist. Ich bin unglaublich stolz auf dich, aber du solltest der Welt mitteilen, was du entdeckt hast. Die Einladung, bei der Tagung darüber zu sprechen, ist eine große Ehre und außerdem eine Bestätigung, dass deine Studien bemerkenswert sind. Diese Konferenz ist deine große Chance, und das weißt du auch. Schließlich findet nicht jeden Tag so ein Symposium in Irland statt, nicht mal jedes Jahr.« Nun ging es um das Geheimnis, das nicht ganz so geheim war, nämlich um die bevorstehende wissenschaftliche Tagung an der Cork University, die dieses Jahr von Sir David Attenborough, dem Präsidenten des Schmetterlingsschutzbundes, eröffnet werden sollte. Es würde Vorträge über die neuesten wissenschaftlichen Erkenntnisse zum Schutz bedrohter Schmetterlings- und Nachtfalterarten und die Erhaltung ihrer Lebensräume geben, außerdem bot das Symposium Forschern aus aller Welt die Chance, Referate über praktische Artenschutzarbeit zu halten. Der Fokus lag auf den Herausforderungen der Zukunft, vor allem auch den Auswirkungen des Klimawandels. Ambrose gehörte zu den Experten, die eingeladen worden waren, einen Vortrag über ihre Arbeit zu halten, und Eugene hatte an ihrer Stelle zugesagt – was sie natürlich sehr verärgert hatte, aber dieser Streit war an einem anderen Tag ausgefochten worden. Ob Ambrose sich nun überwinden und an der Konferenz teilnehmen würde, war zu diesem Zeitpunkt noch ungeklärt, aber Eugene hatte nicht vor, aufzugeben.

»Du hast es ihr also absichtlich erzählt«, fauchte Ambrose, mit heißem Gesicht, funkelnden Augen, das grüne lodernd, das andere mattbraun, aber ebenso einschüchternd. »Um mich zu zwingen, zu dieser Konferenz zu fahren. Wenn sie etwas darüber schreibt, dann muss ich es ja wohl oder übel machen. Ist das dein Plan?«

»Ich glaube, dass die Welt von deiner Arbeit erfahren sollte«, erwiderte Eugene fest und bemühte sich, nicht zu stottern. »Ich bezweifle, dass sonst irgendjemand auf der Welt das Pfauenauge so intensiv studiert hat wie du. Du hast die Daten, du hast die Erfahrung. Warum hast du fünf Jahre geforscht und einen Bericht darüber geschrieben, wenn du deine Ergebnisse niemandem zeigen willst?« Auf einmal merkte er, dass seine Stimme immer lauter wurde. Ambrose sah ihn verwundert an. Vielleicht sogar ein bisschen amüsiert.

»Du hast ihr gesagt, dass ich nach Cork fahre, und jetzt will sie mitkommen«, maulte sie trotzdem weiter.

»Ich korrigiere: Sie will, dass wir mit *ihr* mitkommen.«

»Das verstehe ich nicht.«

»Du wirst es bald verstehen. Sie kommt ja gleich, um mit dir zu sprechen und den Nachmittag mit dir zu verbringen.«

Im gleichen Moment klingelte es an der Tür.

»Das ist sie bestimmt«, sagte Eugene. Noch etwas zittrig von der anstrengenden Konfrontation stand er auf und ließ Ambrose mit offenem Mund sitzen. Hastig fummelte sie ihre Haare aus der Spange und versteckte ihr Gesicht.

Er holte tief Luft und lächelte schon, ehe er die Tür aufmachte. »Ah, Ms Logan, freut mich sehr, Sie zu sehen. Kommen Sie doch bitte rein.«

»Sie bindet sich also die Haare zusammen, wenn sie mit Ihnen zusammen ist«, sagte Kitty zu Eugene, als die Interview-Sitzung mit Ambrose vorbei war. Die seltsame Frau faszinierte sie immer mehr.

Überrascht blickte Eugene von dem Papierkram auf, den er gerade in seinem winzigen Büro erledigte. »Hat sie Ihnen das erzählt?«

»Nein, aber ich hab Sie beide durchs Fenster gesehen, bevor ich geklingelt habe.« Was man natürlich auch verstehen konnte als: ›Ich hab rumgeschnüffelt, bevor ich geklingelt habe.‹

»Oh«, meinte er. »Na, dann muss ich wohl nichts weiter dazu sagen.«

»Darüber werde ich selbstverständlich nicht schreiben«, versprach Kitty und lehnte sich an den Türrahmen. Eugene kam sich vor wie eingesperrt. »Aber es muss doch schön für Sie sein, das zu wissen.«

»Schön? Warum sollte das schön sein?«, fragte er und fingerte an seinen Papieren herum. Seine Wangen röteten sich, die Hitze wanderte den Hals hinunter und staute sich an seiner Fliege.

»Weil sie sich bei Ihnen offensichtlich wohlfühlt.« Kitty lächelte und sah, wie Eugenes Mundwinkel zuckten, während er darüber nachdachte.

»Hmm, so hab ich das noch nie gesehen. Ich meine, das ist kein Grund, das ist kein, sie ist nicht, wir sind nicht …«, stammelte er, unfähig, den Satz zu beenden.

»Dann sehen wir uns also morgen Nachmittag«, sagte Kitty, ohne darauf einzugehen.

»Hat sie gesagt, dass sie mitkommt?«

»Nein, aber ich überlasse es Ihnen, sie zu überzeugen. Ich habe das Gefühl, dass sie auf das hört, was Sie ihr sagen«, erklärte sie, zwinkerte ihm zu und verließ das Museum.

Das Ashford Night College lag am Parnell Square, einem großen georgianischen Platz, neben dem Irish Writer's Centre, gegenüber vom Garden of Remembrance und anderen wichtigen Örtlichkeiten wie dem Gate Theatre und dem Rotunda Maternity Hospital. Das private College hatte Klassenzimmer auf vier Stockwerken, in denen von Kochausbildung bis zu technischen Studiengängen alle möglichen Fächer angeboten wurden, Innendesign, BWL, Marketing und Medienwissenschaft. Zum Medienkurs gehörte auch eine Unterrichtseinheit über TV-Präsentation, in der die Studenten lernten, langsam und deutlich zu sprechen, beim Sprechen in die Kamera zu blicken, unbewusste nervöse Angewohnheiten und Ticks abzulegen und sich an die exponierte Situation und auch an die eigene Stimme zu gewöhnen. Kitty hatte den Kurs vor fünf Jahren absolviert, und jetzt bewarb sie sich also auf eine Dozentenstelle. Ihr war bewusst, dass sie über keinerlei Lehrqualifikation verfügte, aber sie hatte in der praktischen Arbeit eine Menge Erfahrung gesammelt und war nicht nur gern bereit, ihr Wissen weiterzuvermitteln, sondern brauchte auch schlicht das Geld. Das Honorar für die erforderlichen zweieinhalb Stunden pro Woche würde ihr in ihrer derzeitigen Situation enorm weiterhelfen.

Dann saß sie Daniel Meara gegenüber, dem Leiter der Einrichtung, einem früheren Schuldirektor, der das Privat-College eröffnet hatte, an dem berufsbegleitend und in Abendkursen unterrichtet wurde. Er verdiente Geld damit, Leute für Arbeitsfelder zu qualifizieren, in denen es zum Teil gar keine Jobangebote mehr gab.

»Katherine«, begann er, blickte auf Kittys Lebenslauf, der vor ihr auf dem Tisch lag, und lächelnd wieder zu ihr auf. Es war ein unangenehmes Lächeln, bei dem Kitty sich sofort fragte, warum sie überhaupt hergekommen war. Wenn sie nicht an sich glaubte, wie um alles in der Welt würde sie dann diesen Mann überzeugen können, dass sie für den Job geeignet war? Sie versuchte ihre Kräfte zu sammeln.

»Ich freue mich, dass Sie gekommen sind. Folgendes«, fuhr Meara fort und legte die Handflächen auf den Tisch. Seine Finger waren verschwitzt und machten jedes Mal, wenn er sie vom Tisch hob – das geschah, wenn er ein Wort besonders hervorheben wollte, was häufig vorkam –, ein schmatzendes Geräusch. »Sie sind also eine ehemalige Studentin, das wissen wir sehr zu schätzen. Deshalb habe ich Triona auch gesagt, sie soll unbedingt dafür sorgen, dass ich Sie persönlich sehen kann.« Er hob die Finger, und wieder ertönte das schmatzende Geräusch. »Und Sie haben weiter auf dem Gebiet gearbeitet, das Sie studiert haben. Wir nehmen das mit Bewunderung und Stolz zur Kenntnis.« Er räusperte sich. »Doch in der gegenwärtigen Situation, *Ihrer* gegenwärtigen Situation, um genau zu sein …« Das waren die einzigen Worte, die Kitty zu hören brauchte, der Rest ging ihr zum einen Ohr hinein und zum anderen wieder hinaus. Abgesehen von einem einzigen bemerkenswerten Satz: »Die Studenten untersuchen Ihren Fall im Medienrecht, und wir denken, das wäre ein Interessenkonflikt und für Sie sicher sehr unangenehm …«

Hätte man ihr das nicht am Telefon sagen können? So hatte sie eine Menge Zeit damit verschwendet, sich zurechtzumachen, ihre Füße in Schuhe zu quetschen, die die Durchblutung abschnitten, und war obendrein auch noch herablassend angelächelt worden. Ein Anruf wäre ihr wesentlich lieber gewesen. Dann hätte sie auch nicht durch den strömenden Regen nach Hause radeln müssen, während ihr die Tränen über die Wangen liefen. Obwohl sie eigentlich dankbar dafür war, dass die von Sally vorhergesagten sintflutartigen Wassermassen plötzlich auf sie niederprasselten, als sie durch die trübselige dunkle Nacht fuhr.

Kapitel 25

In der Nacht vor Birdies Ausflug konnte Kitty nicht schlafen, ja, nicht einmal die Augen schließen. Die Demütigung beim Bewerbungsgespräch hatte sie in ihren Gedanken ganz nach hinten geschoben, um sich später, wenn sie wieder Kapazitäten dafür frei hatte, damit auseinanderzusetzen, denn momentan konzentrierte sie sich ausschließlich auf ihre Geschichte, die damit verbundenen Menschen und diesen Ausflug. Sie war nervös, die Aufregung rumorte in ihrem Magen, gefolgt von den allzu vertrauten negativen Gedanken. Was, wenn es ein Fehler gewesen war, die Namen einfach zusammenzuwerfen, was, wenn ihr Ansatz falsch war und damit auch ihr ganzer Aktionsplan? Sie hatte eine Verpflichtung nicht nur Constance, sondern auch Bob gegenüber, sie musste es richtig machen. Pete war ihr inzwischen egal. Er würde einfach ein bisschen von Constances Zuversicht und Mut aufbringen und seiner Autorin vertrauen müssen. Denn Kitty glaubte daran, dass sie wusste, was sie tat, sie folgte endlich wieder ihrem Instinkt und reagierte nicht mehr nur auf die Einfälle anderer. Wenn diese ganze schwierige Phase nur diesen einen Erfolg hatte, war das eigentlich schon ein Grund zu feiern. Sie hatte wieder das Selbstbewusstsein gefunden, auf sich zu hören. Aber sie hatte immer noch Angst, dass sie einem falschen Instinkt gefolgt war und dass dieser Ausflug in einem Desaster endete.

So lag sie im Bett, ließ den Blick durch ihre in bläuliches Mondlicht getauchte Wohnung schweifen und dachte plötzlich daran, dass sie bald ausziehen musste. Fünf Jahre hatte sie hier allein gewohnt, dann noch die vier Monate mit Glen. Sie liebte ihre Wohnung, sie wollte nicht weg. Sie hatte das Glück gehabt, sie zu finden, war frech genug gewesen, den Vermieter so unter Druck zu setzen, dass er ihr einen Mietnachlass gab, aber jetzt hatte sie die Quittung für ihre Unverschämtheit bekommen. Sie wurde vor die Tür gesetzt. Beim Gedanken an ihre unsichere Zukunft war sie endgültig hellwach. Sie warf die Decke zurück und begann hektisch zu packen, voller Angst vor dem bevorstehenden Ausflug, voller Angst vor der Zukunft. Um halb vier waren alle ihre Klamotten in Koffer gepackt, um vier war sie fest eingeschlafen und träumte von ihrem Abenteuer mit sechs ihrer hundert Namen.

Der Plan war, dass Kitty Birdie mit dem Taxi am Altenheim abholen sollte. Der Schreckschraube Bernadette hatten sie erklärt, dass sie Birdie zu ihrer Familie brachte, wo die alte Dame auch übernachten würde. Pünktlich wie die Maurer kehrten die Oldtown Pistols zurück, gut gelaunt und in Feierstimmung, weil sie die Balbriggan Eagles wieder einmal besiegt hatten. Während ihrer Schicht hatte Molly veranlasst, dass der Bus gewartet wurde, indem sie die Behauptung in die Welt setzte, sie hätte ein verdächtiges Geräusch gehört, das auch einem der »Pistols« aufgefallen wäre, der außerdem auch noch einen seltsamen Geruch wahrgenommen hätte. Die Schwestern nahmen diesen Hinweis sehr ernst und stimmten sofort zu, dass Molly den Bus zu einem Check-up in die Werkstatt von Billy Meaghar, einem Mann aus dem Ort, bringen sollte, mit der strikten Auflage, dass er bis zum Bridge-Abend der Pink Ladies wieder da war. Für ein Schmiergeld von fünfzig Euro hatte Billy sich bereiterklärt, Molly den Bus zu überlassen, wenn sie ihn rechtzeitig wieder bei ihm ablieferte, dass er ihn am folgenden Tag zum Altenheim zurückbringen konnte.

So weit, so gut.

Nun warteten Birdie und Kitty etwas nervös im Oldtown

Café auf Molly und den Bus, beide in Sorge, dass Bernadette ihren Plan doch noch durchkreuzen könnte.

»Wie fühlst du dich?«, fragte Kitty und stolperte noch etwas über das ungewohnte Du.

»Was den Bus angeht?«, fragte Birdie zurück.

»Nein, mit dem Ausflug.« Kitty lächelte. »Mit dem Nachhausekommen.«

Birdie seufzte lang und tief, und Kitty konnte nicht beurteilen, ob es ein zufriedenes Seufzen oder ein besorgtes oder vielleicht eine Mischung aus beidem war.

»Ich bin aufgeregt, das schon. Seit ich nach Dublin gezogen bin, war ich nur ein einziges Mal dort, zur Beerdigung meines Vaters, und das ist vierzig Jahre her. Unser Ausflug jetzt hat mich nachdenklich gemacht. Wirklich seltsam, dass ich allein bei dem Gedanken, zurückzufahren, gleich so in Erinnerungen versinke …« Sie verstummte, als würde sie sich wieder im Netz der Gedanken an vergangene Zeiten verlieren. »Es gibt so vieles, woran ich mich erinnere und was ich zwischenzeitlich völlig vergessen hatte.«

»Ist es denn auch wirklich okay für dich, wenn ich die anderen auf den Ausflug mitnehme? Ich weiß, es ist eine sehr persönliche Angelegenheit für dich.«

»Kitty, ich bin sehr glücklich, diese Menschen kennenzulernen«, lächelte Birdie. »Es interessiert mich, wer außer mir sonst noch auf der Liste stand.«

»Interessieren ist auch ein Wort dafür.« Kitty lachte nervös.

»Du hast es herausgefunden, stimmt's?«, fragte Birdie. »Was es ist, das uns alle miteinander verbindet.«

»Ja«, antwortete Kitty. »Ich glaube schon.« Aber sie wusste es zu schätzen, dass Birdie nicht weiter in sie drang.

»Schon okay, ich habe ja auch mein kleines Geheimnis.« Birdie lachte leise, und ihre Augen glitzerten verschmitzt. »Molly weiß es noch nicht, aber wir müssen unterwegs noch eine zusätzliche Station anfahren.«

Die Station war das Trinity College, wo Edward, Birdies Enkel, Jura studierte. Kitty erinnerte sich, dass sie ihn ein paarmal im Altenheim gesehen hatte, als sie gerade gegangen war. Er war ein gutaussehender junger Mann Mitte zwanzig, verantwortungsbewusst und fleißig, und Birdie hatte ihn als eine gute Partie für Molly im Auge, obwohl die beiden kaum hätten unterschiedlicher sein können.

»Du Romantikerin«, neckte Kitty ihre Freundin.

»Molly wird mich bestimmt umbringen, aber Edward braucht einen Tritt in den Hintern. Er ist Carolines Sohn«, fügte sie hinzu, als würde das alles erklären. »Aber er verkriecht sich so tief in seinen Büchern, dass er es nicht mal merken würde, wenn sich eine hübsche Frau direkt vor seiner Nase splitternackt auszieht und für ihn tanzt.«

»Das traue ich Molly jedenfalls durchaus zu«, meinte Kitty, und Birdie lachte laut und herzlich.

Auf einmal hörten sie ein lautes Hupen. Vor Schreck fuhren sie und auch ein paar andere Gäste in die Höhe, und als sie aus dem Fenster schauten, sahen sie den Bus. Molly saß am Steuer und reckte enthusiastisch beide Daumen in die Höhe.

»Ganz unauffällig«, murmelte Kitty ironisch, als sie und Birdie das Café verließen.

»Das könnte ich den ganzen Tag machen«, rief Molly, die damit beschäftigt war, mit Hilfe eines Hebels die Bustüren abwechselnd zu öffnen und wieder zu schließen.

»Bitte hör auf, mit dem Bus rumzuspielen«, sagte Kitty und sah sich unruhig um. »Ich möchte nicht schon wegen Diebstahls verhaftet werden, bevor wir überhaupt losgefahren sind.«

Birdie und Kitty setzten sich in die vorderste Reihe direkt hinter Molly. Allerdings behielt Kitty sich vor, den Platz zu wechseln, falls sich herausstellte, dass Mollys Fahrkünste im Bus denen auf dem Motorrad entsprachen.

»Es gibt sogar ein Mikrofon«, stellte Molly aufgeregt fest. »Nächster Halt«, sprach sie hinein, »die Boggeragh Mountains.«

»Eigentlich müssen wir zuerst noch zum Trinity College«, fiel Kitty ihr ins Wort.

»Ich dachte, wir gabeln deine Leute unter der Uhr bei Clerys auf«, entgegnete sie mit einem Stirnrunzeln. »Ach, du willst doch wohl nicht …« Sie schaute sich zu Birdie um.

»Schau auf die Straße, Kind!«, rief Birdie. »Ich möchte meinen fünfundachtzigsten Geburtstag gerne erleben. Er weiß es selbst noch nicht, aber er kommt mit.«

Molly verdrehte die Augen, und sie verließen Oldtown, ehe sonst noch jemand vermelden konnte, sie gesehen zu haben.

Vor Clerys, dem großen Kaufhaus in der O'Connell Street, das mit seiner historischen Uhr einen berühmten Treffpunkt darstellte, hielten sie, und zahlreiche Autos und Busse hinter ihnen hupten, weil ihnen Mollys Fahrstil offensichtlich nicht zusagte.

»Ach, seid doch still«, brummte Molly und stellte die Warnblinkleuchte an. »Sind sie da, Kitty?«

Kitty wurde flau im Magen, als sie den Gehweg vor Clerys in Augenschein nahm und tatsächlich alle dort entdeckte, ein paar in kleinen Grüppchen, andere allein. Ihr Herz wurde leicht, als sie Ambrose und Eugene nebeneinanderstehen sah, Ambrose wie immer hinter ihren wilden Haaren verborgen, den Kopf gesenkt, während Eugene sich der Sonne entgegenreckte und zweifellos sein Bestes gab, um Ambrose vergessen zu lassen, dass sie draußen in der großen bösen Welt war, umgeben von wildfremden Menschen, weit weg von ihren geliebten Schmetterlingen.

Eva Wu bemerkte den Bus und Kitty in der offenen Tür als Erste. Als sie den fetten Schriftzug von St. Margaret's auf der Seite sah, warf sie ihr einen verwunderten Blick zu. Obwohl sie doch für die Hochzeit Geschenke mitbringen musste, hatte sie nur eine Reisetasche und einen kleinen Einkaufsbeutel dabei. Vermutlich wurden die Geschenke anders angeliefert.

»Hi, Kitty«, sagte Eva und begrüßte sie mit einer Umarmung.

Die anderen stellten sich hinter Eva an. Und dann entdeckte Kitty zu ihrer großen Verwunderung Steve, der sich ganz hinten in die Schlange einreihte. Verwirrt starrte sie ihn einen Moment an, widmete sich dann aber wieder ihren Gästen. »Wieso steht da was von einem Altenheim?«, kicherte Eva.

»Das wird sich alles klären«, versprach Kitty. »Archie!« , rief sie und umarmte ihn als Nächsten. Er erstarrte.

»Also, ich hab jemanden mitgebracht«, erklärte er. »Ich hoffe, es stört keinen. Ihr Name ist Regina.« Dann trat er zur Seite, und die verhuschte Frau aus dem Café kam hinter ihm zum Vorschein. »Ich hab ihr, na ja, ich hab ihr alles erzählt.«

Mit einem schüchternen Lächeln sah Regina erst ihn an und blickte dann nervös zu Kitty. Noch immer hatte sie einen etwas gehetzten Gesichtsausdruck, als hätte sie Angst, dass etwas Bestimmtes passierte – oder als wünschte sie es sich und hätte Angst, es würde nie so weit kommen.

»Herzlich willkommen, Regina«, sagte Kitty und drückte der Frau lächelnd die Hand, konnte ihr Erstaunen allerdings nicht ganz verbergen.

»Danke.« Regina errötete und sah wieder unsicher zu Archie.

»Setzt euch hin, wo ihr wollt«, sagte Kitty und deutete auf die vielen freien Sitze. Die beiden gingen ganz nach hinten, und Archie überließ Regina den Platz am Fenster.

Als Nächstes kamen Eugene und Ambrose an Bord. Kitty umarmte Eugene, hielt sich bei Ambrose aber wohlweislich zurück und machte auch kein Aufhebens um ihre Anwesenheit. Eugene trug zu Pulli und Hemd eine Fliege mit Schmetterlingsmuster und sah extrem zufrieden aus, aber Ambrose würdigte Kitty kaum eines Blickes, sondern stieg wortlos ein und ging sofort nach hinten. Dort gab es eine Reihe mit fünf Sitzen vor zwei kleinen Tischen und zwei Sitze ohne Tisch auf der anderen Seite. Wie nicht anders zu erwarten, nahm Ambrose einen der beiden isolierten Plätze.

Hinter Eugene stiegen Mary-Rose und Sam zu.

»Hoffentlich ist es okay, dass sie mich mitbringt«, sagte Sam.

»Ich hab es nicht anders erwartet«, scherzte Kitty, und ihr fiel auf, dass Mary-Rose rot wurde. Nachdem sie Kitty umarmt hatten, gingen die beiden ebenfalls nach hinten, Sam stellte sich vor, begrüßte alle, und sofort hob sich die Stimmung beträchtlich.

Die Nächsten waren Jedrek und Achar, die zu Kittys Freude und zum Vergnügen der ganzen O'Connell Street ihr Tretboot dabeihatten. Sam, Jedrek, Achar und Steve schleppten es zum Kofferraum, und zum Glück ließ sich die Tür schließen, nachdem sie es mit einiger Mühe seitlich verstaut hatten.

»Was machst du denn hier, Steve?«, fragte Kitty, als sie den anderen in den Bus folgten. »Wo ist Katja?«

»Sie konnte nicht mitkommen, deshalb dachte ich, ich bin die nächsten zwei Tage dein Fotograf.«

»Steve, du hättest mir sagen sollen, dass sie es nicht schafft. Ich brauche einen richtigen Fotografen für die Zeitschrift.«

»Warte – bevor du mich weiter beleidigst, möchte ich dich daran erinnern, dass wir beide Fotojournalismus studiert haben. Ich weiß schon, was ich mache.«

»Das ist zehn Jahre her, und du warst scheiße.«

»Ich war überhaupt nicht scheiße. Ich war kreativ. Das ist ein großer Unterschied.«

»Na ja, aber sorg bitte dafür, dass wenigstens die Köpfe der Leute auf den Fotos zu sehen sind, ja?«

»Und wie wäre es stattdessen mit: Ich danke dir, Steve, dass du dir eigens einen Tag freinimmst und mir deine Hilfe anbietest. Das weiß ich wirklich zu schätzen«, schmollte er.

»Entschuldige. Danke«, erwiderte sie ehrlich und setzte sich hin. »Aber vermassel es bitte nicht.«

Er setzte sich neben sie in die erste Reihe und musterte die bunte Mischung von Leuten im Bus. »Das ist also alles deine harte Arbeit. Cool, Kitty, ich freue mich echt, dass du das machst.«

Darauf fiel ihr nichts zu sagen ein, also lächelte sie nur und bedankte sich. Auf einmal freute sie sich von Herzen, dass er mitkam. Es fühlte sich richtig an.

»Okay, aber mach schnell«, sagte Molly und schaute nervös in den Rückspiegel, als sie in der Nassau Street hielt. »Ich kann hier nicht lange stehen bleiben.«

»Was meinst du damit – mach schnell?«

»Du musst Edward holen, ich kann den Bus nicht verlassen.«

»Kannst du ihn nicht anrufen?«, fragte Kitty. »Mich kennt er doch nicht mal.«

»Sein Handy ist abgestellt«, erklärte Birdie entschuldigend. »Er sitzt in der Berkeley Library.«

Also rannten Kitty und Steve zusammen los, durch den Seiteneingang ins Trinity College, hinunter zur Berkeley Library und fragten dort nach Edward Fitzsimons.

»Den kann ich leider nicht stören. Er arbeitet mit einer Gruppe und hat ausdrücklich gesagt, dass er nicht unterbrochen werden will.«

Kitty seufzte und wandte sich ab. »Gehen wir«, sagte sie zu Steve. »Dann müssen wir Birdie eben sagen, dass er beschäftigt ist.«

»Und der alten Frau das Herz brechen? Sie ist unterwegs zum Abenteuer ihres Lebens, ich bin schon ganz aufgeregt, obwohl ich sie überhaupt nicht kenne – wenn sie meine Großmutter wäre, würde ich das auf gar keinen Fall verpassen wollen.«

»Aber du hast gehört, was die Frau gesagt hat.«

»Ach komm.« Er sah sie an. »Kann die hartgesottene Reporterin Katherine Logan sich nicht irgendwas Cleveres einfallen lassen, um ihn da rauszulocken?«

»Nein, das mach ich nicht mehr«, erwiderte sie mit Nachdruck. »Außerdem hast du diesen Teil von mir immer gehasst.« Eigentlich wollte sie gar nicht, dass sich dieses Gespräch so ernst entwickelte, nicht jetzt, nicht, wenn draußen ein Altenheimbus mit elf Leuten und einem Tretboot im eingeschränkten Halteverbot stand und auf sie wartete. Aber sie konnte es nicht ändern, es war einfach ihr Ernst.

Wieder fixierte Steve sie mit diesem Blick, der ihr schon gestern eine Gänsehaut verursacht hatte. Sie versuchte, das Gefühl abzuschütteln, aber auf einmal war ihr unbehaglich zumute. »Aber es spielt ja auch keine Rolle«, sagte sie, drehte sich um und verließ die Bibliothek.

»Kitty!« Sie spürte seine Hand auf ihrem Arm. »Ich hab das alles nicht so gemeint.«

»O doch.«

»Okay, manches schon. Manches hab ich tatsächlich so gemeint. Aber ich *hasse* diesen Teil von dir nicht, ich wollte nur nicht, dass du *ganz* so wirst. Und ich hatte Angst, das würde passieren.«

»Das hab ich akzeptiert, und ich werde nie wieder so sein.«

Ungläubig starrte er sie an. »Ausgerechnet jetzt … kannst du nicht noch ein einziges letztes Mal die fiese, verlogene Reporterin spielen?«

»Du erlaubst es mir also ausdrücklich?«

»Es gibt für alles eine Zeit und einen Ort. Los geht's.« Er grinste.

»Okay.« Kitty straffte die Schultern und ging zurück zum Empfangspult. »Hallo noch mal, es tut mir wirklich leid, Sie noch mal zu belästigen, aber es ist extrem wichtig, dass ich mit Edward spreche. Ich wollte das nicht auf diese Art durchsetzen, aber wir sind wegen Edwards Großmutter hier, wegen Birdie. Sie ist von uns gegangen, und das sollte er so schnell wie möglich erfahren, und zwar persönlich.« Kitty hörte Steve hinter sich nach Luft schnappen und bemühte sich, nicht zu grinsen, als die Bibliothekarin auch schon den Korridor hinunterhastete, um Edward zu holen.

Fünfzehn Minuten und Dutzende von Entschuldigungen später waren sie wieder unterwegs. Edward saß neben seiner Großmutter und überhäufte sie mit Fragen über den Ausflug.

»Und du bist sicher, dass es dir gutgeht?«

»Ja, ich fühle mich wunderbar.«

»Du … du stirbst nicht?«

»Nun ja, Lieber, wir müssen alle sterben, und vermutlich bin ich früher dran als du«, meinte sie scherzend.

»Das würde ich nicht unbedingt sagen«, mischte Molly sich ein. »Er könnte jede Sekunde dran sein.«

»Vor allem bei deinem Fahrstil«, konterte Edward. »Wer hatte denn überhaupt die großartige Idee, den Bus zu klauen?«

Molly schaute weg vom Spiegel und pfiff laut vor sich hin.

»Hast du mal daran gedacht, mich fahren zu lassen?«

»O ja, es gibt nichts, was ich lieber tun würde, als vier Stunden in deiner Rostlaube zu sitzen, um nach Cork zu kommen.«

»Weil dein Motorrad so viel toller ist.«

»Zumindest macht es nicht alle fünf Minuten schlapp.«

»Wenigstens kann ich so fahren, dass ich nicht ständig das Leben anderer Menschen in Gefahr bringe.«

»Was?«, rief Molly und starrte Edward mit zusammengekniffenen Augen im Rückspiegel an. »Was glotzt du so?«, fragte sie.

»Ich überlege nur, warum es Blau sein muss. Ausgerechnet Blau.«

»Damit es zu deiner Persönlichkeit passt«, konterte sie.

Offensichtlich kannten Edward und Molly sich gut. Kitty ertappte Birdie bei einem zufriedenen Schmunzeln, ehe sie wieder wie unbeteiligt aus dem Fenster schaute.

Nach einer Weile stand Kitty auf und ging zum Mikrofon. Sofort begann Sam zu johlen und forderte sie auf zu singen. Alle lachten und wandten sich ihr zu.

»Ich werde ganz bestimmt nicht singen«, verkündete sie.

»Von wegen!«, grölte Steve, und wieder gab es Gelächter von allen Seiten.

»Aber ich möchte gern ein paar Worte zu diesem Ausflug sagen. Ich weiß, die meisten von euch haben keine Ahnung, worum es genau geht, und ich weiß es wirklich zu schätzen, dass ihr trotzdem gekommen seid und diese Reise mit mir macht. Um die Wahrheit zu sagen, ist es eigentlich auch eher andersherum, denn ihr habt *mich* mit auf diese Reise genommen.« Sie räusperte sich. »Leider habe ich vor ein paar Wochen meine Freundin und Chefin verloren – Constance ist an Krebs gestorben, und mir ist die Aufgabe zugefallen, den Artikel zu schreiben, den sie selbst nicht mehr schreiben konnte. Der einzige Hinweis, an dem ich mich orientieren konnte, waren eure Namen – und noch vierundneunzig weitere, die aber leider nicht mit uns in den Bus gepasst hätten.«

Wieder lachten alle.

»Ich hatte keine Ahnung, was ich für Constance schreiben sollte, aber je mehr ich mit euch allen spreche, je mehr ich euch kennenlerne – den einen ein bisschen mehr, den anderen ein bisschen weniger –, desto mehr bekomme ich das Gefühl, dass der Artikel sich selbst schreibt, weil ihr alle bemerkenswerte Menschen mit faszinierenden Geschichten seid, und ich bedanke mich, dass ihr sie mit mir teilt. Vor allem in einer Zeit, in der …« Sie hörte das Zittern in ihrer Stimme und hielt inne, um die Fassung zurückzugewinnen. Alle merkten es und sahen sie an, sogar Molly. »Bitte schau auf die Straße«, sagte Kitty. Damit hatte sie ihre Verlegenheit durchbrochen und konnte fertig sprechen. »Vor allem in einer Zeit, wo ich es wirklich gebraucht habe. Ich weiß, ich habe viele von euch genervt, manche haben sich bestimmt geärgert, dass ich in ihrem Leben aufgetaucht bin, als sie es gerade gar nicht brauchen konnten, und über Sachen sprechen wollte, über die sie überhaupt nicht sprechen wollten, aber ich schätze eure Geduld über alle Maßen und hoffe, ihr wisst, dass ich alles in euch investiert habe – euch kennenzulernen, eure Geschichten anzuhören, diesen Geschichten gerecht zu werden. Ich habe eine Menge von euch allen gelernt, ihr habt mich tief berührt, mich wieder auf den richtigen Kurs gebracht und – das meine ich vollkommen ernst – zu einem besseren Menschen gemacht.«

Sie sah, dass vor allem Ambrose sie mit ihrem durchdringenden Blick anstarrte.

»Also, dann möchte ich euch jetzt miteinander bekannt machen. Wir haben eine lange Fahrt vor uns, und ich bin sicher, dass ihr alle Gelegenheit haben werdet, miteinander ins Gespräch zu kommen und eure jeweiligen Geschichten zu entdecken – alle außer diesem jungen Mann hier.« Sie deutete auf Steve. »Er ist nicht hier, weil er was zu erzählen hat, er ist nur ein Freund von mir, also redet lieber nicht mit ihm.«

Alle lachten, und Steve schnitt ihr eine Grimasse.

»Vielleicht erzählt er uns was von Ihnen!«, rief Jedrek von hinten und erntete auch damit großes Gelächter.

»Nein, glaubt mir, das wollt ihr gar nicht hören.«

»Ihr hättet am Sonntag die Zeitung lesen sollen«, rief Steve, und diejenigen, die den Witz verstanden, lachten wieder.

»Danke, Steve, das war echt nett. Aber zuerst möchte ich euch die Frau vorstellen, die heute am wichtigsten ist: unser Geburtstagskind Birdie Murphy!« Es gab eine Runde Applaus, und alle sangen »Happy Birthday«.

Die Atmosphäre hätte kaum außergewöhnlicher sein können; alle mischten sich untereinander, und im Bus breitete sich eine echte Feierstimmung aus. Als Kitty sich wieder neben Steve setzte, konnte sie ihr zufriedenes Lächeln nicht verbergen.

»Schau dich bloß an, du strahlst ja wie ein Honigkuchenpferd«, sagte er und zerzauste ihr voller Zuneigung die Haare.

Kapitel 26

Die meisten der »Namen« hatten sich im hinteren Teil des Busses zusammengefunden und hörten Jedrek und Achar zu, die von ihrem Rekordversuch berichteten.

»Es ist ein Hundert-Meter-Tretboot-Sprint«, erklärte Jedrek gerade mit ernstem Gesicht. »Der derzeitige Weltrekord liegt bei einer Minute achtundfünfzig Komma sechs zwei Sekunden. Wir wollen es in einer Minute fünfzig schaffen.«

Alle staunten und klopften ihnen auf die Schultern.

»Und Sie machen den Rekordversuch in Cork?«, fragte Eva.

»Wir haben uns immer gewünscht, unsere Familien könnten als Zeugen dabei sein«, antwortete Jedrek ein wenig traurig. »Sie haben uns die ganze Zeit über begleitet, und dass sie nicht da sind …«

An dieser Stelle schaltete Achar sich ein. »Ja, leider konnten sie nicht mitkommen, aber es gibt einen wichtigen Grund, warum wir jetzt mit euch unterwegs sind. Wir haben nämlich erfahren, dass sich gerade ein Rekordrichter in Cork aufhält. Wenn wir ihn überreden können, sich unseren Rekordversuch anzuschauen, kann er offiziell als Guinness-Weltrekord anerkannt werden.«

»Aber wir brauchen nicht unbedingt einen Richter für unseren Versuch«, fügte Jedrek schnell hinzu.

»Nein«, räumte Achar ein. »Aber nur in Anwesenheit eines Richters kann sofort festgestellt werden, ob ein Rekordversuch als Erfolg gewertet werden kann. Wenn man eine umgehende

Bestätigung will, um den Status und den Nachrichtenwert zu erhöhen, dann muss man den Rekordrichter dabeihaben. Dann bekommt man auch ein gerahmtes Guinness-Weltrekord-Zertifikat. Wir haben uns erkundigt, und es würde uns rund fünftausend Euro kosten, einen Richter für das Event einfliegen zu lassen, und dann haben wir – wie gesagt – erfahren, dass heute ein Rekordrichter wegen eines anderen Rekords in Cork ist. Wenn wir ihn dazu bringen können, sich auch unseren Versuch anzuschauen, dann bekommen wir sofort eine Bestätigung.«

»Ja, schon, aber es ist nicht obligatorisch, dass ein Richter bei dem Rekordversuch anwesend ist«, wiederholte Jedrek. »Und ich möchte nicht, dass du dir grundlos Hoffnungen machst.«

»Was ist denn verkehrt daran, sich Hoffnungen zu machen? Sieht ja beinahe so aus, als hättest du überhaupt keine Hoffnung mehr.«

So diskutierten sie vor allen anderen, bis Archie schließlich dazwischenging. »Aber es ist doch einen Versuch wert, Jungs, oder etwa nicht? Und wenn ihr keinen Richter kriegen könnt, dann macht ihr es einfach für uns, und wir sind eure Zeugen.«

»Ich filme euch mit meinem iPhone, dann habt ihr den Rekordversuch auf Video«, bot Sam an.

»Und ich mache jede Menge Fotos«, fügte Steve hinzu. »Außerdem habt ihr ja auch noch eine Journalistin im Rücken, die darüber schreiben wird.«

Jedrek, der immer schnell sentimental wurde, war sichtlich gerührt von den ermutigenden Worten, blieb aber skeptisch, was die Sache mit dem Rekordrichter anging.

Während Steve mit Eugene über Schmetterlinge sprach und ihn fragte, welche schmetterlingsfreundlichen Pflanzen sich für den Boden seiner Kleingärten am besten eigneten, setzte Kitty sich zu Ambrose.

»Der Teufelsabbiss wächst in feuchter und auch in trockener Umgebung sehr gut, die Kuckuckslichtnelke, die Schlüsselblumen, Veilchen, Löwenzahn …«, listete Eugene auf. Steve nickte, sagte aber kein Wort.

»Ich weiß es wirklich zu schätzen, dass Sie heute mitgekommen sind. Ich weiß, es ist nicht … nicht leicht für Sie«, sagte Kitty freundlich zu Ambrose, die sich aber aus irgendeinem Grund über die Bemerkung zu ärgern schien.

»Wegen meinem Gesicht«, fauchte sie sofort und fixierte Kitty mit ihrem wütenden grünen Auge. »Ich weiß, dass Sie mit Eugene darüber gesprochen haben. Er hätte Ihnen das alles nicht sagen dürfen.«

Kitty musste sich erst einmal überlegen, was es wohl war, was sie nicht hätte erfahren sollen, vermutete aber, dass es um die Operation ging. Eugene hatte ihr erzählt, dass Ambrose seit langer Zeit Geld für die Laserbehandlungen zurücklegte, mit denen das Geburtsmal entfernt werden sollte, das sie als entstellend ansah, was aber in Kittys Augen gar nicht der Fall war, im Gegenteil. Wenn überhaupt, machte das Mal Ambrose nur noch interessanter, auf ihre eigene Art schön, fast so, als gehörte sie zu einer der exotischen Schmetterlingsarten aus ihrem Museum. Aber Kitty bezweifelte, dass Ambrose ihr glauben würde, und behielt es lieber für sich.

»Wir haben uns nicht so über Sie unterhalten, wie Sie es sich anscheinend vorstellen«, sagte Kitty langsam.

Ambrose runzelte die Stirn. »Ja, ich denke auch nicht, dass Sie mich ausgelacht oder über die arme Ambrose mit ihrem ekligen Fleck im Gesicht diskutiert haben. Ich möchte einfach nicht, dass Sie darüber schreiben. Ich möchte nicht, dass mein Äußeres in Ihrem Artikel erwähnt wird.«

»In meinem Artikel geht es um Sie, Ambrose. Wenn ich nicht über Sie schreiben kann, dann kann ich auch den Artikel nicht schreiben.«

»Na, dann können wir den Bus ja gleich anhalten, denn ich

gebe Ihnen ganz sicher nicht die Erlaubnis, sich in der Öffentlichkeit über mich lustig zu machen.«

»Warum glauben Sie, dass ich mich über Sie lustig machen möchte? Das Gegenteil ist der Fall. Wenn Sie es unbedingt wissen müssen – und inzwischen glaube ich, Sie müssen es: Wir haben nur aus einem einzigen Grund über die Operation gesprochen, und zwar weil Eugene nicht will, dass Sie das Muttermal wegmachen lassen.« Natürlich wusste Kitty, dass ihr diese Bemerkung eigentlich nicht zustand, aber es war wohl in Ordnung, das offensichtliche Missverständnis zwischen Ambrose und ihr und auch zwischen Eugene und Ambrose richtigzustellen. Sie wusste nicht genau, welche Gefühle Eugene für Ambrose hegte.

»Was?«

»Er hat Sie mit den Schmetterlingen verglichen, die Sie beide so lieben und verehren, und gesagt, für ihn sind Sie aus genau den gleichen Gründen so etwas Besonderes. So außerordentlich, exotisch, so ganz und gar Sie selbst. Er hat gesagt, er möchte, dass Sie so bleiben, wie Sie jetzt sind, so sind Sie für ihn am schönsten. Das war der einzige Grund, warum wir darüber gesprochen haben, das schwöre ich Ihnen«, sagte Kitty.

Ambrose machte den Mund auf, um etwas zu sagen, schloss ihn aber gleich wieder, denn sie musste Kittys Worte erst einmal verdauen. Kitty sah ihr an, dass sie eigentlich wütend werden wollte, weil grundsätzlich jede Bemerkung über ihr Äußeres sie wütend machte, aber diesmal war es anders. Und dann erschien auf einmal ein kleines Lächeln auf ihren Lippen.

Wie sie Gaby versprochen hatte, wollte Kitty die Busreise auch dazu nutzen, Eva besser kennenzulernen, aber Eva hatte sich, gleich nachdem sie Dublin verlassen hatten, neben Birdie gesetzt, und nun waren die beiden in ein Gespräch vertieft. Edward hatte es sich auf dem Reiseleiterplatz neben Molly bequem gemacht, und sie stritten sich über die beste Route nach

Cork und wie man die einzelnen Ziele aller Beteiligten am besten unter einen Hut bekam. Bis zum Nachmittag würden sie es bestimmt nach Nadd – Birdies Heimatörtchen – schaffen, und morgen war das große Fest bei den Webbs. Kitty hatte alles genau geplant, aber sie machte sich trotzdem Sorgen, denn bekanntlich lief ja nie etwas hundertprozentig nach Plan. Zu gern hätte sie gehört, was Birdie und Eva sich zu sagen hatten, aber es gab keine Möglichkeit, sich einzuschalten. Während sie sich noch unentschlossen in der Nähe der beiden Frauen herumdrückte, kam Mary-Rose aus dem hinteren Teil des Busses auf sie zu.

»Kitty, kann ich kurz mit dir reden?«, fragte sie. Sie wirkte angespannt, und so setzten sie sich in eine Reihe mit zwei freien Plätzen. Von hier konnte Kitty immer noch hören, wie Steve von Eugene belehrt wurde, wie er auf dem Land seines Vaters besser für den Schutz der Schmetterlinge sorgen konnte.

»Ist alles okay?«

»Ja, sicher. Alle sind so freundlich und aufgeschlossen. Es ist schön, ihre Geschichten zu hören, aber, äh, ich weiß nicht recht, weshalb ich eigentlich hier bin. Weißt du, alle haben ihre Aufgabe, alle wollen irgendwohin oder haben irgendwas zu erledigen … Und ich hab echt keine Ahnung, warum ich überhaupt mitfahre.«

»Ich wollte einfach, dass du die anderen kennenlernst, denn schließlich gehörst du dazu. Aber bitte denk nicht, dass du irgendetwas Bestimmtes tun musst.«

»Aber ich komme mir so unnütz vor.«

Plötzlich hatte Kitty eine Idee. »Hast du deine Frisiersachen dabei?«

»Immer!«, lachte sie.

»Hast du vielleicht Lust, das Geburtstagskind für ihren großen Tag schön zu machen?«

Sofort leuchteten Mary-Roses Augen, und sie war überglücklich, etwas Sinnvolles tun zu können. Und wenn Birdie abgelenkt war, hatte Kitty vielleicht die Gelegenheit, ein bisschen mit Eva zu plaudern.

»Und man weiß ja nie – vielleicht führt dieser Ausflug dazu, dass du einen Heiratsantrag bekommst«, scherzte Kitty.

Aber Mary-Roses Gesicht verfinsterte sich. »Ach, ich weiß nicht.«

Kitty merkte sofort, wie ihre Stimmung sich verändert hatte. »Ist das mit Sam und Aoife etwas Ernstes?«

Mary-Rose schluckte. »Ja, ich glaube schon, aber wir haben noch nicht richtig geredet über … sie.«

Schweigen.

»Was ist mit deinem Freund?«, fragte Mary-Rose dann mit einem Kopfnicken in Steves Richtung.

»Was soll mit ihm sein?« Auf einmal fühlte Kitty sich unbehaglich, irritiert sogar. Hatte Mary-Rose womöglich ein Auge auf Steve geworfen? Aber das ging doch nicht – Mary-Rose war bestimmt zehn Jahre jünger als er und außerdem so hübsch … nein, sie konnte sich unmöglich für Steve interessieren.

»Hat er eine Freundin?«

»O ja«, antwortete Kitty mit allzu großer Begeisterung. »Schon eine ganze Weile. Sie sind aber immer noch ganz verrückt nach einander«, fügte sie hinzu, obwohl sie keine Ahnung hatte, ob das stimmte. Der Gedanke, Mary-Rose könnte etwas von Steve wollen, machte sie ganz krank. Was in aller Welt war denn bloß los mit ihr?

»Oh, schade«, sagte Mary-Rose niedergeschlagen, und Kitty war erleichtert. »Ich dachte echt, ihr zwei würdet perfekt zusammenpassen.«

Mit dieser Reaktion hatte Kitty überhaupt nicht gerechnet, und ihr fiel auf Anhieb keine schlagfertige Antwort ein. Das merkte jedoch keiner, denn Mary-Rose war schon unterwegs zu Birdie und fragte sie, ob sie Lust hatte, sich ein bisschen zurechtmachen zu lassen. Birdie war begeistert von der Idee, und sie gingen mit so viel mädchenhaftem Elan zu Werke, dass sogar Regina einen Moment Archies Seite verließ, um zuzuschauen.

Kitty dagegen verlor sich in einem Tagtraum, in dem sie mit Steve zusammen war. Sogar das eine Mal, als sie ziemlich betrunken und unbeholfen auf dem College die Nacht zusammen verbracht hatten, rief sie sich wieder ins Gedächtnis, und auf einmal begann ihr Herz zu klopfen, und ihr Magen flatterte. Es konnte doch nicht sein, dass sie …

»Tja, jetzt bin ich dem Vortrag entronnen, danke, dass du mich mit diesem klugen Menschen bekannt gemacht hast«, sagte Steve und setzte sich wieder neben sie. »Wenn ich jemals auf den Gedanken kommen sollte, noch mehr über Schmetterlinge erfahren zu wollen, dann erschieß mich bitte«, flüsterte er ihr verschwörerisch ins Ohr, und ihr lief ein wohliger Schauder über den Rücken. »Was ist denn los mit dir?«, fragte er. »Dein Gesicht ist ja ganz rot.«

Kitty machte ein paarmal den Mund auf und zu wie ein Fisch auf dem Trockenen, aber dann geriet der Bus plötzlich ins Schlingern, und alle schraken auf. Hinten im Bus endete abrupt die Darbietung eines polnischen Liedes.

»Links! Links hab ich gesagt!«, rief Edward. »Willst du uns umbringen?«

»Nein, nur dich, Studikopf«, knurrte Molly.

»Alles okay?«, erkundigte sich Eva, während Mary-Rose Birdies Wange abwischte, auf die sie durch den Ruck aus Versehen einen langen Lippenstiftstrich gemalt hatte.

»Ja, alles gut, danke, der große Schlumpf hier hat alles im Griff«, sagte Edward.

Wieder ertappte Kitty Birdie bei einem zufriedenen Lächeln. Anscheinend gefiel der alten Dame der Machtkampf zwischen ihrer Pflegerin und ihrem Enkelsohn.

Schließlich erreichten sie Cork. Kitty war hin und her gerissen, denn die einzige Möglichkeit, wie sie ihren Zeitplan einhalten konnten, bestand darin, dass sie sich trennten. Ambrose und Eugene ließen sich zur Schmetterlingskonferenz an der Universität absetzen, die übrigen fuhren mit Achar und Jedrek zum English Market. Die irische Lebensmittelbehörde *Bord Bia* hatte einen offiziellen Rekordrichter von Guinness World Records organisiert, der bestätigen sollte, dass sich heute hier die meisten jemals als Eier verkleideten Menschen versammelten. Der Rekordversuch war Teil eines Projekts zur Förderung der lokalen Bioeier-Produzenten.

Da klar war, dass Kitty und Steve bei beiden Ereignissen anwesend sein mussten, stiegen sie am English Market eilig aus dem Bus und bahnten sich auf der Suche nach dem Rekordrichter einen Weg durch die Menge der als Eier verkleideten Menschen, deren Gesichter aus Löchern in ihren Ei-Attrappen hervorschauten und deren Beine in goldfarbenen Leggins steckten.

»Habt ihr ihn schon entdeckt?«, fragte Achar und verdrehte aufgeregt den Kopf nach allen Seiten.

»Wie sieht er denn aus?«, wollte Sam wissen.

Im gleichen Moment geriet eins der Eier aus dem Gleichgewicht und rempelte Mary-Rose an, aber Sam war sofort zur Stelle und legte schützend den Arm um sie.

»Jedenfalls hoffentlich nicht so«, meinte Jedrek trocken, und alle lachten.

Birdie hakte sich gutgelaunt bei Edward unter, und obwohl Molly immer wieder verkündete, dass sie so wenig wie möglich mit dem Studi zu tun haben wollte, blieb auch sie ganz in seiner Nähe. Nach einer Weile beschlossen sie, sich einzeln auf die Suche nach dem Rekordrichter zu machen, denn sie waren nicht sicher, ob der Eier-Rekordversuch bereits offiziell protokolliert worden war.

»Schau, Jedrek«, rief Achar und ließ den Blick über die Szenerie schweifen. »Genau das könnten wir auch brauchen.«

Die Aufmerksamkeit der lokalen Medien, die Unterstützung der Massen und einen offiziellen Rekordrichter – genau davon träumte Achar.

»Ja, Achar, aber hier gibt es leider kein Wasser«, dämpfte Jedrek die Begeisterung seines Freundes.

»Ich hab ihn!«, rief Eva da auf einmal, und Kitty folgte dem Klang ihrer Stimme zu einem etwas verwirrt dreinschauenden Mann in einem schwarzen Anzug, der bereits von einigen Mitgliedern ihrer bunten Truppe umringt war.

Jedrek und Achar drängten sich ebenfalls zu ihnen durch, und als sie den Richter sahen, strahlten sie, als hätten sie soeben den Heiligen Gral entdeckt. Mit ausgestreckter Hand ging Jedrek auf den Mann zu. Der Rekordrichter sah sich argwöhnisch um, als hätte er den Verdacht, einem Scherz auf den Leim gegangen zu sein, aber dann merkte er doch, wie ernst Jedrek sein Anliegen war, und schüttelte ihm die Hand.

»Mr Rekordrichter«, sprach Jedrek ihn hochachtungsvoll an, als wäre er ein Mitglied der königlichen Familie, und musterte den Mann fast ehrfürchtig. »Wir sind weit gereist, um Sie zu treffen. Ich und meine Freunde.«

Wieder betrachtete der Richter die Gruppe, die ihn umringte. »Hm, hallo«, erwiderte er dann etwas unsicher. »Mein Name ist James.«

»James!«, rief Jedrek, als wäre der Name selten und faszinierend. »Ich bin Jedrek Vysotski, das hier ist mein Freund Achar, und das ist Kitty Logan, die bekannte Journalistin. Wir haben das große Glück, dass sie vorhat, über uns einen Artikel zu schreiben.« Kitty nickte enthusiastisch, und James brachte ein weiteres verlegenes Hallo heraus.

»James«, mischte sich ein Mann hinter ihm ein. »Wir wollen jetzt anfangen.«

»Okay, nur noch einen Moment bitte«, sagte der Richter und wandte sich, nun doch interessiert, wieder Jedrek zu.

»Wir, also Achar und ich, wollen einen Rekordversuch machen«, erklärte dieser. »Es geht um einen Zwei-Mann-Tretboot-Sprint über eine Strecke von hundert Metern. Der derzeitige Rekord liegt bei einer Minute achtundfünfzig Komma sechs zwei Sekunden, und Achar und ich schaffen es in einer Minute fünfzig. Wir starten heute. In Cork. Und wir würden Sie gern als unseren Rekordrichter einladen.«

Diesmal unterbrach sie ein Ei. »Wir sind jetzt bereit, James.«

»Okay, nur eine Sekunde«, rief James ein wenig panisch.

»Wir werden Sie auch bestimmt nicht enttäuschen, James«, drängte Achar.

Jedrek legte seinem Freund beschwichtigend die Hand auf die Schulter. »Lass den Mann doch erst mal antworten.«

»Danke«, sagte James, dem bereits der Schweiß auf der Stirn stand. »Ich fürchte, ich kann nicht zu Ihrem Event kommen, so reizvoll es auch klingt«, erklärte er mit einem ausgeprägten britischen Akzent. »Aber Sie haben Ihr Vorhaben doch bestimmt schon regelgemäß bei den Guinness World Records registrieren lassen, oder nicht?«

»Aber ja, das haben wir«, beteuerte Jedrek eifrig.

»Und was hat man Ihnen dort mitgeteilt?«

»Man hat uns die Kosten für das Einfliegen eines Rekordrichters genannt, und die konnten wir uns leider nicht leisten«, antwortete Achar sofort, sehr zu Jedreks Ärger. »Deshalb haben wir Sie ja hier aufgesucht. Wir sind zu Ihnen gekommen, damit Sie nicht extra zu uns kommen müssen«, fuhr er fort, als hätten sie James damit einen großen Gefallen erwiesen.

»Tut mir sehr leid, Gentlemen, aber ich fürchte, so funktioniert das nicht«, meinte James.

»Die beiden trainieren seit Monaten«, mischte Archie sich ein. »Sie könnten doch einfach vorbeikommen und zuschauen«, schlug er vor, allerdings nicht so zuvorkommend wie die anderen, sondern eher drohend.

Sofort schaltete Eva sich ein. »Wir sind morgen um vierzehn Uhr am Kinsale-Pier, Sie müssten den Rekordversuch einfach nur beobachten, den Rest der Arbeit erledigen die beiden Kandidaten. Meinen Sie, das wäre möglich?«

»Ich fliege morgen früh nach London zurück –«

»Können Sie nicht umbuchen?«, fiel Sam ihm ins Wort.

»Ich übernehme die zusätzlichen Kosten«, mischte auch Kitty sich ein. »Diese beiden Männer haben es wirklich verdient, dass Sie sich ihren Rekordversuch anschauen«, drängte sie.

»Sie sind nämlich unglaublich gut drauf«, rief Regina von außerhalb des Kreises. »Wir glauben alle fest an sie.«

»Ich bezahle Ihr Honorar«, sagte Birdie plötzlich, und alle sahen sie verblüfft an.

»Nein, nein«, protestierten Achar und Jedrek. »Das ist viel zu viel, das können wir nicht zulassen.«

»Ab heute kann ich bezahlen, was immer ich will«, verkündete Birdie mit einem verschmitzten Lächeln und sah den Rekordrichter an. »Nennen Sie mir Ihren Preis, und ich bezahle ihn«, sagte sie selbstbewusst.

»Es geht mir nicht um das Honorar«, sagte James, der immer mehr ins Schwitzen geriet. »Es geht mir ausschließlich ums Protokoll. Ihr Rekordversuch muss schon im Vorfeld genehmigt sein, damit ich das Zertifikat vorbereiten kann …«

»Ach, das Zertifikat können Sie uns einfach schicken, wenn es fertig ist«, unterbrach ihn Achar. »Sie brauchen es uns nicht gleich morgen zu geben.«

Auf einmal fingen alle an, auf den armen Mann einzureden. Jeder versuchte auf seine Art, ihn zu überzeugen, aber in dem Stimmengewirr war es unmöglich, auch nur ein einziges vernünftiges Wort zu verstehen. James hielt abwehrend die Hände in die Höhe.

»Es tut mir sehr leid, ich kann Ihnen diesen Wunsch nicht erfüllen«, entschuldigte er sich, und man merkte, dass er es ehrlich meinte. »Aber ich wünsche Ihnen alles Gute für Ihren Versuch morgen.« Schweigen trat ein, ein betretenes Schweigen, und dem Rekordrichter war es offensichtlich äußerst unangenehm.

»Am Kinsale-Pier, morgen um vierzehn Uhr«, sagte Kitty mit fester Stimme. »Bitte kommen Sie.«

Dann wurde der arme Mann schließlich weggezerrt, hinauf auf die kleine Bühne, wo er sich anschickte, das Zertifikat für die meisten jemals an einem Ort versammelten und als Eier verkleideten Menschen zu überreichen. Als alle vor dem Podium zusammenkamen, schlugen Kitty und ihre Gruppe die entgegengesetzte Richtung ein und machten sich bedrückt auf den Rückweg zum Bus.

Schwitzend und mit schwirrendem Kopf trafen Kitty und Steve auf der anderen Seite der Stadt ein, gerade rechtzeitig, um zu hören, wie im Hörsaal Ambrose und ihr mit Spannung erwarteter Vortrag angekündigt wurde. Fünfhundert Zuhörer applaudierten. Aber von Ambrose keine Spur. Das Publikum wartete, der Moderator schaute sich verwirrt um.

Dann sah Kitty, wie Eugene, der in der vordersten Reihe saß, aufstand und hinter den Kulissen verschwand. Kurz darauf kam er zurück, kletterte auf die Bühne und flüsterte dem Moderator etwas ins Ohr.

Kittys Herz wurde schwer. »O nein«, flüsterte sie, und zu ihrer eigenen Überraschung traten ihr Tränen in die Augen.

Steve, der bekanntlich menschliche Nähe hasste, legte den Arm um ihre Schulter und drückte sie an sich.

»Ladys und Gentlemen, ich glaube, es wird noch etwa zwei Minuten dauern, wenn Sie so nett wären, sich so lange zu gedulden«, sagte der Konferenzleiter.

Die Zuhörer entspannten sich und begannen sich leise zu unterhalten. Fünf Minuten verstrichen. Der Moderator wurde wieder unruhig.

»Ob ich mal nach ihr sehen soll?«, wandte sich Kitty besorgt an Steve. Aber gerade als sie aufstehen wollte, schaute der Konferenzleiter sich um und nickte.

»Ich glaube, jetzt sind wir so weit. Nun also noch einmal – es folgt ein Vortrag über einen unserer schönsten Schmetterlinge, das Tagpfauenauge, den meisten unter Ihnen bekannt als *Inachis io.* Zu Ihnen spricht unser hochgeschätztes Mitglied der Butterfly Conservation Society – Ambrose Nolan.« Höflicher Beifall setzte ein.

Mit gesenktem Kopf, das Gesicht wie immer hinter der Haarmähne verborgen, trat Ambrose ans Podium.

Langsam richtete sie sich auf und räusperte sich, was durchs Mikrofon laut durch den Saal hallte.

»Ich entschuldige mich für die Verzögerung. Mein Partner meinte, ich soll Ihnen sagen, dass ich so ähnlich bin wie *Aglais urticae,* allgemein bekannt unter dem schönen Namen Kleiner Fuchs. Er ist flink, wachsam und extrem scheu, so dass man sich ihm nur schwer nähern kann.«

Alle lachten über den Insider-Schmetterlingswitz. Nun war das Eis gebrochen, und die Atmosphäre wurde deutlich entspannter. Ambrose blickte auf, sah Kitty und holte tief Atem. Und dann begann sie zu sprechen.

Kapitel 27

Ambrose und Eugene waren in Hochstimmung, und obwohl die Entführung des Rekordrichters misslungen war, lauschten die übrigen Insassen des Busses hingerissen Eugenes stolzem Bericht, wie Ambrose ihre Zuhörer mit ihren Entdeckungen in den Bann geschlagen hatte. Aber als Steve seine Fotos auf dem Display der Kamera zeigen wollte, winkte Ambrose ab. Schließlich hatte Eugene die Geschichte oft genug erzählt, und nun wandten sich alle Birdies bevorstehendem Wettgewinn zu.

Birdies Heimatort war wirklich sehr klein: Nadd lag am Fuß der Boggeragh Mountains und hatte eine Einwohnerzahl von gut hundertsiebzig Menschen. Im Ort gab es zwei Pubs – von denen einer auch als Pension diente und der andere sogar eine Dreifachfunktion als Kneipe, Laden und Wettbüro erfüllte –, eine Kirche und eine Schule. Am Ortsrand hatte man begonnen, eine Siedlung zu bauen, die junge Familien in die Gegend locken sollte, aber das Projekt war auf halbem Wege fallengelassen worden, und jetzt standen die pastellfarbenen Sommerhäuschen unfertig und mit eingeschlagenen Scheiben in der Gegend herum.

»Oh, da ist es, Birdie«, rief Mary-Rose, als sie am Wettbüro vorbeifuhren, und gab noch etwas Haarspray über Birdies bereits einwandfreie Frisur, wodurch Edward einen neuerlichen Hustenanfall bekam, was wiederum Molly sehr amüsierte.

Sie beschlossen, dass die meisten draußen warten würden, damit Birdie im Wettbüro ungestört war, doch die alte Dame bestand darauf, dass auch Kitty sie begleitete, was diese als große Ehre empfand. So hakte Birdie sich auf der einen Seite bei Molly, auf der anderen bei Edward unter, während Kitty und Steve – der unauffällig fotografierte –, sich dezent im Hintergrund hielten.

Das Wettbüro war ein kleiner Raum im O'Hara Pub. In der Mitte lag der einem Wohnzimmer nicht unähnliche Schankraum, rechts daneben der Zeitschriften- und Gemischtwarenladen, links das Wettbüro. Als Birdie mit ihrem Gefolge eintrat, hockten zwei Männer mit Tweed-Mützen und Tweed-Jacketts vor dem Fernseher; sie rochen, als hätten sie sich ein paar Wochen nicht gewaschen. Hinter einem Schalter mit Sicherheitsglas saß ein etwa dreißigjähriger Mann, der aufblickte und die Ankömmlinge neugierig musterte. Kitty hörte, wie Birdie scharf Luft holte. Vermutlich kannte sie den jungen Mann und wartete nun darauf, dass er eine Reaktion zeigte, doch als nichts dergleichen geschah, fasste sie sich rasch wieder.

»Mein Name ist Bridget Murphy«, stellte sie sich vor. Ihre Stimme zitterte etwas, und vor Aufregung hatte sie wieder einen deutlich stärkeren Cork-Akzent angenommen. »Ich habe vor siebenundsechzig Jahren bei Josie O'Hara eine Wette abgeschlossen und möchte mir jetzt meinen Gewinn auszahlen lassen«, erklärte sie.

Beim Zuhören wurde es Kitty ganz seltsam ums Herz. Wie oft hatte Birdie diesen Satz wohl schon zu sich selbst gesagt – als junges Mädchen, das dieser Enge entfliehen, aber auch beweisen wollte, dass es überleben konnte, später als junge Mutter, im mittleren und schließlich im hohen Alter –, wie oft hatte sie wohl an diesen Augenblick gedacht? Und nun war er gekommen.

Der junge Mann hinter dem Schalter stand auf. »Haben Sie den Wettbeleg dabei?«

Birdie holte die Plastikhülle aus ihrer Handtasche und schob sie mit zitternden Fingern unter dem Sicherheitsglas durch. Kitty fragte sich, ob das Zittern von der Aufregung kam oder ob es einfach dem Alter zuzuschreiben war. Es war ihr an Birdie bisher nie aufgefallen. Der junge Mann studierte den Beleg, schaute wieder zu Birdie, dann zu Molly und Edward, die sie flankierten, dann wieder auf den Zettel. Er lächelte. Dann fing er an zu lachen.

»Ich kann es nicht glauben«, sagte er. »Vor siebenundsechzig Jahren?«

Molly und Kitty grinsten, aber Edward fragte besorgt: »Aber sie bekommt doch ihr Geld, oder?«

Auf die Idee, man könnte Birdie ihre Gewinnsumme verweigern, war Kitty noch gar nicht gekommen, sie hatte sich lediglich gefragt, wie viel es bei all den Kurswechseln in der langen Zeit genau werden würde und ob für Birdies ursprüngliche Wette überhaupt die heute üblichen Regeln galten.

»Eine Wette bleibt eine Wette«, antwortete der Mann und grinste breit. »Wissen Sie, Josie war mein Urgroßvater«, fügte er aufgeregt hinzu. »Er ist gestorben, als ich noch klein war, aber ich werde ihn nie vergessen. Moment mal« – sein Lächeln verblasste, und er hielt sich den Beleg noch dichter vor die Augen. »Hundert zu eins?«, fragte er dann, nun offensichtlich doch geschockt.

Birdie nickte. »Ja, das waren die Bedingungen, die Josie mir gegeben hat.«

»Da muss ich … ich bin nicht sicher, ob das … ich hab nicht die Vollmacht, um … warten Sie doch bitte einen Augenblick.«

Damit nahm er den Beleg und verschwand durch die Tür.

»Bist du die Kleine von Thomas Flanagan?«, fragte einer der beiden alten Männer, der Birdie und ihre Gruppe schon die ganze Zeit unverwandt angestarrt hatte.

Birdie wandte sich um und musterte ihn. »Ja, die bin ich.«

»Himmel, Sean, schau dir das an, Thomas' Mädchen.«

»Hä?«, fragte der andere laut.

»Sie ist Thomas Flanagans Tochter«, rief der Mann.

Der andere fixierte Molly mit ihren blauen Haaren, die ihm sofort Misstrauen einflößten. »Ach wirklich?«

»Nicht sie, die andere!«, erklärte ihm der Erste und wedelte mit seinem krummen Zeigefinger. »Du bist das kranke Mädchen, richtig?«

Birdie errötete, und Kitty konnte sehen, dass das Stigma immer noch existierte.

»Und wer sind Sie überhaupt?«, fragte Molly.

»Paddy Healy. Der Sohn von Una und Paddy.«

Birdie kniff nachdenklich die Augen zusammen, während sie in ihrem Gedächtnis nach – teils absichtlich, teils zufällig – verlorenen und vergessenen Erinnerungen forschte. Auf einmal begann ihr Gesicht zu strahlen. »Die Straße runter?«

»Ja.«

»Rachels kleiner Bruder?«

»Genau der.«

Birdie sah ihn wieder an, und Kitty fand es schwierig, sich diesen alten Mann als kleinen Bruder von irgendjemandem vorzustellen.

»Rachel und ich sind zusammen in die Schule gegangen – wenn ich gerade mal in die Schule gehen durfte.«

Sein Gesicht wurde weich. »Sie ist vor ungefähr zehn Jahren gestorben.«

»Tut mir leid, das zu hören«, sagte Birdie, und ihr Lächeln verblasste.

In diesem Moment öffnete sich die Tür hinter ihnen, und eine laute Stimme verkündete: »Wir geben euch das Geld nicht!« Die Stimme gehörte einer Frau um die achtzig, mit der die Zeit jedoch nicht so gnädig gewesen war wie mit Birdie. Tief gebeugt stützte sie sich auf ihren Stock, ihr Haar war so struppig, dass es fast aussah wie Wolle, und an ihrem Kittelkleid klebten Hundehaare. Beine und Knöchel waren stark geschwollen, die Füße in ein Paar nagelneue Ecco-Gesundheitsschuhe gestopft.

»Wie bitte?«, erwiderte Molly barsch und baute sich vor der alten Frau auf, die ungefähr halb so groß war wie sie.

Birdie musterte sie aufmerksam von oben bis unten. »Mary O'Hara.«

Die Frau schniefte verächtlich. »Fitzgerald. Und du bist also noch am Leben.« Auch sie beäugte ihr Gegenüber prüfend.

»Ja, gesund und munter«, antwortete Birdie und straffte die Schultern. »Ich vermute, es ist deine Idee, mir das Geld nicht zu geben?«

Josies Urenkel machte ein schuldbewusstes Gesicht.

»Ja, ich habe hier das Sagen, und von mir bekommst du kein Geld.«

»Aber es war eine gültige Wette«, beharrte Birdie. »Und dein Vater hat immer zu seinem Wort gestanden.«

»Im Gegensatz zu dir«, erwiderte die alte Frau zornig, und es war unverkennbar, dass es hier um wesentlich mehr ging als um eine vor über sechzig Jahren abgeschlossene Wette.

»Ich hoffe, du nimmst die Sache nicht persönlich, Mary. Es ist lange her.«

»Du hast meinem Bruder das Herz gebrochen. Einmal gebrochen, immer gebrochen, es ist mir gleich, wie lange es her ist.«

Birdie wurde bleich. »Ist er … wie geht es …?«

»Er ist tot«, fauchte Mary so bösartig, dass sogar der junge Mann hinter ihr zusammenzuckte. Kitty merkte, dass Edward seine Großmutter enger an sich drückte, als könnte sie sich plötzlich nicht mehr aus eigener Kraft aufrecht halten.

»Warum, hast du gedacht, er wäre hier?«, fragte Mary und lachte, ein keuchendes Lachen, das in ein Husten überging. »Hast du gedacht, er wartet immer noch auf dich? Tja, das hat er nicht getan, er ist weggegangen, hat sein Leben gelebt, geheiratet, Kinder und Enkel bekommen.«

Birdie lächelte traurig. »Wann ist er … gestorben?«

Als Mary antwortete, war ihr Ton etwas weniger barsch, aber immer noch hasserfüllt. »Letztes Jahr.«

Schmerz und Trauer breiteten sich auf Birdies Gesicht aus, und sie verließ ohne ein weiteres Wort das Wettbüro.

»Und?« Mary-Rose stürzte sich sofort auf sie, als sie ins Freie traten.

Aber Kitty schüttelte so nachdrücklich den Kopf, dass keiner mehr eine Frage stellte.

Birdie machte einen desorientierten Eindruck, und sowohl Edward als auch Kitty sahen hilfesuchend zu Molly.

»Ich glaube, wir sollten ein bisschen frische Luft schnappen«, sagte die blauhaarige junge Frau, nahm Birdies Arm und führte sie sanft vom Wettbüro weg.

Die anderen beschlossen, in der Pension auf der anderen Straßenseite etwas zu essen. Es war ein kühler Abend, aber sie setzten sich trotzdem nach draußen in den Biergarten. Edward und Steve erklärten den anderen, was passiert war, und alle begannen darüber zu diskutieren, welche Möglichkeiten sie aus rein rechtlicher Sicht noch hatten. Edward, der ja Jura studierte, und Steve, der sich mit Wetten auskannte, stimmten darin überein, dass Birdie sich im Grunde nur auf ein Gentlemen's Agreement berufen konnte und keinerlei juristische Handhabe hatte. Die Stimmung sank. Kitty, frustriert und aufgeregt wegen Birdie, schämte sich, dass sie die anderen mit auf diese sinnlose Unternehmung geschleppt hatte. Am liebsten hätte sie sich einfach zurückgezogen, und als sie den O'Hara-Enkel am Eingang des Biergartens entdeckte, wie er sich suchend umschaute, ergriff sie die Chance, sich vom Tisch zu entschuldigen.

Rasch stand sie auf und eilte dem jungen Mann entgegen.

Es war nicht schwer, Birdie zu finden: Sie saß auf einer Bank an der Hauptstraße des Dorfs, starrte hinüber zu der kleinen Schule, in der ihr Vater Direktor und einziger Lehrer gewesen war, und zu dem Haus daneben, in dem sie aufgewachsen war. Kitty konnte sich lebhaft vorstellen, wie Birdie aus dem Fenster geschaut und sehnsüchtig die Kinder auf dem Schulhof beobachtet hatte, mit denen sie nicht spielen durfte, weil sie zu krank war oder weil zumindest ihr Vater ihren Zustand für zu angegriffen hielt.

Kitty setzte sich zu ihr. »Es tut mir so leid, Birdie. Ich hab einfach nicht richtig nachgedacht.«

Sofort erwachte Birdie aus ihrer Trance. »Was tut dir leid?«

»Dass ich dich hierhergebracht habe, überhaupt dieser ganze Ausflug. Ich hätte wissen müssen, dass das keine gute Idee ist. Für dich war es etwas ganz Persönliches, ich hätte mich da nicht einmischen dürfen.«

»Unsinn, Kitty, ich hatte einen wundervollen Tag. Wann sieht man denn schon mal vierhundert als Eier verkleidete Menschen auf einem Fleck?« Sie lachte. »Und es kommt auch nicht oft vor, dass ich zu so vielen Abenteuern gleichzeitig eingeladen werde. Das gilt übrigens für uns alle. Du hast etwas ganz Besonderes für uns getan, Kitty, vergiss das nicht. Du hast uns zusammengeführt. Es ist nicht deine Schuld, wenn nicht alles so läuft, wie wir es uns vorgestellt haben.«

Kitty freute sich über die freundlichen Worte, aber sie verfehlten ihre Wirkung, und das Gefühl, alle enttäuscht zu haben, wollte nicht verschwinden – kein Rekordrichter für Achar und Jedrek, kein Wettgewinn für Birdie. Wenigstens für Ambrose war der Tag ein Erfolg gewesen.

»Denk dran, es ging mir nicht um das Geld«, sagte Birdie mit einem kleinen Lächeln, obwohl es nicht mehr ganz so glaubwürdig klang wie beim ersten Mal. Natürlich glaubte ihr Kitty, dass es ihr vor allem wichtig gewesen war, hierher zurückzukehren und den Gespenstern ihrer Jugend noch einmal die Stirn zu bieten, aber heute hatten diese Gespenster gesiegt – an einem Tag, an dem doch Birdie hätte gewinnen sollen.

»Was hast du denn da?«, fragte Birdie und schaute auf den Wildblumenstrauß, den Kitty auf dem Weg hierher gepflückt hatte.

»Ach so, ja. Der junge O'Hara war vorhin da«, sagte sie. »Ich soll dir nämlich etwas sagen.«

Als sich ein leichter Nebel über die Ausläufer der Boggeragh Mountains senkte, ließ Birdie sich neben einem der Grabsteine nieder. Nach langer Suche hatte sie ihn gefunden, dicht bei der Kirche, nicht weit von der kleinen Schule und dem Haus, in dem sie aufgewachsen war, und nun legte sie Blumen auf das Grab ihrer ersten großen Liebe, Jamie O'Hara, den sie nicht so hatte lieben dürfen, wie sie es wollte, und den sie zurückgelassen hatte, als sie nach Dublin gezogen war, um den Fängen ihres Vaters und den Vorurteilen des Dorfes zu entrinnen. Sie hatte ein Versprechen abgelegt, eine Wette geschlossen, und nun war sie zurückgekehrt – doch leider war es für sie beide zu spät.

Kitty kehrte zu der Gruppe im Biergarten zurück, pickte in ihrer Portion Fish and Chips mit Erbsen und Tartare-Sauce herum und fragte sich verzweifelt, wie sie für bessere Stimmung sorgen könnte. Zuerst einmal bei sich selbst. Zwar unterhielten sich alle entspannt und ruhig, aber es fehlte einfach die gute Laune von vorhin im Bus.

»Es ist nicht deine Schuld«, sagte Steve leise.

Sie sah ihn unsicher an. »Ich schäme mich aber.«

»Wofür?«

»Weil ich alle hierhergeschleppt habe, weil …«

»Das ist nicht deine Schuld, Kitty«, wiederholte er und reichte ihr ein Glas Wein. »Und bitte schnarch heute Nacht nicht, sonst muss ich dich leider mit dem Kissen ersticken.«

»Ich schnarche nie.«

»O doch. Wenn du was getrunken hast, dann schnarchst du fast so laut wie mein Dad.«

»Stimmt doch gar nicht. Woher willst du das überhaupt wissen?«

Wieder fixierte er sie mit diesem Blick, der sie äußerlich erstarren und innerlich ganz weich werden ließ. »Ich weiß mindestens eine Gelegenheit, bei der du geschnarcht hast.«

Sie schluckte. »Das hat mir noch nie jemand gesagt.«

»Vielleicht waren die nie wach, wenn du geschlafen hast.«

Es war eine ganz einfache Bemerkung, die Kitty aber schon wieder mitten ins Herz traf, und sie konnte nur noch daran denken, dass sie in dieser Studentenbude bei Steve gelegen und mit dem Kopf auf seiner Brust geschlafen hatte, während er sie mit seinen langen schwarzen Wimpern und seinem Wuschelkopf beobachtete. Plötzlich hörte sie ein leises Klingeln, und als sie aufblickte, war Sam aufgestanden und klopfte an sein Glas.

»O nein, Sam«, stöhnte Mary-Rose. Ihr Gesicht war entschlossen und zeigte nicht die Spur eines Lächelns.

»Esmeralda«, sagte Sam in strengem Ton.

»Esmeralda?«, wiederholte Jedrek verwirrt. »Ich hab immer Mary-Rose zu ihr gesagt!«, rief er.

»Ignorieren Sie ihn einfach«, erwiderte Mary-Rose und schlug die Hände vors Gesicht. »Sam, es ist mein Ernst, hör auf damit.«

Aber Sam bemerkte wohl nicht, dass sie in einer ganz anderen Stimmung war als sonst, oder er merkte es schon, verstand es aber irrtümlicherweise als etwas, was er mit seinem Antragsspielchen beheben konnte. Kitty dagegen war fest überzeugt, dass das diesmal nicht klappen würde. Sie hatte bereits zwei Anträge miterlebt und hielt sich inzwischen für eine Expertin.

»Okay, gut«, beschwichtigte Sam die verwirrten Umsitzenden. »Esmeralda ist ein Kosename«, erklärte er. »Heißt es nicht übersetzt so was wie ›Schätzchen‹?«

»Nein«, fauchte Mary-Rose. »Überhaupt nicht.«

»Okay. Mary-Rose Godfrey«, sagte er mit einem theatralischen Lächeln. »Meine beste Freundin auf der ganzen Welt.«

»Hör auf, Sam.«

»Nein, ich kann nicht. Ich kann meine Gefühle für dich nicht zurückhalten. Ich kann nicht so tun, als wären wir einfach nur gute Freunde. An jedem Tag, den wir zusammen verbringen, fühle ich es in meinem Inneren, aber ich kann es dir nicht sagen.«

Kitty erstarrte. Bei seinen Worten wurde ihr mulmig. Und

wenn sie sich schon so fühlte, wie mochte es da erst Mary-Rose ergehen?

»Wir kennen uns schon, seit wir sechs Jahre alt sind. Als du am ersten Schultag in unsere Klasse spaziert bist, die Schuhe falsch rum an den Füßen, da wusste ich, du bist ein Mädchen, mit dem ich reden kann.«

Auf einmal fing Mary-Rose an zu lachen. »Stimmt«, sagte sie, ehrlich überrascht.

Also las Sam heute Abend nicht von seinem Skript ab. Meinte er es womöglich ernst?

»Und dann haben wir angefangen zu reden, und als wir uns darüber stritten, wer mit dem gelben Lego spielen darf, da hast du mich gezwickt, und der Lehrer hat dich ausgeschimpft, und du musstest in der Ecke stehen. Da habe ich gedacht, toll, das Mädchen hat Mumm. Ich möchte der Freund von diesem Mädchen sein – nicht dass ich eine Schwäche für Mädchen habe, die an Ecken rumstehen oder so«, endete er, und alle lachten. Alle außer Mary-Rose. Sie lächelte nicht mal, aber nicht, weil sie sich schämte, sondern weil sie traurig war, das sah man ihr deutlich an. Sams Worte berührten sie, aber so hart an der Schmerzgrenze, dass Kitty plötzlich doch an seiner Glaubwürdigkeit zweifelte. Sie sah, dass es Mary-Rose ebenso ging, denn sie hob das Kinn und musterte ihn skeptisch.

»Die ganze Schulzeit über waren wir Freunde, obwohl deine Mutter dich später auf die Klosterschule geschickt hat und du sechs Jahre deines Lebens diesen wenig schmeichelhaften knielangen braunen Rock und Kniestrümpfe tragen musstest. Und ich konnte gut damit umgehen, dass du meine Freundin bist, aber in den letzten Monaten, als ich …« Er sah sie an.

»Ist das jetzt echt?«, flüsterte Steve Kitty zu, und sie bekam wieder eine Gänsehaut.

»Ich weiß es ehrlich nicht«, antwortete sie ebenfalls flüsternd, so dicht an seinem Ohr, dass ihre Lippen sein Ohrläppchen berührten. Sofort durchzuckte sie ein elektrisches Kribbeln.

Einen Moment war sie abgelenkt von ihren eigenen Gefühlen, aber dann versuchte sie, sich wieder auf das Drama ihr gegenüber zu konzentrieren.

Sam ging zu Mary-Rose, ein paar Leute standen auf und verfolgten das Schauspiel mit angehaltenem Atem. Anscheinend glaubten alle, dass das, was sich hier abspielte, real war.

»Mary-Rose Godfrey, du bist meine beste Freundin, seit wir Kinder waren, aber ich kann es nicht länger verbergen: Ich bin total in dich verliebt. Ich weiß, das scheint jetzt vielleicht übertrieben und schrecklich dramatisch. Aber ich weiß, dass wir richtig füreinander sind. Willst du … willst du mich heiraten?«

Mary-Roses Augen leuchteten auf, Tränen glitzerten in ihnen. Sie sah hingerissen, entzückt und absolut glücklich aus, und jetzt glaubte sogar Kitty, dass alles wahr war und dass Sam es vollkommen ernst meinte.

Der ganze Garten applaudierte, und dann folgte die obligatorische Stille. Doch während alle klatschten und jubelten und sich gegenseitig anlächelten, verpassten sie Sams Zwinkern, das auf Kitty denselben Effekt hatte wie auf Mary-Rose. Das Zwinkern zerstörte die Illusion und machte klar, dass nichts von alldem echt gewesen war.

Blitzschnell war Mary-Roses Lächeln verschwunden.

»Nein«, sagte sie in die Stille hinein.

Alle schnappten nach Luft.

»Nein?«, wiederholte Sam unsicher und versuchte, ihren Gesichtsausdruck zu entziffern.

»Nein«, wiederholte Mary-Rose mit Nachdruck, und eine Träne rollte langsam über ihre Wange.

»Ist das jetzt echt?«, fragte Steve wieder. Kitty und er saßen so dicht beieinander, dass die Wärme, die sein Körper ausstrahlte, sie trotz der Abendkühle warm hielt.

Auch in Ambroses Gesicht spiegelte sich der Schock, und sie griff instinktiv nach Eugenes Hand. Überrascht folgte er ihrem Beispiel und legte schützend den Arm um ihre Schulter.

»Bitte hör auf damit, Sam«, sagte Mary-Rose mit erstickter Stimme, und auf einmal weinte sie richtig.

»Was?«, fragte er, und jetzt war es kein Spiel mehr.

Mary-Rose stand auf und verließ den Biergarten.

Bestürztes Schweigen breitete sich am Tisch aus.

»Pech gehabt, Kumpel«, sagte Archie und klopfte Sam auf den Rücken, was er durchaus aufmunternd meinte.

Sam sah Kitty mit großen Augen an. »Was zum …?«

»Ich rede mit ihr«, sagte Kitty. Zwar widerstrebte es ihr zutiefst, sich von Steve zu entfernen, aber sie wusste, dass es richtig war. Sie fand Mary-Rose im Nebenraum des Pubs, das Gesicht in den Händen verborgen.

»O Gott, was hab ich getan?«, schluchzte sie. »Ich konnte nicht mehr, Kitty, ich konnte mir das einfach nicht mehr anhören. Jedes Mal hoffe ich, dass es echt ist, und weiß dabei doch, es ist nur Theater.«

Kitty nahm sie in den Arm, drückte sie an sich, sagte aber nichts, sondern gab nur beschwichtigende Laute von sich.

»Jetzt hab ich die Katze aus dem Sack gelassen«, schluchzte sie in Kittys Schulter. »Und er weiß Bescheid. Wie kann ich ihm jemals wieder unter die Augen treten?«

»Hey, Mary-Rose, das war der beste Auftritt, den wir je hatten!«, hörten sie da auf einmal Sams Stimme. Kurz darauf trat er ins Zimmer und ließ sich neben ihr auf einen Stuhl sinken. »Hey, was ist denn los? ‚Jetzt kannst du aufhören, Theater zu spielen, du hast alle überzeugt. Auf mich warten schon zwei Bier. Mitleids-Pints. Ist mir noch nie in den Sinn gekommen. Hübsche Idee übrigens, ich wäre fast drauf reingefallen. Woher hast du die?« Er lachte.

Mary-Rose hob den Kopf von Kittys Schulter und sah ihn verwirrt an.

»Ich glaube, ich lasse euch zwei jetzt lieber mal allein«, sagte Kitty und stand auf.

»Nein, das ist doch nicht nötig«, rief Mary-Rose nervös.

»O doch«, beharrte Kitty und versuchte, ihr mit Blicken ein ›Sag es ihm!‹ zu übermitteln.

Als Kitty auf dem Weg nach draußen war, klingelte ihr Handy.

»Tut mir leid, dass ich so spät noch anrufe, aber ich weiß, dass ihr alle noch auf seid, ich hab gerade mit Eva gesprochen.« Es war Gaby, die so laut redete, dass Kitty ihr Telefon leiser stellen musste.

»Hi, Gaby, kein Problem«, antwortete sie dann. »Alles läuft prima.«

»Gut, gut, aber deshalb rufe ich nicht an. Es geht um das Buch, das Sie mir gegeben haben, mein Boss hat es heute gelesen.«

»Das ging aber schnell«, lächelte Kitty, setzte sich und freute sich auf den Augenblick der Rache. »Ich hoffe, ich hab seine Geduld nicht zu sehr auf die Probe gestellt, es war ja nur ein Gefallen für einen Freund.«

»Tja, Ihr Freund wird sich freuen, denn es gibt gute Nachrichten für ihn – mein Boss findet das Buch echt toll. Krimis haben zurzeit Hochkonjunktur, und er möchte so bald wie möglich Kontakt zu Ihrem Freund aufnehmen.«

Kapitel 28

Kitty war so überrumpelt, dass sie kein Wort herausbrachte. Das war nun überhaupt nicht das Ergebnis, das sie sich erhofft hatte. Richies Roman hätte in Bausch und Bogen abgewiesen werden sollen, am besten mit einem bösen Brief, den sie ihm persönlich vorbeibringen konnte. Das hätte ihn bestimmt ebenso tief verletzt, wie er sie verletzt hatte. Aber es lief alles schief. Wie konnte es sein, dass Gabys Chef dieses Buch mochte? Richie würde sein Buch veröffentlichen, und das sollte ihre Rache sein?

Da Kitty ein bisschen Zeit für sich brauchte, um ihr Rache-Debakel zu verdauen, den morgigen Tag zu planen und darüber nachzudenken, was die heutigen Ereignisse für ihren Artikel bedeuteten, zog sie sich in ihr Zimmer zurück. In dem kleinen Raum gab es zwei Betten und ein Waschbecken in der Ecke. Die Toilette am Ende des Flurs teilten sie sich mit den anderen Gästen. Aber statt ihre Probleme zu sortieren, waren ihre Gedanken ständig mit Steve beschäftigt, damit, dass sie zusammen in einem Zimmer übernachten würden, wie aufgeregt sie war. Zwar erwartete sie nicht ernsthaft, dass etwas passierte, aber sie musste schon zugeben, dass sich zwischen ihnen in den letzten Tagen eine Menge verändert hatte. Oder bildete sie sich das womöglich nur ein? Projizierte sie ihre eigenen Gefühle auf ihn, und das, was er für sie empfand, hatte sich gar nicht verändert? Kittys Erfolgsbilanz bei Männern war in letzter Zeit alles andere als positiv gewesen. Früher war sie gelegentlich mit ganz netten Typen verabredet gewesen, aber in den letzten Wochen hatten ihre Bedürftigkeit und ihr Wunsch nach Anerkennung sie ganz offensichtlich in die Arme der falschen Männer getrieben – man brauchte ja nur an Richie und Pete zu denken. Aber ihre Gefühle für Steve kamen ihr nicht falsch vor. Steve war ein grundsolider Mensch, der immer für sie da gewesen war, sie kannte ihn ziemlich gut und musste nicht damit rechnen, dass er sie morgens beim Aufwachen plötzlich mit einer Frau und vier Kindern oder einer Vorliebe für Prostituierte überraschte. Sie wusste alles über ihn, wirklich *alles*.

Es klopfte an der Tür, und sie hörte Steve ihren Namen rufen. Prompt begann ihr Herz zu rasen, und sie konnte kaum noch einen klaren Gedanken fassen.

Zögernd öffnete sie die Tür.

»Alles klar bei dir?«, fragte Steve und sah sie etwas seltsam an.

»Ja, warum?«, piepste sie.

»Weil du dich anscheinend aus irgendeinem Grund in einen Piepsvogel verwandelt hast«, meinte er und kam herein. »Wie ist es denn hier so?« Er schaute sich im Zimmer um, setzte sich auf das linke Bett, hopste ein bisschen, und es quietschte fürchterlich.

Sie grinsten sich an, aber dann musste Kitty schnell wegschauen, weil sie sich vorkam wie ein verknalltes Schulmädchen.

»Was ist denn los?«, fragte er leise, und sie setzte sich ihm gegenüber auf das andere Bett.

»Ich hab gerade einen blöden Anruf bekommen.«

Er sah sie besorgt an.

»Ich hab das Romanmanuskript von einem Bekannten an einen Verlag geschickt, um ihn zu überraschen, und … na ja, es ist nicht so gelaufen, wie ich es mir gewünscht habe.«

»Aber in dieser Branche sind Absagen doch normal. Du musst deinem Freund sagen, dass er sich daran gewöhnen soll.«

»Das Manuskript ist nicht abgewiesen worden. Und es war auch kein Freund«, entgegnete sie dumpf.

»Wer war es denn?«

»Richie Daly«, antwortete sie düster. »Mach schon, sag ruhig, du hast mich gewarnt. Erzähl mir, dass ich ein schrecklicher

Mensch bin, dass ich es nicht hätte tun sollen. Ich weiß das alles selbst, okay? Aber ich hab seinen USB-Stick gefunden, ich wusste, dass sein blöder Roman drauf war, mit dem er so angegeben hat, und hab einfach angenommen, es ist genauso ein Haufen Mist wie sein sonstiges Geschreibsel, und ich kann ihm einen schönen Absagebrief präsentieren. Also bin ich ein schlechter Mensch, ich weiß.«

Steves Mundwinkel zuckten.

»Denk … nicht … mal … dran …«

Er grinste breit.

»Das ist nicht lustig.«

»Irgendwie schon.«

»Nein, Steve, es ist nicht lustig«, protestierte Kitty, aber sein Gesichtsausdruck war so komisch, dass sie lachen musste. »O Gott, ich kann mich nicht mal mehr ordentlich rächen, ich hab es verlernt, ich kann nicht mehr gemein sein, und es ist alles deine Schuld.«

»Wirklich?«

Sie schluckte und wollte ihm nicht in die Augen sehen. »Na ja, eigentlich nicht, obwohl du sehr überzeugend warst, als du mir erklärt hast, was für ein Mensch ich geworden bin. Da ist mir klargeworden, dass ich das schlecht aushalte, also, hm, na ja … was du denkst, ist nämlich wichtig für mich.« Wieder schluckte sie schwer, und dann beschloss sie, den Stier bei den Hörnern zu packen. »Genaugenommen bist *du* mir wichtig.«

Und schon wieder hatte er diesen Blick. O Gott, dieser Blick. Schon wieder schmolz sie innerlich dahin.

In diesem Moment klopfte es an der Tür.

»Kümmer dich nicht drum«, sagte Steve bestimmt, und Kitty hatte keine Einwände. Was immer er wollte, was immer er sagte.

Aber das Klopfen hörte nicht auf.

Steve schüttelte stumm den Kopf.

Kitty saß da, und auf einmal fing sie an zu grinsen.

»Hey, Leute«, ertönte Sams Stimme. »Seid ihr da drin?«

Jetzt musste Kitty aufstehen, sie konnte nicht anders, aber Steve stürzte sich auf sie, warf sie aufs Bett und hielt sie fest.

»Ich hab dir doch gesagt, du sollst dich nicht von der Stelle rühren«, flüsterte er. Seine Haare hingen ihr ins Gesicht und kitzelten sie; seine Nase war direkt über ihrer.

»Äh, wenn ihr da drin seid – ich wäre echt dankbar für eure Hilfe«, sagte Sam. Er klang echt besorgt. Kitty sah kurz zur Tür und dann zu Steve hoch.

»Ich glaube, es war mir lieber, als du noch die fiese Reporterin warst«, flüsterte er und kletterte von ihr herunter.

Sie lachte und zupfte ihre Klamotten zurecht, bevor sie die Tür aufmachte.

»Sam, hi«, sagte sie. »Entschuldige die Verzögerung.«

Sam blickte von Kitty zu Steve, war aber so in sein eigenes Dilemma vertieft, dass ihm nichts auffiel. Er kam geradewegs ins Zimmer.

»Gehe ich recht in der Annahme, dass du mit Mary-Rose gesprochen hast?«, fragte Kitty.

»Wusstest du etwa Bescheid?«

»Na ja, sie hat mir nie etwas gesagt, aber ich hab es gemerkt.«

»Was hast du gemerkt?«, fragte Steve. Er lag jetzt auf seinem eigenen Bett.

»Dass sie Gefühle für Sam hat.«

»O ja, das hab ich auch gemerkt.«

»Wirklich?«

»Na klar, das ist doch ganz offensichtlich.«

»Scheiße.« Noch immer unter Schock, setzte Sam sich auf Kittys Bett. »Ich bin so ein Idiot. Ich kann nicht glauben, dass ich das alles gesagt habe, ich hatte doch keine Ahnung…«

»Was hast du ihr denn gesagt?«, fragte Kitty, jetzt doch etwas besorgt.

»Na ja, was sollte ich sagen? Ich hatte keine Ahnung. Ich war so überrascht, ich hab nur gesagt, dass ich mir das alles durch den Kopf gehen lassen muss.«

Steve sog hörbar die Luft ein.

»Durch den Kopf gehen lassen?«, wiederholte Kitty.

»Was hätte ich denn sonst sagen sollen?« Sam schaute von einem zum anderen.

»Dass du genauso empfindest«, schlug Steve vor, aber er sah nicht Sam, sondern Kitty dabei an.

»Aber ich weiß nicht, ob das stimmt. Ich meine, ich finde sie toll, sie ist meine beste Freundin, ich würde alles für sie tun, aber an so was hab ich einfach nie gedacht.«

»Tja, dann fang mal besser damit an, Mann«, sagte Steve.

»Aber ist es denn möglich, für uns, als Freunde …«

»Ja«, antworteten Steve und Kitty wie aus einem Mund, wechselten einen Blick und lächelten.

Wieder schaute Sam sie an, musterte sie, und Kitty dachte schon, er hätte endlich begriffen, was hier los war, und würde sie in Frieden lassen. Aber nichts dergleichen. »Könnte ich heute Nacht vielleicht hier schlafen und du bei Mary-Rose, Kitty?«, fragte er. »Sie lässt mich nicht ins Zimmer, und sonst ist nichts mehr frei.«

Am liebsten hätte Kitty sich die Ohren zugehalten. Sie wollte ablehnen, sie war frustriert, denn es hätte in dieser Nacht, in diesem schrecklich quietschenden Bett so viele Möglichkeiten gegeben. Sie sah Steve an, der den Kopf unter ein Kissen gesteckt hatte und keinen Ton von sich gab. Sie musste lachen.

»Na klar, Sam. Du kannst mein Bett haben. Aber schnarch nicht, sonst bringt dein Zimmergenosse dich um.«

Als sich die Ereignisse des Tages in Kittys Kopf allmählich beruhigten und sie kurz vor dem Einschlafen war, drang plötzlich laute Musik an ihr Ohr, und sie fuhr auf.

Sie schaute zu Mary-Rose hinüber, die lange und ausführlich geweint hatte, nun aber tatsächlich eingeschlafen war, erhob sich leise und tappte über die knarrenden Dielen zum Fenster hinüber.

»Mary-Rose«, zischte sie ihrer schlafenden Zimmergenossin zu, als sie sah, was draußen los war. »Wach auf, das musst du dir ansehen!«

Benommen richtete Mary-Rose sich auf, stützte sich auf die Ellbogen und schaute sich verwirrt im Zimmer um.

»Schau doch mal!« Kitty war richtig aufgeregt.

Jetzt bemerkte auch Mary-Rose die Musik, kletterte aus dem Bett und stellte sich neben Kitty ans Fenster. Auch bei ihr dauerte es einen Moment, bis sie begriff, was da vor sich ging, aber dann breitete sich ein Lächeln auf ihrem Gesicht aus.

»Komm, wir gehen runter.«

Hastig schlüpfte Kitty in ihre Klamotten und rannte nach draußen auf die Straße. Die Nacht war still, nichts rührte sich in der kleinen Ortschaft, die Menschen lagen zu Hause in ihren Betten und schliefen. Am Himmel über ihnen schimmerten Millionen von Sternen.

Der Bus von St. Margaret's stand nicht mehr auf dem Parkplatz, sondern mitten auf der Straße, die er größtenteils blockierte, aber zum Glück gab es ja keinen Verkehr. Der Motor lief, die Fenster waren heruntergelassen, und die Scheinwerfer strahlten direkt in den alten Ballsaal. Die Türen der ehemaligen Scheune, in der zu Birdies Zeiten so viele Tanzabende stattgefunden hatten, standen weit offen, und ein Geruch nach Staub und Feuchtigkeit lag in der Luft.

Und dort in den Schatten tanzte Birdie – mit geschlossenen Augen, das Gesicht zum Himmel emporgewandt, die Arme leicht angehoben, als hielte sie einen unsichtbaren Partner, drehte und wiegte sie sich zu den Klängen von Ella Fitzgeralds und Louis Armstrongs *Dream a little dream of me.*

Am Steuer des Busses saß Eva, hielt das Mikrofon vor den Lautsprecher des CD-Players, neben den Scheinwerfern standen Edward und Molly.

Kitty war hingerissen von der Szene, die sich da vor ihren Augen entfaltete, doch nach einer Weile ließ sie Mary-Rose, die ebenfalls wie verzaubert dastand, allein und kletterte in den Bus.

»Haben Sie das gemacht?«, fragte sie Eva leise.

»Birdie hat mir erzählt, dass sie und Jamie oft nachts zum Tanzen in die Scheune eingebrochen sind. Dieses Lied war ihr Lieblingssong. Es ist ein verspätetes Geburtstagsgeschenk«, erklärte sie, und ihre Augen wurden feucht, als sie wieder zu Birdie hinübersah, die allein in dem alten Ballsaal tanzte.

Plötzlich bemerkte Kitty, dass auch Molly und Edward sich im Arm hielten und sich in der Dunkelheit langsam zu der Musik drehten. In diesem Moment ahnte sie, dass sie Zeuge von Evas besonderem Zauber geworden war.

Kapitel 29

Am nächsten Morgen hatte sich die Stimmung merklich gebessert. Zwar saßen Mary-Rose und Sam beim Frühstück nicht nebeneinander, aber dafür schienen Ambrose und Eugene sich ausgesprochen wohlzufühlen. Obwohl Ambrose die Anwesenden kaum eines Blickes würdigte, wechselte sie immerhin ein paar Worte mit Regina. Auch Archie und Regina hatten sich ein Zimmer geteilt, und den anderen entging nicht, wie vertraut sie auf einmal miteinander umgingen und wie sie sich ansahen, wenn sie sich unbeobachtet glaubten. Kitty jedoch fühlte sich Steve gegenüber ein wenig befangener als sonst und wusste nicht recht, wie sie sich verhalten sollte, nachdem ihr Gespräch gestern Abend so abrupt unterbrochen worden war. Aber ihre Verlegenheit war bei der ganzen Aufregung wegen Achars und Jedreks großem Tag leicht zu überspielen. Die beiden aßen ein gutes, gesundes Frühstück, und Archie stärkte ihre Moral, wo er nur konnte. Offensichtlich hatte er sich fest vorgenommen, seinem Vorhaben treu zu bleiben, und denen, deren Gebete er hörte, so gut er konnte zu helfen. Zwar verfügte Kitty nicht über seine Gabe, aber es war nicht schwer zu erraten, worum Achar und Jedrek heute früh beteten. Steve und Sam waren während des ganzen Frühstücks in ein ernsthaftes Gespräch versunken, und auch im Bus setzten sie sich gleich nebeneinander und redeten weiter. Kitty hätte zu gern gewusst, worum es ging, und wenn sie Steve gegenüber nicht so verunsichert gewesen wäre, hätte sie sich wahrscheinlich auch eingemischt. Birdie war nach ihrem Ausflug in die Vergangenheit und ihrem dank Eva unvergesslichen Geburtstag offensichtlich in Hochstimmung, und es schien ihr wenig auszumachen, dass sie ihren Wettgewinn nicht bekommen hatte. Allerdings hing sie zwischendurch immer wieder ihren eigenen Gedanken nach und schloss sich der Unterhaltung der anderen nur sehr sporadisch an.

Gerade als sie in den Bus steigen wollten, kam der junge O'Hara mit einem großen Umschlag in der Hand aus dem Wettbüro.

»Bridget!« , rief er. »Bridget Murphy!«

Birdie hielt inne und wandte sich ihm zu. Sofort war Edward an ihrer Seite, und auch Kitty blieb in der Nähe.

»Gut, dass ich Sie noch erwischt habe! Ich musste heute Morgen eine Menge Überzeugungsarbeit leisten«, erklärte er, atemlos und mit rotem Gesicht. »Es tut mir sehr leid wegen gestern. Meine Großmutter kann wirklich … na ja, sie ist einfach manchmal sehr eigensinnig. Wir alle lieben ihre Familienloyalität, aber gelegentlich übertreibt sie es ein bisschen. Und ich habe schließlich auch eine Verpflichtung meinem Urgroßvater gegenüber. Ich weiß, dass er sehr geizig war und keinen Sinn für Großzügigkeit hatte, aber er hat sein Geschäft ernst genommen und immer Wort gehalten. Wenn er eine Wette mit Ihnen abgeschlossen hat, dann würde er wollen, dass Sie auch den Gewinn bekommen, der Ihnen zusteht. Ich hoffe, Sie nehmen das Geld an – Ihren Wettgewinn, zusammen mit meiner größten Hochachtung.«

Birdie sah ihn fassungslos an.

»Ich hatte eine sehr enge Beziehung zu meinem Großvater Jamie. Und er hat oft von Ihnen gesprochen«, fuhr er fort.

Tief bewegt schlug Birdie die Hände vor den Mund und umfasste dann behutsam das Gesicht des jungen Mannes. Er wurde noch röter. »Sie sind ihm so ähnlich. Als ich Sie gestern gesehen habe, dachte ich einen Moment …«

»Ja, alle sagen, dass zwischen uns eine große Familienähnlichkeit besteht«, sagte er, und seine Wangen glühten.

»Danke«, flüsterte Birdie. »Gott sei mit Ihnen.«

»Danke«, sagte auch Edward.

Kitty half Birdie beim Einsteigen, und als die anderen den Umschlag sahen, jubelten alle, und schlagartig waren sie wieder in Feierstimmung.

»Beeilung, Studikopf!«, rief Molly, aber ihr Ton hatte sich völlig verändert. Als Edward sie ansah, war Kitty sicher, dass sich zwischen den beiden etwas entwickelte. Und das freute sie so, dass sie am liebsten Luftsprünge gemacht hätte.

Kurz nachdem sie losgefahren waren, schlängelte sich Regina zwischen den Sitzreihen zu Kitty durch und setzte sich neben sie.

»Hallo«, sagte sie schüchtern. »Wir hatten noch gar keine Gelegenheit, uns zu unterhalten.«

»Ja, tut mir leid.«

»Oh, Sie haben ja auch viel wichtigere Gespräche zu führen«, meinte Regina verständnisvoll. »Für Ihren Artikel. Ich will Sie auch gar nicht lange stören, ich möchte mich nur bei Ihnen bedanken.«

»Nichts zu danken, es freut mich, dass Sie uns begleitet haben.«

»Ich meine nicht die Fahrt, obwohl ich natürlich auch dafür dankbar bin. Archie hat gesagt, Sie haben unser Zimmer bezahlt, das ist wirklich nett von Ihnen.« Sie schaute auf ihre Hände hinab, schmale, kleine Hände, die aussahen wie Puppenhände. »Aber eigentlich wollte ich Ihnen danken, dass Sie Archie geholfen haben. Er hat mir erzählt, dass Sie ihm gesagt haben, er soll mich ansprechen.«

»Dafür brauchte es nicht sehr viel Überredungskunst«, lächelte Kitty. »Jedes Mal, wenn ich ihn getroffen habe, hatte er nur Augen für Sie.«

Regina errötete.

»Nun, weil Sie ihm geholfen haben, hat er mir geholfen, und dafür bin ich wirklich sehr dankbar«, erklärte sie.

»Hat er Ihnen von seiner … seiner Fähigkeit erzählt?« Kitty

wusste nicht recht, wie sie Archies Gabe, die ja auch ein Fluch sein konnte, bezeichnen sollte. Wenn es ihm geholfen hatte, Regina kennenzulernen, und wenn ihn das glücklich machte, dann war es schon eine Gabe, aber Kitty beneidete ihn trotzdem nicht darum.

»Ja, das hat er. Ich habe seine Lebensgeschichte gehört, und er ist ohne jeden Zweifel ein ganz besonderer Mann«, sagte sie, und es klang, als wäre sie nicht ganz überzeugt, dass sie auch den Rest glauben konnte.

»Er hat eine Menge durchgemacht«, stimmte Kitty ihr zu. »Darf ich Ihnen eine persönliche Frage stellen? Natürlich müssen Sie mir Ihre eigene Geschichte nicht erzählen, aber … es würde mich interessieren, ob Archie recht hatte mit Ihnen.«

»Mit meinen Gebeten?«

»Ja. Er hat gesagt, dass Sie einfach nur dasitzen und ›bitte‹ sagen.«

»Ich war mir dessen nicht bewusst«, antwortete sie und blickte wieder auf ihre Hände. »Aber ich glaube, das habe ich wirklich gedacht.«

Kitty nickte, und obwohl sie furchtbar gern mehr erfahren hätte, wollte sie Regina nicht bedrängen. Archie gehörte in ihren Artikel, nicht Regina. Aber Constance hatte auch sicher recht gehabt mit ihrer Behauptung, dass das Interesse für Menschen Kittys zweite Natur war.

»Ich hab in einer Beziehung gelebt«, sagte Regina unvermittelt, als Kitty schon gar nicht mehr damit gerechnet hatte. »Sehr lange.« Auf einmal hatte ihr Gesicht wieder den gehetzten Ausdruck, den Kitty aus dem Café kannte. »Aber dann wollte mein Partner die Beziehung auf einmal nicht mehr. Ganz plötzlich. Von einem Tag auf den anderen. Er hat es mir nie erklärt. Er sagte, das spielt keine Rolle, aber …« Sie zuckte die Achseln. »Ich hatte Schwierigkeiten, ihn gehen zu lassen. Er ist ausgezogen, hat seine Handynummer geändert, sich einen neuen Job gesucht – er verschwand sozusagen einfach vom Erdboden. Aber dann habe ich ihn eines Tages in diesem Café gesehen, als ich zufällig dort vorbeikam, und ich bin so erschrocken, dass ich nicht zu ihm reingehen konnte, ich war noch nicht bereit, ihm das zu sagen, was ich ihm sagen wollte. Also ging ich weiter, aber als ich um die Ecke bog, überlegte ich es mir anders, drehte um und ging zurück. Aber er war weg. Nirgends sonst hab ich ihn je gesehen, unsere gemeinsamen Bekannten hatten auch keinen Kontakt mehr zu ihm. Es war, als hätte er so eine Art Schub gehabt, ist einfach aus seinem alten Leben ausgestiegen und hat ein neues angefangen. Er wollte verschwinden, und in diesem Café habe ich ihn gefunden. Nur hab ich es leider nicht geschafft, zu ihm zu gehen. Ich dachte, vielleicht würde er irgendwann wieder dort auftauchen. Dass er vielleicht regelmäßig dort war. Also ging ich immer wieder hin. Er ist nie aufgetaucht, aber ich konnte keinen Tag auslassen, denn ich dachte immer, womöglich kommt er ausgerechnet heute. Und dann konnte ich nicht mehr damit aufhören. Monate verstrichen. Selbst wenn ich versuchte, meinen Tee anderswo zu trinken, war es, als würde mich etwas magisch in dieses Café ziehen, und am Ende landete ich wieder dort. Ich weiß, das klingt sonderbar.« Sie sah Kitty unruhig an. »Meine Familie hat sich riesig Sorgen um mich gemacht, und ich wusste ja auch, dass mein Verhalten nicht normal war, aber ich konnte einfach nicht anders. Es war die einzige Verbindung, die ich noch zu ihm hatte. Deshalb ging ich hin und hoffte weiter, jedes Mal von neuem. Ich habe immer an das Schicksal geglaubt, an die Vorbestimmung. Und an alle möglichen anderen Dinge, an die die meisten Leute, die ich kenne, nicht glauben. Ich dachte, es wäre ein Zeichen, dass ich ihn einmal dort gesehen hatte, dass es bedeutete, ich würde ihn dort wiedersehen. Aber jetzt verstehe ich den Sinn des Ganzen gar nicht mehr. Es ist inzwischen ein Jahr her, und er war kein einziges Mal mehr da«, endete sie, offensichtlich beschämt.

»Sie sind Archie dort begegnet«, sagte Kitty, völlig fasziniert von dieser Frau und ihrer Geschichte. »Das war der Sinn des

Ganzen. Zwar sind Sie wegen Ihrem früheren Partner immer wieder dorthin zurückgegangen, aber vielleicht nicht, um ihn zu finden, sondern um Archie zu begegnen. Wenn es so etwas wie einen Wink des Schicksals oder eine Vorbestimmung gibt, dann das.« Obwohl Kitty gar nicht an solche esoterischen Dinge glaubte, meinte sie es absolut ehrlich.

Regina sah sie an, als wäre sie noch nie auf diese Idee gekommen, und auf einmal begannen ihre Augen zu strahlen. »Meinen Sie das wirklich?«

»Na ja, ich weiß es natürlich nicht mit Sicherheit, aber es hört sich für mich so an. Wenn Sie nicht durch Ihren früheren Partner in dieses Café geführt worden wären, na ja, dann hätten Sie Archie womöglich nie getroffen, richtig?«

Regina lächelte sie an, ihre Schultern entspannten sich, und langsam schien sie den Gedanken zu akzeptieren. »Stellen Sie sich vor, heute war der erste Morgen seit einem Jahr, an dem ich nicht im Brick Alley Café war«, gestand sie leise.

»Und wie fühlt sich das an?«

Sie dachte kurz nach, wollte offensichtlich etwas sagen, entschied sich aber anders und schwieg.

»Aber ganz ehrlich«, mahnte Kitty, und Regina lächelte wieder.

»Na ja, wenn ich ehrlich bin, dann denke ich, dass er heute dort war, im Café.«

Auf diese Antwort war Kitty nicht gefasst.

»Was denken Sie?«, fragte Regina.

Kitty überlegte, dachte an Murphys Gesetz und an Wahrscheinlichkeiten, und sie konnte unmöglich lügen. »Ich denke, Sie haben wahrscheinlich recht.«

Regina nickte, nickte noch einmal und sah hinüber zu Archie, der Achar und Jedrek gerade Atem-Tipps gab. »Aber ich bin froh, dass ich hier bin«, sagte sie.

»Und ich bin auch froh, dass Sie hier sind, Regina«, erwiderte Kitty lächelnd.

»Wir sind da!«, verkündete Molly, und alle fingen an, als Anfeuerung für Achar und Jedrek mit den Füßen zu stampfen. Inzwischen sah man den beiden ihre Aufregung ziemlich deutlich an.

Eva erledigte rasch noch ein paar Telefongespräche, bei denen es vermutlich um die Geschenke für George Webb ging, und allmählich wurde es ernst.

»Keine Sorge, Jungs, wir haben noch eine ganze Stunde«, meinte Archie beruhigend. Inzwischen war es fast, als gehörte er zum Team. »Selbst wenn der Rekordrichter nicht kommt, kriegen wir das hin.«

Da das Wetter an diesem Maitag wunderschön sonnig war, hatten sie vorgehabt, zusammen einen Spaziergang am Hafen von Kinsale zu machen, während Jedrek und Achar sich auf den Rekordversuch vorbereiteten, aber als das Brautpaar Eva entdeckte, lief alles anders. Zu Kittys Erleichterung waren das Hochzeitsmahl und die Ansprachen bereits vorbei, und die Gäste nahmen gerade Platz zum Kuchenessen. Ihr Zeitplan für die Rückfahrt nach Dublin war recht eng, spätestens um drei mussten sie unterwegs sein.

»Bringen Sie Ihre Freunde doch einfach mit«, schlug die Braut – Georges Schwester – vor, als das Brautpaar Eva und Kitty an der Tür zum Hochzeitsempfang begrüßte.

»O nein, das geht doch nicht«, protestierte Eva. »Wir sind so viele, und die anderen erwarten auch gar nicht, eingeladen zu werden.«

»Wie viele sind Sie denn?«

»Vierzehn Leute, deshalb ist es doch …«

»Hallo-ho!«, fiel die Braut Eva ins Wort und winkte einem verschwitzten Angehörigen des Personals zu, der drei Kameras in der Hand hielt und sich bemühte, ein Dutzend fröhlicher Familienmitglieder auf ein Gruppenfoto zu bannen. »Können wir bitte noch einen Extratisch im Bankettraum aufstellen?«, rief sie so munter, als gäbe es nichts Unkomplizierteres auf der Welt.

George Webb hatte eine hinreißende Villa an der Mündung des Bandon River, direkt am Kinsale Harbour. Hinter dem Haus erstreckte sich eine Wiese bis hinunter zum Fluss, wo eine ziemlich große Yacht ankerte.

So stiegen Kitty und ihre bunt zusammengewürfelte Truppe aus dem Bus und schlossen sich, wenn auch mit Ausnahme von Eva nicht ganz passend gekleidet, der Hochzeitsgesellschaft an. Schon als Eva in den Bus geklettert war, hatte sie eine Menge Komplimente und anerkennende Pfiffe für ihr traumhaftes Kleid geerntet, und als George Webb sie sah, ließ er seinen Gesprächspartner ohne ein Wort der Erklärung stehen und eilte auf sie zu. Kitty blickte sich nach seiner Freundin um, konnte sie aber nirgends entdecken.

Inzwischen wunderte sich Kitty auch nicht mehr über Evas spärliches Gepäck, denn sie hatte selbst miterlebt, dass sich Evas Geschenke nicht immer dafür eigneten, in Taschen und Tüten verpackt zu werden. Nicht lange nachdem sie an dem eigens für sie bereitgestellten Tisch Platz genommen und den köstlichen Kuchen probiert hatten, hörte man Musik aus dem hinteren Teil des Raums. Es dauerte eine Weile, bis die Gespräche verstummt waren, aber schließlich wurde es ganz still, und alle lauschten den beiden alten Männern, die »My Wild Irish Rose« zum Besten gaben. Der eine trug eine rote Weste über einem rot-weiß gestreiften Hemd, der andere das gleiche Outfit in Gelb und Weiß, dazu hatten beide weiße Hosen an und auf dem Kopf Strohhüte mit farblich passenden Bändern. Die Gäste, die davon ausgingen, dass die Darbietung zum musikalischen Hochzeitsprogramm gehörte, legten die Kuchengabeln beiseite und lauschten, aber einer der Anwesenden wusste es besser, erhob sich langsam von seinem Platz am Haupttisch und beobachtete zitternd und mit leuchtenden Augen die beiden übrig gebliebenen Mitglieder seines Barbershop-Quartetts, das den Namen Sweet Harmony trug und mit dem er vor fünfzig Jahren durchs ganze Land getourt war. Kitty schätzte, dass sie etwa im gleichen Alter waren wie Seamus, Georges Großvater, also um die achtzig. Nun, wo die Sänger sich der allgemeinen Aufmerksamkeit sicher waren, begannen sie sich zwischen den Tischen hindurchzuschlängeln, mit leuchtenden Augen, lächelnd, unterhaltsam und liebenswert, auch wenn sie sicherlich etwas müder klangen als vor fünfzig Jahren, auch wenn ihnen die beiden anderen Stimmen fehlten, trotz ihrer gebeugten Schultern und arthritischen Hände. So gelangten sie schließlich zum Haupttisch, und alle Gäste erwarteten, dass sie sich nun an das Brautpaar wenden würden. Aber stattdessen gingen sie zu Seamus, dem Mann, der immer noch hier stand, die Hand aufs Herz gedrückt, das Gesicht voller Zuneigung, die Augen voller Tränen. Bei den letzten Zeilen des Liedes stimmte er mit ein, und als das Lied zu Ende war, schafften die beiden Sänger einen nahtlosen Übergang zu »Happy Birthday«.

Nachdem der Applaus verebbt war, blieben die Blicke auf Seamus gerichtet, denn alle warteten auf eine Erklärung, warteten auf mehr. Die drei alten Männer hielten einander in den Armen, tief ergriffen, die Köpfe zusammengesteckt, und man spürte eine Verbindung zwischen ihnen, die selbst die gutherzigsten Menschen neidisch gemacht hätte. Wahrscheinlich hatte der Vierte im Bunde nicht das Glück gehabt, dieses hohe Alter zu erreichen.

Schließlich blickte Seamus auf und wandte sich wieder den Gästen zu. »Ladys und Gentlemen, liebes Brautpaar«, begann er, und die Braut – seine Enkelin – wischte sich verstohlen eine Träne aus den Augen. »Ich weiß, wir sind eigentlich fertig mit den Ansprachen, aber ich kann diesen Moment nicht verstreichen lassen, ohne wenigstens ein paar Worte zu sagen, wenn ihr erlaubt.«

Braut und Bräutigam ermunterten ihn enthusiastisch, weiterzusprechen.

»Ich habe diese Männer fünfzig Jahre nicht gesehen«, sagte er und hakte sich wieder bei den Sängern unter, so dass sie Arm in Arm nebeneinanderstanden. »Wir waren früher in einer Gesangsgruppe namens *Sweet Harmony,* und wir sind zusammen durchs ganze Land gefahren, rauf und runter, stimmt's, Jungs?«

Die beiden Männer, die natürlich absolut keine Jungs mehr waren, nickten eifrig, voller Erinnerungen.

»Das hier sind die beiden Bobbys, Bobby Owens und Robert Malone. Unser lieber Frankie ist wohl nicht mehr bei uns?« Er sah die beiden fragend an, und sie nickten traurig. Einen kurzen Moment hielt Seamus inne, voller Trauer um einen Mann, den er fünfzig Jahre nicht gesehen hatte, dessen Freundschaft ihm in diesem Moment aber genauso jung und frisch erschien wie damals. Sogar noch mehr, denn sie war verbunden mit der Freude und Rührung über das Wiedersehen, mit der Erinnerung an all die schönen Dinge, während die Schattenseiten längst vergeben und vergessen waren. »Es gibt nur einen Mann, auf dessen Konto diese Überraschung gehen kann«, fuhr er fort und deutete mit dem Zeigefinger auf einen Mann in der Menge. »Nur einer kümmert sich so um mich, und das ist mein Enkel George. Hab ich recht, George?« Er schaute zum Haupttisch, und George sah Eva an, die ihm nachdrücklich zunickte.

»Bitte komm hier rauf zu mir, George«, rief der alte Mann mit ergriffener Stimme.

Verlegen, weil alle ihn anstarrten und weil er obendrein vermutlich herzlich wenig mit der Wahl des Geschenks zu tun hatte, stand George auf, und alle applaudierten wieder.

»Solange ich nicht singen muss«, meinte George, charmant und elegant, attraktiv wie ein Hollywood-Star alter Schule. Alles lachte.

»Dieser Mann ist ein Engel«, sagte Seamus mit vor Rührung brüchiger Stimme. »Ich liebe alle meine Enkel, das wisst ihr ja«, fuhr er fort und sah in die Menge. »Aber dieser Mann hier ist mein Engel. Wir bekommen ihn leider nicht oft genug zu Gesicht, und er arbeitet zu hart, aber ich liebe ihn, und wir wissen alles zu schätzen, was er für uns leistet.« Nun umarmte er George, und die Gäste jubelten.

»Herzlichen Glückwunsch, Granddad«, sagte George.

»Danke, mein Sohn, danke«, antwortete Seamus und kämpfte wieder mit den Tränen.

In diesem Moment entdeckte Kitty hinten an einem Tisch mit alten Leuten und Kindern auch Nigel, aber bevor sie Zeit hatte, Eva deswegen auszufragen, erschien das Brautpaar, das seine Runde machte, nun auch an ihrem Tisch.

»Ganz herzlichen Dank für unser Geschenk, Eva«, sagte Georges Schwester Gemma mit stockender Stimme. »Das ist das aufmerksamste Geschenk, das wir jemals bekommen haben.«

»Ich freue mich, dass es euch gefällt, aber es ist wirklich nicht von mir, sondern von George«, erwiderte Eva verlegen.

»Ach, uns können Sie nichts vormachen. Ich liebe George von ganzem Herzen, aber ich weiß, dass er nicht den nötigen Grips hat, um so etwas durchzuziehen.«

»Ehrlich, Eva, wenn Sie je nach North Carolina kommen, müssen Sie uns besuchen! Sie sind uns immer willkommen, es war das liebevollste und einfühlsamste Geschenk, das wir bekommen haben. Nichts für ungut, Leute.«

Natürlich nahm es den beiden niemand übel, denn niemand sonst am Tisch hatte ja ein Geschenk mitgebracht, da sie gar nicht gewusst hatten, dass sie an einer Hochzeitsgesellschaft teilnehmen würden. Ein paar murmelten verlegen irgendwelche Erklärungen, aber der Bräutigam hörte sowieso nicht zu – in seinen Augen standen Tränen.

»Und wir sind so froh, dass Philipa weg ist«, fügte Gemma mit gedämpfter Stimme hinzu.

Eva wurde rot.

»Mein Vater und mein Großvater wären so stolz, wenn sie noch am Leben wären«, sagte der Bräutigam mit seinem starken amerikanischen Akzent. Seine Nasenflügel bebten, und seine Unterlippe zitterte im Kampf gegen die Tränen.

»Ach, Liebster«, rief Gemma und küsste ihren Ehemann auf den Mund.

»Mein Gott, was haben Sie denn für die beiden ausgesucht?«, erkundigte sich Mary-Rose, als das Brautpaar den Tisch wieder verlassen und der Bräutigam sich gründlich die Augen gewischt hatte.

»Ich habe ein neues Familienwappen für sie entworfen. Dafür habe ich Elemente von beiden Seiten der Familie genommen und auch aus ihrem eigenen Leben, die allesamt etwas mit einer Weinrebe zu tun haben, denn die Familie stammt aus einer Weingegend und wohnt heute in einem Weinberg. Er war so darauf aus, mehr über seinen Familiennamen zu erfahren, aber ich konnte nichts finden, deshalb habe ich dieses Wappen entworfen und es auf Bettwäsche, Briefpapier und Ähnliches sticken beziehungsweise drucken lassen«, erklärte Eva fast ein wenig beschämt. »Ich habe versucht, andere Familienmitglieder ausfindig zu machen, aber vergeblich.«

»Weil es den Namen McFlanagan einfach nicht gibt«, zischte Molly leise, und zum ersten Mal sah sie Eva lachen – obwohl sie deswegen ein schlechtes Gewissen zu haben schien.

»Hör auf, Molly.«

»Was denn? Er ist wahrscheinlich nie auf den Gedanken gekommen, dass sein Urgroßvater ein Hochstapler war, der seinen Namen bei der Landung in Amerika umgehend geändert hat, wahrscheinlich auf der Flucht vor dem Gesetz, und irgendeinen Quatsch-Namen erfunden hat, um ein neues Leben beginnen zu können.«

Edward fing an zu lachen.

So entspannt hatte Kitty den ernsten jungen Mann noch nicht erlebt.

Nun kam George direkt auf Eva zu und nahm ihre Hand. Sie errötete, aber er ließ keinen Protest gelten und führte sie aus dem Saal. Kitty spielte noch mit der Idee, den beiden zu folgen, als ihr Telefon aufleuchtete. Sie hatte es absichtlich auf stumm gestellt, aber in diesem Moment schien es geradezu danach zu schreien, dass sie antwortete. Ausgerechnet Richard Daly, dieser

Mistkerl, dem sie unfreiwillig zu einem Buchvertrag verholfen hatte! Sie musste das Gespräch annehmen. Hastig stand sie auf und huschte durch die Glastür in den Garten hinaus, von dem man einen Blick auf den Fluss hatte.

Das Herz klopfte ihr bis in den Hals, als sie abhob.

»Kitty«, sagte Richie.

»Ja.«

»Ich hätte nicht gedacht, dass du drangehst.«

»Wollte ich auch nicht.«

Schweigen.

»Na ja, ich rufe an, weil ich dir etwas sagen wollte.« Er seufzte. »Aber ich weiß nicht, wo ich anfangen soll.«

»Komm einfach zur Sache, Richie.«

»Ich möchte dir danken für das, was du getan hast. Dass du mein Buch an den Verlag geschickt hast. Nach allem, was ich dir angetan habe … tja, ich habe deine Hilfe nicht verdient, und wenn du das Manuskript nicht losgeschickt hättest, tja, dann hätte ich es wahrscheinlich nie gemacht. Das Buch ist schon lange fertig, aber ich hab mich einfach nicht getraut, es jemandem zu zeigen. Und, na ja … danke. Ich weiß nicht, warum du das getan hast, aber danke.«

Wenn er gewusst hätte, warum sie es getan hatte!, brodelte es in ihr.

»Aber vor allem rufe ich an, weil ich mich entschuldigen wollte. Ich hab mich abscheulich benommen. Ganz egal, wie sehr ich es beschönigen und rechtfertigen möchte, ich schaffe es nicht. Es war echt niederträchtig. Du warst eine College-Freundin, und ich hätte dir das nicht antun dürfen. Hand aufs Herz, es tut mir wirklich, ehrlich leid …«

»Du hast mich gedemütigt, Richie«, unterbrach sie ihn.

»Das wusste ich nicht, aber jetzt verstehe ich, warum du gedacht hast, dass ich dich …«

»Du hast mich gedemütigt und benutzt, und ich hab mich so elend gefühlt wie noch nie in meinem ganzen Leben.« Sie hatte einen Kloß im Hals und unterbrach sich, weil sie sonst losgeheult hätte. Und das wollte sie nicht.

»Ich weiß, und es tut mir sehr leid. Ich möchte das wieder in Ordnung bringen, ehrlich. Ich möchte einen positiven Artikel über dich bringen, und ich habe schon mit meinem Chef darüber gesprochen, dass ich schreiben kann, was ich will. Das heißt, ich möchte das schreiben, was du willst.«

»Was bringt dich denn auf die Idee, dass ich überhaupt jemals wieder mit dir sprechen will?«, fragte sie, empört über sein Ansinnen. »Es ist mir völlig egal, was du über mich schreiben willst oder geschrieben hast. Aber du hast mich angelogen, du hast mit mir geschlafen und etwas ganz Wertvolles kaputtgemacht, das ist es.« Kitty war bestimmt keine keusche Jungfrau, aber mit jemandem ins Bett zu gehen, um Informationen von ihm zu bekommen, war das Gemeinste, was sie sich vorstellen konnte. Eigentlich erwartete sie, dass Richie sich jetzt verteidigen würde, wie er es bei ihrem letzten Gespräch getan hatte – ein Feigling, der die Verantwortung für das, was er getan hatte, nicht übernehmen wollte. Aber das Gegenteil passierte.

»Ich weiß. Du hast recht. Tut mir leid, ich werde dich nicht mehr belästigen. Ich wollte dich nur wissen lassen, dass du das Netteste für mich getan hast, was je jemand für mich getan hat, und dass ich nicht verstehe, warum, weil mir klar ist, dass das, was ich dir angetan habe, absolut unterste Schublade war. Aber damit muss ich wohl leben. Ich will dir deine Zeit nicht länger stehlen, ich wollte nur, dass du weißt, es tut mir leid. Hand aufs Herz.«

»Na ja … okay«, erwiderte sie und wusste nicht, was sie sonst noch sagen sollte. Einerseits wollte sie ihn weiter beschimpfen, andererseits hatte sie das sichere Gefühl, dass es im Grunde unnötig war. »Vielleicht kannst du mir ja einen Teil der Tantiemen abgeben, wenn dein Buch veröffentlicht wird«, scherzte sie.

»Oh, es wird kein Buch geben.«

»Wie meinst du das? Ich dachte, es hat ihnen gefallen.«

»Das schon, aber ich hatte heute Morgen eine Besprechung mit dem Verleger, und als ihm klarwurde, wer ich bin, wollte er das Buch nicht mehr veröffentlichen. Ich hab vor ein paar Jahren mal einen nicht sonderlich freundlichen Artikel über einen Kollegen von ihm geschrieben, und na ja, das hat er anscheinend bis heute nicht vergessen.«

Kitty blieb der Mund offen stehen, sie reckte triumphierend die Faust in die Luft, und es war ihr egal, wer von der Hochzeitsgesellschaft ihr dabei zuschaute. Kein Wunder, dass es dem kleinen Drecksack leidtat, wenn seine Gemeinheiten jetzt plötzlich auf ihn zurückfielen. Als sie das Gespräch beendet hatte, führte sie einen kurzen Freudentanz auf.

»Was war das denn? Ein Regentanz?«, hörte sie hinter sich eine sanfte Stimme. »Ich hab nicht zugehört, ich hab nur gesehen, dass du vom Tisch aufgestanden bist, und wollte schauen, ob alles in Ordnung ist.«

Als Kitty sich umdrehte, sah sie Steve ein paar Schritte entfernt vor sich stehen.

»Ich glaube, heute ist der glücklichste Tag meines Lebens«, lachte sie.

»Was hast du jetzt schon wieder angestellt, erzähl!«, sagte er, und wie er das sagte, brachte Kitty noch mehr zum Lachen. »Was ist?«, fragte er noch einmal.

»Wenn du das so sagst, klingt es, als würde ich mich ständig in Schwierigkeiten bringen.«

»Tust du doch. Und ich versuche immer, dich zu retten.« Er kam auf sie zu und musterte sie mit dem Blick, der ihr ein wunderbares Gefühl machte.

»Äh, Steve.«

»Ja.«

»Katja.« Ein einziges Wort.

»Ah. Katja gibt es nicht mehr.«

»Was hast du mit ihr gemacht? Sie in einem von den Schrebergärten verbuddelt?«

Er grub ihr die Fingerknöchel in den Rücken.

»Autsch!«, heulte sie und wand sich, aber er hielt sie fest.

»Nein. Wir haben uns getrennt.«

»Warum?«

»Was meinst du wohl?« Wieder sah er sie mit diesem ernsten, dunklen Blick an.

Kitty schluckte.

»Sie hatte das Gefühl, dass ich mehr Zeit mit dir verbringe als mit ihr.«

»Das ist lächerlich, wir sehen uns doch kaum«, stieß Kitty hervor.

»Stimmt. Okay, sie hatte das Gefühl, dass ich mehr für dich da bin als für sie.«

»Oh. Hm. Meinst du, das stimmt?«

»Kitty, ich hab dir geholfen, Scheiße und Farbe von deiner Tür zu scheuern, ich hab dir mein Bett überlassen, und jetzt bin ich hier in Cork mit dir und spiele den Fotografen. Was glaubst du denn?«

»Ich glaube, wenn ich deine Freundin wäre, dann würde ich dich in die Wüste schicken.«

»Würdest du?«

»Was würde ich?«

»Meine Freundin werden?«, fragte er. Er fragte das so schüchtern und doch so ernsthaft, dass Kitty sich fühlte, als wären sie zehn Jahre alt. Sie lachte verlegen und sah zu Boden.

Aber Steve legte den Finger unter ihr Kinn und hob ihren Kopf, so dass sie ihn anschauen musste. »Ich schwöre dir, dass ich seit unserem letzten Mal große Fortschritte gemacht habe.«

Kitty lachte. »Ja, kann ich mir vorstellen. Ich übrigens auch.«

»Und so schlimm war es doch auch gar nicht, oder?«

»Nein«, grinste sie. »Es war überhaupt nicht schlimm.«

Leise plätscherte das Wasser neben ihnen ans Ufer, und im gleichen Moment, in dem er die Augen schloss und sich, den Finger noch unter ihrem Kinn, zu ihr beugte, wurde drinnen im

Saal unter lautem Beifall auf das Brautpaar angestoßen. Doch als Kitty sich ihm entgegenneigte, um den wunderbaren, witzigen, zuverlässigen Steve zu küssen, schaute sie zufällig über seine Schulter und sah einen Mann am Pier stehen, der nervös und frustriert auf seine Uhr blickte und sich allem Anschein nach überlegte, ob er nicht lieber wieder gehen sollte.

»Steve!«, sagte sie, gerade als ihre Lippen sich berührten.

»Was?« Er riss die Augen auf.

»Der Rekordrichter!«, erklärte sie aufgeregt und ließ Steve los. »Wir müssen Jedrek Bescheid sagen. Der Rekordrichter ist hier.« Und schon rannte sie über die Wiese, zurück zur Party. »Halt ihn auf, ich hole die Jungs!«

Kapitel 30

»Ja, mein Schatz, ich liebe dich auch sehr. Ich wünschte, du wärst hier, aber jetzt habe ich meine Chance, allen zu zeigen, was ich kann.« Jedreks Stimme brach, und er hielt inne, um sich zu sammeln. Kitty wollte ihn zur Eile antreiben, aber sie konnte nicht, denn sie belauschte ein Telefongespräch mit seiner Frau, ein wunderschönes, berührendes Gespräch. Andererseits wartete ein ungeduldiger Rekordrichter auf sie, und auch die Hochzeitsgesellschaft versammelte sich bereits am Ufer, um den Rekordversuch mitzuerleben. Vielleicht war Kitty mit der Nachricht, dass der Rekordrichter da war, etwas zu laut herausgeplatzt. Jedenfalls war sie auf großes Interesse gestoßen, und als dann auch noch die Gäste des zuletzt aufgestellten Tischs aufsprangen und man zwei Männer mit einem Tretboot über die Wiese rennen sah, hatte ein Gast nach dem anderen den Saal verlassen und sich zu der kleinen bunten Gruppe am Flussufer gesellt. Hier warteten nun alle darauf, dass Jedrek das Gespräch mit seiner Frau zu Ende brachte.

Endlich steckte er das Handy wieder ein, rieb sich die Augen trocken und wandte sich stolz und selbstbewusst der Menge zu. »Wir schaffen es, Achar, mein Freund!«, rief er, hakte sich bei seinem Mitstreiter unter, und so marschierten die beiden Arm in Arm unter dem Beifall der Versammelten zum Wasser hinunter.

»Wären Sie so nett, ein paar einführende Worte zu sagen?«, bat Jedrek Kitty.

»Okay.« Kitty räusperte sich. Steve machte Fotos. »Ladys und Gentlemen, liebes Brautpaar« – Braut und Bräutigam lauschten genauso gespannt wie alle anderen –, »wir bitten um Entschuldigung, dass wir Sie alle von der Hochzeitsfeier weggelockt haben, aber unsere Freunde Jedrek und Achar, die seit fast einem Jahr für diesen Augenblick trainieren, werden nun versuchen, einen neuen Weltrekord im Zwei-Mann-Tretboot-Sprint über hundert Meter aufzustellen. Zurzeit liegt dieser Rekord noch bei einer Minute achtundfünfzig Komma sechs zwei, und sie wollen versuchen, diese Zeit mit einer Minute achtundfünfzig zu unterbieten.«

Aufgeregtes Murmeln und Klatschen war von den Umstehenden zu hören.

»Ich habe miterlebt, wie die beiden diese Zeit geschafft haben, ich war als Augenzeugin dabei, aber heute haben wir als offiziellen Zeugen für unsere Freunde einen Rekordrichter von Guinness World Records bei uns. Und nun bitte ich Sie um Ihre Unterstützung für unsere Freunde Jedrek und Achar!«

Wieder gab es Jubel und Beifall, und James, der Rekordrichter, lebte sichtlich auf, als er sah, dass er einem Publikum von immerhin zweihundert Menschen gegenüberstand.

»Ihr schafft es, Jedrek und Achar!« Birdie drückte den beiden Männern einen rosa Lippenstiftkuss auf die Wange. Archie klopfte ihnen ermutigend auf den Rücken, wie es sich für ihn als Coach und Anfeurer gehörte. Steve fotografierte, Eva, Mary-Rose, Ambrose und Eugene drängten sich zu ihnen, und auf einmal war Kitty unfassbar stolz auf ihre kleine Gruppe so verschiedenartiger Menschen, die sie, nein, die Constance zusammengeführt hatte.

Alle strebten zum Ufer, um einen möglichst guten Blick auf den Rekordversuch zu haben.

Schließlich stiegen Jedrek und Achar in ihr Tretboot, fuhren gemächlich hundertfünfzig Meter aufs Wasser hinaus und gingen dort in Stellung. Einen Moment hielten sie sich an den Händen und sprachen ein Gebet, dann sahen sie sich an, versicherten sich wortlos ihrer Unterstützung, und nun waren sie bereit. Der Rekordrichter gab, die Stoppuhr fest in der Hand, das offizielle Startzeichen, und sofort waren sie unterwegs.

Die Menge applaudierte und feuerte die beiden an, das Brautpaar jauchzte und brüllte auf seinem Ehrenplatz, offensichtlich sehr angetan von dem Event, mit dem sie so unerwartet unterhalten wurden. Unterdessen traten Achar und Jedrek so kräftig in die Pedale wie nie zuvor, hochkonzentriert, entschlossen und beseelt von dem Ziel, akzeptiert und anerkannt zu werden, dem Wunsch, die Jahre der Leere und Hoffnungslosigkeit zu vergessen, der Sehnsucht, dass dieser Moment sie erlöste und sie sich endlich wieder als Männer fühlen konnten. Die Schaulustigen am Ufer konnten hören, wie sie sich auch gegenseitig Mut machten. Als sie die Hundertmetermarke passierten, brachen alle in frenetischen Beifall und Jubel aus. Unsicher, ob ihr Vorhaben wirklich gelungen war, blickten Jedrek und Achar auf.

»Ihr habt es geschafft!«, rief Kitty ihnen zu, und nun sprangen die beiden Männer auf, fielen sich in die Arme und fingen vor lauter Freude in ihrem Boot so wild zu hüpfen an, dass sie schließlich ins Wasser plumpsten.

Die Zuschauer lachten, und Eugene und Archie halfen den beiden tropfnassen Männern an Land.

Nun zog der Rekordrichter ein zusammengerolltes Papier aus seiner Tasche und rief Achar und Jedrek zu sich.

»Unglücklicherweise wusste ich nicht, dass ich heute hier sein würde, ich wurde gestern von diesen Männern förmlich überfallen«, erklärte er. »Aber ich habe mir vom Büro ein Schriftstück faxen lassen, damit sie heute wenigstens etwas zum Anschauen haben. Es erklärt sie offiziell zu Inhabern des Weltrekords im Zweier-Tretboot-Sprint über hundert Meter.«

Damit überreichte er Jedrek und Achar das Dokument, das sie mit ihren nassen Händen so ehrfürchtig entgegennahmen, als wäre es der Heilige Gral, und Kitty hatte plötzlich das Gefühl, dass alle in ihrer kleinen Gruppe an diesem Erfolg teilhatten. Sie umarmten sich, gratulierten und feierten einander, und schließlich stand Kitty auch Steve gegenüber.

Ihre Blicke trafen sich.

»Ja«, sagte sie.

»Ja was?«

»Ja, ich möchte deine Freundin sein«, sagte sie leise.

»Oh«, erwiderte er stirnrunzelnd. »Aber ich will das gar nicht mehr, das ist doch schon zwanzig Minuten her.« Sie gab ihm eine Ohrfeige, und er zog sie an sich. Und dann küssten sie sich endlich.

Vielleicht bildete Kitty es sich nur ein, aber es kam ihr vor, als würde der Jubel lauter, und während sie sich vorstellte, dass er wirklich ihr und Steve galt, hoben Archie und Sam die beiden Weltrekordinhaber im Tretboot-Sprint auf ihre inzwischen ebenfalls durchnässten Schultern und trugen sie im Triumph durch die Menge.

»Wir sollten uns jetzt aber wirklich auf den Weg machen«, sagte Molly und schaute besorgt auf ihre Uhr. »Ich muss den Bus heute Abend zurückbringen.«

»Keine Angst, wir haben genug Zeit, das schaffen wir schon«, sagte Edward und legte die Hand auf ihre Schulter, worauf sie sich augenblicklich entspannte und ihn anlächelte.

»Danke.«

»Wir sollten losfahren«, meinte auch Kitty und sah Steve nervös an. »Ich muss um sechs in der Redaktion sein.«

»Kannst du das nicht verschieben?«

»Ich hab es leider schon eine Woche verschoben. Ich soll Constances Geschichte vorstellen«, erwiderte Kitty und bekam schon beim Gedanken an die Präsentation einen Schweißausbruch.

Schließlich saßen alle im Bus, feierten Jedreks und Achars Erfolg und warteten geduldig, dass Eva ihr Gespräch mit George beendete. Lediglich Molly und Kitty waren unruhig.

»Du weißt wirklich, wie man etwas bis zur letzten Minute

rauszögert, stimmt's?«, grinste Steve. »Und weißt du denn schon, worum es in der Geschichte geht? Was die ganzen Namen miteinander verbindet? Ich muss dir gestehen, dass ich keine Ahnung habe.« Nachdenklich betrachtete er die so völlig unterschiedlichen Leute im Bus.

Aber Kitty nickte stolz. »Ja, ich bin mir inzwischen sogar ganz sicher.«

»Na, dann brauchst du dir ja keine Sorgen zu machen«, meinte er aufmunternd.

»Nur über unsere Chauffeurin«, erwiderte Kitty mit gedämpfter Stimme.

Als Eva sich endlich wieder zu ihnen gesellte, war ihr Gesicht so blass, als hätte sie einen Geist gesehen. Natürlich entging es den anderen nicht, aber Eva setzte sich demonstrativ für sich an einen Fensterplatz, und die anderen ließen ihr erst mal Zeit, sich zu fassen.

Erst nachdem sie losgefahren waren, setzte Kitty sich von Steve weg zu ihr. »Stört es Sie?«, fragte sie vorsichtig.

»Aber nein«, antwortete Eva mit einem schnellen Lächeln, das allerdings ihre Augen nicht erreichte.

»Erst mal herzlichen Glückwunsch. Sie können wirklich stolz auf sich sein, wie das heute gelaufen ist. Das Geschenk für Seamus war so schön, dass es sogar einer alten Zynikerin wie mir ans Herz gegangen ist«, scherzte Kitty.

»Hm? O ja, das war großartig. Wirklich ein Erfolg.« Sie lächelte wieder.

»Alles klar bei Ihnen?«

»Bei mir? Aber sicher – warum?« Wieder ein strahlendes, hübsches Lächeln, das jetzt auch tatsächlich die Augen erreichte, aber Kitty konnte nicht so recht daran glauben.

»Weil Sie wirken, als hätten Sie ein Gespenst gesehen. Als wären Sie irgendwie … irgendwie bedrückt. Ist mit George etwas passiert?«

»Sie sind wirklich eine Romantikerin, was?« Erneut das Lächeln. »Archie und Regina, Ambrose und Eugene, Mary-Rose und Sam, Molly und Edward. War unser Ausflug nur ein Trick, um sie zusammenzuführen?«

Kitty lachte. »Überhaupt nicht! Ich kann Ihnen versichern, das haben die Beteiligten alle selbst erledigt, und bei Sam und Mary-Rose ist die Sache, soweit ich es beurteilen kann, noch in Arbeit.« Sie schauten zu dem Freundespärchen, das in ein ernsthaftes Gespräch versunken schien. »Ein Geschenk von Ihnen würde den beiden bestimmt weiterhelfen.«

Lächelnd fingerte Eva an der Tasche herum, die sie in der Hand hielt. Dann schaute sie Kitty an und seufzte. »Gott, Sie sind unmöglich.«

Kitty lachte. »Gut!«

»George hat mir etwas geschenkt.«

»Oh! Ein Geschenk für eine Geschenkfinderin, den Mut hätte ich nicht.«

»Unsere kleine Reise war eine der besten meines Lebens, wissen Sie«, sagte sie, und Kitty glaubte es ihr.

»Danke. Was hat George Ihnen denn geschenkt?«

»Das hier«, antwortete sie, öffnete ihre Tasche und holte ein kleines chinesisches Lackkästchen heraus. Als sie es ansah, füllten sich ihre Augen sofort mit Tränen.

»Anscheinend bedeutet es etwas Besonderes für Sie.«

»Ja.« Eva wischte sich die Augen, bevor die Tränen überquollen. »Er hat sich daran erinnert, dass ich ihm von einem Geschenk erzählt habe, das mir sehr viel bedeutet hat. Und er hat genau die richtige Imitation davon gefunden.«

»Hat Ihnen jemals jemand etwas geschenkt, was Sie so berührt hat?«

»Eigentlich nicht, nein«, sagte sie, und jetzt liefen ihr die Tränen in Strömen über die Wangen. »Nicht, seit ich das Original bekommen habe.«

Aha, Kitty war also auf der richtigen Spur.

»Dann waren Sie also nicht ganz ehrlich, als Sie mir erzählt haben, *My Little Pony* wäre das beste Geschenk gewesen, das Ihnen jemals jemand geschenkt hat«, stellte Kitty leise fest.

Eva lachte kurz und schüttelte den Kopf. »Sorry. Aber ich glaube, das wussten wir beide.« Sie holte tief Luft und sah Kitty prüfend an. »Darüber dürfen Sie aber nicht schreiben, Kitty, denn es sind auch andere Menschen daran beteiligt.«

Kitty nickte. »Ich gebe Ihnen mein Wort.«

»Schreiben Sie nur das, was Sie schreiben müssen, damit es einen Sinn ergibt.«

Kitty verstand vollkommen.

»Es war Weihnachten, und meine Mutter und ich haben gewartet. Das Essen stand schon auf dem Tisch, ich erinnere mich noch, wie es roch. Köstlich. Meine Mutter legte großen Wert auf ein traditionelles Weihnachtsessen – ein Essen nach *ihrer* Tradition. Mein Vater kommt aus Shanghai. Er betreibt ein chinesisches Take-away in Galway. Jedenfalls kam er zwei Stunden zu spät, und, na ja, wir hatten Hunger, und ich weiß noch, wie meine Mutter mich angesehen hat. Sie hat es nicht ausgesprochen, aber es war fast so, als würde sie mich fragen, was wir tun sollten. Meine Mutter hat ganz bestimmte Vorstellungen davon, wie man sein muss, zumindest kam es mir damals immer so vor. Ich konnte ihr nicht direkt sagen, was ich dachte, denn dann machte sie das Gegenteil – es war wie umgekehrte Psychologie, man musste auf eine ganz bestimmt Art reagieren, damit sie dachte, sie würde die Entscheidung selbst treffen, und das war dann richtig für sie. Sie begann also schließlich, den Truthahn aufzuschneiden, und er roch so gut, obwohl er völlig verkocht war und außerdem schon viel zu lange herumstand. Ich schaufelte mir Gemüse auf meinen Teller und konnte einfach nicht mehr warten, ich musste etwas davon essen. Als ich gerade den ersten Bissen im Mund hatte, hörte ich den Schlüssel in der Tür, und ich wäre am liebsten tot umgefallen. Ich konnte nicht schlucken, ich konnte den Bissen nicht ausspucken. Meine Mutter schnitt immer noch an dem Truthahn herum, ein Stück für sich selbst. Und dann kam mein Vater ins Zimmer – ich konnte ihn riechen, bevor ich ihn sah, und als er merkte, dass wir ohne ihn mit dem Essen begonnen hatten, wurde er wütend.

›Du kommst gerade rechtzeitig‹, sagte meine Mutter fröhlich, daran kann ich mich noch genau erinnern. Ihre Stimme klang viel zu fröhlich. Und mein Vater wusste, dass wir nicht vorgehabt hatten, auf ihn zu warten. Er drehte sich um, ging ins Nebenzimmer und trampelte alle Geschenke kaputt, zertrümmerte die Porzellanpuppe, die ich bekommen sollte, warf den Weihnachtsbaum um, riss die Lichterkette herunter, so dass sie auf den Tisch knallte und das schöne Holz zerkratzte. Dann riss er noch das Porzellan aus der Vitrine und zertrümmerte es auf dem Boden, bis nur noch Scherben übrig waren.«

Eva schluckte.

»Dann stürzte er sich auf meine Mutter. Es war nicht das erste Mal, aber sie hatte noch das Tranchiermesser in der Hand – und irgendwann steckte es in ihrem Arm.«

»Eva«, flüsterte Kitty. »Das tut mir so leid.«

»Ich erzähle Ihnen das nicht, weil ich bemitleidet werden will«, entgegnete Eva und sah Kitty an. »Ich möchte nur, dass Sie es begreifen. Ich versuche es Ihnen zu erklären, damit Sie es verstehen.«

Kitty nickte.

»Irgendwann landete ich bei einer alten Nachbarin, die im Haus gegenüber wohnte. Wir saßen stundenlang vor dem Fernseher, dann kam irgendwann meine Tante, um mich nach Hause zu bringen. Die Nachbarin hatte nur Schwarzweißfernsehen, und ich weiß noch, dass wir endlos *I Love Lucy* angeschaut haben. Ich schwöre, ich halte den Anblick dieser Frau bis heute nicht aus, sie ist dermaßen naiv und dumm, alle haben gelacht, wenn sie gestolpert oder hingefallen ist oder sonst etwas Blödes gemacht hat. Und damals lief dauernd parallel durch meinen Kopf, was bei uns zu Hause passiert ist. Die alte Nachbarin, deren Namen ich inzwischen vergessen habe, hat die ganze Zeit kein Wort mit mir geredet. Sie hat mir ein Glas Milch und einen Teller mit Keksen hingestellt, sich in den Sessel neben mich gesetzt, und dann haben wir schweigend ferngesehen. Sie hat nicht mal gelacht, was die Sendung für mich noch erbärmlicher machte. Aber als ich abgeholt wurde, hat sie mir etwas geschenkt. Ein kleines chinesisches Lackkästchen mit einem Schloss und einem Schlüssel. Sie hat gesagt, es ist für meine Geheimnisse, weil jedes kleine Mädchen eine Kiste für seine Geheimnisse braucht. Ich weiß nicht genau, warum, aber es war das tollste Geschenk, das mir jemals jemand gemacht hatte, einfach perfekt. Es war so passend – sie hat kein Wort über das verloren, was geschehen war, aber es kam mir vor, als würde dieses Geschenk all das umfassen.«

»Das war also das Geschenk, das Sie dazu gebracht hat, so zu denken, wie Sie es heute tun, und das in Ihnen den Wunsch geweckt hat, anderen Menschen zu helfen, das perfekte Geschenk zu finden.«

»Ja«, antwortete Eva nur und strich mit den Fingerspitzen über das Kästchen, das George ihr geschenkt hatte.

»Haben Sie George diese Geschichte erzählt?«

»Nein, nur von dem Kästchen. Den Rest habe ich noch nie jemandem erzählt. Und das Kästchen habe ich vor Jahren verloren, bei irgendeinem Umzug.«

»Aber er muss gewusst haben, dass es für Sie sehr wichtig war.«

»Ja«, antwortete sie und klang selbst ein bisschen überrascht.

»Eva, darf ich Sie fragen, wie alt Sie waren, als Sie … als Sie das Kästchen bekommen haben?«

»Fünf«, antwortete sie leise, und ihre Augen füllten sich wieder mit Tränen.

Kitty machte sich im Hinterkopf eine Notiz.

Name Nummer drei: Eva Wu.

Titel: Das Hoffnungskästchen.

»Aber wie dem auch sei«, sagte Eva, räusperte sich, und sofort verschwand das Gefühl aus ihrem Gesicht, und ihre schöne Maske war wieder da. »Ich habe auch ein Geschenk für Sie.«

»Für mich? Eva, das ist doch nicht nötig. Sagen Sie jetzt bloß nicht, es sind die alten Männer von der Hochzeitsfeier«, fügte sie als Witz hinzu.

Eva lachte. »Es ist nur eine Kleinigkeit. Ich habe nicht mal gezielt danach gesucht, ich bin zufällig darauf gestoßen, und angesichts dessen, was Sie in letzter Zeit durchgemacht haben, fand ich es passend.« Sie griff in ihre Tasche und zog behutsam eine Topfpflanze heraus. Erst als Kitty das Etikett an der Seite las, begriff sie den Sinn des Ganzen.

»Züchte dein eigenes Glück«, las sie laut vor und fing an zu lachen. Der Topf war mit Erde gefüllt, und an ihm war ein kleines Tütchen mit Klee-Samen befestigt.

»Ich hoffe, es funktioniert«, grinste Eva.

»Das hoffe ich auch.« Kitty schluckte schwer, als sie an das dachte, was noch vor ihr lag. »Danke, Eva.«

»Ich kenne jemand, der Ihnen dabei hilft«, fügte Eva noch hinzu, zog vielsagend die Augenbrauen hoch, und sie lachten beide.

In diesem Moment hörten sie laute Stimmen aus dem vorderen Teil des Busses. Offenbar hatten Molly und Edward wieder einmal eine Meinungsverschiedenheit über die richtige Route.

»Ach du Scheiße«, sagte Molly plötzlich laut und schaute in den Rückspiegel.

Alle wandten sich um und sahen sofort den Grund für ihr Entsetzen. Auf dem Seitenstreifen näherte sich ein Polizeiwagen.

»Vielleicht meinen die gar nicht mich«, meinte Molly hoffnungsvoll.

»Natürlich meinen die dich«, fauchte Edward. »Hast du nicht mitgekriegt, was du gerade gemacht hast?«

»Ach, sei still«, zischte sie.

»Na, dann brems gefälligst ab, ja?«, schimpfte er. »Die winken dich schon die ganze Zeit ran.«

»Scheißescheißescheißescheiße«, murmelte Molly vor sich hin, trat auf die Bremse und blieb am Straßenrand stehen.

Kurz darauf erschien ein Polizist auf der Fahrerseite.

»Haben Sie vor, jemanden umzubringen?«, fragte er.

»Nein, natürlich nicht«, antwortete Molly mit sanfter Stimme. »Ich wusste nur nicht genau, ob ich abbiegen muss.«

»Zeigen Sie mir doch bitte mal Ihren Führerschein«, verlangte der Mann, und Molly begann in ihrer Handtasche zu wühlen.

Bitte, lieber Gott, mach, dass sie ihren Führerschein dabeihat, betete Kitty im Stillen und schaute besorgt auf die Uhr. Sie konnte Pete nicht länger hinhalten, der Artikel ging am Montag in Druck. Ihr blieb sowieso nur noch das Wochenende zum Schreiben, aber auch das nur, wenn der Artikel heute von den anderen abgesegnet wurde. Pete würde sie umbringen, wenn sie es nicht zum Termin schaffte. Sie konnte sich sein schlechtes Gewissen nicht ewig zunutze machen, irgendwann war der Bonus aufgebraucht.

Der Polizist verschwand, und Edward tröstete die besorgte Molly, wieder ganz der nette Kerl.

Fünf Minuten später kam der Mann zurück. »Woher kommt dieses Fahrzeug?«

»St. Margaret's Nursing Home, in Oldtown bei Dublin«, antwortete Molly mit ihrer süßesten Kleinmädchenstimme. »Ich arbeite dort. Wir sind auf dem Rückweg dorthin.«

»Machen Sie doch bitte mal die Tür auf, ja?«

Molly bediente den Hebel, was ihr jetzt nicht mehr ganz so viel Spaß zu machen schien, der Polizist kletterte in den Bus und betrachtete die Fahrgäste. Alle schwiegen.

»Sieht mir nicht aus wie die übliche Klientel eines Altenheims«, stellte er fest.

»Hm ja, Birdie hier ist meine Patientin, sie hat heute Geburtstag, und ich habe mit ihr und ihren Freunden einen Ausflug gemacht. Wir fahren jetzt zurück ins Altenheim, müssen den Bus aber rechtzeitig zum Pink Ladies Bingo zurückbringen, also …«

Der Polizist sah sie lange und durchdringend an. »Dieser Bus ist gestern als gestohlen gemeldet worden.«

Mollys Gesicht wurde kreideweiß.

»Wie bitte?«

»Sie haben mich genau verstanden. Wissen Sie irgendwas darüber?«

»Nein, ich meine, ja, ich meine, wir haben ihn uns für den Ausflug nur geborgt. Nicht gestohlen. Ich meine, wir fahren ja gerade zurück.«

Der Polizist starrte sie noch eine Weile schweigend an.

»Könnten Sie bitte aussteigen, Ms McGrath?«

Mit einem leisen Entsetzensschrei stand Molly auf, Edward half ihr beim Aussteigen und flüsterte ihr dabei beruhigend ins Ohr.

»O mein Gott.« Kitty sah Steve verzweifelt an.

»Was ist denn das Problem?«, fragte Steve völlig unbeeindruckt. »Er versucht doch offensichtlich nur, ihr Angst zu machen, es muss ihm doch auch klar sein, dass sie den Bus nicht geklaut hat. Kitty, warum schaust du mich so komisch an? Sag mir bitte, dass Molly den Bus nicht geklaut hat!«

Aber Kitty brachte nur ein schwaches Lächeln zustande. Es war doch so gut gelaufen mit Steve …

Kapitel 31

Kitty und der Rest der Gruppe warteten in einem Café in Mallow Town in Cork, während Molly auf dem Polizeirevier vernommen wurde.

»Das ist keine faule Ausrede, Pete«, fauchte Kitty ins Telefon. »Selbstverständlich möchte ich zum Meeting da sein, aber ich bin in Cork, und ich schaffe es auf gar keinen Fall bis sechs. Wie wäre es mit morgen?«

»Nein, Kitty. Ich lasse die anderen nicht alle deinetwegen am Samstag antanzen. Wir haben schon genug Zeit damit verschwendet, auf deinen Artikel zu warten, obwohl wir nicht mal wissen, um was für eine Geschichte es überhaupt gehen soll! Allmählich wird das Ganze zur Lachnummer, alles dreht sich um Constances Geschichte, alle arbeiten sich hier den Arsch ab, um die Deadline zu halten, und du gondelst in der Gegend rum …«

»Entschuldige mal bitte, ich habe jede Sekunde in die Arbeit an diesem Artikel gesteckt, und das weißt du auch. Na gut! Ich werde schon eine Möglichkeit finden, rechtzeitig bei euch aufzutauchen.« Damit legte sie auf und begann an den Nägeln zu knabbern.

Mit hochgezogenen Augenbrauen sah Steve sie an.

»Pete ist ein Arsch«, erklärte sie. »Wenn ich nicht bis sechs da bin, nimmt er meinen Artikel raus.« Eigentlich wollte sie nicht, dass jemand außer Steve es hörte, aber leider kriegten es alle mit.

»Nein, Kitty«, rief Jedrek und stand auf. »Das können wir nicht zulassen. Dieser Artikel muss erscheinen. Was können wir tun, um zu helfen?«

»O Jedrek, danke«, sagte Kitty gerührt. »Ich weiß es sehr zu schätzen, dass ihr euch alle so um mich kümmert, aber ich weiß einfach nicht, wie ich rechtzeitig nach Dublin kommen soll. Wenn die Polizei Molly nicht in den nächsten Minuten gehen lässt, hab ich keine Chance, es zu dem Meeting um sechs zu schaffen.«

»Nichts für ungut, Kitty«, meinte Jedrek ernst. »Natürlich respektieren wir Ihre Verpflichtungen Ihrer Chefin und Freundin gegenüber, und wir wissen auch, wie wichtig der Job für Sie ist, aber wir haben Ihnen unser Leben anvertraut. Wir haben Ihnen unsere ganz persönlichen Geschichten erzählt und Ihnen sozusagen den Stift in die Hand gedrückt, damit Sie alles aufschreiben. Dieser Artikel muss geschrieben werden, und zwar nicht nur für Sie, sondern ebenso für uns. Er gehört uns allen.«

Kitty sah Steve an, der ihren Blick erwiderte, als wäre Jedreks Einwand das Selbstverständlichste der Welt. Und dann fiel bei Kitty endlich der Groschen – es ging nicht um sie, es ging auch nicht nur darum, Constance zu würdigen und Kittys professionelle Haut zu retten. Es war das Leben dieser Menschen, es war ihre Geschichte, Kitty war ihnen etwas schuldig. Ernüchtert und demütig machte sie sich ans Werk.

Dreißig Minuten später war Molly wieder frei, und sie befanden sich auf dem Weg nach Dublin.

»Ich verstehe das nicht, Kitty, was hast du denen denn gesagt?«

»Ich habe nur mit dem Altenheim telefoniert. Mit Bernadette.«

»Nein, nicht mit Bernadette, die feuert mich garantiert«, jammerte Molly.

»Sie wird dich nicht feuern«, versprach Kitty zuversichtlich. »Wahrscheinlich macht sie dir ein paar Monate das Leben zur Hölle. Ich hab ihr alles erklärt, was wir getan haben und warum, und ich hab ihr gesagt, sie soll die Anzeige zurückziehen und die

Polizei bitten, dich gehen zu lassen. Heute benutzt das Altenheim den Schulbus von Oldtown, also haben wir Zeit. Könntest du jetzt bitte aufs Gaspedal treten und meinen Anweisungen folgen?«

»Warum, wo fahren wir denn hin?«, fragte Molly erschrocken.

»Wir machen einen kleinen Umweg«, erklärte Kitty, ohne mit dem Nägelkauen aufzuhören, und beobachtete die Uhr, die sich gefährlich dem Termin um sechs näherte.

Um halb sieben hielt der Bus vor der Redaktion von *Etcetera*. Inzwischen war Pete wahrscheinlich kurz davor, alles abzublasen, aber Kitty beharrte darauf, dass sie es schaffen würden.

»Okay, ihr alle, ich verspreche euch, es geht schnell. Bitte folgt mir.«

»Viel Glück«, rief Steve und zwinkerte ihr zu.

Bereit für das nächste Abenteuer, kletterten alle aus dem Bus und schlossen sich Kitty an.

Rebecca, die Art-Direktorin, stand an der offenen Tür und hielt besorgt Ausschau.

»Kitty, Gott sei Dank«, sagte sie, als sie Kitty die Treppe heraufkommen sah. »Er dreht gleich durch da drin. Ich beneide dich echt nicht.« Sie nahm Kitty die Jacke ab und starrte dann etwas geschockt auf die Gruppe, die sie mitbrachte. »Was sind denn das für Leute, Kitty? Kitty?«, fragte sie und lief ihnen mit großen Augen nach.

»Könnt ihr bitte einen Moment hier warten?«, sagte Kitty zu ihrer Gefolgschaft, holte tief Luft und trat in den Konferenzraum. Es roch nach Kaffee, Schweiß und Wut, außerdem quollen den Anwesenden Frust und Gereiztheit aus allen Poren. Und natürlich war Kitty der Auslöser.

»Hi, ihr alle«, stieß sie atemlos hervor. »Tut mir leid, dass ich zu spät komme. Ihr würdet nicht glauben, was ich alles anstellen musste, um es überhaupt hierher zu schaffen.«

Ihre Kollegen stöhnten und murmelten, dass es auch für sie nicht leicht gewesen war, aber Kitty kümmerte sich nicht darum.

Zu ihrer Freude war auch Bob anwesend, was bedeutete, dass Cheryl ihre neue Rolle wieder los war, und auch das war erfreulich. Sie schaute von Pete zu Cheryl und lächelte freundlich. »Hi, Leute, schön, euch wiederzusehen.«

Cheryl wurde rot und schaute schnell weg.

Und dann begann Kitty. »Vor zwei Wochen habe ich den Auftrag bekommen, Constances letzte Geschichte zu schreiben. Natürlich habe ich mich sehr geehrt gefühlt und habe sehr viel nachgedacht, denn wir wissen ja alle, dass Constance ein echter Profi war, eine Perfektionistin, die nur das Beste gelten ließ, und ich hatte nicht sehr viel Selbstvertrauen, dass ich diesem Anspruch gerecht werde. Ich weiß, dass viele von euch das Gleiche gedacht haben, und ich verstehe auch, warum.« Kitty schluckte, denn an der Reaktion der Umsitzenden und der Art, wie sie verständnisvolle Blicke wechselten, erkannte sie, dass ihre Einschätzung stimmte. »Aber seither hat sich viel geändert, das könnt ihr mir glauben.

Zunächst hatte ich weiter nichts an der Hand als eine Liste mit hundert Namen. Das war alles, was ich über Constances Geschichte wusste. Keine Zusammenfassung, keine Erläuterungen, keinen Entwurf, absolut nichts außer einer Liste von zufällig zusammengewürfelten Leuten, über die noch nie jemand etwas gehört hatte. Ich wusste nicht, wie ich sie kontaktieren sollte, ich wusste nicht, worum es in dem Artikel ging, ich wusste gar nichts. Deshalb hat es so lange gedauert, bis ich zu diesem Meeting kommen konnte«, erklärte sie, und als sie in die Runde blickte, wurde ihr klar, dass niemand über die Bedingungen ihrer Arbeit informiert worden war. »Ich war völlig auf mich selbst gestellt, um die Verbindung zwischen diesen hundert Menschen zu finden, denn wir gingen davon aus – also, *ich* jedenfalls –, dass das der Knackpunkt war. Bisher habe ich mich mit sechs von diesen Menschen getroffen.«

Pete stieß ein entnervtes Stöhnen aus.

Sofort wandte Kitty sich ihm zu. »Pete, es war schlicht unmöglich, in zwei Wochen mit hundert Menschen zu sprechen – mit Menschen, die überhaupt keine Ahnung hatten, dass jemand etwas über sie schreiben wollte.«

»Hat Constance nicht mit den Leuten auf ihrer Liste gesprochen?«, fragte Rebecca.

»Nein!« Kitty lachte. »Constance hat nicht mal gewusst, wer sie sind!«

Verwirrt sahen alle sich an.

»Inzwischen ist mir das alles absolut klar«, fuhr Kitty fort. »Als ich Constance zum letzten Mal gesehen habe, hat sie mir wie immer einen Vortrag gehalten über die Kunst, wie man einen guten Artikel schreibt. Sie hat mir ausführlich erklärt, dass man, wenn man sich auf die Suche nach der Wahrheit macht, nicht auf Teufel komm raus eine Lüge aufdecken oder ein weltbewegendes Thema beackern muss – es geht einfach nur darum, zum Kern dessen vorzudringen, was real ist.

Meine Aufgabe war also nicht, ein Geheimnis oder eine Lüge aufzudecken oder irgendetwas Weltbewegendes herauszufinden, was diese hundert Menschen vielleicht vor mir verstecken wollten. Nein, meine Aufgabe war es, einfach ihrer Wahrheit zuzuhören. Constances Idee war eigentlich ganz einfach.« Sie hielt einen Moment inne. »Wenn man zufällig hundert Namen aus dem Telefonbuch nimmt, findet man nicht nur eine Geschichte, sondern *hundert,* denn alle diese Menschen, jeder einzelne von ihnen, hat eine Geschichte zu erzählen. Jeder ganz gewöhnliche, normale Mensch hat seine eigene, außergewöhnliche Geschichte. Vielleicht denken wir alle, wir wären unbedeutend, unser Leben wäre langweilig, nur weil wir keine weltbewegenden Dinge tun, keine Schlagzeilen machen und weil man uns keine Auszeichnungen verleiht. Aber die Wahrheit ist, dass wir alle etwas Faszinierendes tun, etwas Mutiges, etwas, worauf wir stolz sein können. Jeden Tag vollbringen Menschen Dinge, die nicht gefeiert werden, obwohl sie es wert sind, gefeiert zu werden. Das ist es, worüber wir schreiben sollten. Über die unbesungenen

Helden, über die Leute, die nicht glauben, dass sie Helden sind, weil sie einfach nur das tun, was sie in ihrem Leben tun müssen.«

Inzwischen war es im Konferenzraum so still, dass man eine Stecknadel hätte fallen hören können.

»Jeder von uns hat eine Geschichte zu erzählen, wir alle«, fuhr Kitty fort. *»Das* ist es, was uns verbindet, das ist es, was auch die hundert Namen auf der Liste verbindet. Constance hat sich einfach auf das Grundlegende besonnen.«

Als Kitty sich im Raum umblickte, sah sie, dass Bobs Augen tränennass waren und sein Kinn zitterte, so tief ergriff es ihn zu sehen, wie Constances Geschichte zum Leben erwachte und wie Constance, die für immer verstummt war, endlich ihre Stimme fand.

»Constances Idee trägt den Titel *Hundert Namen,* und so leid es mir tut, Pete – ich habe nicht *eine* Geschichte für dich, sondern sechs.«

Sie ging zum Projektor hinüber, legte Constances Originalliste darunter und betätigte den Lichtschalter. Sofort erschienen die Namen auf der Wand hinter ihr.

»Das sind die hundert Namen, und nun möchte ich euch die dazugehörigen Menschen vorstellen.«

Sie eilte zur Tür, öffnete sie, und alle beobachteten staunend, wie Ambrose Nolan, Eva Wu, Archie Hamilton, Jedrek Vysotski, Bridget Murphy und Mary-Rose Godfrey den Raum betraten und sich gleichzeitig schüchtern, stolz und auch ein bisschen verwirrt umschauten.

»Darf ich bekannt machen: Name Nummer zwei, Ambrose Nolan, eine faszinierende Frau, die ihr Leben dem Wesen der Schönheit gewidmet hat.« Ambrose senkte den Kopf, und ihre wilde rote Haarmähne bedeckte fast ihr ganzes Gesicht. »Ambrose lebt für die Schmetterlinge. In dem von ihr angelegten Schutzgebiet hilft sie ihnen, neues Leben hervorzubringen, und in ihrem Museum feiert sie diejenigen, die es nicht mehr gibt. Ich habe vor einer Weile miterlebt, wie sie sich selbst mit der Schmetterlingsart verglichen hat, die den schönen Namen Kleiner Fuchs trägt, aber ich finde, sie ähnelt noch mehr dem Birken-Zipfelfalter.« Überrascht blickte Ambrose auf, und Kitty fuhr lächelnd fort: »Nur wenige Menschen haben diesen eleganten Schmetterling jemals erblickt, aber das Weibchen ist mit seinem breiten orangefarbenen Fleck und den orangen Flügelunterseiten so hinreißend schön, dass die, die ihn einmal gesehen haben, seine Schönheit nie mehr vergessen.« Nun verwandelte sich Ambroses Überraschung in ein schwaches, aber dankbares Lächeln, und kurz darauf war sie wieder hinter ihrem Haarvorhang verschwunden.

»Und nun zu Name Nummer drei, zu Eva Wu, einer Frau, die vor langer Zeit ein Kästchen voller Hoffnung geschenkt bekam, zu einem Zeitpunkt, als sie dachte, die Hoffnung wäre aus ihrem Leben verschwunden. Aus diesem Grund hat Eva Wu heute die Gabe, Hoffnung in das Leben anderer Menschen zu bringen.« Eva war den Tränen nah und schlug rasch die Augen nieder. »Mit ihrer Firma ›Dedicated‹ ist Eva Wu viel mehr als eine gewöhnliche persönliche Einkäuferin. Ich möchte sie mit einem Engel vergleichen, der für eine Zeit ins Leben eines Menschen tritt und ihn mit scharfen Augen – die eine Journalistin wie mich neidisch machen könnten – beobachtet und ihm dann das perfekte Geschenk macht. Nicht unbedingt das, was die Leute sich am meisten zu wünschen glauben, sondern etwas, von dem sie oft nicht einmal wissen, wie dringend sie es brauchen – bis sie es bekommen und erkennen, dass sie ohne es unvollständig waren.«

Birdie, die am besten wusste, wie das war, ergriff Evas Hand und drückte sie sanft.

»Nun komme ich zu Name Nummer vier, zu Jedrek Vysotski, Ehemann und Familienvater, ein mutiger Mann, der der Welt beweisen wollte, dass er etwas erreichen kann, dass er etwas wert ist und aus der Menge herausragt, selbst in einer Zeit, in der die Welt ihm zu sagen schien, er sei ein Versager.« Stolz reckte Jedrek das Kinn in die Luft und blickte aufmerksam in die Runde. »Jedrek und sein Freund Achar haben etwas geschafft, das sie ins Guinnessbuch der Rekorde bringen wird, wo für immer schwarz auf weiß nachzulesen sein wird, zu welcher außergewöhnlichen Hingabe sie fähig sind und wie viel Talent sie besitzen. Für Jedrek ist dies der greifbare Beweis für seinen Wert als Mensch und als Mann.

Als Nächstes möchte ich euch den Namen Nummer sechs vorstellen, Bridget ›Birdie‹ Murphy, eine Frau, die etwas zu Ende bringen musste. Gerade ist sie fünfundachtzig geworden und konnte die Gewinnsumme für eine Wette abholen, die sie vor über sechzig Jahren mit einem Mann und genaugenommen einem ganzen Ort abgeschlossen hat, wo niemand daran glaubte, dass sie diesen Tag erleben würde.« Birdie lächelte schüchtern. »Birdie ist eine der liebenswürdigsten und inspirierendsten Frauen, die ich jemals kennengelernt habe. Sie hat mir eine echte Überlebensgeschichte erzählt, und dieses Leben ist nicht nur finanziell belohnt worden, sondern vor allem dadurch, dass es fruchtbar war, voller Menschen, die diese Frau geliebt hat und die sie geliebt haben. Daran ist absolut nichts Langweiliges«, fügte Kitty, an Birdie gewandt, hinzu, in Erinnerung daran, wie sehr Birdie sich zu Anfang ihrer Bekanntschaft geschämt hatte. »Mit achtzehn ist sie eine Wette eingegangen, sie hat gewonnen, und das ist eine Lektion, aus der wir alle etwas lernen können.

Nun zu Name Nummer sieben, Mary-Rose Godfrey, die Menschen betreut, anderen so viel zu geben hat und mindestens einmal pro Woche einen Heiratsantrag erhält.« Mary-Rose lachte, und eine Träne rollte ihr über die Wange. »Unglücklicherweise hat Mary-Roses Mutter einen Schlaganfall erlitten, und so wurde Mary-Rose in die Welt der Kranken eingeführt. Sie wird ins Krankenhaus gerufen, um kranke Menschen schön zu machen, sie zu frisieren, sie zu schminken und ihnen die Nägel zu lackieren.« Mary-Rose kicherte nervös. »Durch diese einfachen Dienstleistungen ist sie ein Lichtstrahl für die Menschen, um die sie sich kümmert. Aber eines weiß Mary-Rose noch nicht, nämlich, dass sie selbst dieses Licht ausstrahlt: nicht das, was sie tut – sie ist es, die ein Zimmer zum Leuchten bringt, es sind die Gespräche, die sie mit den Kranken führt. Ihre bloße Anwesenheit ist heilend für die Menschen, und sei es auch nur vorübergehend.

Und zum Schluss, Nummer siebenundsechzig, Archie Hamilton. Archies geliebte Tochter Rebecca ist kurz vor ihrem sechzehnten Geburtstag ermordet worden. Archie hat seine Tochter beschützt, indem er – wie es wahrscheinlich jeder Vater tun würde – den Mörder gesucht und das Gesetz in die eigenen Hände genommen hat. Dafür war er jahrelang im Gefängnis, ist aber mit einer neuen Lebenseinstellung wieder herausgekommen. Mit einer Einstellung, die über alle Maßen faszinierend und erhellend ist.« Sie sah Archie an und lächelte, ehe sie fortfuhr: »Archie hat geglaubt, Gott hätte ihn nicht gehört, als er ihn am meisten brauchte. Er fühlte sich vergessen, im Stich gelassen, aber eines Tages ist er aufgewacht und hat die Stimmen derer gehört, die ebenso in Not sind, wie er es war, und seither ist er entschlossen, ihnen bei der Erfüllung ihrer Gebete zu helfen. Das war seine Erlösung.« Archies Kiefer spannte sich an, so sehr bemühte er sich, sich seine Rührung nicht anmerken zu lassen.

Nun wandte Kitty sich von ihren Freunden ab und wieder ihren Kollegen zu, von denen einige einen sehr ergriffenen Eindruck machten.

»Was ich euch über diese Menschen erzählt habe, ist natürlich nur eine kleine Einführung in das, wie sie wirklich sind. Es gibt noch so viel mehr zu sagen, so viel mehr zu erfahren. Pete, da draußen wimmelt es von faszinierenden, erstaunlichen Menschen, die keine Ahnung haben, wie interessant ihre Geschichten sind. Uns steht ein endloser Schatz von Geschichten zur Verfügung, das ganze Telefonbuch ist voller Inspiration. Ihr habt hundert Namen gesehen, ihr habt diese sechs Menschen gesehen, jetzt schlage ich vor, dass ihr in Constances letztem Artikel ihre Geschichten lest. Eine Geschichte für jeden Namen, jeden Monat, in einem Feature mit dem Titel *Hundert Namen*. Und wenn wir die Liste abgearbeitet haben, dann suchen wir nach dem Zufallsprinzip hundert neue aus.«

Nun war Kitty am Ende und wartete mit angehaltenem Atem auf die Reaktion der anderen. Zunächst herrschte Totenstille. Sie sah ihre kleine Gruppe von Freunden an, die neben ihr standen und nicht wussten, was sie sagen sollten. Mary-Roses Augen waren riesig, Eva hatte rote Wangen, Birdie stützte sich auf eine Stuhllehne.

Aber auf einmal stand Bob auf und begann zu applaudieren, zuerst langsam, dann immer schneller. Kitty sah die Tränen in seinen Augen, und nach und nach fingen auch ihre Kollegen an zu klatschen, Rebecca begeistert und voller Freude, die anderen anerkennend und sogar bewundernd. Kitty sah zu Pete, der lächelte – ein schwaches Lächeln, das aber immer stärker wurde. Erst blickte er über die Reihe von Menschen, die Kitty mitgebracht hatte, dann wandte er sich Kitty zu, mit einem Lächeln und einem aufmunternden Nicken, das ihr sagte, dass sie es geschafft und dass sie ihre Sache gut gemacht hatte. Und dann begann auch Pete zu applaudieren.

Noch nie im Leben war Kitty so stolz gewesen. Sie legte den Arm um Mary-Rose, die neben ihr stand, und instinktiv schlossen sich alle zu einem Kreis zusammen, das kleine Team, das aus ihnen geworden war, die Freunde, die Kitty gewonnen hatte und die ganz sicher mit ihr in Kontakt bleiben würden. Und während sie dem Applaus lauschten, hielten sie einander in den Armen.

Der Bus des St. Margaret's Nursing Home hielt unter der Uhr von Clerys, wo ihre gemeinsame Reise begonnen hatte. Aber sie waren noch nicht bereit, sich zu trennen, und blieben schweigend auf ihren Plätzen sitzen. Alle nahmen sich einen Augenblick Zeit, um ihre Gedanken zu sammeln und noch einmal die Erlebnisse der letzten beiden Tage Revue passieren zu lassen, wahrscheinlich die einzigen, die sie je alle teilen würden. Als Erster stand Archie auf, sah die anderen an, die immer noch ungewohnt still dasaßen, nickte ihnen zu und ging langsam zur Tür. Und nun folgten ihm alle, einer nach dem anderen.

Obwohl sie sich natürlich versprachen, bald wieder zusammenzukommen – einige hatten Telefonnummern ausgetauscht, andere sich sogar schon verabredet –, war Kitty realistisch genug, um zu wissen, dass es schwer sein würde, die Gruppe noch einmal vollständig in einem Raum – oder einem Bus – zu versammeln. Aber während sie von ihrem Fensterplatz aus beobachtete, wie jeder seiner Wege ging, wusste Kitty tief in ihrem Inneren auch, dass sie alles dafür tun würde. Mit vierundneunzig Leuten musste sie sich noch treffen, vierundneunzig neue Freunde kennenlernen, aber diese Menschen hier würden immer etwas ganz Besonderes für sie bleiben, denn sie hatten ihr geholfen, ihr Leben zu verändern. In gewisser Weise hatten sie sie gerettet. Sie würde sie wieder zusammenführen. Eines Tages.

Kapitel 32

»Ich hoffe für dich, dass es etwas Wichtiges ist, Archie, ich muss nämlich einen Artikel schreiben, erinnerst du dich?«, sagte Kitty, als sie ihn am Sonntagmorgen vor dem Brick Alley Café traf. Er hatte sie am Abend vorher angerufen, als alle schließlich wieder daheim waren und einen Tag Zeit gehabt hatten, sich das, was sie gesehen, getan und geleistet hatten, durch den Kopf gehen zu lassen. Steve hatte Kitty schließlich in ihrer Wohnung allein gelassen, damit sie sich in Ruhe um ihren Artikel kümmern konnte, aber kurz darauf hatte Archie angerufen und sie dringend um ein Treffen gebeten. Natürlich hatte sie keine Ahnung, was sie erwartete, aber inzwischen war sie auf alles gefasst.

»Es ist sehr wichtig, vertrau mir«, antwortete er lächelnd.

»Wo ist Regina?«

»Es ist Sonntag, was meinst du wohl?«

»Ah, in der Kirche«, vermutete sie. »Aber du nicht?« Er schüttelte nur den Kopf.

»Hast du deine Meinung geändert? Willst du den Menschen nicht mehr helfen?«

»Doch, schon«, antwortete er. »Das heißt, ich möchte manchen Menschen helfen. Deshalb wollte ich mich mit dir treffen.«

»Aber ich bete doch gar nicht«, protestierte sie mit einem nervösen Lachen.

»Da bin ich nicht so sicher, Kitty«, entgegnete er. »Ich hab da etwas gehört, laut und deutlich.«

Kitty schluckte. Wo würde das noch hinführen?

»Da ist jemand, der mit dir reden möchte«, erklärte Archie und wandte sich zum Café um.

»Wer?«, fragte sie mit klopfendem Herzen.

»Schau selbst.«

Kitty spähte durchs Fenster, und dort – auf dem Hocker vor der Wand mit der Tafel, auf der stand *Jeder Tisch hat eine Geschichte* – saß ein Mann, mit dem Rücken zu ihr. Als hätte er gemerkt, dass sie ihn anschaute, wandte er sich um, und Kitty schnappte nach Luft.

Es war Colin Murphy.

»Archie«, flüsterte sie, plötzlich voller Angst. »Was hast du getan?«

»Du wünschst dir doch so sehr, dass er dir verzeiht, hab ich recht?«, fragte er ganz sanft.

Kitty schluckte und nickte.

»Ich habe gestern mit ihm Kontakt aufgenommen. Er hat sich gefreut und gesagt, dass er dich auch sehen möchte.«

»Damit er mich umbringen kann«, vermutete sie, und ihre Stimme zitterte.

»Nein. Ich glaube, er möchte auch, dass ihr einen Schlussstrich unter die Geschichte zieht, Kitty. Geh rein. Du hast nichts zu verlieren.«

Kitty sah Archie an und wusste nicht, ob sie ihn ohrfeigen oder sich bei ihm bedanken sollte, aber sie wusste, dass er es getan hatte, weil er ein gutes Herz hatte.

Sie öffnete die Tür und betrat das Café. Colin Murphy drehte sich auf seinem Hocker um und stand auf.

Und Kitty ging auf ihn zu, hoffte – und betete vor allem –, dass er ihr verzeihen würde.

Danke an …

… meine kostbare Familie: David, Robin und Sonny.

… Bertie, Mimmie, Terry, Georgina, Nicky, Rocco und Jay, Neil und Breda.

… meine wunderbaren Agentinnen Marianne Gunn O'Connor und Vicki Satlow.

… meine Übersetzerin Christine Strüh sowie Susanne Halbleib, Julia Schade, Mirjam Zuchtriegel, Jörg Borg und das große S. Fischer Verlage-Team für all die Unterstützung.

… alle Buchhändler, die sich für meine Bücher eingesetzt haben.

… alle Leserinnen und Leser, die mich in ihr Leben aufgenommen haben. Ich bin ewig dankbar für diese Ehre und hoffe, ich konnte ihnen etwas geben, das sie berührt und unterhält.

Ein spezieller Dank geht an Birte Dronsek, dass sie mein Werk so begeistert aufgenommen und immer an mich geglaubt hat.

Und ein besonderes Andenken möchte ich Andrea Engen setzen, die so viel für alle meine Bücher getan hat. Es war eine Freude, mit ihr zusammen zu sein, und wir werden sie immer vermissen.